U0056060

中村文則

教團X

教團X

「伐樓那啊，我最深重的罪孽為何？」

《梨俱吠陀》

「結論就是她還活著。」

小林說完，注視著眼前的楢崎。

酒吧的藍光朦朧地照亮了楢崎的臉龐，彷彿帶著惡意，暴露出楢崎此刻的姿態。小林不禁心想，這傢伙以前是長這副模樣嗎？他的臉上缺少了生存所需的某種重要能量，唯獨眼神銳利得出奇，綻放著奇妙的光彩。

「……真的嗎？」

楢崎的聲音很沙啞。

「嗯，我沒騙你。之前我就說過了，我果然沒認錯……立花涼子還活著，她並沒有死。」

小林發現自己那杯威士忌減少了不少。與個人意志無關，是他的手自顧自地動了起來。上個月初，小林的兩隻眼睛清楚看見了立花涼子。這名女子從楢崎身邊消失了蹤影，還曾暗示過自己會自殺。

「可是，我覺得最好別再和她扯上關係了。」

小林低聲說道。

「為什麼？」

「嗯，這……」

小林本來就覺得楢崎與立花涼子的關係很奇妙。聽說兩人在交往，看起來卻不甚親密。她突然不告而別離開楢崎以後，小林偶然看見了她，但沒有勇氣出聲叫住，反倒基於職業習慣尾隨在後。立花涼子走進了一間老舊公寓，他很肯定是她。

「……那麼，你調查過了吧？快點拿給我看吧。」

「調查是調查過了……」

遠處的座位傳來嘈雜的說話聲，與他們的互動呈現對比。喧鬧聲逐漸轉小，最終沒入黑暗中，再也聽不見。小林在數週前坦承自己偶然看見了立花涼子，楢崎十分吃驚，卻也顯露出難以言喻的表情，好像早就心裡有數，知道這天終究會到來。於是，小林在楢崎的委託下開始調查她。當時小林也透露了她所在的公寓，建議楢崎可以自己過去看看，怪的是楢崎卻不願意，反而請小林幫忙調查。小林確實在徵信社上班，但資歷還不到半年，工作內容也主要是協助其他偵探，不曾單獨接受委託。因此他覺得無法勝任，也不太有意願，卻仍調查到不少關於立花涼子的消息。短短的時間內，效率極佳地查到了許多情報，這讓他覺得哪裡不太對勁——自己不過是個實習助手，為什麼能打探到這麼多事？

「有什麼我聽了會大受打擊的重大祕密嗎？」

「這倒沒有。」

換遠方另一處座位響起了笑聲。店內昏暗，只看得見桌邊喧譁人群的輪廓。小林驚覺自己又喝起了威士忌。他想喝醉。為什麼呢？

小林猶豫著該不該告訴楢崎自己的疑慮。公事包裡放有立花涼子的相關調查資料。她在長崎縣出生，從小學到高中都在長崎生活，之後前往東京就讀立教大學，但是中途退學，從此銷聲匿跡，後來才又在某個宗教會所的集會上露面。那是個位在東京、負面傳聞不斷的小型宗教團體。但不久後她再度消失，緊接著去年又出現了，而且就是在那時候認識了楢崎。

也就是說，她在離開宗教團體之後到遇見楢崎之前，沒有在任何一個地方留下生活痕跡。她憑空出現在楢崎面前，又無聲無息消失。此外，那個宗教團體也讓小林耿耿於懷，所以當然覺得最好別再扯上關係。她住過的公寓早已人去樓空，這次調查時小林也曾多次向同所公寓的住戶確認，那名女子果然是立花涼子，絕對錯不了。

小林茫然地望著吧檯。在吧檯內工作的三名酒保看起來就像是三胞胎，全都面無表情，意興闌珊地工作著。小林輕輕搖了搖頭。

「我知道你有很多疑惑，但總之她還活著。經過這次調查，我可以百分之百肯定。光就這點，我認為……她大概有她自己的想法吧，你或許沒有辦法接受，但她已經徹底離開你了。」

打探立花涼子的消息時，小林始終有種奇妙的感覺，好像早有人準備好一條繩索引領自己去追尋她的蹤跡，又好像她早已在遠方呼喚自己。小林又喝起了威士忌。其實她一開始就是故意出現在自己面前的吧？她應該也知道自己在徵信社工作，但這是為什麼？究竟是怎麼回事？

「你聽好了。」

小林將視線轉向楢崎。

「我就直說吧！我有種不祥的預感，勸你最好別去找她。她肯定有什麼祕密，你不需要被捲進去。」

「……為什麼？」

「當然是因為你的人生──」

「人生？」

「呃，有可能會往奇怪的方向發展，變得一塌糊塗啊。所以說……」

「那又怎麼樣？」

「咦？」

楢崎緊接著說出的話，教小林永生難忘。

「我至今的人生？那有什麼價值嗎？」

小林盯著楢崎良久，最終將裝有調查結果的信封遞給他。有別於他們的互動，鄰桌響起了低聲的鬨鬧。小林再次喝起威士忌。喝著喝著，他發現自己是為了將調查結果交給楢崎，才會故意喝醉的。

望著打開信封的楢崎，小林思考著自己究竟在其中扮演什麼角色。要說這是一連串的故事，想當然自己不過是一介配角。無論今後發生什麼事，誰有什麼遭遇，都和他無關，自己不過是顆無力的齒輪，成了這一連串故事的開端。其他客人一一離開，昏暗的店內只剩下楢崎和小林。藍色燈光僅落在楢崎身上。

明明沒有必要再喝了，小林卻又點了威士忌。楢崎說了，自己至今的人生毫無價值。小林認為他說得沒錯。在自己看來，楢崎的人生完全稱不上充實，世界上絕對沒有人會嫉妒他的人生。就和小林至今的人生一樣。

第一部

I

楢崎面前是一扇門。

老舊而巨大的木製門扉，上頭好像寫了什麼字，但字跡淡得看不清楚。要現在進去嗎？楢崎裹足不前。但這裡也真奇怪，看起來只是一般的住家，不像是宗教會所。

大門聳立在冷冽空氣中俯視著楢崎，宛如在試探他，彷彿將下達某種判決。仰望大門，楢崎不禁感到自己身軀的渺小。他無法立刻下定決心走進去，於是從大門前經過。在貼著瓦片的高大土牆包圍下，看不見裡頭的模樣。

回想起小林交給他的調查報告，立花涼子確實參加過這個宗教團體，教主是名為松尾正太郎的人，自稱是業餘思想家。儘管在旁人眼中是不折不扣的宗教團體，但實際上並沒有正式的團體名稱，也沒有申請為宗教法人，更未公開招收信徒。他們沒有崇拜的神明，集會的目的就是在思考「神是否存在」。什麼啊，真是莫名其妙。

走過大門前，楢崎心想自己老是這副德性。總是舉棋不定，像是只想深陷在沉重凝滯的日常生活裡。明明討厭那種生活，卻又想體會那份嫌惡。日常的倦怠感彷彿化為自己的血肉，從來不曾離開。他本已下定決心不再猶豫不決，只要順應自然、隨遇而安，跟隨內心感受到的這股引力，不管前方發生什麼事，他都不在乎。

繞了一圈，又看見剛才的大門。現在自己正在走路，楢崎心想，幾近下意識地走著。為什麼自己能像這樣子走路？而心臟和其他器官也都理所當然地自行運作著，就像是與他毫不相干的陌生人。體內有無數陌生人在蠕動。楢崎深深吸了一口氣。他在胡思亂想什麼。都是因為看見了那扇門，思緒才被打亂了。

總之只要登門拜訪，應該就能稍微了解立花涼子吧。

他再度站到門前。大門依舊雄偉地矗立著。正想伸手打開時，對講機躍入眼簾。明明尚未做好心理準備，自己的手指卻伸向了對講機。如果是邪教怎麼辦？說不定會被他們關起來。心跳急遽加速。自己可能會被洗腦，變得精神異常。搞不好被洗腦後還不自知，喜孜孜地說著「洗腦實在太可怕了」之類的蠢話。楢崎按下門鈴。沉悶的門鈴聲在四周迴盪。按下去了，來不及了。

——喂？

出乎預料地，傳來了中年女性的聲音。

「請問松尾正太郎先生在嗎？」

——……您是哪位？

身體開始感到緊張。自己已經蹚進這灘渾水了。

「我的名字是楢崎透。呃……就是一般民眾。」

劈頭就問立花涼子的下落，對方恐怕不會告訴他。儘管無意成為信徒，還是得裝出有興趣的模樣，慢慢打聽。畢竟立花涼子已經不住在小林發現的那棟公寓裡。在被小林撞見之後，她又消失了。楢崎發現自己臉上竟露出了笑容。

——……一般民眾？

「……對。」

——您不是媒體記者吧？

「不是的。不然你們可以檢查我的隨身物品。」

——您找爺……不，找松尾先生有事嗎？

「……是的。」

等了一會兒後，大門從內側敞開，三名男女出來迎接。分別是一對中年男女和一名年輕女子。楢崎兀自想像他們會身穿一襲白色法衣，結果卻都是尋常的家居服。中年女性還穿著有拉拉熊圖案的圍裙，令楢崎有些訝異。

「……請進。」

楢崎走了進去。大門內是遼闊的廣場，鋪滿了帶點藍色的碎石子，四處可見踏腳石。楢崎覺得這裡很像神社，只不過沒有鳥居。此外還有偌大的池子，但似乎沒有養鯉魚。

「請問……你真的不是媒體記者嗎？」

穿著拉拉熊圍裙的中年女性問道。

「是的……我對這個宗教很感興趣……」

「宗教？」

中年男子反問。他頂著摻有白髮的平頭，表情卻年輕有活力。
「唔……這裡不是什麼宗教喔。」
「咦？」
「哎，宗教嗎？該怎麼解釋好呢……」
「真難說明呢，怎麼辦？」
年輕女子說完，又問：
「請問……你是來尋求治癒的力量嗎？」
「……什麼？」
楢崎忍不住反問。治癒的力量？
「不是嗎？那就是來聽演說的囉？」
「是的，沒錯。」
見楢崎這副模樣，中年和尚男輕聲笑了出來。
「招待他進屋應該沒關係吧。他看起來很和善呢。」
楢崎可以看見屋子的簷廊，數名男女坐在那裡。感受著他們的視線，他從玄關走進屋內，不禁擔心，這麼順利就混進來真的沒問題嗎？但事到如今，也只能走一步算一步了。屋內雖寬敞，但很老舊，也沒有外頭的庭院那麼堂皇壯觀。楢崎被帶進鋪有榻榻米的起居間，往坐墊坐下。起居間約十坪大，正因為空間大，因此更顯得安靜。
「楢崎透先生對吧？我是吉田。」

中年男子開口道。

「我是峰野，剛才穿圍裙的人是田中太太。」

年輕女子接著說道。自稱峰野的女子有雙鳳眼，美麗迷人。

「請問你是從誰口中知道這裡的？」

「是我朋友說的。」

「朋友？哦，原來如此……」

原來如此？就這樣？原本只是假意周旋，如果對方繼續追問，他還想好了說詞。女子又開口說：

「不好意思讓你特地跑一趟，但松尾先生現在不在。」

「不在？」

「對，他生病了。」

吉田聞言笑了起來。

「很好笑吧？用治癒能力治癒別人的人，自己居然生病了。而且自己的治癒能力還派不上用場，現在住進了大學醫院接受西醫的治療。」

「你別說了。」

峰野制止吉田，但自己也忍著笑。怎麼回事？教主都生病了，他們還笑得出來。

「我說明一下吧。」

峰野再度開口。

「所謂的治癒能力其實是無稽之談，最多是讓人覺得輕微的肩頸痠痛好像舒緩了。松尾先生自己最近也是抱著好玩的心態在實行……但本人並不是真的以為會有效。」

她微微一笑。

「既然他現在住進了醫院，我們其實不應該邀你進來，但這裡有個規定，就是如果有人來，絕不會趕對方離開。」

「你對這裡了解多少？」

吉田這麼問的時候，穿著拉拉熊圍裙的女性端茶走了進來。楢崎道了謝，但沒有勇氣喝。

「其實我不太了解。」

「不了解還跑過來，你的膽子真大。」

吉田輕笑出聲。

「我想一下。剛才我也說了，這裡的規定是不管誰來都不會趕對方離開。還有即使松尾先生不在，也必須有人和對方聊聊。所以……我先簡單地向你介紹一下這裡吧。畢竟不能讓你懷有太大的期待。我也希望你見到松尾先生的時候可以盡量保持冷靜……這裡不算是種宗教，所以我不知道能不能回應你的期望。最近只要有人來訪，我們都會事先這樣說明。因為很多來的人都抱持著錯誤的期望，我們必須避免這種人事後感到失望而引發其他麻煩。」

這座大宅的主人松尾正太郎，是個經常在庭院裡獨自冥想的怪人。以前沒有這樣的圍牆，所以往來行人都能看到他，左鄰右舍也都知道他是個行徑怪異的老人，但起先也僅止於此。沒有人知道他從前做了些什麼，是不是原本就住在這座大宅裡，他憑空出現在大家都以為沒人住的老宅子裡，誰也不知道他的過去。

某天，一個老婆婆來到這裡，她為原因不明的腳痛所苦，懇求松尾為她祈禱。因為連醫生也查不出腳痛的原因，老婆婆萬分苦惱，四處探訪了各個宗教團體和祈禱師，卻始終未能見效。

「你一直都在這裡盤腿打坐對吧？」老婆婆說。「那你應該擁有某種力量吧？能不能試著幫我這雙腳祈禱呢？」

松尾十分驚訝，表示自己並沒有那種力量，但還是招待了老婆婆進屋喝茶。屋子裡除了松尾，還有他的妻子芳子。三人打開話匣子聊了起來，松尾與芳子都非常同情老婆婆所受的痛苦，松尾還試著按摩她的雙腳，但卻無濟於事。

「我還是很感謝你們。」老婆婆說。「改天可以再來打擾嗎？」

松尾夫婦欣然同意。在持續造訪了數週之後，老婆婆的雙腳竟然有了起色。

「……不過，為了不讓你心生期待，我就坦白說了，那位老婆婆的症狀是來自於壓力。」

吉田說道。

「從古至今，治療疾病就是宗教的典型模式。當然或許也有人是真的擁有神力，但至少松尾先生並沒有。嗯……譬如我們很常聽到『信者得救』這句話吧？從某方面來看，這的確是事實。傳說耶穌基督出現在世人眼前的時候，治好了無數病患，我認為那是真的。只要你發自內心相信這個人真的擁有治癒疾病的能力、真的是神之子，病症不嚴重的話，確實有可能痊癒。人類的自癒能力其實非常驚人，又因為很多疾病是壓力所致，當內心充滿親眼看見神的感動時，應該會強烈激發人體的內部反應。」

吉田莞爾一笑。

「我想驅邪也是一樣的道理。當然或許也有人真的能夠驅除邪靈，但那不外乎是將體內的壓力塑造成一種人格，聲稱那是邪靈並且驅除它，讓委託人信以為真……如果身體的不適與精神失常是源自壓力，身體狀況自然會變好。對了，我可不是在批評喔。倒是人類文明愈來愈進步以後，反而拋棄了這種治療方法……也就是詢問神靈自己疾病的來源，藉此獲得治癒力量後，活化體內免疫功能的方法。對於從前醫學並不發達的人們而言，這可是切身又重要的醫學，而且從能夠治病這點來看，也是如假包換的醫學。」

老婆婆的雙腳痊癒了，這項消息漸漸在鎮上傳開來。人們開始陸陸續續造訪此處，原因不明的心悸和肩膀痠痛也都因此不藥而癒。松尾始終聲稱自己並沒有那種能力，但也感到左右為難，因為如果再三堅稱，反而會削弱委託人相信他的意念，這麼一來，原本能治好的病也無法康復了。既然都來了，松尾還是希望大家能夠恢復健康。根據吉田的觀察，松尾似乎從以前就知道「相信」這項行為，與「簡單的治癒」這種現象息息相關。不可思議地，一位宗教家就這麼誕生了——令人始料未及，但也沒有持續太久。不消說，因為還是有許多人的疾病沒有痊癒。

症狀未見好轉的人們開始責怪松尾。其他人都痊癒了，自己卻沒有任何起色，心裡當然不平衡。不過，因為松尾並沒有收受財物，事情也就沒有鬧大。但漸漸地，這個團體開始產生了變化。

「你不覺得待在這裡心情就很平靜嗎？」

這次換峰野開口。望著他們微笑的臉龐，楢崎漸感呼吸困難。

「……這裡樹木很多，又鋪著碎石子，安靜得彷彿吸收掉了所有聲音，感覺就像是走進神社。」

「……的確是這樣。」

楢崎不露聲色地回答。

「……後來慢慢地，有愈來愈多人覺得待在這裡很舒服自在。比起治癒能力，人們更覺得這個地方本身帶有某種力量……大概就類似現代人口中的靈地吧。也有一些人從外縣市來到這裡。倒也不是有很確切的感覺，只是隱隱約約覺得『好像有什麼』。松尾先生他們開放庭院以後，還有別人說：『要是再放鳥居就變成神社了。』松尾先生自己原本就擁有吸引他人的特質。他的過去一直是團謎……但自然而然地，每個月都會舉行一次聚會，在庭院裡擺放折疊椅，聆聽松尾先生的演說。而當時正值泡沫經濟崩壞、社會很不安定的時期。」

楢崎點點頭，但並不是特別感興趣。吉田又說了。

「松尾先生的演說有不有趣因人而異，但起碼獨一無二。他不是要我們相信某個神，反而在探討神是否存在，讓人覺得『真的有這種教主嗎？』年輕人大概會覺得有點好笑吧。這裡不收錢，也的確很可疑，但因為沒有宗教的名目，所以門檻也很低。」

楢崎再度頷首，尋思下一步該怎麼做。為什麼立花涼子會和這種團體扯上關係？這裡看起來也沒有詭異到像會有人失蹤。這個教團的歷史與楢崎無關，他所期待的不是這些，而是能夠更加蠻橫、更加徹底地改變自己的事物。能讓倫理、道德、人性的迷惘等所有一切都變得無關緊要，甚至能夠抹滅掉自己，和自己至今的人生。

「不好意思。」

楢崎插嘴打斷他們。看來這般善良的人們對他來說毫無用處。他還是做自己想做的事就好了，不需要聽那些麻煩的解釋，也不需要躊躇。

「請問這裡有位叫作立花涼子的女性嗎？」

所有人都看向楢崎。

「咦？你是來找人的嗎？……不是來聽松尾先生的演說？」

「不，這當然也有，但同時我也在找這位女性。」

「……光聽名字我們也不知道。」

吉田說，其他人也是相同的反應。

「這裡沒有所謂的會員，也沒有名冊，況且還能用假名。」

「……我要找的是這名女子。」

楢崎拿出一張相片。在場眾人看向相片。時間上只有幾秒，楢崎卻覺得非常漫長。這份寂靜似乎讓起居間顯得更加空曠。

「你……」

吉田表情嚴肅地注視著楢崎，不再有半點笑意。

「和這個女人有什麼關係嗎？」

「咦？」

「等一下。」

峰野制止吉田，但她也明顯神色慌亂。

「抱歉……請問，你和這位女性有關係嗎？」

怎麼回事？所有人依然盯著自己。楢崎刻意吸了一口氣。

「論關係……是說不太上，但我在找她。」

「……為什麼？」

吉田低聲問。該全盤托出嗎？會不會被捲進奇怪的事情裡？楢崎發現自己開始露出笑容。

「這名女子從我身邊消失不見了。」

「……從你身邊？什麼意思？你明知她是什麼樣的人，還在找她嗎？」

「咦？什麼樣的人？這又是什麼意思……」

「不對。」

峰野對吉田說。

「他如果夠了解她，就不會找上這裡。」

「……也是。」

起居間又陷入沉靜。穿著圍裙的女性只是低著頭，似乎不知所措。

「……總之，你最好先聽聽我們的說明，而且照著順序聽也會比較清楚……關於松尾先生，以及聚集在這裡的人後來發生的事。如果想打聽這名女性，我認為這是最容易了解的……也會是你想聽的內容。」

2

微風吹拂，起居間的窗戶侷促地搖晃。楢崎覺得空氣十分乾燥。一旦點火，眨眼間就會燒起來吧。柱子、天花板，和建構這棟屋子的一切。

「……形形色色的人都聚集到這裡來。」

峰野接著說了下去。

「然後，每個月第二個週六，會在這裡聆聽松尾先生的演說……當中有人就和我跟吉田先生一樣，是受到松尾先生的人品吸引才過來的，但還是有一些人把松尾先生看作聖人。嗯……按照順序說明果然還是比較清楚，因為這件事非常複雜……你拿出這張照片給我們看的時候，表情非常認真，既然如此，我們也必須認真且仔細地向你說明。」

把松尾視作聖人的那些人，過去大多都曾參加某個宗教，但各自對那些宗教感到失望，遇見松尾以後，卻又產生了期待。當中也有懷抱著痛苦的年輕人，其實原本應該由朋友、戀人、公司或其他宗教來幫助這些人才對。此外也有少數人是來觀摩的——觀摩如何成立宗教。為了創立自己的教義，把松尾的演說當作參考。若是從以前就在參加集會的人，一眼就能看出這種人。這種人會追求名利，擁有獨特的聲線，說的話往往能夠直達對方的內心，給人的印象不是很好。其中有個看起來五十歲上下的男人，不知道是不是也是那種人，他自稱澤渡，但多半不是真名。

距今五年前，我們一如既往在週六召開松尾的對談會時，發生了一件事。當時算是全盛時期，庭院裡聚集了大約兩百人。就在松尾對著眾人侃侃而談時，他突然倒了下來，我們事後才知道是腦梗塞。他倒下的瞬間，峰野等從前就認識他的人慌忙地想跑上前，聽眾中卻有人喊道：「是神明附身了！」又說：「我以前也見過，一定是有什麼附身了。」

場面頓時陷入混亂。後來一問才知道，那個聲音的主人所謂「以前也見過」，是指他從前參加某個宗教團體的彌撒時發生的事，但一些才參加集會不久的人卻誤以為那個人「以前也見過」松尾這副模樣。於是有人對想衝到松尾身旁的人大喊：「不能打斷他！」、「這種事如果中途被打斷，可能會害死他！」想奔上前的資深成員們儼然都成了不懂察言觀色的新人。

「這部分算是盲點吧。」

峰野平靜地說，不知為何顯得有些畏縮。

「這裡是幾乎互不來往、來去自如的集會，所以成員彼此都不太認識……當初要是有類似幹部的成員在，也許事態就不會一發不可收拾了。但偏偏當時松尾先生的太太芳姨也不在……還好吉田先生預測到了接下來的混亂場面，趁著大家的注意力都放在松尾先生身上的時候，打手機叫了救護車。」

一群人拚命阻止想衝到松尾身邊的另一群人。許多折疊椅翻倒在地，混亂的程度有增無減。多虧了吉田的通知，救護車很快就趕到了，但有些人卻不肯讓救護人員進入場內，引發了小規模的衝突。急救人員八成非常不知所措，現場到處都是怒吼與哭喊聲。不過新來的成員中本來有人以為教主暈倒只是無聊的演出，認為這個團體果然很可疑而感到非常失望，但看到救護車真的來了以後，態度就變了。他們終於明白教主是真的暈倒，轉而站在資深的成員這邊，急著想將老人送上救護車，於是只好動手壓制住叫嚷著別碰教主的人。最後松尾終於被擔架運走了。

松尾雖然保住了一條命，左臂卻留下麻痺的後遺症。如果再早一點送到醫院，說不定就不會有後遺症了。但是，松尾沒有埋怨任何人，因為誰也沒有錯。會誤以為松尾身上發生了靈異現象，是聚在這裡的他們——遭逢各種不幸，希望得到救贖的人——內心所懷抱的期望，是他們純粹的想望，希望能有某種偉大的事物拯救自己脫離苦海。因此松尾不得動彈的左臂，也可以說是他們的痛苦所衍生的結果。「這樣可不夠呢。」事後松尾還這麼說。「光一隻左手，根本無法承受他們的痛苦。更何況，我也沒有那種資格。」

自從五年前發生了那件事情後，這個團體就變得四分五裂。很多人對於松尾根本不是聖人感到失望，也有很多人在經歷了那場不尋常的混亂以後，開始跟這裡保持距離。松尾住院期間，成員們每月的第二個週六仍會聚集，但也只是無所事事地聚在一起，沒多久就各自回家。就在這時，有一個人開始向成員們搭話。就是我剛才稍微提到過的、名叫澤渡的男人。松尾暈倒的時候，他一直置身事外觀察現場的騷動，尤其關注那群大吼大叫、聲稱教主被神靈附身的人，換句話說，也就是容易情緒激動的人。吉田曾遠遠見過澤渡向他們攀談，三十分鐘不到，他們就在澤渡面前哭了起來。澤渡帶走了數十名成員，從此銷聲匿跡，而且被帶走的人多數擁有高學歷。後來，我們更發現了一項事實。

「松尾先生遇到了詐騙。」

峰野小聲說道。

「松尾先生是個資產家，曾經有人要他提供自己持有的部分土地來蓋慈善醫院，他沒有經過深思熟慮就點頭答應。可是，那塊土地並沒有用來蓋醫院，反而莫名其妙地一直被轉賣，最後成了高速公路的路段。但事情不是只有這樣。後來松尾先生又不知不覺間訂下了契約，不得不放棄其他土地，損失非常慘重。行騙的是一間空頭投資公司，澤渡和那裡有掛鉤。雖然松尾先生不願意說，但他和澤渡好像早在以前就過從甚密……回想起來，我們誰也不知道松尾先生來到這棟大宅之前的經歷……也就是說，澤渡拿走了松尾先生的部分資產，還拉攏了松尾先生身邊的一些人以後就消失了，所以……」

峰野突然閉口不語。吉田接著道：

「你要找的那個女人就在那間空頭投資公司上班，也是欺騙了松尾先生的人之一……後來他們就和澤渡一起人間蒸發了……或者說是回到了他們所成立的宗教才對。」

「……他們的宗教？」

楢崎總算出聲反問了這句話。

「……沒錯，所以她不在這裡。那是個沒有名字的宗教團體。那個團體曾一度被公安警察盯上，卻巧妙地隱匿行蹤。因為沒有名字，公安警察之間似乎把他們稱作X。這個名稱很詭異，也可能有其他的由來，但我不清楚。你和我們在找的女人就在那裡。而那裡——」

漆黑的房間。自己已經在這裡待多久了？一星期嗎？還是一個月？四面全是牆壁的狹小房間。頭好痛。不，也許並不痛。剛才也看見過的，啊啊，門。有一扇門。母親？妳說只要關上門就好了？怎麼可能關上門就好了。因為那扇門上有個洞。我事先用上美勞課時用的錐子，在上頭開了一個小洞。

肚子不覺得餓，身體也使不上力。最後一次吃東西是什麼時候？最後一次喝東西是什麼時候？聲音。有聲音。體內深處翻湧著類似歡喜的熱意。是聲音。有聲音。剛才有敲門的聲音，千真萬確。從哪裡傳來的？從這四面牆壁後頭嗎？代表我並未遭到遺忘的聲音。敲門的聲音。意味著我們都還記得你的聲音。太感激了，真是太感激了。明明這般痛苦，明明什麼都再也吐不出來，現在的我卻比待在公司的時候更能清楚感受到自己。該怎麼形容才好呢？母親，妳說只要關上門就好了？比起在公司的時候，更清楚感受到自己……我正存在著，這分明是理所當然，不，不對，是一種真真切切的存在。我現在處於這份痛苦中，不對，我就是痛苦，存在這個空間裡。化作了痛苦，存在這世界。我的四肢，我的內臟，我的性器，身體動彈不得，只有意識彷彿沸騰著。意識的洪水，教人作嘔的意識的……啊啊，那名女性現在在哪裡？不，那是夢嗎？只要關上門就好了？蕭索的小酒館二樓。風大的日子窗戶會喀答喀答響的恐怖二樓。我知道那樣子不對，也知道不可以看。可是，我明明還是小學生，對那種事卻想看得不得了。看著那種事，就想把玩性器。看著以結實的腰肢，絕妙地承接著那些陌生男人的妳；看著完美迎合對方之餘，歡喜沉醉的妳。妳說只要關上門就好了？我好羨慕那些男人。要是我也拿出兩萬圓，也能跟妳做那種事嗎？其實講白了，我羨慕的不光是抱妳的那些男人。我抵擋不住想脫口而出的話，也感覺不到抵擋的必要。我甚至也非常羨慕妳！那些被性慾沖昏頭的男人對在隔壁房間裡的我一點興趣也沒有。他們對我毫不關心，只一心索求著妳。那般魁梧健壯的男人們，他們那般粗魯的性慾，妳卻能夠持續擺動腰肢、堅定地承受。母親，妳太厲害了。母親，妳太了不起了。那般壯碩的男人們，妳居然能夠照單全收，甚至露出了極端愉悅的神情，讓我跟著心癢難耐。我也想變成那樣。我也想那麼忘我地被人渴求。大家都不再漠視我，而渴求我到無法自拔的地步。那之後，就在那之後，我開始一邊做愛，一邊將情感投射在女人身上。不只是自己抱著她們時的快樂，也去想像女性被擁抱時的歡愉，給予女性如痴如狂的快感……讓女人再也無法理性思考，讓女人再也無法理性思考，我很粗暴，非常粗暴，啊啊！我明明很善良，還是個沒出息的男人，卻只有這個部分強烈得足以摧毀我的人生！這音樂是什麼？啊，我知道。我知道這個音樂。在這個房間裡聽過好幾次了。巴哈，是巴哈。〈耶穌基督啊，我呼喚著祢〉。為什麼呢？這段音樂竟然與那幕影像重疊，竟然與母親被男人團團包圍的影像重疊。難不成基督曾在那裡？基督出現在那裡了嗎？當時我趴在地上，悄悄將眼睛湊在門上的小洞，看見妳充滿喜悅的模樣時，我好像聽到了呼喚，得到了指引。難道那就是基督嗎？難道祂在那裡，在那個地方的某處，不對，那個地方本身就是基督嗎？救贖？不，才不是救贖。不是救贖，是恐懼。是恐懼才對。為什麼基督要向我展示恐懼？因為是我的本質嗎？那是我的本質？基督是在向我展現我的本質嗎？為了什麼？為了將我引導至何處？前往何種無底深淵？為了什麼？為何要這般殘酷！

敲門的聲音。太感謝了。我並沒有遭到遺忘。啊啊，可是，視野好模糊。門？妳說門關上就好了？我的本質。視野……好想吐。什麼也吐不出來。喉嚨微微痙攣。再也分不清自己是感到痛苦或愉快……嗯？門？門打開了？

「恭喜你。」

光線從敞開的門外傾瀉進來。

削瘦的男人倒在地上仰望那道光。光線並不強烈，但對一直置身黑暗的男人來說卻十分刺眼。光？削瘦的男人感到疑惑。啊，有人。好多人。

「……你沒事吧？恭喜你。太好了，真是萬幸。」

長髮的男信徒扶起瘦弱的男人，將他帶離狹小的房間。無處不是光。長髮信徒正哭泣流淚。削瘦男人感覺到自己的身體在發熱。別人為了我而哭泣？

「啊……」

「沒關係，你不用說話。恭喜，教主大人召見你。」

「咦？」

教主大人？真的嗎？削瘦男人的身體開始顫抖。為了自己這種人？啊，這裡有好多人。大家都面帶微笑看著自己，當中甚至有人流下熱淚。為了我這種人？太感謝了。敲門的人是你們吧？讓我清清楚楚地聽見聲音，告訴我沒有任何人遺忘了我的，就是你們吧？暖意在削瘦男人的體內擴散。我可曾經歷過這般無上的喜悅？

「恭喜你。」

「恭喜你。」

「恭喜你。」

削瘦男人在長髮信徒的帶領下走上階梯，前往二十一樓。只有獲選的人才可以進入的二十一樓。自己居然能去二十一樓。自己這種人……模糊的視野盡頭見到一扇門。寬敞的空間裡，他們的腳步聲在堅硬的地磚上迴響。意識朦朧間，所有聲音都在體內迴盪。有道偌大的門。眼前只能清楚看見這扇巨大的門。長髮信徒開口說道：

「我不能再過去了。恭喜你。快點過去吧，教主大人要親自面見你。這是何等的感動，何等的喜悅啊。」

大門敞開了。房間裡很暗，教主端坐在椅子上。看就知道了。只消一眼就能看出他是教主。削瘦男人在心中吶喊，我……我就是為了見您才來到這裡。我就是為了見您才來到這裡。為了見您，為了遇見您，我才誕生到這世上。

——能夠撐到現在，你做得很好。你非常優秀。

教主的聲音低沉有力。削瘦男人當場泣不成聲。

——你至今充滿痛苦的人生、無法得到回報的人生，將在今天劃下句點。

「……是。」

削瘦男人淚流滿面地仰望聲音的主人。

——這裡沒有人能傷害你。

「……是。」

——也不存在無法理解你能力的愚者。

「……是。」

——也不存在妨礙你人生的人。

「……是。」

——你是無可取代的弟子。你是無可取代的弟子。對我們而言，對我而言，你都是無可替代的夥伴。

削瘦男人哭到無法起身。

——你的人生就在這裡，你活下去的一切目標就在這裡。我打算改變這個世界，希望你能助我一臂之力。

「是。」

削瘦男人跪在地上，像在向教主祈禱似地雙手交握。男人再度啜泣，淚流不止。激烈、溫暖，無法自制。人生的意義、安穩、夢想、驕傲、全部——

「教主大人，我的人生謹獻給您。我是屬於您的人。」

「那裡因為沒有名字，只能這麼稱呼。」
吉田近乎呢喃地說。
「X教團。」

3

「……X教團？」
楢崎心想這真是奇怪的名字。就像《X檔案》和《X戰警》一樣。
「詐騙那件事報警了嗎？」
「松尾先生不願意。」
吉田說得一臉不甘。
「以前松尾先生和澤渡兩個人之間發生過一些事……只是我們不知道。」
戶外漸漸變得昏暗，更是襯托出屋內的照明。在人工亮光的照映下，在場眾人的影子往外拉長。
「接下來能不能請你說明了？」
吉田問楢崎。

「不好意思沒能幫上你的忙，但我們也在找他們，更正確地說，是在找澤渡……但沒讓松尾先生知道。如果你願意告訴我們，說不定能發現一些線索。」

「……其實我也不太清楚。」

楢崎這麼回答。

「……不清楚？」

「對。」

楢崎暗忖著該透露到什麼程度。不過，他並沒有說謊。自己對她幾乎一無所知。

「……什麼意思？」

「意思就是，她是突然不告而別的。」

「所以……你們是在交往嗎？」

「……我沒辦法解釋得很清楚。」

沉默持續蔓延。楢崎知道吉田正定定看著自己。穿著拉拉熊圍裙的女性依然低垂著頭。屋內的時鐘秒針緩慢走動。峰野吐氣似地小聲說了：

「好吧，既然你都來到這裡了，今後應該也還會再來……我想有些事的確不好啟齒，等你願意講的時候，再慢慢告訴我們吧……今天就先看DVD如何？是對談會的影片。松尾先生不在的時候，我們都會播放給訪客看。」

「可是——」

「難道你想逼他回答嗎？松尾先生也不想看到這種事發生吧？」

吉田面露難色地看著峰野。但峰野無視他，謹慎地直視楢崎。

「而且影片裡頭應該也拍到了立花小姐。」

峰野起身，吉田也一臉莫可奈何地站了起來。楢崎跟著他們步出起居間，踩在年代久遠的走廊上。儘管陳舊，但擦得光可鑑人。

「你們都在這裡做些什麼？」

楢崎問。其實他不感興趣，但對於自己什麼也沒說感到良心不安。

「嗯，都在打掃。因為松尾先生會回來。」

「回來？他不是得了重病嗎？」

「是痔瘡啦。」

吉田說。峰野忍俊不住地笑了。

「他得的是痔瘡，而且嚴重到必須開刀。很好笑吧？教主竟然得了痔瘡。」

楢崎被帶到了另一間房。鋪著榻榻米的和室內有電視，還有菸灰缸。這裡比剛才的起居間小，但已經開著暖氣。留下楢崎，吉田他們轉身離開了。他們這麼相信自己嗎？居然留他一個人。眼前的拉門看起來也無法從外側上鎖。

楢崎愣愣地看著裝有DVD的紙箱。還以為教主的影片會擺得更加氣派。他拿出其中一片，接著點燃香菸。一個月前還忍著不抽的菸。

影片中出現了一個體型清瘦的老人，年紀大約七十歲，但單看影片很難確定。他的眼睛很大，剪短的頭髮雖白，但髮量濃密，年紀雖大，五官卻十分端正。他的左臂不停揮動，是還沒暈倒前錄的影片吧。身上穿著灰色毛衣和一件像是卡其褲的米色長褲。給人的印象確實不像教主。松尾坐在簷廊上，數十名聽眾在庭院裡擺了折疊椅就坐。

都說是對這個宗教有興趣才來的，楢崎只好開始觀看。

教主妙論　I

嗯，今天要談論的主題比較嚴肅一點。大家都知道佛陀吧？佛陀，相傳是佛教的開山始祖。我指的不是新年參拜會去的神社喔。那是名為神道的宗教，供奉的是其他神明。我說的是除夕夜敲鐘去的地方，也就是寺廟。寺廟就是佛教。

大家看過大佛吧？那是把佛陀的模樣雕刻成巨大的銅像。說到佛陀，大家腦海中有什麼印象？至少都覺得他是個好人吧？（輕笑聲）佛陀是行善、慈悲為懷，甚至教化罪人、引領罪人到極樂世界的存在……可是，真的是這樣嗎？佛陀真的是「好人」嗎？今天的主題就是這個，還有最新的大腦理論。兩者其實密切相關。

佛陀的原名是悉達多．喬達摩。據說在西元前六二四年出生，但也有人說是西元前四六三年，實際上沒有人能肯定。但既然是西元前，就表示他比耶穌基督早了四百到六百年出生。相傳他貴為王族，卻在二十九歲那年拋下妻子離開宮廷、浪跡天涯，直到三十五、六歲時才開悟得道。他的教義「佛教」不只在印度，後來更流傳到中國和日本等地。日本國內也有很多寺廟。關於佛陀的生平事蹟眾說紛紜，當中更有一些只能視為傳說的天方夜譚，像是佛陀因為沒能搭上船就在空中飛等等。後世的人們各自傳播佛教，創造出了不計其數的經典與教義。當然，所有經典都卓越超群。但說實話，我並不是對佛教感興趣，而是對佛陀這個人感興趣。他實際上是什麼樣的人？他的教誨又是什麼？但是，佛陀本身並未留下隻字片語，和基督的情況相同，是弟子和信奉他的人們，向後世傳達了他的話語。

所以，我要告訴大家一部名為《經集》的經典。在數量龐大的佛教經典中，這是最古老的經典。最古老，也就意味著最接近佛陀自身的話語。讀了《經集》以後，我大吃一驚。因為這和我以前對佛教的印象相差了十萬八千里。而且當佛教從印度傳到中國和日本時，據說這部《經集》沒有跟著傳過來。也就是說，這部經典對於後來的東亞佛教幾乎沒有造成影響。但它明明是佛教中最古老的經典，最可能真實地傳達出了佛陀真正的心聲。

在這部《經集》當中，第四品和最後的第五品又更古老。為什麼數字愈大，也就是愈後面的章節愈古老？我猜這是經典的一種編排方式。順便告訴各位，從記述時期來看伊斯蘭教的《可蘭經》，也是後面發生的事排在前面。不過，據傳印度教中最古老的聖典《梨俱吠陀》，則是愈晚近的事排在愈後面，所以還是各有不同。

那麼，我把內容唸出來。

「成障礙之根本『思考我有』皆應抑制。」[1]

1：以下所引《經集》文句皆出自釋達和譯著，《經集》，法鼓文化事業股份有限公司，2008年。

一五九六年出生的哲學家笛卡爾的名言「我思故我在」，被早他兩千年出生的佛陀給否定了。佛陀在兩千年前，就駁斥了西洋哲學家們的種種思維。

「若已斷流比丘，執著已不存在。捨應作不應作，則煩惱不出現。」

也就是不光壞事，連善事也不做。明明是宗教家！他卻從來不為善惡煩惱。

「聖者不依著一切處，不作愛亦無作不愛。」

而且不愛人。當然也不愛女性，更不談戀愛。上頭寫著女性也是人，體內也有內臟，也會流鼻水和上大號，所以要人捨棄愛慾。這番發言簡直讓人懷疑佛陀是認真的嗎？上頭甚至還寫了，人本來就會大號，別自命不凡了。

「彼精通吠陀者不因見，不依慧至慢因不牽涉。」

「是故對所見所聞或所思索，或對於戒禁比丘不應依止。／諸法亦不被彼等領受。」

「如婆迦利與跋陀羅浮陀、阿羅毘瞿曇所信解，汝亦應如此信解！」

……怎麼樣？很不像宗教吧？引用世界級佛教學者、精通原始佛教的中村元教授的解釋，即是「佛教存在於否定教義之處」。很酷吧？「最初期的佛教在某些場合下，象徵相信教義的信仰（saddhā）並未提倡這一點，反而是象徵聆聽教誨便能淨心的淨信（pasāda）對此加以提倡」。表示這有可能甚至不是「宗教」。關於佛陀，中村元教授曾寫道：「他並未意識到自己成了特殊宗教的開山始祖。」還寫過：「若不拋開所謂的『佛教學』，就無法理解《經集》的含義。」

那麼，佛陀的開悟究竟是指什麼？我們一樣循著《經集》看下去，內容非常難懂喔。

「對內部與外面之感受，無歡喜者，／止滅意識作用。」

「由於識之消滅／於此場合此〔慧與念與名與色〕消滅。」

名稱與形態，簡單說來就是構成個人的精神與肉體。

佛陀所做的，就是消除所有欲望。抹除快樂與不快，也不為感官的感受歡喜，不再動用辨別此是彼、彼是此的能力，進入「無」的狀態。進入不去主動擁有欲望、也不主動捨棄欲望的狀態，也就是不再思考這些事情的「無」。超越了西洋俗稱的虛無，是更加徹底的「無」，不對任何事物抱有執著。這樣的存在，不可能再次進入印度思想裡可以死後轉生、投胎轉世的「輪迴」

循環中，因為這已經進入了遠離生所帶來的快與不快的「無」的境地，也就是感受不到再次投胎轉世的必要性。即是得到「解脫」，達到「涅槃」的境界。所有欲望歸零，抹除感官的感受，甚至消除辨別能力的絕對境地，這就是「涅槃」。既是無，也未意識到自己是無的極致狀態。真是太神奇了。那麼「解脫」之後呢？各位大概會這麼想吧，但我認為恐怕連之後的發展也不去思考，才是真正的「解脫」。也就是說，佛陀既未意識到自己會從輪迴中解脫變成神，也從來沒有思考過這些事，只是處在安詳靜謐的狀態裡。大家覺得如何？他根本是最強的人類不是嗎？不受世間萬物的禁錮，也不思考神的存在，就這點來說，甚至超越了神。而且佛陀也擺脫了神的天性，也就是對人類百般要求的這種「窠臼」，活得自由自在。我認為可以這麼斷言：這是人類在精神領域上超越了神。早在距今兩千幾百年前，他就一個人思考著這些。基督的教義卓越非凡，但佛陀也是非同小可的人物。

「非想想者非無想想者，亦非非想者非無有想者，如此行則色消滅。」

這段話雖然可以寫成「文字」，但用大腦去理解卻非常困難。無想，又非無想，實在太深奧了。像這樣雖然可以化作文字，但超過了對文字意義的理解程度，也就是跳脫了語言邏輯的這種狀態，也可以稱作「涅槃」吧？反過來說，若能進入「涅槃」的境界，也就能夠理解這段話。熟知佛教的人，也許會從剛才的討論聯想到「無所有處」、「非想非非想處」，搞不好以為佛陀後來又橫跨到了其他領域。雖然這時「中道」思想已經萌芽，但並未被推崇至前線。「三界說」

等諸多教義也尚未誕生，那都是後世的佛教發展演變而來的。

大家可能已經發現了。

「這種『宗教』真的能發揚光大嗎？」

正是如此，照這樣下去確實極難推廣。因為要達到那樣的狀態太難了，而且倘如大家都和佛陀一樣不談戀愛也不生孩子，人類就會滅亡了。「涅槃」是超脫了一切的終極境界，我不認為一般人會想達到那種境地。所以，佛教開始改變。但是，這不代表非得偏離佛陀的教義。關於這一點，最後我再說明。

那麼，大家還記得我一開始提到的佛陀說過的話嗎？

「成障礙之根本『思考我有』皆應抑制。」

這句話在兩千年前就否定了笛卡爾的名言。我是個業餘思想家，最近調查了不少關於「大腦」的資料。關於「大腦」與「意識」。我們像現在這樣思考著有關自己的這份「意識」，說起來究竟是什麼？隨著不斷地調查，我發現佛陀這句話，與最新的大腦理論有著異曲同工之妙。

4 續　教主妙論　I

大腦由千百億個神經細胞構成，這些細胞再由無數的突觸相互連接。

光用想的就非常驚人。千百億個喔！數量多到無從想像。這些全都匯集在各位的大腦裡。

人類的身體由無數原子組成，數量一樣龐大。

不如就以構成人體相當重要的蛋白質為例吧。

依據二十種胺基酸的不同組合方式，蛋白質的種類也多達數千萬種。人體的構成要素是蛋白質，如果再從構成蛋白質的眾多胺基酸中，取出丙胺酸，可析出H_3C、NH_2、OH、O。它們是由各個原子結合體所組成的化學物質。若從微觀世界觀察大腦，當然也同樣是透過無數的原子結合而成。原子又由更小的質子、中子和電子構成，當中的質子和中子又由更小的夸克構成。目前為止，一般科學家只承認到夸克為止。補充一下，表示原子的大小時是以埃（Å）為單位，一埃是毫米的千萬分之一，可想而知那有多麼微小。也就是說，人類的身體全是化學物質。再次聽到這個結論會覺得非常神奇，但大腦的千百億個神經細胞也一樣。神經細胞的活動正是仰賴這些原子結合體，亦即微小物質之間的化學作用所產生的無數電訊號。聽我這麼一說，同樣會覺得很神奇吧。但事實上，大腦也是一樣。

那麼，為什麼在無數的化學反應中會誕生出意識呢？這點真是不可思議。話又說回來，所謂的意識是什麼？對於「我」這個存在有各式各樣的想法，但這個「我」又是什麼？「我們」都是自我思考、自我行動對吧。因為我想討論這個話題，所以才和各位說這些。但實際上，有項實驗結果頗為駭人。

那是科學家班傑明．利貝特所做的一項知名實驗。根據實驗結果，當人類有意識地試圖做某件事時，其實早在產生意識之前，在本人也不知道的狀況下，大腦對應的那個區塊早已先出現了反應。什麼意思？也就是說，早在有意識地想移動手指之前，負責移動手指的大腦神經迴路就已經做出了反應。

這項實驗中，在大腦出現反應想讓手指動作的〇點三五秒之後，意識，也就是「我」才產生了移動手指的意志。而實際上移動手指的時間，是在「我」擁有意志想移動手指的〇點二秒之後。

於是許多大腦科學家這麼說。

司掌意識「我」的大腦特定部位並不存在。

意識「我」來自大腦的整體運作。

沒有大腦，也就不會有意識「我」。

大腦的活動反映在意識「我」上。

但是，意識「我」無法對大腦產生任何因果作用。

這是什麼意思呢？就是意識「我」並非主體，比較像是一面反映了大腦活動的「鏡子」。當「我們」覺得「靈光乍現！」的時候，其實是〇點幾秒前大腦就已經「閃過此念」。現在擁有各種思緒的意識「我」，事實上對自己的所作所為和所思所想並沒有做好決定。我們自以為做了決定，實際上是在大腦做了決定之後才跟著亦步亦趨，而那是我們所無從知悉的部分。這正是意識「我」的真面目。「我們」就像是坐在「自己」這個座位上，觀賞自己人生的一名觀眾。

哦，大家好像開始議論紛紛了。各位覺得這很荒唐嗎？嗯，的確是荒唐。不過，這件事最後會再提及，我先繼續往下說吧。

現在請大家回想一下佛陀說過的那句話。

「成障礙之根本『思考我有』皆應抑制。」

佛陀既未進行科學實驗，也未解剖大腦，可能只是關注意識、持續冥想，就發現到意識「我」實際上不具實體。這真是太了不起了。有所動作的是名為大腦的「化學物質」，並非是「我」。行動的開端不是「我」，而是「我」無從認知的「化學物質」，也就是「大腦」，「我」不過是依循大腦所下的決定行動。那，佛陀眼中的世界究竟是什麼樣子？

剛才已經說過，人類的身體是由無數的原子構成的。而且因為進食和排泄等作用，一年過後，構成身體的原子全都會汰舊換新。也就是說，現在構成我眼前的手指的原子，也會在一年後全都換新。那麼為什麼都汰舊換新了，手指還能夠維持相同的形狀和特徵？這是因為DNA和手指中無數原子擁有的構造，能使它們在各自的特質中組回原貌。至於為什麼非得汰換不可？是因為包含人類在內的所有物質，都受到了熵增原理的影響。用最簡單的說法，就是從原子來看，所有物質要是放任不管，就會變得亂七八糟。固體也早晚會被分解。為了防止這事發生，生物必須讓構成自己的那些原子常保新鮮，否則體內的原子會愈來愈雜亂而日漸損壞。因此進食除了攝取營養以外，也有其必然的功用。對了，DNA也是一種化學物質，叫作去氧核糖核酸。啊，感覺真可怕呢。佛陀很可能就是用這樣的角度看世界的。

就算看著人類，也不是將其視為「人類」，而是「不斷替換以維持固態的原子鬆散結合體」。說得更詳細一點，就是「身體經常從頭到腳汰舊換新，卻自以為擁有『自我』的結合體」。即使有人撞到自己，也不過是原子的鬆散結合體撞上了原子的鬆散結合體。因為在感官上的感受並不好，所以對於大腦「為了人類所展現出的世界樣貌」也沒有任何感覺，當然就不認為有什麼意義和價值。只是無數個原子在空間裡活動，無數個原子悠悠哉哉搖來晃去的安詳境界……。

其實我在庭院裡打坐的時候，就是想達到這種境界。啊，我亂說的。正確地說，是只保持著對女性的興趣，再進入無我的境界。（笑聲）大家也這麼覺得吧？因為女性是這麼美好！（笑聲）不過，保有對女性的執著，同時又要捨棄一切執著，這太矛盾了。由此來看，這比佛陀所面對的處境還要艱難呢。（笑聲）

那麼，今天主要的話題就到此為止，最後再回到大腦的部分吧。

剛才我說過了，意識「我」無法對大腦帶來任何的因果影響。大腦會比意識更先做出反應。意識「我」對於自己的所作所為、所思所想並沒有做什麼決定。以為是自己決定的，但其實是大腦下了決定之後才跟著亦步亦趨，而那是我們無從知悉的部分。那麼，為什麼所謂的「自我意識」會出現在大腦內部？非得出現不可嗎？

這一點與演化有關。某個學說認為，在爬蟲類演化成鳥類，以及爬蟲類演化成哺乳類的過程中，出現了原意識，也就是沒有「我」這種概念的低階意識。

在這段演化過程中，大腦中的丘腦部位和皮質部位之間形成了雙向流通的複雜迴路以後，才產生了原意識。至於原因，則是因為具有意識，才能應付各種狀況，對生物而言更加有利。因為大腦能讓自己反映在意識這面鏡子上，自己藉此更容易去掌握大腦內的活動。

而「我」這種概念的出現，是因為迴路又變得更加複雜了。它發生在更高階的演化階段。有人認為「高階意識」存在於人類之中，可能也有些許存在於紅毛猩猩之中。我則認為海豚和大猩猩應該也有才對。

那麼，為什麼會誕生出這種高階的「自我意識」？聽說與記憶息息相關。

因為在處理為數龐大的記憶時，需要有「統一感」，以整合「全屬於某一個體的經歷」，否則就會陷入混亂。所以「自我」才出現在「不斷替換而維持著固態的原子鬆散結合體」當中。

大腦決定了一切，「自我意識」不過是依循其後發生。但是，你們千萬不能想說「反正不管想什麼都一樣，都得依大腦決定嘛。好，那我從明天開始就自暴自棄吧。」因為一旦你們那麼想，大腦就會變成那樣（雖然正確來說，你們指的就是你們的大腦）。所以，這不代表就算自暴自棄，結果也會一樣。我再重複一次，如果你們想自暴自棄（雖然是你們的意識促使你們在○點幾秒之後知道大腦會那麼想），大腦就會自暴自棄。

當然，這在現代的腦神經科學中無法判定為「事實」。不過也有其他我們能夠認同的學說，例如「大腦雖然是開端，但意識擁有否決權」（不過很遺憾，這項學說沒有什麼說服力），也有學說認為「意識能夠影響大腦活動，意識才是主體」。哪個學說才是真的，目前還沒有定論。你們只要知道有這些有力的學說就好了。

日常生活中不需要去意識到這些事。況且這些學說可能是錯的。只不過，當你們在日常生活中偶然有個契機，就算次數不多，只要偶爾想起「我們的意識也許並未做出任何決定」，或者心生疑惑、揣想「也許『我們』都是觀眾」，這種時候，就會覺得自私的人引起的戰爭和糾紛看起來非常可笑吧。也或許能稍微從不同的角度看待鑽牛角尖這件事（雖然鑽牛角尖也是好事）。像是「哎啊，大腦又在煩惱了。這團原子結合體還真麻煩」。此外，可以肯定的是，創造出「意識」的大腦系統是無與倫比地神奇。千百億個神經細胞以壓倒性的速度與活躍度，教人目不暇給地不停活動著。擁有這種神奇意識系統的你們，每一個都是無可比擬的存在。如果沒有「自我意識」，大腦就無法準確地掌握自身的活動。所以對大腦來說，意識是絕對必要的。歸根究柢，就和「你＝大腦」的結論是一樣的。「你＝大腦」，是「你＝大腦」特有且原創的「你＝大腦」。

不過，這件事就留到以後再慢慢說吧。

只是……如果這個學說正確，就會出現驚人的結果，也就是「靈魂或許並不存在」。

這是假設靈魂的定義是指人死後意識依然存在，變作一團煙霧般的往上升……如果意識是大腦構造的產物，是反映大腦活動的鏡子，靈魂就極有可能並不存在。因為要是沒有大腦系統，意識也不會產生。只要大腦消滅，意識也將跟著消失。

物理學一般都否定靈魂的存在。但是……我認為「靈魂是存在的」。而且它是以不與物理學互相矛盾的形式存在。關於這一點，也等到日後有機會再說吧。

最後的最後，話題再回到佛陀身上。關於我對佛陀的種種描述，當然沒有人知道是真是假。我是個業餘思想家，只是像這樣把各種知識與事實結合起來罷了。大家不如就把這裡當作是「某某宗」，想成是新興的佛教宗派、教派也沒關係。但剛才我也說過了，這些事本來就與佛教沒有衝突。最後，我想引用中村元教授說過的話來作結。

「關於釋尊（即佛陀）的悟道內容，亦即佛教的出發點有各種不同的說辭流傳，我們正好可以從中看出重大的癥結與特性。

首先，佛教本身並沒有特定的教義。喬達摩自身（即佛陀）無意以既定的模式告訴大家自己的悟道內容，他都是順應當下、因應對象而有不同的說法。（中略）佛陀不為既定的信條和教義所困，依著原本的樣子正視人，進而賦予安身立命的境界。（中略）這種實踐哲學的立場，在思想上能夠帶來無限的發展。我們認為，後世佛教中之所以有諸多思想，便是源自於此。」

也就是說，佛陀正視每一個前來聆聽教誨的人，說出的話也每次都不相同。我再引用一段文字。

「佛陀寬宏大量，連異端也坦然包容。佛教能夠在後世遍布世界各地，在人們心中點亮溫暖火光，大概就是源自於開山始祖喬達摩（即佛陀）所具有的這種性格。」

我好像不斷偏離主題呢。今天的演說就到這裡結束吧。

佛教的思想真是太美妙了。儘管佛陀非常特立獨行，卻是個好人。

峰野走到簷廊上。

四下已經變得昏暗，微風吹動枝葉。峰野心想，真是和平啊。待在這裡，時間總是徐徐流逝。儘管自己的腦袋充滿苦悶，儘管自己的意識讓她看見了那種東西。

剛才那個男人已經看完ＤＶＤ了嗎？影片內容十分艱澀，連她也沒能完全理解。背後傳來了腳步聲，峰野發現自己習慣性地繃緊全身。

「……剛才為什麼不請他說清楚？」

吉田站在峰野背後問道。峰野沒有力氣回頭。

「因為他看起來很難啟齒……我們只要說明這個團體的歷史就好了，但他卻得坦白說出自己的人生經歷。」

「也是啦。」

「就算現在問他，他也只會敷衍地回答……而且，我覺得如果松尾先生在的話也會這麼做。」

「……原來如此。」

內心一陣忐忑。庭院分明如此靜謐，樹木、碎石子，甚至連微風都彷彿擁有自己的意志。像懷抱著惡意在期待著什麼。

「吉田先生，你覺得他怎麼樣？」

「嗯，其實我也想問妳這個問題。」

風聲呼嘯。氣溫下降了。

「……看起來不像是壞人。」

「但看他的樣子，感覺很死心眼。就算讓他和松尾先生見面，也不知道結果會如何……他看來自尊心高又容易受傷，也不會輕易敞開心房吧。只不過……」

「嗯？」

「他的出現，讓我有種不祥的預感……很難說明，也不是他的錯，但他在現在這個時間點來到這裡，我總覺得……」

「……我也這麼認為。」

她總覺得，他將破壞掉某些事物——光是他毫無自覺地出現在這裡這一點。但是，要為現在的狀況找到出口，就必須進行一些破壞。如果那是我就好了，峰野心想。就算我崩潰了，但如果大家都能變好……真的嗎？峰野緊咬牙根，抓了抓臉頰。不是這樣吧？是妳在渴望吧？看哪，看哪，就是妳！峰野左右搖頭。好痛苦。然而這份痛苦無法與任何人共享。我……。

「……喂。」

吉田出聲喚道。發現他的聲音放柔，峰野不禁有所警戒。

「不能告訴我們的事情，應該能對松尾先生說吧。」

「什麼？」

「別自己承擔。自己承擔的話……妳會撐不下去的。」

峰野沒有勇氣回頭，因為她知道自己臉上是什麼表情。她慢慢地吸一口氣，擠出聲音，就像從小做的那樣。

「你在說什麼啊？真好笑。別偷懶了，快點打掃吧。」

即使成群聚在這種地方，也沒有人能得到幸福。聽著吉田漸行漸遠的腳步聲，峰野出神地眺望庭院，這才驚覺自己還緊緊咬著牙根。她已經與松尾先生的理想背道而馳。

5

「假使人生可以重來……」

立花涼子曾這麼說過。

「卻得依循自己至今的人生，再次變成現在的樣子，你能接受嗎？」

楢崎試著回想自己當時是怎麼回答的。他心口不一地給了肯定的答案嗎？「不可能」，他應該是誠實地這麼回答。

「『我們』就像是坐在『自己』這個座位上，觀賞自己人生的一名觀眾。」

松尾正太郎曾在ＤＶＤ裡這麼說過。要是真如他所言，那自己眼前的人生這場戲真是無聊到了極點。沒有需要守護的事物，卻對周遭察言觀色，小心翼翼到提心吊膽的地步而活到現在。所以，才會像那樣子崩潰。

他茫然地望著眼前無數個空罐。就擺在自己房間桌上，還殘留了一些液體。望著鋁罐毫無凹凸起伏的表面，望著為數眾多的鋁罐表面，楢崎忽然間感到不寒而慄。這種存在感是怎麼回事？拿去丟不就得了？只要打掃一下房間，心情就會舒暢一點嗎？但他沒有力氣。此刻他正酩酊大醉。

看向房間的天花板，看向掩住窗戶的窗簾，看向暈黃的床頭燈。自己正看著房間的模樣。用松尾正太郎的說法，是意識「我」呈現出了房間的模樣。他在無處可去的空間裡喝得醉醺醺。因為覺得自己除了大醉一場之外沒有別的選擇。還真是死腦筋。

說起來，他和立花涼子的相遇也是十分奇妙。

那樣向公司提出辭呈的數週後，他離開圖書館正要回家。原本他就有閱讀的習慣，只要翻開書頁，文字就能將自己與麻煩的世界隔離開來。在類似發燒的倦怠感中，他不知不覺間開始了早已中斷的閱讀。由於沒有特別想看的新書，於是前往圖書館尋找以前看過的書。他想起了幾本主角「失業」的小說。借了書、買了罐裝咖啡，正坐在附近的長椅上時，有人向他搭訕。現在回想起來，其實那時就很可疑。

「你……帶著好多書呢。」

這種搭訕方式實在非常突兀。但是，當時自己精疲力竭。熱愛孤獨，內心深處卻又渴求著他人。回過神時，已經是茫然失措。可能是因為立花涼子有著一張美麗的臉蛋，也可能是因為她知道沙特[2]。放眼當今日本，同世代裡知道沙特的怪人究竟有多少？讀過《嘔吐》這本小說的人又有多少呢？

此外她的造型也很奇特，服裝和髮型都毫無「現代感」。略長的黑髮筆直柔順，比起裝扮，身上的衣服更像是為了遮掩肌膚。不願向世界敞開自我，彷彿裝扮自己是件可恥的事，更像是從來都沒有過打扮的想法。這樣的女性會向他人攀談嗎？聽完了吉田的說明以後，楢崎才恍然大悟——她的模樣就像是被世界隔離的人。宛如從前新興宗教盛行時，經常在新聞裡看見的那種外表樸素的女人。

當時雖然直接道別，但楢崎還書的那天，她又出現在圖書館。是巧合嗎？還是她平常就會

2：尚－保羅．沙特（Jean-Paul Sartre，1905-1980），法國哲學家、小說家。曾於１９６４年憑藉《嘔吐》獲得諾貝爾文學獎，卻拒絕接受。

來圖書館？她遮遮掩掩地抱著幾本自己不認識的現代作家的書，和一本《薄伽梵歌》。他原本以為那是從前作家的作品，後來在網路上搜尋，才知道講的是印度教的故事。年輕女子涉獵印度教？也許對方只是單純喜歡印度，但置身在孤獨中，楢崎沒來由受到了她的吸引。是因為辭掉了工作嗎？他覺得自己就像掉進了日常生活的氣穴裡。如果那時候每天都要去公司上班，他八成就不會去圖書館，即使遇見她，可能也不會這麼心煩意亂。

楢崎回憶起當時的點滴。他們去了咖啡廳，交換了手機號碼和電子信箱，後來也一起吃過幾次飯。多年未與女性同床共枕的楢崎，迫不及待想擁抱她。吃完飯踏上歸途時，楢崎握住了對方的手，她的掌心卻流滿手汗。楢崎當下以為她是不習慣接觸男性，但並不因此特別忍耐。他停在暗處想要親吻她，但她瞬間全身僵硬，儘管試著接受，最後卻還是別開了臉。「對不起。」她說。

「不，我也是……對不起。」

當時楢崎反射性地道歉，慌了手腳。

「不是的。」

「……咦？」

「不是的，我……請再給我一點時間。」

她是這麼不習慣男人嗎？楢崎陷入了混亂。但就在剛剛，他在她的長袖襯衫底下看見了一條線。襯衫在她為了閃避楢崎親吻的剎那滑開，同時對女性來說顯然過大的錶帶也滑到一旁，暴露出手腕上的一道細線。本來想再次將她攬進懷裡的楢崎停下了動作。她別過眼不看楢崎，小聲地說：

「……對不起……你不願意再和我見面了嗎？」

也許她正努力克服著什麼。楢崎竭盡所能地擠出笑容。

「不，我想見妳。只要立花小姐不嫌棄……我不會再那麼做了。」

在那之後他們頻繁地見面。兩人的關係變得非常奇妙。一週見上一次面，明明手牽著手卻不曾親吻。有時並肩走著，他還會突然發現她在掉淚。每當他追問，她總是悶不作聲地連連搖頭。

兩個月過去了，三個月也過去了。楢崎才伸手抱住來到自己住處的她，她就渾身僵硬。楢崎一放開，她便潸然淚下。

「……妳是不是有過什麼痛苦的回憶？」

楢崎平靜地問，但她搖了搖頭。

「對不起，我……」

「別這麼說。嗯……不然，我們手牽手一起睡覺就好了。」

楢崎伸出手去。她盯著他的手好半晌。

「我實在……太沒用了，真的是無藥可救。」

「……咦？」

「我太沒用了……死了說不定還比較好。如果我死了，說不定就……」

「……就什麼？」

「不對，我錯了。我不能死。絕對還不能死。所以我……我！」

「……立花小姐？」

楢崎朝她伸出的手始終停在半空中。她定睛直視著楢崎，就像要將剛死去的人烙印在眼底，或是再看最後一眼被拋棄的狗。她流著淚注視楢崎，冷不防轉身離開了屋子。依然一身樸素的服裝與過長的黑髮。楢崎沒有力氣追上去。

隔天，楢崎遲疑著打了電話，但立花涼子已經換了手機號碼和電子信箱。她是不是說過類似要尋死的話？楢崎開始擔心。要報警嗎？身體的力量逐漸流失。這麼一說，自己根本不知道她住在哪裡，對她一無所知。如果報警會怎麼樣？她失蹤了。對，有可能會尋死。她的住處嗎？我不知道。她的聯絡方式？不，我也不知道……。

楢崎從桌子抽屜裡拿出一枚硬幣，上頭刻著「ｅｘｅ」。是他之前在洗臉台上撿到的。這幾年來，來過自己家的只有小林和立花涼子兩個人。他問過小林，小林說他不知道。那麼，這就是她的東西了。他隱約覺得最好不要過問，因此一直沒有問出口，沒想到她就離開了。ｅｘｅ？他突然開始感到好奇。這是什麼？某種紀念幣嗎？如果是外國的貨幣，做工未免太粗糙了。還是說這是裝飾在包包上的鈕扣？

在那一個月後，小林說他看見了立花涼子。楢崎為她還活著而鬆了一口氣，卻也沒有勇氣去見她，所以拜託小林進行調查。自己心中有份執著。但是，是針對什麼？對她嗎？還是其他事情？

Ｘ教團。刻著ｅｘｅ的硬幣。太可疑了。為什麼她會這麼巧地找自己攀談？聽說那個團體從松尾正太郎身邊拉攏了許多高學歷的人。回想起來，在遇見她之前，他早就感受到周遭有人盯著他。

但是，自己沒有高學歷，也沒有會被挖角的能力。

楢崎怎麼想也想不出所以然來。

6

頭痛得看不下去。

高原把手上的書放在桌上，叼起香菸點火。

瞥向床上的手機，本來想再次拿起書來看，最後還是作罷。心情靜不下來。他明明已經決定在人生中無論面對何種場面都要保持冷靜，此刻卻光是等一通電話就看不下書。高原從椅子上起身，打開音響，蕭士塔高維奇[3]的第一號弦樂四重奏隨即流出。他想沉浸在旋律裡，頭痛卻揮之不去。再度看向手機。奇怪了，離約好的時間已經過了十五分鐘。

這裡安靜得教人發毛。所有信徒都悄然無聲地生活在此。有誰想得到這一帶林立的公寓大

3：蕭士塔高維奇（Dmitry Shostakovich，1906–1975），俄國作曲家。

樓中，有一棟其實是幽暗陰森的宗教會所？又有誰想得到這裡隱藏著不為公安警察所知的團體？

高原心不在焉地在紙上寫起了字，這時響起了敲門聲。高原為因此嚇了一跳的自己感到焦躁，同時低聲回應，把紙揉成一團放進抽屜。一個留著褐髮、身型纖細的年輕女子走了進來。他曾和她說過兩、三次話，是「銅鋑嫘縈」的女人。

「不好意思……我泡了咖啡。」

「謝謝妳。」

高原回道。不知道自己的聲音是不是夠溫柔。

「但其實妳不用這麼做。妳又不是傭人，咖啡我可以自己泡。」

「對不起。」

「啊，不是啦，我沒有在生氣。謝謝妳，我很高興。」

女子把咖啡杯放在房間桌上，但沒有要離開的樣子。

「妳的呢？」

「不了，我……」

「哈哈哈，既然都來了就一起喝吧。我來準備。」

「這怎麼好意思——」

「沒關係。」

高原的臉上掛著笑容。記得她不喝咖啡，於是從櫃子裡拿出紅茶。

「……今天是星期一，不去沒關係嗎？」

「嗯，今天我休息。」

「是喔。」

「您也是……不去沒關係嗎？今天星期一呢。」

「哈哈哈。」

高原發出了笑聲。

「我才不去。身為幹部的我要是去了，大家會不自在吧？」

「……這樣啊。」

看向床上的手機。沒有打來的跡象。如果打來了怎麼辦？到時也只能暫時請她離開房間吧。

「難不成時間快到了？」

高原邊問邊把紅茶端到她面前。反正不外乎就是要談這件事。

「……對，再兩個月。」

「太好了，恭喜妳。」

「謝謝。可是……」

「怎麼了嗎？」

「嗯……」

居然問「怎麼了嗎」。高原暗忖。簡直是裝模作樣嘛。自己的一言一行全是虛情假意，至今為止的人生全都是這樣。

「我……很害怕。」
「害怕到外面的世界去嗎？」
「如果……」
高原關掉音樂。如此一來萬事俱備了，快點進入正題吧。
「……如果回到外面，我覺得自己最後又會重蹈覆轍……我可能又會被奇怪的男人吸引。再次痛不欲生、身無分文，然後又……」
「……原來如此。」
這種時候不能對她說別擔心。因為這確實必須擔心。
「我一定會重蹈覆轍的。一直以來我都是這樣，大腦很清楚這一點。可是……」
「大腦並不明白喔。」
「……咦？」
「大腦並不明白，只不過妳自己很清楚。」
女子一臉若有所思。高原吸了口氣說道：
「歸根究柢，是妳在尋求那種痛苦……痛苦具有一股引力，讓妳即使痛不欲生，也還是想繼續置身其中。」
「……可能真的是這樣吧。」
高原忍不住看著她。還以為她會反駁。
「可是，這是為什麼呢？」

「……可能是因為妳想一直恨著自己、恨著對方吧。如果留在痛苦中，這麼做就是天經地義。因為這種架構本身也具有引力，就像是一種癮頭。」

高原說到這裡便打住。他沒有說因為這能成為性愛的興奮劑；沒有說愈是憎恨得想殺了對方，愈能感受到原本毫無存在感的自己充滿生氣；沒有說被無法由自己主宰的男人抱在懷裡會令女人無可自拔；更沒有說混合了憎恨、愛情與不幸的性愛，能夠讓人飄飄欲仙。

「所以，我很害怕……說不定會在這裡再待一段時間。」

「那麼要去二十一樓嗎？」

「不……我非去不可嗎？」

「倒也不是，但妳這種例子可能很少見。」

高原又點了根菸。手機還是毫無動靜。這通電話非常重要，足以決定一切……他的頭又痛了起來。

「教主大人當然是位了不起的人物，雖然很了不起……我也說不太上來，就是……」

「沒關係，我不會告訴任何人。這些話只有我們兩個人知道。」

「就是……待在他的身邊，我總覺得會失去自我……這讓我很害怕。」

比想像中還聰明嘛，高原想。不過，這也意味著拉攏失敗了。

「原來如此……但是待在這裡，妳不覺得辛苦嗎？」

「不會，大家都對我很好，而且也沒有不乾不淨的人。如果只是一週一次就無妨，何況……還可以像這樣請假。」

「是嗎？我是不太清楚。」

「這裡和我以前待過的地方完全不一樣。」

「……是喔。」

那妳究竟渴望怎樣的幸福？高原沒有問出口。難道妳想要的幸福，就是跟明明無法原諒，卻又愛得死去活來的男人一起沉溺在愛恨糾葛的快樂裡嗎？他也沒有這麼問。

如果再墮落一點，服用藥物來追尋快樂的極致，直到化成灰的幸福呢？或者退個幾步，和一個平凡無奇的男人結婚？高原在腦海裡接連發問。然後生下孩子，一邊宣稱女人就是該有孩子，一邊無趣地過生活？還四處發送特地貼上孩子照片的賀年卡？當孩子想離開父母身邊的時候卻離不開，就這樣糾纏孩子一輩子，這種幸福怎麼樣？又或者工作上受到無數人的愛戴，內心卻惶惶不安地接受雜誌的採訪？不然乾脆投身宗教吧？輕蔑外面的世界，自以為得到神明庇佑、死後能上天堂，實際上死後不過是成了飄浮在宇宙裡的塵埃，但那個時候妳早就已經死了，所以也感覺不到不幸，這種幸福又怎麼樣？或者聽從這世上隨處可見的老掉牙台詞，不過分奢求，享受平凡生活，這種一味安於平淡的幸福又如何？好了，妳喜歡哪一個？幸福的模樣還有很多種。因為人生帶給人類的幸福有成千上萬種。必須推開別人，將幸福握在手中。因為幸福會招致他人的不幸，而妳的不幸可能也是他人的幸福所造成的結果。因為我們的幸福，就是無視全世界餓死的人所形成的封閉空間。還是妳有其他的意見？不然成為印度的修行僧，試著超脫一切吧？高原面帶微笑，但這些話全都沒有說出口。

「……我覺得，您是對任何事物都無法感到滿足的人。」

女子突然間說道。高原不由得想看向她，又連忙垂下視線。果然沒錯，高原心想。她比想像中還要聰明。

「無論得到怎樣的幸福、接受怎樣的諮詢，高原先生您都無法得到救贖……我是這麼認為。」

心跳略微加快。高原露出笑容。

「哈哈，這麼說真失禮。我很幸福喔。」

「對不起……我只是有這種感覺。我……」

她吸了一口氣。

「我只是希望能讓您輕鬆一點。我沒有辦法拯救您，這點我很清楚。雖然這麼說很失禮，但我覺得莉娜小姐也拯救不了您。」

她怎麼突然說起這些？高原望向她。她的雙眼濕潤，音量提高。事態變得麻煩了。結果她不過是從外界的泥沼，跳進了這邊的泥沼。

「通常女性不是都會認為……如果是自己，就能拯救對方、改變對方嗎？」

「當然也有那種人，但並非所有女人都是那樣。我覺得您凡事都要分門別類才會感到安心。」

真聰明，高原想。包括存心對我說些惹人厭的話，想讓人留下印象這點也是。這次的拉攏確實失敗了。

「可是……可是如果有三秒鐘，我應該能夠拯救您。」

「啊？」

「……就算您不喜歡我的身體，但至少在我體內強而有力地釋放的那三秒鐘……高原先生，我──」

高原注視著她。女子的雙眼與嘴唇水潤晶亮。原來如此，高原再次暗想。女性確實超乎想像，教主說得沒錯。只有女性是未知的謎團。領口大敞的白衣下露出了白皙滑嫩的左肩，裙子底下是略向內併攏的一雙長腿。三秒嗎？高原暗忖。三秒鐘的幸福。

「……妳的心意我很高興，但這裡禁止個人接觸吧？」

「但莉娜小姐──」

「她不一樣，而且我們也得到了許可。」

「那我也可以取得許可。」

「……妳冷靜一點。妳只是因為要回到外面，所以情緒才這麼不穩定。」

但是，那三秒算是幸福嗎？高原沒有說出口。對於自己這種會去想像射精後倦怠感的人，那三秒鐘算是幸福嗎？高原微笑著，盡可能溫柔地說：

「妳好好冷靜下來想想。要知道，妳現在這種狀態，就是導致妳過去這麼不幸的原因，所以……」

真虛偽啊。自己說的話果然矯揉造作。她怎麼可能冷靜得下來。因為就算冷靜下來，人生照樣無趣至極。冷靜下來又怎麼樣？沒錯，根本無所謂。只要追求眼前的幸福，哪怕是地獄也無妨。

高原再次凝視她，試著想像她過去天真爛漫的時期。比如中學時的她，想必受到很多同齡的男孩子喜歡吧。也有很多同年男孩無比渴望她吧。她誤會了，自己並未與許多女性有過性關係。倘若違反規定與她有了個人接觸，自己肯定會一時沉迷其中吧。乾脆就試試看？一邊告訴她「不能被人發現，絕不能發出聲音」，再一邊讓她忍不住發出呻吟。高原面帶微笑。但是，這樣會妨礙到今後的計畫。這份快樂與他的計畫互相衝突。

「高原先生，我……」

女子無視高原的勸告站起身，伸出手朝他靠近。無預警地，電話響了。高原的心跳瞬間加快。

「抱歉，我有電話……這件事下次再說吧。」

女子無處可去的手無力地垂了下來。高原將不知所措的她請出房間。心想必須讓她接受諮詢。

高原接起了電話。這通電話將左右今後所有的計畫。他張開口，盡可能壓低聲音。

7

教主妙論 Ⅱ

大家好，今天我想談談宇宙。關於宇宙的起源，以及印度的宗教聖典中相傳最古老的《梨俱吠陀》。我們居住的宇宙究竟是什麼？又是如何誕生的？

我們居住的地球位在俗稱太陽系的空間裡。無數個像太陽系這樣的星群聚集在一起所形成的星星集團，就叫作銀河。我們所在的銀河從遠處看呈圓盤狀，半徑約為五萬光年，也就是大到以光速飛越也要花費五萬年的時間。據說宇宙中單是現在可以觀測到的銀河，就有一千億個左右。半徑五萬光年的銀河有一千億個，這樣的數字簡直超乎想像，也代表宇宙是如此浩瀚。

而我們的太陽系落在一千億個銀河中的其中一個，位在距離銀河中心約兩萬八千光年遠的邊陲。換言之，我們所在的太陽系，在銀河裡頭甚至算是偏遠的鄉下。

那麼，宇宙是如何誕生的呢？當然我也不知道這是否屬實，但在這裡就介紹一下當前普遍認定的學說吧。宇宙是在距今約一百三十七億年前誕生的。

首先，請各位想像一下所謂的真空。就是沒有空氣也沒有其他物質、單純至極的空間。但是，什麼也沒有的真空並不存在。事實上，要是仔細觀察真空，可以發現比原子更小的基本粒子會突然出現，下一秒又隨即消失，如此周而復始……很不可思議吧？所以說真空並非是單純的無，而是一種擺盪在有與無之間、似有也似無的狀態……很難懂吧？（笑聲）現在請各位先暫時拋開我們大腦裡的常識。在乍看之下空無一物的真空空間裡，極小的基本粒子會瞬間出現又消失，大抵來說就是這樣。有與無的概念原本互相對立，但在真空的空間裡卻同時存在。

其次，據說宇宙並不是從「瞬間」這種時間上的一點誕生的。

宇宙誕生之際，時間這種概念並不具有連貫性，是沒有過去也沒有未來的「虛數時間」，而不是我們現在感受到的「過去到未來」。我們的大腦無法想像「虛數時間」，是因為大腦的構造能夠感受到「過去到未來」的時間流動。宇宙就是在「虛數時間」中、在分不清哪裡是「起點」的狀態下，以極小的體積突如其來地出現。至於突然出現的原理，就叫作穿隧效應。據說極小的物質能夠暫時從別處借來能量。神奇的「穿隧效應」發生以後，原先不斷出現又瞬間消失的粒子才變成了確切的存在。就在那一瞬間，「虛數時間」變成了我們現在熟知的「時間」，又在十的三十四次方之一秒後的下一剎那，發生了大霹靂，宇宙爆發似地膨脹擴張。宇宙誕生的〇點〇一秒後，宇宙的溫度高達一千億度。又在發生了大霹靂後的三分鐘內，形成了氦等原子核。

但是，這時候就有個疑問了。

那就是，在那之前呢？

也許我們可以這麼回答：當時是「虛數時間」，所以「這個時間點」和「之前」的概念並不存在。但是，也有一說認為另外還存在著不同於我們所處宇宙的「母宇宙」，可能是在經由

「穿隧效應」與其連接的瞬間，才誕生了我們所在的宇宙。甚至也有人認為，宇宙起源自「無限大」的「奇異點」所發生的大霹靂。物理學上並沒有所謂的「無限大」，也就是說，宇宙源自於並不適用物理定律的「奇異點」，但後來卻又是循著物理定律在膨脹。「奇異點」的學說目前遭到了否定，但我覺得這個學說很吸引人。

接下來，我想談談《梨俱吠陀》。

《梨俱吠陀》是西元前一二〇〇年到一〇〇〇年之間完成的印度最古老的宗教聖典。比猶太教經典的成書時期以及佛教和基督教還要久遠，在印度教聖典中也是最古老的一卷。這可是距今三千年前寫成的文章，大家不覺得很興奮嗎？關於宇宙的誕生，裡頭這麼寫道：

「彼時無無也無有。／宇宙之初，黑暗沒於黑暗。萬物毫無光明，皆為水波（salila）。虛空所覆，唯一發現者生自熾熱之力。

泰初，唯有意欲之生，此乃思考之第一種子。聖賢深思熟慮，索求於心，於無中發現有之聯繫。

其（即聖賢）絲線橫貫其中。可有下方之分？可有上方之分？有孕育者（即男性之力），有威力者（即女性之力）。／諸神在宇宙創建之後降臨。」

大家覺得怎麼樣？距今約三千年前的文章，竟然與現在最新的物理學理論不謀而合。起初我其實是為了調查神話才看起這本《梨俱吠陀》，但偶然發現這段文章的時候，我真是大吃一驚，甚至心想乾脆來寫成小說好了。（笑聲）所謂意欲，我解讀為誕生後的第一個粒子想要誕生、想要膨脹的意志。至於聖賢則是一團謎，但可以想成是某種比喻，也可以想成有這樣的存在（說不定存在於母宇宙）。「諸神在宇宙創建之後降臨」，這句話也很有震撼性，意味著宇宙的生成並非由神一手打造。

此外，最新的基本粒子理論認為，這個世界的極小物質並非是「粒狀」的小點，而是極其微小的「弦狀」。這條弦會振動，依據振動的方式變化成目前已知的數十種基本粒子。也就是所謂的「超弦理論」。

「其（即聖賢）絲線橫貫其中。可有下方之分？可有上方之分？」

這是剛才朗讀過的《梨俱吠陀》中的一段，這裡也出現了「絲線」這個詞。事實上，整篇文章中，「絲線」這兩個字總是忽然出現在很突兀的地方，讓人覺得很不自然。《梨俱吠陀》的宇宙生成論，在在讓我們預見到當今最新的宇宙理論。這種事情怎麼可能呢？一定有人覺得這是偶然吧？八成是這個章節的佚名作者妄想出來的吧？其實我也這麼認為。只是，為什麼他的妄想能夠觸及宇宙的真理？為什麼在三千年前這麼遙遠的過去，就有人能具備「彼時無無也無有」這種極度高階的抽象概念？對於這個問題，我很想這麼回答：這是因為那個人知道宇宙的構造。

原子知道原子。如果這不符合我們認知中的「知道」，也可以改為「原子自己體現出了原子」。這位作者應當是人類，所以他的大腦當然也是由無數的原子結合體構成。原子知道原子。

原子的內在也包含了原子的祕密。會不會是那些無數的原子結合體向身為意識的「他」展現了世界的本質？三千年前並不像現代這樣，無用的資訊氾濫成災，我們大腦的構造與他們大腦的構造恐怕截然不同吧。他可能是透過冥想達到了「某種境界」，看見了這些影像，也就是原子內涵的真實。就和數百年後，佛陀藉由冥想發現了意識的真相一樣。也就是說，我們的大腦當中早就存在著這個世界的真相了吧？我不得不這麼認為。

而且我愈是調查宇宙，就愈有一種不可思議的感覺。因為我愈是調查，愈是發現宇宙的形成簡直是在配合人類與生物。

說起來若不是有這個三次元空間，人類根本不會誕生。各種力學如果不是現在這樣，地球等行星也不會那麼剛好地繞著太陽公轉，都不知道掉到哪裡去了。再從微觀尺寸來看決定電磁力強度的基本電荷值，以及結合質子與中子、決定構成原子核強度的結合常數，只要這兩者的數值與現在有些許差異，形成有機物質的元素碳就無法在宇宙當中合成。想當然，沒有碳就無法孕育出生物這些有機物，沒有蛋白質就無法製造出DNA，沒有DNA就無法製造蛋白質。生物誕生的時候，這些事物就同時存在了。同樣的例子不勝枚舉。簡直可以說，我們所在的這個宇宙的構造，就是為了創造生物而存在。

不過，當然也能這麼反駁——

「不過是因為人類誕生了，所以才覺得一切都配合得恰到好處。由於人類誕生在這片宇宙，會覺得宇宙適合居住也是理所當然的。」

「除了這個宇宙以外還有無數個宇宙，因為這個宇宙的狀態正好適合人類居住，所以人類才會誕生。不然也有無數個失敗的宇宙在誕生後立刻就消失了。」

就算如此，我還是想說，這個宇宙對人類來說實在是太方便了。這當中一定有某種含義。不過，多數物理學家總是堅決否定人類本位的觀點，不論是靈魂、另一個世界還是神的存在。但是，真的可以那麼斷言嗎？說了這麼多，我想再來談談當今宇宙科學中的「未知」。

美國NASA在二〇〇三年發表的一項調查結果顯示，宇宙有百分之九十六都是未知的物質和能量，而且聽說最新的數值是約百分之九十五為未知。而構成具有生命的身體、空氣、星星等我們已知的物質和能量（原子和基本粒子等），才只占了大概百分之五。

那麼，剩下的百分之九十五是什麼？當中又大約有百分之二十三是「暗物質」。因為屬於未知，所以無法得知確切的資訊，但那似乎是種具有重量的粒子，不與其他物質產生作用而是直接穿過，如同幽靈一般。這種粒子似乎不只存在於宇宙的盡頭，事實上好像也存在於我們身邊。現在正咻地穿透我們的身體，無所不在。也有學說認為「暗物質」是種推動異次元的粒子。什麼是異次元？聽起來像是憑空杜撰的名詞，但真要說起來，宇宙本身不也是不可思議得有如空想？

就拿愛因斯坦的「相對論」來說吧。根據相對論，空間是彎曲的，而重力源自空間的彎曲。簡單地說，「相對論」是指人們自古以來認為永遠不會改變的「時間」與「空間」，其實具有能夠伸縮的「相對性」，而且這些已經經由實驗證明了。此外，也有人認為重力能夠對異次元產生影響。

而剩下未知的百分之七十二被稱作「暗能量」。暗能量藉著與重力相反的斥力影響四周，現在宇宙之所以會持續膨脹，原因和暗能量密切相關。暗能量甚至握有「宇宙終結的關鍵」，如果能夠揭開暗能量的真面目，就能知道宇宙的「未來」。不過，這件事稍後再討論吧。

關於宇宙科學的「未知」，我再補充一點。現在最新的宇宙理論是「膜宇宙論」。

膜宇宙論在探討我們所處的宇宙是否是飄浮在十維空間裡的一層薄膜般的存在。這跟科幻故事一點關係也沒有，當代著名的物理學家們都正埋頭研究。一維是線，二維是平面，三維即是我們現在所處的空間，那麼其他次元呢？有人說第四維是時間，但如果多達十維，究竟會對應到什麼？這個問題目前還沒有答案。

如前所述，物理學和宇宙科學並非都完全沒有破綻。非但如此，現在也還沒有整合研究微觀世界的量子論（經常出現在科幻故事裡對吧）和愛因斯坦的相對論。據說一旦成功整合了這兩個理論，徹底了解這個世界與宇宙構造的「終極理論」便告完成了，但這條路感覺還很遠呢。

那麼，既然「終極理論」尚未問世，我想和各位分享一下我想像中的「世界圖」。

8

續　教主妙論 II

那麼，先來談談構築這個世界的極小物質吧。

之前我也說過，形成物質的原子是由質子、中子和電子構成，當中的質子和中子又由更小的夸克組成。假設當中還有更微小的物質，姑且稱作「極小點」吧。「極小點」的內部又會是怎樣的構造？我認為有兩種可能。

首先是第一種可能。

世界並不是封閉的，也就是還有其他次元，如果是這樣，我認為極小點「內部」是片空洞。更正確地說，是在我們眼中只能看見空洞，再往外就是人類的概念中所謂的「異次元」。但我覺得，那個「異次元」並沒有標示「邊界」是從哪裡開始的，而是漸進式地逐漸變成異次元。我們的世界是俗稱的「三次元」，所以是漸進式地與多次元重疊在一起，這是我的看法之一。現在我說的異次元，指的並不是其他世界，單純是指藉由光和電子、甚至是時間都無法觀測到的領域。在那片領域裡，也許連時間都不存在，事物在誕生後就消失，不，說不定從一開始就沒有「存在」的概念。我認為，這個世界是漸進式地與各式各樣的領域重疊在一起。

然後是第二種可能。

假設這世界根本沒有異次元。在這種情況下，假使有個人能夠觀看到最小物質的內部（雖然不可能，但就先假設有這種人），我想在他的眼中，物質內部是一片漆黑的世界。他再凝神細看之後，會看見類似光的東西。也就是說，我認為他可能在當中看見了自己所在的宇宙。很像神話故事吧？當你觀看極小的世界時，居然看見了自己所在的宇宙。那個當下，他會有什麼樣的反應呢？是為這個世界的不可思議而感動嗎？不，我倒覺得他大概會害怕得全身發抖。

宇宙對人類來說太過舒適的理由，我認為也有兩種可能。

第一種可能。

很遺憾地，可能就只是偶然。

要是在原子尺寸下從遠處觀看我們的社會，現在的人類社會也不過是一幕幕原子結合再分離的景象，一切單純只是原子的一連串化學反應。縱然我們稱之為「生命」，也不過是一種現象，並不具有任何意義。

第二種可能。

在第二種可能裡，原子結合體的演變可能與這世界的「某種狀態」互相銜接。

不論生命或社會，若不斷往上追溯源頭，也全都只是原子的化學反應，就和剛才說過的一樣。只不過，在這裡則是具有意義的。

之前說過，創造出我們「意識」的大腦是由原子結合體構成。因此我認為，這就代表了以下的含義：

當原子們採取某一種結合方式時，就會創造出意識。

再更進一步說——

原子們原本就具備創造出意識的能力。

事實上我認為這就是真相。因為我們由原子結合體構成的大腦，現在正創造出意識。這件事多麼神奇啊！那麼，為什麼原子具有透過結合就能創造意識的能力？

當然，也有學說認為意識只是「人類」的概念，不過是錯覺罷了。就算是這樣，換句話也可以這麼說，就是原子原本就具有可以創造出意識這種錯覺的能力。這是相同的道理。更何況，「錯覺」也不過是人類的一種概念吧？

現在請大家回想一下，先前我曾經說過，人類的「意識」無法對「大腦」產生影響。換句話說，人類的「意識」等於「原子結合體所創造的無形之物」，無法對「大腦」，也就是「無數原子的結合體所構成的有形之物」產生影響。為什麼呢？也許可以這麼回答：這是因為「意識」隸屬的領域不適用三次元的定義。在我們三次元的空間中，意識可說是唯一無法影響到物體的存在。有人說光是粒子也是波，而聲音沒有形體但也是一種波長，可以透過振動影響其他物質。同樣不具形體的重力也一樣。但是，如果我之前告訴你們的學說沒有錯，那麼意識就無法對任何事物產生影響。

所以我認為「意識」所屬的領域、在這世界的領域，可能跨越到了其他「次元」。最新的科學研究也表示，「暗物質」或許也是一種推動其他次元的物質（當然我無意聲稱暗物質的真面目就是意識）。剛才我也說過，各種次元可能是漸進式地與我們的世界重疊。所以我想，原子是不是原先就具有一種特質，會一邊結合一邊往「那個領域／其他次元」移動（重疊）？我說的「次元」並非在遙遠的他方，而是沒有明確的邊界，感覺就像是這個世界表裡的多重面向互相重疊。連所謂的幽靈，說不定也是落入次元的漸進式重疊裡的「意識碎片」。

原子與原子結合組成分子，分子的多樣性結合又形成了生命。從還不算是生物的「不穩定」狀態直到變成人類，我認為這段演化的過程，就是為了讓「意識」誕生。原子們必然會試圖與其他次元連接，所以才會創造出意識。也就是說，我們是受到了「那個領域／其他次元」的吸引。若從原子尺寸的視點來看，生物這種為了合乎演化論和自然淘汰而創造出意識的行為，終究也只是受到了「那個領域／其他次元」吸引所導致的結果吧？就是因為受到吸引，才會發生這樣的變化吧？

果真如此，就代表「意識」，也就是我們的存在具有意義。這也許與人類概念中的「意義」並不一樣，但起碼不是單純的偶然。因為原子內部原先就具備了透過結合創造意識的能力。這也解釋了為什麼宇宙對生物和人類來說非常適合生存。那麼，所謂其他次元的領域是指什麼呢？

這我就不知道了。想像成天國或是地獄比較簡單吧。在與那裡銜接的通道中，意識多半沒有高低之分。原始動物的意識也好，人類的高階意識也罷，只是種類不同，在那個領域裡價值都是一樣的。再說得精確一點，或許也沒有價值這種概念。我認為，那個地方可能類似於「意念體」。以這世界為根基，由意念來支撐……。

不少物理學家和大腦科學家都主張靈魂並不存在。但是，如同我剛才所說的，科學還不是萬能，量子論與相對論也尚未整合。有學說認為異次元太過微小，人類無法看見，但我倒認為可能是異次元的「入口」太小，人類才看不到。如果「異次元」與「暗物質」無所不在，那究竟有誰能夠斷言，在無數原子結合後構成大腦的集合體中，不存有肉眼無法看見的入口呢？人類一旦死亡，原子的結合就會瓦解。但是，說不定我們的「意識」會咻地一聲從「入口」前往那個世界。進入了「意念體」的內部後，我們或許就能明白這世界的所有真相，也或許沒有辦法，可能只會被當成「養分」吸收掉。反正無論如何，這都是離開人世時僅有的樂趣。關於宇宙與人類的主題，我打算之後再繼續探討。

那麼最後，再稍微把話題拉回到宇宙上吧。

我說過銀河有一千億個，但如果從非常非常遙遠的彼端觀看，會發現整體的形狀看起來就像是蜂巢。

蜂巢的空洞部分看起來什麼都沒有。也就是說，類似薄膜的線形成了像是蜂巢的六角形後，這些發光的絲線就是串連起銀河（星星集團）的通道。當我眺望著這樣的構圖時，發現到這與某樣東西十分相似，那就是大腦的神經細胞。

很神奇吧？那麼今天的演說就到此結束。

把DVD放回原來的位置，楢崎走出了房間。

峰野等人親切地迎接了再度來到宅邸的楢崎。儘管吉田顯得欲言又止，但還是沒有逼問不願提起立花涼子的楢崎。先前穿著拉拉熊圍裙的田中，今天圍裙上的圖案則變成了燒水壺。燒水壺上還畫著五官，旁邊甚至有對話框寫著：「沸騰吧！」是自創圖案嗎？重點又是什麼？走在走廊上時，峰野出現在眼前。

「松尾先生的演說怎麼樣？有趣嗎？」

她身旁還跟著一名高大的男性，之前沒見過。楢崎擠出了笑容。

「有些地方會聽不太懂……他每次都是講這些大道理嗎？」

峰野輕輕一笑。

「不，每次都不一樣。雖然通常內容都很難懂，不過……他偶爾也會朗讀自己寫的小說《最後的膽固醇》。」

「……《最後的膽固醇》？」

「對……是一群被醫生囑咐不能再攝取膽固醇的老人，在生命的最後各自隨心所欲地吃著雞蛋拌飯的短篇小說。」

「……真是前衛呢。」

「他還有其他作品喔。」

一旁的大塊頭男人笑著說。

「有部作品的標題竟然還是〈成人影片革命〉……松尾先生好像很討厭成人影片裡無謂的特寫和由下往上拍的角度，老是對人家的拍攝手法大發牢騷。還抱怨過女演員那麼賣力演出，導演卻很無能！……雖然他生氣的地方有點異於常人，不過，他後來似乎領悟到，別去管對方，只要改變自己就好了。」

「……改變自己？」

「……也就是看的時候，把影片裡的女演員想成是以前的女朋友，或是背叛過自己的女人……」

「……原來如此。」

楢崎也只能含糊地陪笑。

「如果對這世界感到不滿，就只能改變世界，或者改變自己的認知。他是想透過成人影片表達這個想法，可惜徹底失敗了呢。聽到觀眾們噓聲四起，松尾先生反而惱羞成怒……總之，他總算要回來了，下次你就能看到他本人。」

「要回來了？」

「……嗯，對啊。聽說松尾先生明天就出院了。」

峰野說。為什麼不一開始就先告訴他？峰野接著又開口了。一雙鳳眼有些迷濛，今天依舊美麗動人。

「我們也會向他介紹楢崎先生。如果告訴松尾先生你看了他的DVD，他一定會很高興。」

楢崎走出了大門。

松尾正太郎要出院了。楢崎陷入沉思。自己會見他吧？事實上，他對那個老人懷抱著無法解釋的好奇心。可是……見到之後又能怎麼樣？跟著他探究人生的意義，深受感動之餘重新回到社會？他回得去嗎？即便他現在一點也不想回去？

楢崎繼續往前走。那棟屋子待起來很自在。雖然不知道是為什麼，但也許就如峰野所言，那個地方有著能夠安定人心的力量。峰野嗎……楢崎的心思轉到她身上。她真是個美女。但自己究竟在做什麼？渴望什麼？總之，他決定先見見松尾正太郎。理由還不確定，反正就先見個面。

「你是楢崎透先生吧？」

背後傳來呼喚。回過頭去，是一名年輕女子，不是那座大宅裡的人。他也說不上來為什麼，但一看見她，楢崎立刻就知道她不是那裡的人。心跳不禁開始加速。

「……你在找立花涼子小姐吧？」

「……咦？」

楢崎愕然地看著女子。褐色的頭髮、水汪汪的大眼，很像某個人。像誰呢？實在想不起來。

「我來帶路吧。」

「……去哪裡？」

楢崎反問後，女子嫣然一笑。那抹笑容令楢崎感到莫名懷念。好幾輛汽車駛過身旁。風變冷了。女子緩緩開口：

「去我們的教團。」

9

女子拋來一抹微笑後，便率先在楢崎前方邁開了腳步。

這是怎麼回事？楢崎試著整理思緒，卻發現自己已經邁步跟著她。心臟跳得飛快。她剛剛確實提到了立花涼子的名字。所以，是立花涼子叫他過去的嗎？為什麼？她又為什麼知道自己在這棟屋子裡？

即便滿腹疑惑，楢崎還是繼續跟在女子身後。黑色短裙底下裹著黑色絲襪，一雙長腿前後擺動。女子頭也不回，他大可以立即逃跑。遠方有輛廂型車，旁邊站著一個男人。是要他坐上那輛車嗎？太可疑了。

乾脆開口問吧。為什麼選中我？為什麼要對松尾正太郎行騙？不過，什麼時候問都可以。在坐上那輛車之前問就好了吧？說不定她正聽著他的腳步聲，確認他是不是跟在後頭。沒來由地，楢崎很希望她正這麼做。廂型車的車門敞開著，女子一屁股坐了進去，在一旁等候的男人則坐上了駕駛座。楢崎在車子旁停下腳步，女子笑容可掬地看著他，從車子裡伸出手來。是為了拉楢崎一把好坐上廂型車，也像在幫助他下定決心。

楢崎茫然地望著那隻手。這畫面他見過無數次。就在立花涼子失蹤之前，自己在床邊也伸出了手。至今為止，自己不斷對這世界伸出手，卻從來沒能抓住些什麼，就算伸出手等待，也沒有任何人來握住他的手。當然，也從來沒有人向他伸出手過。遠方迴盪著某種警鈴聲。楢崎握住了那隻伸來的手。好溫暖。為了不造成她的負擔，他用力抬起腳，自己使力坐上了廂型車。

滑軌式的車門隨即關上，發出了聲響。來不及了。

車內瀰漫著女子淡淡的香水味。

車窗上貼著隔熱紙，看不見外頭。駕駛座和後座也以簾子隔開。即便峰野、吉田或小林就在車外，楢崎也都看不見了。引擎聲響起，車子開始移動。遠離他熟悉的場所。遠離他的人生。

不對，楢崎立即改變了想法。體內有種奇妙的昂揚。車子愈是移動，愈是遠離其他事物，愈讓他覺得現在的自己才是走在真正的人生路上。在偏離了日常生活的此刻，他才有了活著的感覺。他仔細感受著指尖碰到的空氣觸感、腰部靠著的位置，以及身上穿的衣服，清楚感覺到時間的流動。此刻逝去後，下一刻又到來，再下一刻到來後又很快地逝去。車子裡皮製坐墊的紋理顯得很清晰，如果是人工製品，觸感未免太真實。是某種動物的皮嗎？動物的皮變成了這種模樣嗎？車子減速了，感覺到緊臨在旁的汽車呼嘯而過。突然間傳來了嘈雜的旋律，但很快就又遠去。警笛聲再次響起，不久也歸於靜寂。

「……接下來要去哪裡？」

楢崎明知故問。女子轉過身來，小小的舉動使得淡淡的香水味在車內竄動，香氣從口腔鑽入體內。

「……不用擔心。」

女子又是微笑。楢崎看向她柔軟的胸脯，絲襪下的兩雙腿像要纏住什麼般交疊在一起。的確不用擔心。他根本一點也不擔心。反正自己的人生沒有需要守護的東西。

隱隱透進車裡來的光線倏地被遮斷，不一會兒車子停了下來。不知道車子開了多久。為了不勞煩他們，楢崎自己打開了滑軌車門，幾近討好地。

鞋底感覺到了不平整的水泥地，這裡是某棟建築物的地下停車場。男人打開了一道像是後門的大門，楢崎跟在女子身後走了進去。男人沒有跟進來。楢崎與女子走在昏暗的走廊上，接著她打開左側的門。昏黃燈光下，裡頭有個戴著口罩、看不清五官的女人。

楢崎聽話地坐下，袖口被捲了上來。有股消毒藥水的氣味。看見針筒時，他輕叫出聲。

「別擔心。」

戴著口罩的女人柔聲說，像是覺得害怕的楢崎很惹人憐愛。

「來，看清楚。這個針筒裡什麼也沒有，仔細看看吧。」

裡頭確實空空如也。

「我要抽一點血，然後再請你去廁所小便……這是簡單的儀式。」

血有好壞之分嗎？但比起往體內注射不明物質，這樣算是安全多了。楢崎順從地任她抽血，再拿著紙杯走進廁所。

他隨後走出房間，再度與女子一同走在昏暗的走廊上，接著等候電梯。一片寂靜中，響起電梯喀答喀答的下降聲，緊接著是低吟似的鈴聲。電梯門打開了。彷彿擁有意識般，邀請人類進去後，再不高興地吐出來。

女子不發一語，始終面帶微笑。難道她以為自己不會逃跑了嗎？不過，楢崎停止了思考。沒錯，他根本不打算逃跑。女子按下第十八層樓的按鈕。這棟大樓真安靜，好像沒有半個人在。

電梯門打開，兩人繼續在昏暗的走廊上前進。寬敞走廊的左側有好幾扇門，像是公寓大樓的套房般排列著。感覺走了很長一段距離，女子停下腳步打開門，一八〇七號房。楢崎跟著她走進房間。

「請你先轉過去等一下。」

在亮著微弱紅光的房裡，女子忽然開口這麼要求。楢崎背過身，盯著自己剛才走進來的那道像極公寓玄關的房門。他口乾舌燥，吞了吞口水，心跳快如擂鼓。空氣中帶著濕氣，他則全身滲出一層薄汗。

「……可以了。」

轉過身，女子就站在眼前，全身上下只裹著一條浴巾。幽暗的紅光照亮了她的身體，宛如含羞帶怯。她的背後有張床，一張很大的床。在上頭什麼都能做。楢崎屏住了呼吸。

「……請你想到什麼就說什麼吧。」

「……咦？」

「就是你腦海裡想到的事。」

楢崎依然緊盯著她的身體。

「……我不懂妳的意思。」

「就是把你想到的事情，原封不動地全說出來……不用猶豫，也不用欺騙自己……不論是多麼丟臉的事，還是無法啟齒的事。」

女子繼續說著。

「包括自己的黑暗、醜陋和過去，全部……把現在腦海中的想法都說出來。」

「……妳好美。」

楢崎總算吐出這句話，喉嚨感到乾渴。

「然後呢？」

「我想和妳……不，但是我……不對，沒有但是。我已經五年沒有和別人……」

女子勾起嘴角，握起楢崎的雙手，放在自己的胸脯上。柔軟的觸感傳向楢崎，他努力地克制自己不亂動雙手，但愈來愈難把持。最終，他的手開始慢慢移動。好柔軟，好溫暖。女子的香水氣味沁入體內。

「……音樂，關於音樂……」

「……音樂？」

「對，音樂。」

文字在意識裡浮現，如同熔化的鉛慢慢流溢。她伸出雙手環住楢崎的頸項，楢崎將她擁進懷中。

「這不重要……一點也不重要。因為那只是用來消除聲音的……喏，妳不覺得人類的怒吼有點恐怖嗎？」

他開始滔滔不絕。

「人類的怒氣很可怕對吧？雖然這也沒什麼，還沒有不幸到值得拿來炫耀……只是，因為我很軟弱，所以很怕大人、父母的怒吼。」

她的雙唇游移到楢崎的耳邊。

「所以，每當聽到牆壁另一邊狹窄的客廳裡傳來爭吵，我就會打開音樂。播一些日本或外國的、各式各樣的音樂……音樂能蓋過大人恐怖的爭吵，轉變成歡樂的聲音。有時候我也會回想自己喜歡的小說章節。因為我喜歡看書。只要這麼做，就能安然度過。」

女子點點頭，彷彿在鼓勵他繼續說下去。

「……從此之後，我靠著理性活了下來。包括自己的人生、思考，全都想用理性加以控制。不，我並不是刻意這麼做的，而是不知不覺間就變成了這樣。」

自己為什麼要講這些事？身體變得虛軟無力。

「因為我很軟弱。不敢面對父母的爭吵，軟弱得只能求助於音樂和小說。每個小孩子都很軟弱。在那麼軟弱的階段，還要被迫認清自己的軟弱。人類的怒吼，會讓人的內心時常籠罩在不安當中，每天暴露在怒吼下，最後聽到一點風吹草動也會嚇得跳起來。就像條件反射一樣，只要有人咆哮，就會不安得無法自己。父母離婚的時候，我反而如釋重負。因為終於不用再聽到那種聲音了。我也早就發現，自己的存在是他們的負擔。我最早的記憶，是當我搖搖晃晃地走上前伸出手時，母親卻閃開了。我們的目光相接。她露出嫌棄我的眼神。那個眼神與咆哮重疊，像是一直有人要我快點從這世上消失。可是，我根本不在乎有沒有父母的愛，只要否定自己的聲音消失不見就好了。曾幾何時，我用理性包覆住自己的一切。就像盔甲一樣，開始透過一層半透明的膜觀看外界。因為我很軟弱。身為人類，這也無可奈何，因為我是人類啊。一邊這樣想著，一邊看著別人……不論對誰，對任何人，都不曾懷有期待，也一直小心翼翼地避免激怒別人。就這樣，我也無心讀書，上了當地的大學，然後去工作，那段時期被稱作超級冰河期，根本沒有什麼好公司。但是，我還是用理性包覆住了。心想這也沒辦法，這原本就是人類創造出來的社會，能像樣到哪裡去。無可救藥的自己，和一群無可救藥的人做著毫無意義的工作。我本來打算就這麼活下去。可是，我太驚訝了，真的嚇了一跳。當我聽著上司的咆哮時，腦海中竟然響起了音樂。是比爾．伊文斯的《給黛比的華爾滋》。同時，我也想起了杜斯妥也夫斯基寫的《白痴》中，米希金公爵那唯美的結局。因為只要這麼做，就能平心靜氣地熬過去。每天一直愚蠢地加班，還有好幾個同事得了精神官能症，沒有再來上班。上司老是對我大吼大叫，雖然我盡可能不惹他生氣，但對那個上司根本不管用。不過，反正對方是個無能的笨蛋，因為無能才進到這種公司，因為無能才把屬下當成出氣筒，沒必要把他放在心上。我繼續放我的音樂。可是，音樂卻突然停了。好奇怪啊。米希金公爵也消失了。我還在想這是怎麼回事時，就發現上司的嘴唇，他的嘴唇，突然看起來很噁心。當時我心想，就是嘴唇，沒錯，現在我還記得很清楚。我心想，就是嘴唇。還有牙齒。就是他的牙齒。我覺得好噁心，意識到他在說話，這傢伙正在說話。好噁心，這傢伙根本有病，最好去死一死。好噁心，這傢伙根本有病，最好去死一死。於是我抬起手掌，使力推向他的臉。上司猛然往後倒，用力撞上了桌子，發出很大的聲音。妳以為我覺得很痛快嗎？如果我暗自叫好的話，情況也許就不一樣了。糟的是，或者該說殘酷的是，我在用力推了一把上司的臉以後，就恢復了理智。心想完了！怎麼辦？不，正確地說，我在自己的手掌碰到上司的臉之前就恢復理智了。忽然間就回到了現實世界裡。什麼啊，那一開始別動手不就好了嗎？對吧？既然馬上就恢復了理智，為什麼我還做出那種事？不對，為什麼我的大腦還做出了那種行為？而且，為什麼我的大腦在下一秒就立刻恢復了原狀？要是就這樣當場失控，一切該有多輕鬆啊。」

女子抱住楢崎的頭，壓向自己胸口。楢崎喘著氣，感到昏昏欲睡。但他不要睡。如今自己已經拋棄了理性，腦海中也沒有音樂了。

「……你來這裡的理由是什麼？」

「咦？」

「來這裡的理由。」

「我是來找立花……」

不對，不是這樣。楢崎的手指撫弄著女子的雙峰。浴巾滑開來，女子的胸部裸露在眼前。楢崎將臉龐埋進她的胸口，嘴巴含住她的乳頭，用力吸吮，還發出了聲音，是他舔著乳頭的聲音。女子沒有推拒，逸出呢喃似的吐息。像是喘息，也像是吐氣。

「因為我已經受夠了。受夠了毫無意義的自己和人生。」

「嗯。」

她的手臂環住楢崎的頭。楢崎再也無法壓抑。

「**我是為了汙衊自己的人生才來到這裡**……藉由加入這種大家都不以為然的、莫名其妙的團體。為了汙衊自己的人生，和所有只會說場面話又自以為是的人……」

女子領著楢崎走向大床，與他親吻。楢崎的舌頭與她的舌頭交纏，貪婪地把她的舌頭含在自己口中。他脫下衣物，用全身去感受她身體的彈性與溫度，再將臉埋向她柔軟的胸前。她已經濕透了。

「啊……啊。」

她閉著眼睛挺起腰。

「手指，嗯……好害羞，你手指那樣子……」

她沒有抗拒楢崎的手指進入自己體內，微微顫抖著。楢崎的兩根指頭可以感覺到她體內產生了激烈的反應。女子痙攣似地擺動著腰肢，同時撫摸楢崎的性器，以正常體位的姿勢引導他進入自己濕潤的性器裡。

「保險套……」

「別擔心……這裡沒有人得性病。嗯……你還記得剛才的檢查吧？你也通過了。」

楢崎的性器逐漸沒入她體內，一種柔韌的彈性包覆住他。一邊收縮著，一邊緊緊吸附。楢崎在她體內猛烈地動作。她的愛液再度溢出。

「我也吃了避孕藥……所以，儘管射在裡面吧。嗯、嗯……直到你膩了為止，儘管射在我體內吧。」

女子的長腿勾住楢崎的腰，他已經無法抽身了，也沒有這個打算。胸口和腹部布滿汗水，也沒有餘力改變體位。女子羞澀地注視楢崎，不斷在他耳畔喘息，整副身子纏繞住他的身體。兩人親吻著，雙唇相濡。

「……我想起來了。」

楢崎呼吸紊亂地說。

「妳很像我喜歡上的第一個女人……雖然不是她，但長得有點像……那是我人生中，頭一次對別人感到好奇的瞬間……」

她還帶著微笑嗎？楢崎已經沒有心力察看。

10

他醒了過來。紅燈幽微，是同一個房間。

感受到人的氣息，女子的背影在昏暗中浮現。楢崎不記得自己是怎麼睡著的。是一邊做愛一邊睡著的嗎？有累到那種地步？

獨自待著令他感到不安。昨天自己有沒有對她做出什麼失禮的事？是不是夠溫柔？他突然在意起來，這已經是老毛病了。「請問……」楢崎出聲，女子回過頭來。

「……咦？」

「昨天那位女性已經離開了，今天是我。」

對方面露微笑，全身只裹著一條浴巾。今天是我？什麼意思？這裡是怎麼回事？

「我本來在想要不要先吃飯……」

女子說著，邊往他挨近。她好美。明明他昨天已經索求無度地與那名女子交歡，現在卻又覺得眼前的女子曼妙誘人。楢崎絕望得想笑。太差勁了，自己就是這種人。女子拉開胸前的浴巾。楢崎倒抽了一口氣。

「你看，都已經變成這樣了。」

女子觸碰著楢崎的性器。楢崎吻住她，將臉龐埋向她的胸口，含住她的乳頭。就和昨天一樣。

「嗯……你真像小寶寶。」

楢崎攪動起舌頭，指尖則摩挲著另一邊的乳頭。

「啊……小寶寶……嗯……可不會這麼做喔。」

楢崎的舌頭在她略略出汗的身上游移。女子呵呵笑了，毫不抗拒變成這樣的他。楢崎覺得自己正往下沉淪。但是，這有什麼不對？這項行為有哪裡不對了？

聽到別人說自己漂亮，沒有人會不開心。但是，這裡很暗，又裝著紫外線燈。只要妝化得好，多數女人都會顯得美若天仙。不過，這個男人稱讚了我的眼睛，我私底下最有自信的地方。男人看起來莫名哀傷。不對，來到這裡的人都是這樣……。

我是第幾個人呢？男人溫柔地撫摸著我的胸部。一開始被別人觸摸的時候，我總會感到不安。為了讓自己安心，我將手按在他手上。是第三個人嗎？還是第四個？還以為男人正安靜地吃飯，沒想到已經如此硬挺。都是這頓飯害的。男人舔起了乳頭。好舒服。我突然很想要撒嬌。

手指伸了進來。是中指。可以感覺到男人的手指在體內律動著。早就濕成一片，讓我覺得很難為情，於是脫口說出：「好丟臉喔。」男人顯得很開心。真像笨蛋。但是好舒服。手指執拗地在裡頭翻攪。不顧我想要抵抗，接著增加到兩根手指。又變得更濕了。我發出呻吟。今天我想要變得更好色。他很不錯，說不定是我喜歡的類型。

將男人的性器含在口中，我覺得非常可愛。這世上還有別的東西這麼可愛嗎？我試著用舌尖舔向內側，男人發出短促的喘息。好可愛。已經挺直得快要釋放了。我有些高興。

男人將身子壓上來。今天我想變得更好色，便在他耳邊說：「射在裡面吧。」、「我想要你射在裡面，儘管射進來吧。」男人都喜歡聽這種話。不過嘴上這樣說著，讓我也有些興奮。說到底，這些話都是講給自己聽的。男人的性器插了進來。我在體內感覺到了。抽出，又插入，直抵深處。我發出呻吟，彷彿所有神經都集中到性器那裡去，情不自禁發出聲音。好舒服。床鋪傳來嘎吱聲。我濕得不像話，搞不好都在床單上浸出水漬了。我能感受到男人的體重，感覺像快要被壓垮了。男人拚命擺動著。好可愛，好舒服。

我今天很想要高潮。為此，我集中精神。一如往常為了達到高潮開始想像。

我幻想他其實有女人了，不過他已經好多年都沒有碰那個女人，卻渾然忘我地抱著我。因為他無法自拔地迷戀著我，因為我充滿魅力，因為我有著性感撩人的肉體。我從那女人身邊奪走了他，把雙腳大大敞開，迎合著他。這也沒辦法，因為我太有魅力了，身體又如此令人垂涎。嗯……我對妄想中的女人說話。好舒服喔。噯，妳在看嗎？看哪，妳很羨慕吧？怎麼樣？啊……好厲害，太厲害了。噯，怎麼樣嘛？

聲音逸出口中，身體已敏感到快撐不住。就算我想抽身，他還是牢牢按著我。這樣很好。我也配合著男人的動作擺動著腰，讓身體與他更加貼合，主動蹭著對方。明明很難為情，卻無法停止。就這樣，就是這樣，我要高潮了。「不行！」我喊著。明明不是真心話。太舒服了。一切都變得無關緊要，身體往下墜落——

他還在動。知道我達到高潮，看起來很高興。為什麼呢？明明正在做愛，卻像在自慰一樣。但是，很舒服呢，非常舒服。床鋪始終嘎吱作響。我的愛液製造出啪嗒啪嗒的聲響。啪嗒啪嗒，啪嗒啪嗒……男人簡短地問了一句：「可以嗎？」真可愛。要是我說不行，那他打算怎麼辦呢？「可以唷。」我在他耳邊輕喃。「來吧，最喜歡你了……」他發出了嘆氣般的喘息，性器在我體內微微地顫動，一股暖意在裡面迸散開來。他在我體內射精了。他的性器如心臟般搏動著，肌膚也在顫抖。他還沒有結束……好溫暖。我一直這麼覺得。精液好溫暖。我不斷撫摸著他的頭。

我比其他女人還好色嗎？不知道。男人吻了我。我發現我的左手手指沒有去摸他的頭，而是擺在自己嘴邊。難不成我想吸吮自己的拇指嗎？為什麼呢？

房門打開，一名長髮男子走了進來。

楢崎剛剛醒來。剛才那名女性去哪裡了？儘管有男人走進房間，他卻一點也不覺得羞恥。是因為用毛毯蓋住了下半身嗎？不，不對。是因為男子帶著微笑。不帶一絲責備的微笑。不對，那更像是遇見同類的微笑。

「教主大人要見你。」

長髮男子緩緩開口。教主，就是那個叫澤渡的男人嗎？那個欺騙了松尾正太郎的男人。

「請穿上衣服吧，你的衣服已經洗乾淨了。我在門外等你。」

楢崎一直穿著他們準備的黑色運動服，自己原本熟悉的衣物，此刻看來卻像是別人的空殼。自己在這裡待多久了？那些女性並非每天都出現。除了最初的女子，後來約有四天都是同一名女性不時進來，然後空了兩天，接著好像又待了四天。與一週七天不太一樣的循環週期。楢崎很訝異自己竟然那麼耽溺忘我。可是，在渴求女性這件事情上，有所謂的滿足嗎？休息了一晚後，他又開始索求著女性。像是中了毒，像是上了癮。

自己已經被洗腦了嗎？楢崎分不清楚。不過，這種待遇簡直是天堂。難道，這在這裡是稀鬆平常的嗎？這種在現實中形同男性天堂的情形，在這裡，在這個世界，竟是理所當然的嗎？

換好衣服打開門，長髮男子正等著他。楢崎跟在他身後步上走廊。好安靜。彷彿建築物才是主體，裡頭的人們都靜悄悄地生活著。

門一打開，出現了一道階梯。看來不會再搭電梯了。鞋跟叩叩叩的聲音迴響著。男子轉過身。

「我不能再往前走了。教主大人要見你。」

黑暗中看不見男子的表情。將他獨自留在原地後，眼前的門打開了。內部也很昏暗。有個男人坐在裡頭。他就是教主吧。雖然表情看不清楚，但楢崎一眼就明白了。他和其他人不一樣。雖然上了年紀，但體格和五官都相當完美。五十歲左右嗎？究竟幾歲了？他就是澤渡，無庸置疑。

「為了汙蟻人生。」

男人突然低聲說道。楢崎仰頭看著他。

「……咦？」

「嗯，你一開始是這麼說的吧？」

該點頭嗎？真是莫名其妙。

「……說得好，這樣就夠了。」

男人似乎露出了笑容。為什麼？眼睛一點也沒有適應黑暗。心跳加快。

「為什麼選上我？」

「為什麼？什麼意思？」

他總算這麼問了，啞著嗓子。

「我一點也不優秀。」

這個房間實在太安靜了。

「優秀？你是指人類的優劣高低嗎？」

「什麼？」

「你還在介意那種事嗎？」

男人坐在椅子上往前探出身子，只抬起頭看向楢崎，面無表情。這個男人是怎麼回事？他的喉嚨開始覺得乾渴。

「……這裡到底是怎麼回事？」
「……你很好奇嗎？」
男人又慢條斯理地把身體靠回椅背上。
「不過，這就奇怪了……大多數人活在這世上，都不曉得自己生活的這個世界是什麼模樣，又擁有怎樣的命運。」
「……是啊。」
自己在附和什麼？這並不代表就可以對這裡一無所知。不，真的需要嗎？自己真的有必要了解這裡的一切嗎……？
「在這個充滿柏油和廢氣的國家……你是要每天在意著別人的眼光、苦悶地過日子？還是待在我們這一邊？要怎麼選擇是你的自由……但其實不是。」
楢崎抬頭看向男人。
「因為你是我的弟子，我需要你。」
他在利用父性。之前在房間裡，甚至利用了母性，鑽進人類缺陷的空隙。原來是這種手法嗎？但是，楢崎覺得背後還隱藏著比這種手段更深層的東西。世界真是讓人參不透。說到參不透，這個教團也是一樣。他發覺自己正跪著。從什麼時候開始的？打從一開始嗎？從見到這個男人的瞬間開始？
「人們會祈禱。」
男人開口說。

「在西方是牢牢地交握十指，在東方則是雙手合掌……這是面對神的時候，所表現出來的不同看法。面對司掌自己命運的存在，十指交扣顯現了一種強烈的渴望。但東方比較保守，就像在說『如果不嫌棄，請多多關照自己』。你現在則是把手放在兩腿上，但這樣就夠了。你去待在松尾的身邊吧。」

「……咦？」

「潛入松尾的集會吧。之後我會再下指示。」

「……這是為什麼？」

「為什麼？」

面無表情的男人似乎產生了些情感波動，但楢崎分辨不出那是什麼樣的情感。

「人、人、人、人生就是這樣。自己為什麼會處在這種情況下，誰也不得而知……對你來說，世界和我們只有一點不同。那就是，我們需要你。」

誰會相信啊。但是，自己正試著相信。楢崎站起身，為了執行他的指令。

「我們會不時叫你過來的，放心吧。」

男人說道，那語氣就像父親正對兒子說著感人的人生大道理。先前的女性們在腦海裡浮現。

「偶爾放縱也未嘗不可。」

11

過了一個多月。

楢崎再次查看手機螢幕，不知道什麼時候被沒收又還回來的手機。還以為才過了三週左右。他的時間感變得反常。

離開教團的時候，他又坐上車窗和駕駛座都被隔熱紙和簾子遮起來的廂型車，所以無法知道地點所在。

教團內部恍若虛構的世界。過度集中、變得狹隘的精神集合彷彿扭曲了空間。也許邪教內部大多都像是虛構世界。楢崎想起了發生在他就讀高中時，同時在多處地下鐵車廂內散布沙林毒氣的慘烈恐怖攻擊。歹徒是宗教狂熱團體。那是向來無聲無息的「虛構世界」，現身在現實生活裡的瞬間。面對突發的虛構現象，現實生活根本無能為力。但是，現實生活擁有濕氣與寬度，最終分解了虛構世界，宣判其死刑，讓一切回到平衡，將眾多犧牲者拋諸腦後。接著，或許又為虛構現象下一次的到來做準備。

楢崎走進敞開的大門。是因為澤渡叫他這麼做嗎？自己也不清楚。但是，楢崎現在所能想到的，就是去見松尾。說實話，他還想回到那個陰森的教團。在受限的空間裡，沉浸在女人堆中。真窩囊。有個聲音這麼說。太消沉了，我無法認同。另一個聲音這麼說。這種情況也許就叫作孤獨吧。

峰野出現在廣闊的庭院前方。她穿著米色長版大衣，也注意到了楢崎。楢崎心想第一個發現自己的人是她，真是太好了。但是，峰野的臉色透露著不安。

「……你沒事吧？」

峰野問。楢崎無法順利答腔。

「你瘦了好多……」

望著峰野，楢崎覺得她真美。在峰野走近的同時，他已經在腦海中抱著她，甚至想像起了她的呻吟。他已經沒有力氣嘲笑自己了。真是病入膏肓。

「呃，我得了流行性感冒。」

「……整整一個月？」

「因為身體一直沒有恢復，最近終於好了。」

楢崎這般謊稱，但峰野絲毫沒有表現出同情。說不定被她發現了。不對，她說不定一開始就認為他是從那個教團來的。

「松尾先生今天在。我們向他提起你以後，他說一定要見你一面……這邊請。」

她的態度顯得很不情願。說不定是在楢崎身上聞到了好幾種令人不快的女人氣味。

經過屋子的走廊，在拉門前停了下來。沒有看見吉田。

「松尾先生，楢崎先生來了。」

峰野推開拉門。老人就坐在坐墊上，比DVD中的樣子來得矮，相當瘦小，左臂無力地垂放著。他究竟多大歲數了？楢崎感到混亂。光看影片，他以為松尾七十歲上下，但其實更老吧？松尾穿著黑色毛衣與綠色長褲，盤腿而坐，嘴巴和耳朵都大得出奇。他就坐在那裡，眼睛眨也不眨地直盯著楢崎。

「……我的DVD怎麼樣？」

「……咦？」

「DVD啊，如何？」

是因為身形消瘦，雙眼才顯得特別大嗎？花白的頭髮並不長，但濃密得像有某種東西傾瀉而出。下巴尖細，鼻梁挺拔，覆滿皺紋的臉孔卻很俊朗，也沒有鬍子。

「呃，我覺得很棒。」

楢崎好不容易吐出這句話。老人的聲音輕細而澈亮。

「你看了什麼？《最後的膽固醇》看了嗎？」

「不，還沒……」

「是喔，什麼嘛。」

松尾像是突然失去了興致，明顯地變作面無表情。右手抓起帶有木紋的不求人撓起了腳。他的腰桿也算筆直。

「小峰。」

他忽然出聲喊道。

「讓我摸妳的胸部。」

楢崎吃驚地看向老人。他在說什麼？

「不要。」

峰野冷靜地回答。

「我會讓妳摸我的雞雞做回報。」

「死都不要。」

楢崎傻眼地看著兩人。

「為什麼？這不是很公平嗎？」

「才不公平。」

「妳的意思是男女並不平等囉？」

「沒錯，女人在男人之上。」

「楢崎。」

他突然被喊了名字。

「是？」

「你也幫我拜託一下吧。」

「……拜託什麼？」

「摸胸部啊。」

「啊？真的嗎？」

「當然，這是修行。」

修行？是在胡說八道什麼？他已經老年痴呆了嗎？

「……我辦不到。」

「我都說了這是修行。」

「修行……」

楢崎看向峰野，她臉色不善。

「抱歉……能讓教主大人摸妳的胸部嗎？」

「不要。」

「不及格！」

老人也生起氣來。這是怎麼回事？楢崎莫名受到了牽連，根本跟不上他們的腳步。

「你不及格。我想想，對了，枉費我本來想提拔你當幹部的。小峰，如果不讓我摸胸部，妳也不及格。等妳願意了再過來！」

峰野走出了房間。這是什麼狀況？這個老人不是很受人愛戴嗎？

「可是啊，楢崎，要是我摸了小峰的胸部，讓她想做那檔事的話該怎麼辦？」

「啊？」

「我在問你她要是想做了那怎麼辦？我就得吃威而鋼了。」

「是……這樣子嗎？」

「對啊。不，這也未必。說不定我還行……」

老人坐在坐墊上眉頭深鎖。定睛一瞧，稍微捲起袖子的手腕上還戴著哆啦A夢的手錶。真是不可置信。對這教團來說，情況真是糟透了。教主竟然老年痴呆。

「澤渡怎麼樣了？」

「……咦？」

老人凝視著他。口氣並未特別尖銳，依然輕聲細語。

「啊，也對，不能說吧。不過，他應該過得很好吧。嗯。」

楢崎倒吸口氣，思緒無法集中。

「啊……」

「嗯？」

「……為什麼？」

楢崎忍不住問了出口，感覺脈搏的血流加快。

「為什麼？啊，你說我為什麼知道嗎？因為你是為了找立花才跑來這裡的吧？但是卻消失了一個月，現在才又出現。我們自然會認為你是在這段期間裡被他們拉攏，又在他們的指示下回到了這裡，再加上你看起來這麼憔悴。」

「我……」

「啊，沒關係沒關係，你不用說。說了就等於背叛他們吧？但是，既然我知道了，你就能毫無罪惡感地待在這裡。畢竟我是這裡的代表。」

楢崎愕然地看著老人。這個老人到底是什麼人？這是怎麼回事？心臟始終跳得飛快。

「請問……」

楢崎站著問道。這麼說來，他都還沒有介紹過自己。

「如果，呃，我真的那麼做……您也覺得沒關係嗎？」

「……為什麼這麼問？」

「為什麼？這……因為我可能會對您造成不利啊。」

老人興味盎然地打量楢崎，忽然間笑了起來。

「不利？那我也沒辦法啊。不過，你是有事才來找我的吧？那我為什麼要把你拒在門外？就算你討厭我，我還是很中意你，這樣不就好了嗎？」

峰野清洗著松尾的餐具。

雖然還是很挑食，但看來都有好好吃飯。應該馬上就會說他想吃點心了，不知道準備豆沙包好不好。既然有力氣出言調戲，想來已經恢復精神了。

芳姨走進了廚房。這幾天來，芳姨總想陪在她的身邊。但是，她說不出口。明明芳姨一直製造機會給她，她卻……。

「妳不用洗，我來就好了。」

「就快好了。」

她老是在想，芳姨以前肯定是個絕世美女。當然現在也很漂亮。身材嬌小，背挺得很直。但是應該已經七十歲了，還是更老？

「不用準備點心了，不必管他。」

她不禁在意起後腦的髮束。可能綁得太緊了。

「沒關係，我還是送過去吧。」

「他又會講些占妳便宜的話喔。」

峰野輕聲笑了。

「他沒有膽子亂摸，所以沒關係。」

「是沒錯，但還是很不舒服吧？到時妳就把他的假牙拔下來，再把豆沙包塞進去。」

芳姨邊哼著歌邊打開冰箱。差不多是時候了。芳姨會開口嗎？會嗎？但她或許覺得一旦開口，自己就不會再來了。膽小的人們。既膽小又溫柔。她一定不會開口。可是，我……。

「妳懷孕了吧？」

峰野吃驚地看向芳子。芳子盈盈微笑。

「妳啊，還真頑固。虧我都製造出這麼適合開口的機會了……外表好像還看不出來，但看妳的態度和表情就知道了……還有妳整個人的感覺。」

擠出皺紋的笑臉，讓自己因此想起了什麼。不，回想起來的並不是景色，而是欠缺。是母親一次也不曾對自己展現過的表情。

「……對方是高原吧？我猜是他。」

峰野說不出話來，眼淚差點奪眶而出。這時芳子的手映入眼簾。她心頭一驚，繃緊了身體。那隻纖細的手橫過峰野眼前，握住水龍頭，關上了流個不停的水。

「……很痛苦吧？妳也知道他有戀人了吧？」

「……對。」

峰野反射性地應聲。為什麼芳姨還知道高原有交往對象呢？明明高原是和澤渡一起欺騙了松尾先生的人。他們的關係不單純只是詐騙的加害人與被害人嗎？她的思緒極度混亂。

「妳知道高原的戀人是誰嗎？」

「……不知道。」

「是莉娜小姐。」

峰野屏住呼吸，心跳速度變快。

「她向我們自稱是莉娜，但本名是立花涼子……啊，妳已經知道她是用假名了吧？……因為他的出現。」

全身的力氣漸漸流失。

「現在在這裡的那個男人，就是來找她的吧？……真複雜呢。」

當楢崎說出立花涼子這個名字時，我並沒有意會過來。但是，他拿出了莉娜小姐的照片給我們看，還說她就是立花涼子。當時我頂多心想，原來她用了假名。但我並不知道她是高原的交往對象，雖然知道他有正在交往的人，想不到居然是她，我還以為他們只是工作上的夥伴。我在想什麼啊，峰野忽然間回過神。比起這些事，更重要的是道歉才對——對於自己在詐欺事件後，還和他發生關係。竟然和背叛了我們的人……而且不只一次，而是一而再，再而三，簡直到了沉迷的地步。

「放心吧，正太郎也知道。」

「咦？」

「我們全都知道。妳一點錯也沒有。」

「可是……」

峰野抬高了音量。

「我是在他們背叛了松尾先生之後——」

「沒關係，這根本不是問題。畢竟妳是在談戀愛……被騙倒是其次，讓正太郎洩氣的是小峰果然比較喜歡年輕的帥哥呢。」

峰野茫然地望著芳子。

「重要的是，妳現在要好好照顧自己的身體……看妳的表情就知道了，妳要生下來對吧？這下子就解開了一個心結，能夠安心待產了。」

芳子的手撫向她的臉頰。峰野這才發覺自己淚流滿面。

「但我沒有孩子，所以無法提供有用的建議。」

「……別這麼說。」

「妳不用顧慮我。因為我已經擁有比孩子更珍貴的回憶了。」

「……那是什麼？」

峰野順口問道，芳子害臊地笑了。

「祕密。」

芳子又唱起了峰野沒聽過的歌，走向走廊。峰野始終注視著她的背影。

但是……峰野想著。松尾先生、芳姨，你們都不知道。對於與高原的關係，我雖然感到抱歉，但並不後悔。向你們道歉的心意是真的，但如果他現在呼喚我，我還是會興高采烈地跑向他，欣然將自己奉獻給他。如果他要我從松尾先生那裡奪走什麼，我也會哭著照做。你們不會知道被他擁抱時的我，擺出了多麼不知羞恥的姿態，又發出了多麼不知羞恥的呻吟。

峰野緊緊咬著牙根。很想一死了之。

不過，真不愧是芳姨。峰野想起自己連日來去了兩趟婦產科，兩次都被告知並未懷孕。但自己明明就懷孕了。我肯定懷了高原的孩子。絕對是這樣，一定錯不了的。

峰野把手放在腹部。自從一向很少遲到的生理期遲遲不來，這個動作她已經做了無數次。是醫生沒檢查出來，我一定懷孕了。為了保護這孩子，每天都得小心翼翼才行。

松尾坐在馬桶上。

嘴裡嘟噥著：「我正在阻止熵增加。」然後兀自笑了起來。這個笑話能用嗎？但如果要說這個笑話，就得在人前蹲馬桶。

看著楢崎，松尾覺得他實在很年輕。才三十出頭吧？年輕氣盛，卻置身在煎熬的地獄裡。不過，那種地獄真是教人作夢也會笑呢。八成有一堆女人投懷送抱吧。

松尾輕咳起來。咳得愈來愈嚴重，用廁紙摀住嘴巴，上頭沾了血。

我知道。他嘀咕著，不高興地丟掉廁紙。我知道。又嘀咕了一聲。但是，還能再撐一下。

應該撐得住吧。他自己的身體自己最清楚。

希望不會有任何疼痛，他怔怔地想。活了這麼久，最後卻以病痛告終的話，人生未免太諷刺了。松尾低聲笑了起來。有多少人相信他是動了痔瘡手術呢？走出廁所，他佯裝若無其事。

今天的空氣很潮濕，未能完全化作霧氣的水分貼在身上。明天八成會下雨吧。

12

「Publikum」飯店的大廳內，巨大的水晶吊燈垂掛在挑高的天花板上。地震時不會掉下來嗎？成串玻璃可能會化作無數碎片，刺傷許多人。危險不悅地蘊藏其中。

高原直接穿過大廳，進入相鄰的咖啡廳。穿著西裝，依照指示拿著報紙，然後坐下點了一杯冰咖啡。他攤開報紙，感覺就像在演戲。

身材苗條的服務生端來冰咖啡，高原笑著致意。服務生投向高原的目光停駐了好一會兒。高原心想，真是美女。

就坐之前，高原已經掃視過四周。這裡沒有監視器。客人們的表情都很陰沉，顯得心事重重。而自己得到的指示，就只是坐在這裡看報紙，對方會主動接觸。高原點了菸，視線落在攤開的報紙上。政治版上的每則報導看來都像在宣告官僚的勝利。

鄰桌的客人在吃義大利麵。麵條與唾液融合後被嚼爛了。高原覺得想吐，再次看起報紙分散注意力。

是有關非洲饑荒的報導。某個富豪以吃飯後甜點的零頭小錢拯救了性命。高舉神的名義互相殘殺的人們。以及加以利用的人們。

有個男人坐在一段距離外的位置上。是西方人。高原感到頭痛，心跳加速。是那傢伙嗎？肯定是。但是他不能顯露出慌張，自己無須主動出擊。

他又看起報紙。這上頭究竟寫了什麼？頭痛得看不下去。儘管看得懂單字，卻串不起內容。

分明已經下定決心，無論何時都要保持冷靜。高原再點了根菸。手該不會在抖吧？頭痛加劇，視線前方的桌角變得模糊。由外而內，焦點無法集中。在微微晃動的視野中，他發現剛才那個西方人正看向這裡。就像貼在風景中的貼紙，望著這邊一動也不動。這是某種暗號嗎？他必須讀懂才行。去外面嗎？高原用嘴型示意。對方沒有反應。他又改用英文的嘴型問道：去外面嗎？但依然不見任何反應。對方蓄著長髮，有對藍色眼眸。搞錯人了嗎？正這麼想時，坐得比西方人更遠的一個日本男人飛快地動了動手指，指向外頭。高原頭痛地起身，付錢結帳。西方人沒有移動的跡象。

離開飯店，等了半晌後手機響起。高原謹慎地接起電話。話筒那端傳來喧譁聲，對方並不是在剛才的咖啡廳。

——你被跟蹤了，我很肯定。

低沉的男聲說道。

「……被誰？」

——不知道，應該是你教團的同伴吧。

高原回想了一下。他是搭計程車來這裡的，究竟會是誰？

——這次的接觸就先暫停。

「等一下！」

——放心吧，我會再和你聯絡的。

電話就此中斷。高原只聽見自己的心跳。

這是怎麼一回事？是屬下跟蹤了他嗎？高原左右尋思。不，不可能。屬下還不知道我正與他們進行接觸。莫非被教主發現了？是屬下裡有人向教主告密嗎？怎麼可能。自己可是審慎地挑選了還無法與教主直接接觸的人當部下，那些人可以相信。因為不論是這個教團，還是教主，甚至是我，他們都盲目地相信。我挑選出來的屬下全都相信這項計畫是教主的指示，也深信他們是教主從信徒中精挑細選的菁英，更深信若向其他信徒透露此事，自己就會喪失資格，所以不可能走漏風聲。自己的計畫理應完美無缺。

得找到跟蹤者才行。高原盤算著。必須找出是誰在跟蹤。

13

教主妙論 Ⅲ

關於人類，今天我有很多看法想和大家分享。

首先，大家覺得死後，我們的身體會變成什麼樣子？家中如果信仰佛教就會選擇火葬，在火葬場火化後，變成一陣輕煙，最後只剩下骨頭……但其實並非如此。

人類的身體即使在火葬場火化了，實際上也不會消滅。之前說過，我們的身體全由原子構成。在火葬場火化時，身體會在原子組成的分子結構下逐步瓦解，但是構成我們身體的原子本身並不會毀損，當然也不會消滅。構成我們身體的原子會透過煙霧，擴散到大氣，繼續存在於這顆地球上。

然後，那些原子會再度構成某人的身體。在空氣中與其他原子結合，變作某種分子，再被生物吸收，有人吃了那個生物以後，就又變回了人類的組成物。比方說，曾經構成卑彌呼[4]身體的原子，可能現在就在你的身體裡。仔細觀察你們的手指和手掌吧。當中可能融合了遠古以前的人們，以及最近死去的人們身體的組成物。

有人認為自從地球誕生以後所出現的原子至今都還存在著。若想破壞原子中的原子核，就必須處在宇宙空間裡的某種特殊情況下，或者利用粒子加速器等特殊儀器。所以我們也可以這麼說，人類身體的組成物，從古至今都是循環再利用。當然不光是人類，構成所有生物、所有物體的物質，全都從遠古以前就一直回收再利用。從這方面來看，大家不覺得很神奇嗎？我們現在的身體，居然融合了從前構成世間萬物的物質。生物誕生時，並非無中生有，而是結合原本就存在於宇宙和地球上的材料，一邊吸收這些原有的材料，一邊成長成形。

聽完這些，再請大家回想一下我之前說過的，一年之內，構成人類身體的原子全部會汰舊換新。我們身體的材料從古至今都是循環利用的，身體現在也還持續著汰舊換新。既然如此，我們的存在究竟是怎麼一回事？

在這世上，至少從物質的觀點來看，所謂的「個體」也許並不存在。畢竟我們時常汰舊換新，人類一死，他的組成物又會「回收」成為某種事物的組成物。也就是說，我們從遙遠的古代乃至現代，一直是流動循環中的一部分。在這當中，根本不存有「個體」的概念。有句話是這樣說的：「我們都是同一個個體！」其實這不單是口號和概念，從物質層面來看，實際上就是這樣沒錯。

那麼，我們為什麼會覺得自己的存在是「個體（我）」？這是大腦造成的。

是大腦讓人類以為自己是「個體」。大腦創造出了「個體（我）」的概念，時時替換自身

4：卑彌呼（170－248），古代日本邪馬台國的女王。

的細胞之餘，「個體（我）」的概念也在每個瞬間不斷傳承下去。這真是太不可思議了。明明創造出這個概念的大腦自身一直在汰換材料，「我」卻能原封不動地傳承下去。這種事是怎麼做到的？再來，也請大家回想一下另一個學說，即是自我「意識」無法對大腦（原子的集合）造成影響。我們一邊回收利用著遠古至今的身體材料，此刻也不時在汰舊換新，甚至在這樣的過程中，「我」這個意識也在每次替換的瞬間傳承下來，直到「我」死亡為止。在每個瞬間傳承下來的「我」，對於認知中是「我」的自己，無法造成任何影響。而且構成我們身體的原子，原本就擁有經由複數結合即能創造出「我」這種意識的能力。

真是太神奇了。

這到底是怎麼一回事？

我們究竟是什麼樣子的存在？

那麼，為了探討這個問題，今天我想再往下深究，談談人類的命運。

以撞球來說，擊球之後，那顆球會往哪邊前進，在擊球的那一瞬間就我們就已經知道了。雖然不可能精確計算出行進的路線，但理論上，可以從擊球時的力道、角度、與撞球台的摩擦、空氣阻力——假使擊球之後發生地震，就再加入大地板塊的擠壓程度等——去計算。擊球之後，母球會撞上哪顆球，撞到的球會不會掉進某個球袋裡，也早就已經決定好了。

之前說過，宇宙是在大霹靂之後開始形成的。那是一種爆炸。也就是說，根據當時能量的大小、速度、熱度，以及噴射出的粒子等差異，之後宇宙的發展也會截然不同。只要當時的能量值稍有差異，就會形成不一樣的宇宙。這樣說來，我們的宇宙誕生時，也就是大霹靂一發生，宇宙就已經確定會發展成現在這副模樣了吧？

先前我也說了，包含決定電磁力強度的基本電荷值，以及結合質子與中子、決定構成原子核強度的結合常數，只要這兩者的數值與現在有些許不同，人類就不會誕生。換言之，這不就代表這個世界充滿了人類誕生的可能性嗎？宇宙既充滿了行星等星星誕生的可能性，也充滿了太陽誕生的可能性。如果說得再極端一點，或許可以說這一切「早已注定」了吧？在大霹靂發生的時候，也早就注定人類會誕生了吧？我想試著這樣假設。

那麼，為了繼續討論這個「假設」，接下來會穿插到生物學。我們就來看看最簡單的「單細胞生物」吧。我想藉由探討簡單的生物，來探索「自由意志」的源頭。

舉例來說，草履蟲這種「單細胞生物」習慣棲息在水溫25℃的環境，所以自然都會聚集在25℃的地方。所有草履蟲會一邊四處移動，一邊慢慢往已經適應的25℃地帶匯集。但就和所有「生物」一樣，當中有些草履蟲會比較晚到，如果有獵物來到25℃地帶以外的地方，那些晚到的草履蟲就占了便宜。

待在25℃地帶的草履蟲也會在這個區塊裡不斷往返，持續重複這樣的動作。而待在同個區塊裡的草履蟲數量愈多，牠們的行動愈會產生「個別差異」。如果同個地區裡的草履蟲數量愈少，

「個別差異」也就愈小；數量愈多，差異性就愈大，有的會緩慢移動，有的則是醒目地動來動去。

不可思議的是，這種現象也出現在遺傳因子一模一樣的細菌群裡。儘管是遺傳因子完全相同的單純生物，他們的行動卻會因為聚集的群體數量多寡而產生個別差異。表示單純的生物數量愈多，「自發性」便愈強。順便補充一下，居住的環境愈惡劣，「自發性」也會愈強。

那麼，草履蟲這種自發性的「源頭」是什麼？

現在已經知道那是細胞中產生的「電氣雜訊」。當電氣大幅搖動時，就會改變前進的方向。而電氣雜訊的源頭就是原子所組成的「分子」的熱擾動。分子在熱運動下會搖擺不定。熱擾動乍看之下完全是隨機的不規則運動，但卻會因為周遭的溫度變化等因素，導致電氣大幅搖晃，這個時候草履蟲就會突然移動。所以說「自發」的根源就是「分子」的熱擾動，是一種化學反應。

另外還有一個可信度相當高的學說指出，從草履蟲乃至演化頂端的人類之間，也有這種自發性的「階段」，但沒有「斷絕」。我也這麼認為。但不只是外部刺激造成電氣雜訊而導致身體反應這麼簡單，就算沒有外部的刺激，人類這般高度演化的生物，也能在自己體內製造電氣雜訊，促使身體行動吧。那麼，在自己體內發生的電氣雜訊，就是意識的源頭嗎？

現在，我想再請各位回想一下「人類的意識（我）無法對大腦造成影響」這件事。

如此一來，我們的「自由意志」究竟是什麼？我們真的有「自由意志」嗎？照這種說法，答案是「沒有」。自由意志的開端不過是分子的熱擾動，全部都只是原子層面的化學反應。假使人類的誕生也早在大霹靂的時候就決定好了，那麼我們人類的生活、每個人在漫長歷史中所採取的行動……如果歸根究柢全都是分子的熱擾動，全是原子的化學連鎖反應的話，那麼一切難道不是早在大霹靂的時候就注定好了嗎……？這麼說也不是不可能吧？……不，不對。正確地說，是、、、也許不對。

這時候，就輪到「量子力學」登場了。

14

續　教主妙論　Ⅲ

簡單來說，「量子力學」是在探討亙古至今的因果律，也就是「古典物理學」無法說明的微觀世界。撞球擊球之後，會按著因果律往某處移動。但是，在原子尺寸的微觀世界裡，有許多現象無法以「種瓜得瓜，種豆得豆」的因果關係來說明。我舉個例子吧。

假設在某種能量中讓質子撞擊原子核，每次出現的結果都會不一樣，有幾成機率會變成X

狀態，也有幾成機率會變成Z狀態。所以要說能否依據因果關係選擇撞擊的條件，導致只出現X狀態，這是不可能的。因此，我們只能用機率來討論。再說了，機率比較高的事情也不見得就會發生，所以採用量子論的時候，世間萬物就會涵蓋「偶然」和「機率」。也表示現在宇宙的形態，是形形色色的偶然所導致的結果。

如果要在物體的移動中找出「因果關係」，首先就必須觀測物體本身。但麻煩的是，就算想正確觀測電子，也是不可能辦到的事。因為若要觀測電子，就必須用光照亮電子，但微觀世界裡的物質只要照到光就會移動。光是粒子也是波，也就是說光會「踢開」電子。詳細說明起來會很冗長，在這裡就先省略，但如果想確認電子的位置，就無法清楚觀測到速度；如果想確認速度，就無法清楚觀測到位置。我的說明很簡略，總之這種情況稱作「測不準原理」。在這樣充滿了不確定性的微觀世界裡，當然無法去預測因果關係，可以說物理學中的「因果律」徹底瓦解了。世間萬物，只能用機率去探討。

不過，我想這也僅止於觀測上，與世間萬物的真相並無關聯。因為這確實是人類可以觀測到的真相，無須用人類有限的知覺天性去思考世間萬物。有興趣的人研究起來可能會覺得有趣，但出現「薛丁格的貓」這種問題，就實在太蠢了。

在量子論中等同奠基者的波耳與愛因斯坦，曾經有過非常知名的論戰。愛因斯坦說過類似以下這番話批評波耳等人：

「上帝不擲骰子。大自然不能用機率這種偶然性敷衍了事，必須用更加完美的方法說明。但是，現在人類的認知尚未臻至完全，所以必須充分活用機率或統計學上的方法，作為有效的觀測辦法。」

他想表達的意思，是量子論的記述模式頂多就是一種有效的手段，但替換成基礎概念就不對了。他主張支配著自然現象的事物並不是籠統的機率，其根基存在著必然的因果關係。不過，現在普遍都認定愛因斯坦在這場論戰中「輸了」。

可是，究竟哪個理論才是正確的？量子論的概念很廣泛，理論既龐大又繁雜。不僅認為瞬間移動有可能發生，儘管機率奇低，也認為人類能夠穿透牆壁（機率大約是一除以一〇〇……〇〇。假設在每一公分中寫下三個〇，總長度能夠達到數十萬光年遠，亦即極不可能發生的數字）等等，無疑都是尚未完成的理論。

我真希望能憑空出現一位天才，一舉解開這些謎題。這不只侷限在物理學的領域，如果能與大腦的理論互相結合，一定會非常有趣。因為大腦原先也是原子，如果能明白原子的因果關係，就能闡明一切，成為人類史上最偉大的發現。因為這意味著發現一切都是命中注定，也就是發現「命運」。包括戀愛、工作跟你此刻漫不經心的舉動，歸根究柢，都和撞球沒有兩樣。

但是，現階段的我們還無法斷言，所以只能用可能性去探討。

第一個學說，就是世間萬物的命運早已注定。這個學說放眼將來，認為假以時日也能證明我剛才說明的相反論調——也就是量子世界裡的不確定性——當中存在著明確的因果關係。

第二個學說，則是徹底採納了量子論。主張這個世界由機率與偶然構成，人類和地球的誕生全是偶然，絕不存在所謂的命運。

根據我剛才的論述，再用文學的語彙來重新闡述第一項學說的話，我想就是以下這樣：

我們都是觀眾，被迫觀賞一切早已注定的人生這場戲。

至於第二項學說則可以這麼說：

我們都是觀眾，被迫觀賞由一連串偶然構成的人生這場戲。

不，第二句並不正確。因為這裡說的「偶然」具有「範圍」。請回想一下我說過的「宇宙充滿了人類誕生的可能性」。即使人類的誕生是偶然，可能性也並非是零。但此時此刻，聽著我演說的各位背上突然長出翅膀的機率卻是零。也就是說，這個世界的可能性是有限的，並不存在純粹的偶然。所以這麼說應該比較正確：

我們都是觀眾，被迫觀賞在有限範圍內由一連串偶然構成的人生這場戲。

那麼，哪邊才是正確的？我想告訴各位，我認為兩邊都正確，說到底都是一樣的。

請各位回憶一下自己的過去吧。從出生到現在，你必定留下了一條走過的痕跡。

精通量子論的人也許會這麼說：過去存在著選擇了各種人生的自己，現在的自己不過是其中之一。這個世界是基於個人的選擇，是個有過多少選擇就存在多少世界的多世界。不過，現在就別管那種小事了。那種話根本無法達到任何安慰，因為結果都一樣。至少這個世界、現在在這裡的你，已經留下了一條自己走過的路。

同樣地，你的未來也將會只有一條路。當你動手做了這個、沒做那個，當了這個、沒當那個，你在每一個瞬間所選擇的點，便全都串連成一條路，這條路會一直延伸下去，直到你死亡為止。不管你做了什麼選擇，或者以某種方式做了某件事，事後回過頭看，那都一樣是一條路。你既無法同時走在兩條路上，也不需要這種負擔。你只要走在一條路上就好了。

不管那是早就決定好的路，還是可以改變的路，終究都只有一條。命中注定，無非只是人類的概念，而所謂的偶然，同樣也不過是人類的概念罷了。但可以確定的是，只會有一條路。剛才我舉了草履蟲為例，我們只要尋找自己能夠待得安心自在的25℃地帶過活就好了。只不過在這條路上，人類的存在卻十分可悲。因為，我們是唯一明確知道自己終將死亡的「存在」。

也就是說，我們人類既是「知道自己將會死亡的意識」，更是過去到現在綿延不斷的原子洪流中、在那個空間中，在一條路上反覆存活七、八十年後又消失的存在。如果再套入意識無法對大腦造成影響的學說，那我們就只是被迫看著自己人生路上的戲碼，還不得不持續意識到自己終將死去，總有一天會灰飛煙滅。人類的意識演化得太高階了。相對地，感受到的喜悅必然深刻，悲傷也必然深刻。意識愈高階，感受的幅度也會是所有生命中最大的。但是，最終仍會邁向死亡。就算體會過世上諸多喜悅，還是難逃一死。至今已有數兆人死去，今後生命也會不斷消失。

但是，這個世界充滿了人類誕生的可能性。而且，原子本來就具有透過結合創造出意識的能力。這一定有什麼含義。如同我之前說過的，這一定是和某種像是「層」的地方互相連接，否則就太奇怪了。如果當成偶然，也未免太剛好了。我們所走的路，也並非和「層」毫無關係。而那個「層」，就聯繫著無數的「故事」。

人類從太古時代開始、從擁有高階意識開始，都不曾間斷地尋求著故事。人們不光創造出神，連帶地也會創造出「神話」。像現在大家都會看電視劇或漫畫吧？就算是藝人的八卦也是種故事。人類是地球上唯一渴求著故事的生物。自己的人生就是一段故事，在經歷這段故事的同時又冀求著其他故事。包含虛構故事在內，人類一生中會聽到不計其數的故事。換言之，我們都置身在不斷重複的故事裡。我認為故事的重複性，和「層」有所關聯。也就是說對「層」而言，重要的並不是我們身體實際的動作，也不是說了什麼或看到什麼這些現實中的舉動，而是我們在意識當中想到了什麼，我們的意識是怎麼活動，這些可能更加重要。我們的意識與「層」互相重疊。我們都是從「層」望著現在的「自己」，經歷著故事。

換個角度來說，「人類」就是在過去到現在綿延不斷的原子洪流中飄盪的故事。而「我」，不就是從其他層觀看著這些故事的觀眾嗎？這個「我」沒有熱量也沒有能量，所以不受人類所訂的物理學定律的規範，也就是位在不同的層。這份奇妙的平衡，這份奇妙的平衡本身，就是這個世界吧？我不知道這當中有什麼含義，或許有渴望著我們故事的某人存在吧。為了可能產生意義的那一天，我們應該好好活著。我們必須在原子洪流中繃緊全身，「穿過」這一連串的「故事」——這就是「活著」。

這些「故事」崎嶇而坎坷。對於人生，我不想不負責任地發表樂觀的論調。究竟要怎麼

「穿過」這些「故事」，大略可分作東方跟西方兩種觀念。

一種是西方的觀念「神的考驗」。這種處事態度是在遇到困難的時候，把它想成是命運、是神降下的考驗。因為能夠跨越，所以神才會給予自己這樣的試煉。若不想說成是神，也可以說是「命運的考驗」。我認為人向「命運」挑戰的姿態十分動人。

另一種是東方的觀念「諸行無常」，認為一切都將回歸於無。既然所有事物最終都會消失，面對困頓的人生時也不該慌了手腳。痛苦與悲傷總有一天都會不復存在，所以要把痛苦和悲傷都忍下來，等著它們靜靜消散。我覺得悲傷和痛苦淡去的樣子也很美麗。

不需要去討論哪邊才是對的，我想真相就在兩者之間，也可以說同時存在於兩者當中。時而迎向挑戰，時而看作過眼雲煙，這樣就夠了。那些事早已注定也好，能夠改變也罷，我們只要保持自我，繼續針對眼前的路做選擇就好了。我們都得保有這種心態才行。

各位，今後也請繼續「穿過」自己眼前這條路上的「故事」吧。因為很久很久以前曾經存在的無數原子，其壓倒性龐大又複雜的高階系統，全都為了你此刻的「故事」而存在。構成現在的你的原子們，在你死後仍然會留存著，有朝一日又為了某個人的「故事」而存在。

支撐著你的「故事」的這些物理定律，成千上萬流動著的原子系統，富饒且珍貴，難以言喻。

祝各位都能找到自己心目中舒適的25℃地帶。今天的演說就到這裡結束。

15

「教主大人，打擾了。」

白衣男子拉著灰色手推車走進房內。

教主位在二十一樓的房間約有十五坪大，房內黯淡灰暗，裡頭有一道通往臥室的門。完全看不清坐在椅子上的教主臉上的表情。他雙眼無神地看向男子拉著的手推車。手推車上堆著一只箱子，裡頭是一名被綑綁的女人。

「這是之前向您報告過的邪教女信徒。」

教主面無表情地望著箱子裡的女人。女人被打包行李用的塑膠繩粗魯地綑了好幾圈。是害怕得說不出話來嗎？白衣男子猜想。她是個高瘦窈窕的美女。

「……嗯嗯。」

教主語意不清地咕噥。引起他的興趣了嗎？真難判斷。白衣男子開始緊張了。

「這個女人信奉的宗教禁止性行為，也禁止隨意在人前裸露肌膚。」

教主起身離開椅子，低頭看向箱子內。女人穿著白色襯衫和黑色長裙。

「……另外，也禁止自瀆的行為。」

「原來如此……是邪教。」

教主用毫無抑揚頓挫的嗓音說道。邪教？白衣男子在內心自問。這裡不也是邪教嗎？啊，不對，這裡不是邪教。這裡……不，是什麼呢？這裡算是什麼？他的修行還不夠，近來腦袋被奇怪的想法占據。白衣男子抬起頭，只見教主正目不轉睛地望著自己。心臟像被刺了一下似地驟然狂跳。自己的迷惘被看穿了嗎？

「……一有性行為就會死對吧？」

教主冷不防發問，眼神裡絲毫不介意男子的迷惘。男子慌忙回答。

「是的。不管是女人，還是和女人性交的男人。」

「……嗯。」

「但是……實際上已經有六個人死了……雖然不清楚是怎麼回事。」

教主吐了口氣。這是哪種情感的表現？不像是嘆氣，也不像在笑。

「很簡單，是被他們信奉的神殺了吧。」

教主靠近女人。男子連忙讓受縛的女人從箱子裡站起來。女人卻又掙扎著倒了下去。

「萬分抱歉，我應該先讓她睡著。」

「為什麼？」

教主問。為什麼？男子不明就裡。鄰近的一扇門後走出兩個男人。那種地方有門嗎？兩人拉起掙扎的女人，強迫她坐下。像是牙科診所裡會有的躺椅延伸出令人發毛的鐵管，以便撐開人的雙腳。女人掙扎扭動著，但兩個男人從頭到尾面無表情，接著又從容地消失在門後。門後同樣暗得什麼也看不清楚。

「你們信奉的神叫什麼名字？」

教主詢問被束縛在躺椅上的女人。女人狠狠瞪著教主，但教主面不改色。

「叫什麼名字？」

女人沒有答腔。白衣男子代替她開口：

「……並沒有名字，就只是守護著信徒。」

「真無趣。」

教主掀起女人過長的裙子。沒來由地，白衣男子感受到了來自頭頂上方的視線。萬一，他心想。只是萬一，他們的神真的存在呢……？別說這女人，連教主也會丟了性命吧？白衣男子在心中自問。他以前也和這個女人待在同一個邪教裡。轉來這個教團後，如今已經明白過去的一切全是虛妄，但體內深處那揮之不去的感覺卻甦醒了過來。自己離開了那位神以後，在這個教團裡性交確實也不會喪命。但是，還是信徒的她會怎麼樣？畢竟她還是信徒。有六個人死了。立下了信徒的誓約，卻背著神耽溺在淫亂行為裡的六個蠢蛋……萬一，男子繼續想著。萬一……畢竟連不相信神的人，也不會亂踢佛龕啊。女人放聲大叫，哭了起來。教主已經整個掀開她的裙子，露出了白色底褲。白衣男子不由得想別開目光。

「住手、住手！」

女人瞪著教主叫喊。教主開始脫去女人的襯衫，手游移到上下身的內衣褲上。不能被看見肌膚的女人扭動著身軀，卻被固定住而動彈不得。身上的內衣褲被褪去。懸在挑高天花板上的燈光，照亮了女人汗濕的身體。儘管在女人所屬的邪教內被視為累贅，她的胸部仍充滿了彈性與存在感。乳頭顯得較大。原來她的身體是這副模樣啊，白衣男子心想。原來她的衣服底下藏著這樣的身體……這時，他才驚覺自己竟看得目不轉睛。教主用嘴巴含住了女人的乳尖。

「住手……我們、我們……」

「嗯？」

「啊啊，神啊。」

女人仰望頭頂上的光芒。長髮撩人地披散著，細長的鳳眼閃著淚光。從白衣男子的位置，也能看見她長腿間的性器。教主的手指探入她的性器，溫柔地在她體內攪動。

「……神啊……神啊。」

「妳為什麼喘息？」

「……咦？」

女人的愛液溢出，沿著腿淌下。

「妳……」

「我沒有。」

「不用否認，妳就是這種女人。太久沒做，更有感覺了吧？」

教主向下屈身，舌頭伸向女人的性器，就像蟲子舔著餌食。

「啊……啊。」

「嗯？」

「……神啊。」

「沒錯，神在看著妳。死亡就在妳身邊。」

女人的愛液不斷湧出，房間裡迴盪著好似撥弄積水的聲音。女人也聽到了吧，白衣男子心想。死亡潛進了這個房間。教主的嘴在女人的性器上流連，像是口渴了，藉由這只杯子裡的水滋潤喉嚨。

「啊……啊啊！」

「受不了了嗎？不用壓抑。」

「不要，我——」

「就讓神看著吧。」

「對不起，請原諒我。啊……啊……請原諒我。」

「嗯？」

「神啊、神啊。」

「……被神看著，更興奮了吧？」

女人往上挺起腰肢，失聲大叫。

「不要，啊啊！」

女人的身體開始猛烈顫抖，但教主沒有停下來。女人吶喊著。

「不要、不要！」

女人的身體再次痙攣，愛液噴了出來，距離遠得教人瞠目結舌。水滴甚至濺到了白衣男子的腳邊。

「啊、啊……啊。」

女人繼續痙攣著，扭動身體，胸部劇烈晃動。教主脫去了衣物，將自己的性器放入女人過度濕潤、痙攣尚未平復的體內。

「……不要。」

「我認為死亡具有彈性，還是圓形的……妳覺得呢？」

教主的身體動了起來。在他的身下，女人早就只能發出含糊不清的聲音。到頭來很有感覺嘛，白衣男子暗想。不知所為何來的淚水從眼眶滑落。好痛苦。一直以來，他都很痛苦。別人都說他會接連失去至親，是因為祖先太貪得無厭，才招致了不幸。他加入來歷不明的中年女人所創立的團體，隱居深山中，在像是醫院的小型建築物裡生活了好幾年。在嚴格的戒律下，每天過著受神明感召的禁慾生活。女人緊緊攀附著教主，好像不知道該怎麼面對這席捲而來的快感，雙腿極為笨拙地大開著。儘管緊抓著不放吧，男子想道。緊緊攀附吧。發出不知羞恥的叫聲，依偎著教主大人。因為我們所有的一切都得到了寬恕。無論世人做何感想，也都與我們無關。男子的注意力轉向頭頂上方。要殺就殺吧。因為我們是人類。要殺就殺吧。

教主的舌頭探進女人柔軟的口中，身體始終沒有停下動作。男子沒來由地覺得教主就像是液體。儘管上了年紀，身體卻緊實有彈性。真美。好美的液體。

「啊、啊啊。」

女人的舌頭與教主的糾纏在一起。

「啊嗯、啊嗯、啊啊啊。」

女人再次猛烈顫抖，教主的身體也有些抽搐。男子忽然間心想，存在正顫抖著。教主在女人體內釋放了。男子倒吸口氣，一瞬間似乎看見教主眼中掠過了什麼。那是什麼？男子十分疑惑。應該置身在快樂中的教主，眼中卻有某種情感一閃而逝。那是什麼呢？究竟是什麼……。

「……妳就在二十一樓住下吧。」

教主抽出性器小聲說道，女人點了點頭。雙頰潮紅，淚眼迷離，美得懾人。那是得到了精液的女人的表情。體內吸收了精液的女人的——

「……你也來吧。」

教主看著他說。白衣男子頷首，自然得連自己也感到驚訝。這並不是善。因為自己和她，都不過是從以前的泥沼跳進了另一個泥沼。但這也不是惡。因為教主不過是基於性慾擁抱了這個女人。

白衣男子站在仍敞開雙腿的女人面前，眼神與她交會。在那個團體中，她就像妹妹一般，他從沒想過她也是如此美麗的女性。

「拜託……」

女人喚著教主。

「嗯？」

「……請您看著我。我希望您看著我。」

「……嗯。」

挑釁一般，女人轉頭望向男子。直勾勾地投來了目光，同時揚起嘴角微笑。雙唇水嫩，妖冶動人，她得到了解放。非善也非惡，無須加以界定。我們的存在都得到了解放……男子輕柔地撫上女人的臉龐。

16

昏暗的房間。今天沒有時間了。

高原注視著聚集在這裡的信徒們。約六坪大的空間裡，包括高原在內共計十六人。所有人的眼神都坦然無畏，燃燒著鬥志，滿懷期待地等候高原的發言。

他們很幸福，高原心想。真想變得像他們一樣。然而，叛徒是不是就在他們之中？他不知道。教主能夠一眼就看穿嗎？

「報告現在的狀況吧……篠原，準備好了嗎？」

「是。」

篠原鄭重地應聲，像在強忍著恨不得早點報告的衝動。看來事情有進展了。

「關於上回報告的移轉PPSh-41的事，就訂在下週二。目前已經交給暴力集團成員，接下來從他們手中取回即可。」

「交貨地點在哪裡？」

「在一棟公寓，已經簽了週租契約。」

「……有危險嗎？」

「可能有，但我認為加害我們，對對方並沒有好處。」

高原只是沉思。為了回應高原的沉默，篠原接著說道：

「如果他們打算在交易現場對我們動手，好處就是不用交出PPSh-41，還能搶走我們身上的現金；也或許他們原先就沒有拿到PPSh-41，只想要我們身上的現金。因此，我們預計派五個人前往交易現場。就這回的交易金額來看，要是得另外付出勞力處理五具屍體，他們應該會覺得很不划算……當然對方也有可能不殺我們，只搶走現金。但他們在這一行頗有名聲，應該不會做出留下證據的不法行為。」

高原繼續思索。真的沒問題嗎？他擔心的不是這方面，而是如果這是警方或公安警察的陷阱呢？這也不無可能。

「萬一這是公安警察設下的陷阱——」

像是早就猜到了高原的擔憂，篠原開口說：

「我們已經想好要自稱是激進的左派人士，就算被判刑也無所謂。到時就請其他信徒接替我們的工作吧。」

預計前往交易現場的五人神色肅穆地望著高原，臉上是著了魔的充實表情。高原屏住呼吸。自己必須回應他們。

「……知道了，我絕不會忘了你們的決心。」

他們的雙眼都熠然生輝。在場所有人發出細微的鼓譟，彷彿體內的激情流露。他們的身體輕微晃動、呼吸與聲音益發高昂，逐漸合而為一，體內深處蠢蠢欲動。

「我們是菁英！」

「是！」

「我們是被選上的人！」

「是！」

慷慨激昂的空氣中，可以感受到他們的體溫。眾人望著高原。專注忘我地期待，熱血沸騰。

「操作PPSh-41需要訓練……這件事就交給你了。」

高原這回看向吉岡，吉岡重重點了頭。他從前是自衛隊的一員。

「操作PPSh-41不需要什麼高超的技巧，因為它是衝鋒槍。」

高原踏上冰冷的階梯。

自己的腳步聲形成回音，像是有人跟在他的身後。適才的激昂還殘留在體內，高原在教主的房門前站定。他不認為那些人當中有叛徒，無法想像告密者會有那樣純粹無邪的表情。他能想到的，就是並非有人告密，而是教主自己察覺到了。但他是怎麼發現的？

高原深吸一口氣，敲了敲門，門後傳來含糊不清的聲音。打開門一看，教主正躺在躺椅上，神情苦悶地撫摸著女人的身體。

這個怪物，高原心想。

教主心中有座地獄。這傢伙沒有抗拒那座地獄，反倒主動沉淪在自己內心的地獄，載浮載沉。為什麼他能帶著那麼抑鬱的表情擁抱女人？而且眼神還那麼陰沉？那麼別碰她們不就好了？但教主習慣成自然般地對她們出手，不帶半點感情，飄渺且憂鬱，宛如昆蟲舔著樹液。

「……您找我嗎？」

高原小聲說。這種傢伙——明明是這種傢伙，自己卻一站在他面前就開始緊張。因為對方是怪物。看似疲軟，表情卻毫不鬆懈。這傢伙簡直深不可測。

「……我不記得有。」

教主沒有望向高原，而是看著高原與自己之間的那處空間。看著？真的是這樣嗎？這傢伙正看著什麼嗎？

「打擾到您了，真是萬分抱歉。」

「……不，無妨。對了，那個女人……」

教主說到一半，緩緩朝身旁的女人伸長脖子，用手指夾住了女人的舌頭。女人全身放鬆，任由教主為所欲為。高原靜靜等著。有些人會一邊和人說話一邊傳簡訊，但這傢伙卻是一邊做愛。高原幾乎要笑出來了。

「那個女人……銅銨縲縈的……想來懺悔。她說私底下與你接觸過，所以……」

教主打開女人的雙腿，凝視著她的性器，就好像看著衣服上的汙漬。高原輕嘆口氣。那個女人嫉妒到要撒這種謊嗎？只因為自己沒有抱她？

「我為她做了諮詢，所以……」

「……您不懲罰我嗎？」

「……嗯嗯？」

濕漉漉的聲響從女人的腿間傳出。女人開始發出急促的喘息。高原心知肚明，教主不可能為了這種事就懲罰自己。他想知道的是另一件事——自己的計畫露出馬腳了嗎？還是沒有？他直視教主的雙眼，卻什麼也讀不到，茫無頭緒。

「……我怎麼可能懲罰……後繼者呢。」

騙子。高原在心裡喊道。那為什麼不把這個教團申請為宗教法人？不單只是因為想避開公安警察的耳目吧？你在打什麼鬼主意？高原想著。你到底在打什麼鬼主意？

教主一派厭倦地挑動著手指，像在撥弄大衣上脫線的鈕扣。從女人微張的雙腳之間，啪搭啪搭的水聲持續響著。女人神色歡愉，頻頻覷向高原。大概是覺得這聲音很難為情吧。

「我為她做了諮詢……讓她更渴望你。」

「……那麼她在二十一樓？」

「嗯。」

這傢伙仔仔細細地舔遍了那個瘋狂愛著另一個人的女人吧。若無其事地抱了那個熱切吶喊著高原先生的女人吧。依舊像在舔著樹液，沒有一絲笑容，滿臉憂鬱。

他和松尾正太郎是不同的類型。別人是自動聚集到那個老人的身邊。而眼前的男人雖然表面上的確也會吸引別人，但實際上並非如此。這傢伙體內會滲出某種鈍重的液體，人們是被他那濁重的液體吸引，想讓自己的陰暗面融入其中。

女人扭動著身軀，嬌喘聲愈來愈大。她拚命地想併攏雙腿，是因為羞恥嗎？還是要高潮了？望著纖瘦的女子弓起後背的模樣，高原的思緒開始變得混沌。女人緊抓著床單。因為她而濕了一片的床單。長髮反射著幽暗照明的白光。

難道是涼子？高原尋思。涼子確實有所察覺，只是尚未掌握到證據……可是，不，正因如此，他才叫她離開這個教團。只要我從中安排，她應該就能脫身。

自己這樣的人生，這般無可挽回的人生，她不需要奉陪。

17

楢崎也幫忙準備著松尾的對談會。

這個團體沒有名冊，但有很多人留下了聯絡方式，希望下次召開對談會的時候能通知他們。如果留的是電子信箱或傳真，只要發送書面資料即可，電話的話就很費時費力。

「通知信這樣子可以嗎？」

峰野問松尾，是指傳真和電子郵件用的通知信。

「……上面不放我的頭像嗎？」

「你想放嗎？」

「因為我的長相讓人怦然心動嘛。」

松尾說完，認真地盯著峰野。一顆橘子飛來，松尾舉起手上的不求人拍了開。丟橘子的是他的妻子芳子。松尾隨即反丟回去，芳子接住後又扔過來，松尾再用不求人打下橘子。吉田於是介入制止。

「臭和尚頭，快讓開！」

松尾對吉田說，這回輪到吉田生氣了。

「我就是寺廟的和尚，所以才剃和尚頭啊。」

「……少騙了……你是禿了吧？嗯嗯？是因為禿了才剃和尚頭吧？」

「喔，你竟然這麼說……你竟然直接說出來！」

吉田逼近松尾。

「沒錯，我就是因為快禿了……但頭會禿我有什麼辦法！」

這時楢崎正要和名為小牧的女子一同離開房間。排放在庭院裡的折疊鐵椅有一部分已經生鏽，必須先挑出來好買新的替換。橘子冷不防打中了楢崎的背。

「……怎麼了嗎？」

「你要和小牧去哪裡！」

松尾大發脾氣。讓人摸不著頭腦。

「我們要去挑椅子，這可是體力活喔。」

「你們是要去偷偷恩愛吧？」

「啊？」

「你是要和小牧去調情吧？躲在倉庫的角落，聽她喊著『啊，不行，大家都在，大家都在』，你這混帳！」

楢崎張口結舌，小牧問道：

「……真的嗎？」

「啊？怎麼可能！」

「你一直用那種眼光看我嗎！」

「我才沒有！松尾先生，這實在太蠢了。請適可而止吧。」

「……那麼，你認真回答我。」

松尾說，不求人筆直地指向楢崎。

「你真的一次也沒有用下流的眼光看過小牧嗎？連短短一秒鐘也沒有？……要是膽敢撒謊，我就對你施以糖果之刑。把我的局部假牙當作糖果塞進你嘴巴。」

「這……」

「果然有！」

小牧輕聲尖叫著遠離了楢崎。

「不對，這太奇怪了吧！你這樣問我……吉田先生，你也幫忙說句話吧。」

「少囉嗦！」

「好過分！」

楢崎不由得大叫。

「你就是因為這樣頭髮才會掉光光。不過，用地球來比喻的話，應該還剩下澳洲左右的髮量吧？」

「啊？你現在是用大陸做比喻嗎？」

「別吵了，吉田先生的禿頭跟楢崎沒有關係。吉田先生是自己變禿的吧？是你自己要變成禿頭的……乾脆就在頭上的澳洲養隻袋鼠吧。」

峰野與吉田鬥起嘴來。楢崎不理他們就要走出房間，小牧卻用充滿戒心的眼神看著他。煩死了，這些傢伙是怎麼回事？這時田中走進房間，正好擋住了楢崎的去路。她今天穿著印有切・格瓦拉[5]頭像的圍裙。究竟在哪裡買的啊？

「……不好意思，有媒體來訪。」

田中表情嚴肅地說。

「我本來想趕走他們，但又不知道該怎麼做……廚房裡是有殺蟲劑……」

「就這麼辦吧。」

5：切・格瓦拉（Che Guevara，1928–1967），出生於阿根廷，古巴革命的核心人物之一。頭戴游擊扁帽的肖像〈英勇的游擊隊員〉在國際上廣為人知，極具象徵性。

芳子說。楢崎插嘴：

「這可不行。」

「是嗎？」

「又沒關係。」

松尾說。楢崎制止了點點頭後要離開的田中。

「對了，楢崎。」

松尾把不求人轉向楢崎。

「不然交給你去應付吧，然後……」

不求人繼續指著楢崎。

「你就露出下半身這樣告訴他們：『咦？你們是牙醫嗎？我的雞雞現在是C2階段喔。』」

「……為什麼要這樣？」

「啊？當然是為了欺負你啊。」

「……我才不要。」

「那小峰去。」

「我也不要。」

上門拜訪的是週刊記者，分別是一名女性採訪記者和一名男攝影師。對方說因為打電話來要求採訪被拒絕，所以才直接找上門。兩人宣稱想採訪重新開始活動的宗教集會，但目的顯然是要拿可疑的宗教團體來作文章。楢崎萬般警戒，卻沒有任何人阻止他們。

「謝禮雖然微薄，但會支付敝社規定的費用。」

松尾的眼神立即變得古怪。

「我不需要謝禮。作為回報，讓我戳妳的胸部吧。」

「什麼？」

女採訪記者失聲叫道。攝影師停下了按快門的動作。

「呃……請問，您是在開玩笑嗎？」

「我不是開玩笑。請讓我戳妳的胸部。」

松尾正經八百地注視著採訪記者。丟下一臉吃驚的記者，峰野他們魚貫走出房間。他們不擔心嗎？明明知道對媒體這麼做會有什麼後果。沒有任何義務的楢崎卻選擇留在房間裡。採訪記者明顯動了怒。

「冒昧請問一下，您是瞧不起我們嗎？」

「我並沒有瞧不起你們，只是要妳讓我戳戳胸部罷了……妳不覺得嗎？人生不是戳人，就是被戳。說不定被戳的人是我，也說不定是妳。每個人都有被戳的可能……明白了嗎？」

「……啊？」

「摩可佩摩可佩，戳妳的人是誰啊摩可佩……我接下來會唸這段咒語，請妳閉上眼睛吧。」

6：蛀牙的程度分為四個階段，分別為C1、C2、C3、C4。

「我拒絕。」
「妳說什麼？」
松尾驀地壓低聲音。
「為什麼不讓我戳？為什麼？」
「啊？」
「快讓我戳啊王八蛋！」
松尾霍然起身。採訪記者放聲尖叫了起來，攝影師擋在中間保護她。楢崎立刻出面制止。
「兩位，真是非常抱歉。他現在……被附身了。」
「附身？」
「對，呃，就是……各種人格會附身在教主大人身上！所以兩位今天請先回去吧。」
楢崎將採訪記者和攝影師請出房間，回頭看向松尾。
「你在做什麼啊！」
楢崎質問，松尾則鬧起彆扭。
「……因為他們瞧不起人，我只不過是回敬他們而已。」
「不，不對……我總覺得，你是真的想趁機……」
「什麼？」
「呃，你是真的打算戳那位小姐的胸部吧？」
松尾舉起不求人在面前左右揮動。

「怎麼可能，那真的只是一種高尚的報復。」

「才怪，你絕對想戳人家一下。」

聽著採訪員們離去的腳步聲，芳子看向峰野。峰野正將手按在肚子上，檢查著重新列印出來的傳單。難不成——難不成這孩子其實根本沒有懷孕？只是她自己那麼認定，近乎病態地深信不疑，但其實……。

見峰野回過頭來，芳子擠出笑容。如果真是這樣，芳子又想，那我必須抱緊她才行。兩個人一起找個地方躲起來，形影不離，協助這孩子恢復原狀，直到她忘了高原。

峰野加入這個團體的時候，明顯在松尾和芳子身上渴求著家庭溫暖，在芳子兩人身上尋求孩提時代未能擁有的事物。芳子他們察覺到了，也接納了她。望著把手按在肚子上的峰野，芳子細細尋思。既然如此——既然如此，我們就該負起責任。

昨夜，她在屋子裡看見了壁虎。壁虎看起來是黑色的，是因為夜晚的關係嗎？

有什麼事要發生了。內心有種不祥的預感，強烈的程度是近幾年不曾有過的。

18

距離松尾的演講還有段時間，但已經有許多聽眾聚集在大宅的庭院裡。

若能事先擺好折疊椅就輕鬆多了，偏偏松尾任性地說：「要是擺了很多椅子結果沒人來，那就太難看了。」所以現在是有聽眾入場後再加椅子。看起來年輕人比較多，當中還有熱心地自備筆記本的人。為了這場對談會，他們已經準備了三個星期。

人潮接二連三地湧進。楢崎來回發送著寶特瓶裝的茶飲。松尾沒有準備演講稿，只是待在房裡看電視。前陣子受訪時發生的事還沒有被報導出來。要是刊登了，可以想見會增加不少看熱鬧的人，但幸好演講當天雜誌還沒出刊。

楢崎四處尋找峰野，卻不見她的蹤影。奇怪了。明明剛才她都還和自己一起在發送茶水。

楢崎正想回屋子再拿飲料時，驀地僵住了。聽眾席上有個男人，長髮男人。是楢崎在那個教團裡會見澤渡時，領著他到二十一樓的男人。為什麼？楢崎緊盯著男人不放。那個教團的男人為什麼會在這裡？

「楢崎。」

吉田不知何時出現在他身後。楢崎的心跳加快。

「你有看到那個綁著馬尾的男人嗎？」

「……有。」

「他就是那個教團的人。以前曾待在這裡，在澤渡消失的時候，他也跟著不知去向……絕對錯不了。」

楢崎回過頭，但不敢直視吉田的雙眼。

「現在先假裝沒有發現，我不想在松尾先生演講開始前引起騷動。但等演講一結束，你就和新山與加藤他們一起制伏他。別告訴松尾先生。」

吉田的音量小得像在自言自語。

「他認得我的長相，但新山和加藤才剛加入不久，他並不認識。而且他也不認識你……所以演講開始之後，麻煩你和新山他們一起坐在他正後方的位置上。等他一出大門，就壓制住他。」

楢崎無法應聲。

「當然我也會在大門外面安排人手。不過，我不想明目張膽地抓人。我不會那麼做，因為不想被松尾先生發現。我會先和他談談，要是他願意合作，就走去對面的咖啡廳。我打算問出他們教團的下落……本來也想過跟蹤，但我們沒有那種經驗，恐怕不會成功……你明白了嗎？」

楢崎含糊地點點頭，吉田便離開了。他這麼相信我嗎？這個念頭才浮上腦海，立刻就被打消。剛好相反，他肯定是在測試自己。畢竟自己說是對松尾感興趣才造訪這個團體，卻馬上消失了一個月，然後又憔悴不堪地現身，不難理解他們會覺得自己在那段期間內與教團有過接觸。聽到吉田這麼說，一旦自己有可疑的舉動，就會立刻被發現自己與教團有關，吉田就能從長髮男子和自己口中打探出消息。從現在這一刻起，自己就遭到了監視，十之八九是被自己不認識的、松尾團體裡的人盯住。

楢崎吐出一口氣。危險的是，那名長髮男子看到自己之後可能會很驚訝。他知道我是遵照澤渡的指示才待在這裡的嗎？

長髮男子身後的三張椅子上已經擺著傳單，占好了位置。楢崎只能上前就坐。人們陸續走進庭院，有兩百人左右。嘈雜聲頓時安靜下來，轉頭一看，松尾已經現身在簷廊。看樣子沒有主持人，直接開始演說。楢崎急忙往長髮男子斜後方的位置坐下。

「嗨，大家好，感謝各位特地前來。」

松尾說完，聽眾們便拍手鼓掌。他瘦了呢，楢崎發現。將DVD裡的影像與本人直接比對，會發現他消瘦了不少。

「雖然之前一直沒說，但其實今天是我最後一次演說。」

聽眾們竊竊私語起來。

「這次要告訴大家我的大半輩子……不，是整個人生。向大家坦承我的罪孽。」

19

教主妙論 Ⅳ

我出生在愛知縣。母親原先在旅館當下人，而父親家雖然稱不上大財團，但也是擁有許多土地的地主。像我這樣的私生子，一般都會被藏起來，但說來也奇妙，我就在父親的宅邸裡和母親一起生活。我們和本家的人幾乎不往來，但宅邸的角落有我們的房間。母親因病去世後，就由宅邸裡的奶娘撫養我長大。

父親的正妻如果沒有生下孩子，就必須領養我為繼承人。照理來說是這樣。所以我一直在想，當這棟屋子裡又有小孩出生時，我就會被趕走、被賣到其他地方去。我也不是想留在大宅裡，但我畢竟還是小孩子，無法一個人生存下去。所以，我祈禱著另一個生命不要誕生，就在這種扭曲的精神狀態下度過了童年時光。

後來父親與正妻之間生了孩子，不出所料，我必須離開大宅。當然不是被賣掉，而是以工作為由離家。在父親妻子的指示下，我離開愛知前往東京。這也是無可奈何。一個幸福誕生以後，就得摒除礙事的人。因為幸福是一種封閉空間，在排除各種事物後才算成立。站在夫人的立場來看，這也是非不得已的選擇。夫人當然也會傷心難過。我在手工製瓦的供宿工廠做事，幸好擁有工廠的那對夫婦都是好人。我一直做到上學，也就是讀小學為止。

後來整個世界都捲入了大戰之中。太平洋戰爭，也就是所謂的第二次世界大戰。

二十歲那年，我收到了徵召令，上了戰場。

當時我的第一個念頭，就是這張徵召令其實是要寄給大宅裡出生的那個孩子吧？為了不讓自己的孩子上戰場，他們才把徵召令轉寄給我。但這怎麼可能嘛，是我想太多了。但是，這也代表當時我的心智就是這麼扭曲。

我對戰爭完全不感興趣，也未曾嚮往過從軍。當日本愈來愈傾向於發動那場戰事時，社會主義者們也暗中展開了活動。我雖然沒有參加，但也曾幫他們把印好的文宣運往可疑的地點，好讓他們借書給我看。我對社會主義沒有興趣，卻非常喜歡閱讀，當時靠著自學，讀過許多很難入手的英美書籍。那時會聽到有人罵「英美禽獸」，我卻覺得能孕育出那些美妙文學的國家怎麼會是禽獸呢？不不，我並非自詡為進步派喔。我只是討厭日本，不對，是討厭嘴上高喊著日本的軍人們。因為那會讓我聯想到父親。我父親是個不折不扣的愛國主義者。對那個時代、那個年代的人物來說，這也是當然的。所以說當時我對世界的認知，全被個人的好惡所左右。

我被分配到了陸軍第三五七師團，駐地在菲律賓中北部的最前線。各位知道當時日本兵的死因，泰半都是餓死或病死嗎？多數日本兵在只會逞口舌之快的無能國家帶領下，還沒和敵軍交戰過，就迷失在熱帶叢林裡餓死或染上瘧疾而死。我是在接受了三個月的教育訓練後，與他們會合的後備兵之一。我們受命在沿岸地區防守戒備，偵察兵確認了有將近百艘的美軍艦艇正在逼近以後，包括我所屬的小隊在內，整個中隊決定據守山區。那時候，我們有大半的人都已經得了瘧疾。

不可能打得贏，我當時這麼想。中隊長等幹部雖然對此絕口不提，但我們這種士兵——尤其是低階的後備兵——幾乎都這麼肯定。敵人的艦艇是悠然自若地橫越南國大海的銀色鋼鐵，同樣泛著銀白色的戰機時常在上空盤桓。笨重且堅固的龐大銀軀閃爍著陰森的光澤，好像能把碰到的東西全部撞開。面對那些散發出壓倒性存在感的機械，我們還能做什麼？我們的希望，就只是繼續躲在熱得像要著火的山區裡等待戰敗。我才沒有單純到會相信軍部的謊話，說什麼祖國一旦戰敗就會遭人蹂躪之類的。

然而，大隊總部卻捎來了增派援軍的通知。他們將派來一百二十人的奇襲隊。在只有幾把機關槍的情況下，就算再來一百二十名援軍又能怎麼樣？面對敵人身經百戰的遠距離砲擊，難不成要我們拿著單發步槍、佩刀和自殺用手榴彈對抗嗎？那些援軍不過是來送死的。大隊總部的幹部們眼睜睜看著菲律賓的重要據點被人奪走，為了不被本國指責，才派了這些有血有肉的士兵來。派這批援軍來送死，也是為了在全員陣亡後，能向本國報告我們已竭盡所能奮戰、不辱國家的名譽。對於死亡，一般人當然會感到恐懼和抗拒，但他們不斷連哄帶騙，說什麼就算死了也能在靖國神社中名列英靈。不管從前還是現在，都是用宗教煽動前去赴死的士兵。而那份通知，也意味著同樣要從我們中隊裡募集士兵去赴死。因為我還沒有感染瘧疾，所以不得不暫時加入迎接援軍的小隊。當我們五名士兵組成的小隊離開小屋時，美軍的砲擊就開始了。

那並不是戰鬥。面對來自遠方的砲擊，我們只能抱頭鼠竄。中隊變得四分五裂。我雖然和眼神陰沉的少尉所率領的小隊會合，但不久後就脫隊了。因為我得了瘧疾。

我發著高燒，第二天雙腳就開始不聽使喚，到了第四天，已經無法順利開口說話，舌頭不受自己控制。我被丟下了。這也是當然的。因為在那之前，我也拋下了好幾個人。眼看抓著粗大的樹枝代替拐杖，也沒發現自己的掌心被樹皮磨出了血，糞尿流了滿地、倒在地上憔悴得不成人形的同袍，話也說不清楚的我只能吐出「就快了」這種謊話。他們明知道這是謊言，卻對同樣拄著拐杖、只能扯謊的我投以半帶憐憫的微笑，無數條人命就這樣倒地不起。無關乎自己的意志，糞尿逕自流出，這是瘧疾的死亡前兆。這回輪到我了。我仰倒在地，望著叢林的濃密綠葉。「Souka。」我記得自己這麼呢喃。翠綠的青草撫過臉頰，扎著肌膚。「Souka、Souka。」

「Souka」是什麼，我也不知道。

太陽一升起，幾乎能穿透衣料的熱氣就燒灼著肌膚。森林無止境地往四面八方延伸，枝葉肆無忌憚地層層疊疊，反覆交錯，毫無規則地恣意生長，已不是茂盛足以形容。我隻身一人處在異國的密林裡。手臂上忘記是在哪裡劃傷的長長傷口上，蛆蟲若隱若現。我覺得蛆是因為我發現了牠才躲起來。像是在害羞，也像是莫名得意地向我展現害羞的自己。傷口應該會痛才對，我卻感覺不到。彷彿變成了別人的手臂，和我是不同個體的蛆正啃食著別人的手臂。但是，我還保有意識。視野變得狹窄，大概是因為瘧疾高燒特有的幻覺，我開始覺得樹葉看起來就像是無數隻小手，只能朦朧地看見中心。我想自我了結。雖然想吐，但就算要吐，胃袋裡也空無一物。喉嚨渴得像要燒起來，我只想快點從痛苦中解脫。肚子餓到發疼，連胸口和喉嚨也疼痛難忍。身體不時抽搐，就在快要失去意識的時候，身體某處又傳來痛楚，讓意識再度恢復。我吐了，但還是什麼也沒有吐出來。

我手上有顆叫作九九式的手榴彈，打算引爆它尋死。因為我見過同袍試著開槍自盡卻失敗，反而打碎了牙齒，子彈慘不忍睹地貫穿下巴和臉頰，他苟延殘喘了一個小時後才終於死去。密密麻麻的枝葉扭曲變形，沒有半點風，繁茂的葉子動也不動。我把手榴彈放在茂盛得能劃傷皮膚的草地上，一邊望著當時被形容為樺木色的深橘色六角形鐵筒，一邊思索著自己非死不可的理由。我把手貼在臉頰上，削瘦得可以摸出每顆牙齒的所在位置。這就是人生的總結。

我將在戰爭中死去，在無能國家的無能作戰方針下死去。這是鐵錚錚的事實。那麼，這場戰爭算什麼？我思考著。我們是為了日本的勝利才加入戰爭。那麼，勝利又是什麼？……贏得勝利之後，我們又會變得怎麼樣？

只要日本能拿下菲律賓，就能確保燃料等物資的補給路線。然後就能持續向日本輸送燃料，與美國打持久戰。計畫就是這樣。那麼，如果日本打贏了美國呢？如果美國和同盟國向日本提出停戰要求，成功締結了對日本有利的和平條約的話，結果會是如何？就能夠保有戰勝所得到的中國與東南亞的利益，僅此而已。誰會為此感到高興？就是坐擁利益的各個財閥，以及與財閥勾結的高階軍官和政客。那麼日本又會變得如何？人民也會跟著沾光、日子變得好過一些吧。但是，也僅止如此。如果想過好日子，去工作不就得了。順便告訴各位，日本在第二次世界大戰中的死亡人數超過三百萬人。

我開始納悶自己為什麼要死。然後也思考起相反的情況，也就是戰敗時的事。屆時會締結對日本不利的和平條約，日本在國際社會的地位將一落千丈。僅此而已。一旦戰敗，祖國將慘遭蹂躪，女人被侵犯、孩童被屠殺。我才沒有單純到會傻傻相信軍方這些愚蠢的宣傳。如果地位一落千丈，努力工作就好了，從谷底東山再起就好了。因為日本人最擅長勞動了。

戰爭一結束，勢必會締結和平條約。

締結對其中一方有利的和平條約。

綜觀歷史，有哪一條和平條約的內容合乎戰死的人數嗎？我再重複一次，在那場戰爭中，日本人的死亡人數超過三百萬。

一路支撐著這場戰爭的，就是快感。為了國家從容就義。行軍禮。誓死殺敵。犧牲的美德。這些民族主義都賦予人快感。為什麼會產生快感？不只是因為社會性動物聚在一起、情緒沸騰時就會湧起滿腔熱血的生物特質吧。也是因為存在感薄弱的自己，在大義的名分下，能夠得到一席之地。擁有「敵人」以後，就能把自身不滿的矛頭轉向這個目標，也能產生自己的民族比對方更加優秀的錯覺。人類是一種總是相信自己更優越的生物，甚至會以善意為前提，變得凶殘暴虐。用善意和正義為偽裝，來解放自己的殘暴本性。

當時的軍國主義者們也都得到了解放，不再侷限於制式的思考，不再在乎是非對錯，任由思想吞噬自己，徜徉在快感之中。浸淫在思想裡會有一種快感，誤以為自己卑微的思考其實非常崇高。

俄國文豪杜斯妥也夫斯基曾在小說《少年》中寫道，思想有時會束縛一個人的全部。由內而外徹底被思想吞噬的人，大腦會因為感性而硬化，即使有人向他提出相反的思想，他也絕對不會改變。想用理論理性地改變他們，簡直難如登天。如果那個人會改變，也是被另一種情感所驅使。在經歷了情感強烈起伏的另一種體驗後，那個人才會從思想中解放。這些都是杜斯妥也夫斯基寫的，我覺得他說得完全正確。他的想法，也就是思想會硬化這件事，就是潛藏在人類歷史悲劇底層的原因之一。對於當時心滿意足地高喊日本萬歲的軍人而言，無論怎麼理性地向他們勸說，他們也絕對不會改變，其他想法在深入大腦之前就全部被隔離了。現在世界各地仍有這種人，害怕在自己大腦內部深入了解其他想法，精神非常軟弱，甚至可以說是硬化的一群人。簡直是幼稚透頂。至少對被他人的幸福排除、個性始終很扭曲的我來說，那種「大義」幼稚至極。有夠無聊，毫無意義可言。

但就在這時候，傳來了砲擊聲。

我注視放著手榴彈的地方，蔥鬱樹林的枝葉相互纏繞著往外延伸，地面有些傾斜。愈往上坡面愈陡，形成了一座山丘。砲擊聲就從山丘後面傳來。而且不是美軍的單方面砲擊，我還聽見了日本軍反擊的聲音。

沒有學歷的我自以為是左翼知識分子、大肆批評戰爭的時候，同胞們正在後方奮勇殺敵。我雖然是後備兵，但好歹也是軍人，反射性地抓起了槍枝。當下卻想起自己根本無法動彈，但不知道怎麼回事，我的身體動了起來。儘管的確是跑不動，但是，我還留有向敵人暴露出自己位置的力量，於是拿著槍爬上山丘。

那個當下，我像是得到天啟一般，自己接下來將採取的一連串行動浮現在腦海裡。只要登上山丘，我就會比同胞更靠近敵軍。我這個突然從山丘後方出現的日本兵，就朝敵陣擲出手榴彈，然後拚命開槍，直到戰死為止。從美軍的方向來看，我藏身的斜坡是一處盲點。這項行動少說可以殺掉幾個美國士兵，同時也能夠幫助同胞脫身。只要多殺一個美國人，就能多救一個日本人。

更何況，我不久後就要死了。

我握著槍枝傾聽砲擊。不對，那不算在聽。砲擊造成的振動貫穿了我的耳膜和身體，劇烈地搖晃著我，讓我幾乎能透過振動確切地感受到內臟所在的位置。我置身在振動裡，忽然間腦海裡冒出了一句話——我不想殺人。

我不想殺了美國士兵。他們說不定和我看過同一本書，說不定有心愛的戀人。雖然語言不通，但如果時代不同，說不定我們能把酒言歡。我不想殺了他們。這麼一想，我發現自己如釋重負。為什麼會這樣？自己在想什麼？但在那個當下，一個影像又像天啟般跳進了我的腦海。

不需要殺了他們。那個影像這麼說。我就出現在美國士兵面前，朝著原野丟出手榴彈。隨著爆炸聲響起，美國士兵會發現我的存在。在他們的注意力轉移到我身上、對著我開槍時，砲擊手也會戒備著其他可能躲起來的日本兵而暫時停止攻擊，這時同胞們就能逃跑。反正我就要死於瘧疾了。不殺他們，我的目的照樣能達成。我的心跳頓時加快。也不明白為什麼會變快，感到一陣暈眩。我把槍放在地面上，抓起手榴彈，感覺自己像是在別人的注視下拿起手榴彈。我試圖起身。同樣像是有人正盯著我瞧似的。

但是，身體並沒有動。

想必各位已經明白了吧。其實我非常害怕。身為將死之人，我卻害怕死亡。說什麼不想殺了美國士兵，不過是在找藉口，其實我怕得要死。劇烈的振動繼續搖晃我的身體。砲彈會帶著邪惡的熱度，把我轟得血肉模糊吧。待在這裡就安全了。我彷彿聽到有聲音這麼說。只要待在這裡，像蟲子一樣躲在這裡……陣陣砲擊聲中，也不明白為什麼，我死命地瞪著眼前泥地上自己凹凸不平的腳印。趁著美國士兵殺害同胞的時候逃跑就好了。我開始這麼想。現在正是大好機會吧？只要悄悄地、無聲無息地匍匐在地上，跟真正的蟲子沒兩樣，慢慢地逃離這裡就好了吧？你是製瓦工廠的員工吧？你是製瓦工廠的員工吧？對了，你不是和廠長夫婦約好了要活著回去嗎？你不是為了自己，是為了他們才逃跑。為了不讓他們傷心難過，你就逃跑吧……。

這場戰爭當然是不對的。但是，我明明和反對戰爭的社會主義者走得很近，卻從來沒有參與他們的活動。冷眼看著遭到逮捕的他們在獄中被凌虐致死，卻什麼也沒有做。沒有和社會主義者一同慘死獄中的我最後上了戰場，說起來或許是天意。命運實在太殘酷了。但就算是這樣，在這種情況下，我還握有如何活著的選擇權。

砲彈造成的振動依然強烈撼動著全身，我趴在地上。還以為自己內心起了善念，就像左翼知識分子一樣不想殺了美國士兵，但根本是自欺欺人。我的確不想殺了他們，但動彈不得的理由是因為我害怕得不得了……儘管我的性命將因瘧疾劃下句點。

就在這時候，我聽到了說話聲。不像是從外部傳來的，而像是從我內部……不對，是某種外部的因素對我造成了影響，讓我自己重現了話語。**「也不熱。」**那聲音聽起來確實像是這麼說。那是敵人的神。《聖經》的〈啟示錄〉。敵人的神祇的話語。**「你既如溫水，不冷也不熱，所以我必從我口中把你吐出去。」**這時候我已經一邊趴著，一邊努力遠離砲擊聲。**「也不熱。」**我像蟲子般趴在地上，我的背彷彿變成了耳朵，不等鼓膜顫動就藉著振動傳遞起聲音，聽到了這句話。「**你既如溫水。**」我是如同溫水的存在。這條命什麼也沒有做就被推上戰場，即使將因瘧疾死去，也想再多活一點時間，因而對同胞見死不救。「**我必從我口中把你吐出去。**」砲擊無預警地停止時，趴在地上的我茫然失神。「是不是結束了？」我這麼想。「自己還沒能逃跑，砲擊就結束了嗎？」敵軍要來了，我又想。「**也不熱。**」敵軍要來了。才剛結束一場戰役，美軍想必有人死傷。雖說他們是不殺俘虜的先進國家，但他們現在精神上還有餘力善待才剛交過手的日本兵嗎？「**也不熱。**」我匍匐在地，動也不動。儘管透過英美文學親近了他們的神，卻也受到了他們的神的排斥。然而，美國士兵沒有過來這邊。戰爭沒有為我帶來槍彈和勇氣，只給了我瘧疾，就這麼從我頭上經過，留下了我這個人是這般醜陋的證明。砲擊聲再也沒有響過。

我哭了出來。雖然不知道有沒有掉下眼淚，但不斷嗚咽讓喉嚨痛得不得了。太殘酷了。我忽然間這麼想。活著真是太殘酷了。雖然是因為我沒有壯烈犧牲，但為什麼我不得不這麼殘酷地親眼見證自己是何等的卑微？

後來下起了雨。進入乾季以後，熱帶極少降雨。但在那段期間，許多島上確實下過幾次雨。我趴在地上，就這麼失去了意識，但時間很短暫。趴著的地面因為下雨形成積水，我真希望自己乾脆窒息算了，結果卻痛苦得醒過來。身體頑強到了教人作嘔的地步，也沒有虛無殞落的詩意。我難看地吮吸著地面上的積水，勉強恢復了一點體力。回過神時，我已經站起來了。

我不想待在這裡。這裡是我背叛了同胞的地方。但不論走到哪裡，「我」都如影隨形。「我」住在我的大腦裡，無時無刻糾纏著我。喉嚨嗚咽作痛。對同胞見死不救，又被敵人的神祇唾棄的我無處可去，也無法在任何地方停留。我想起口袋裡的手榴彈。非死不可。我這種人的生命毫無價值。但是下一秒，「那麼為什麼不剛才就去死」的反問跳進了腦海。該死的時候不去死，此刻卻要無謂地自殺……我再也無法忍受獨處。可是，四周半個人也沒有。我試著回溯記憶、仰賴想像，卻也沒有半個可以在這種時候想念的對象。

母親在我小時候就過世了，我無法回想起她的容貌，而且我也沒有戀人。我腦海中想到的，是把我趕出家門的父親的妻子。就那麼一次，我在兒時想像過，如果她與現實截然相反，對我非常溫柔、願意讓我叫她一聲母親的話……我曾幻想過她是個溫柔的好母親。當我連走帶爬地在叢林裡前進時，腦中浮現的就是過去的幻想。我伸出了手，沒有爬著蛆的左手。因為要是伸出有蛆鑽來鑽去的手，對對方就太不禮貌了。我覺得自己就快不行了。現在倒下的話，應該就會死吧……視野變得狹隘，窄得幾乎什麼也看不到。胃部到腸子傳來劇痛，就像某種信號一樣。人生走到盡頭，我覺得自己必須說些什麼才行。在倒下之前，必須說點什麼——要說什麼呢？我什麼也想不到。我甚至沒有資格開口說話。我哭著往虛空伸長了手，頹倒在地。但是，我的身體並沒有倒下。

很不可思議地，我的背靠在了某樣東西上。明明我一直在往前走，身體卻不知不覺掉頭，背部倚靠在某種東西上。有什麼在支撐著我嗎？不對，那種感覺更像是有東西接住了我。這是……快要中斷的意識認出了背上的觸感。那是樹。是不可能出現在菲律賓西北部呂宋島上的、宛如日本樟樹般魁梧的巨木——是大樹接住了我的身體，擋在了打算尋死的我面前。我背靠著巨木，眼淚一顆顆地掉了下來。當時我明確感覺到自己流下了眼淚。可能是因為喝了雨水才流出來的吧。像我這種卑微的人，被敵人的神唾棄，連祖國的神也不接受，這棵大樹卻接納了我……我忽然間領悟到，一樣東西可以觸碰到另一樣東西。人生這條路上，一樣東西必定會觸碰到其他東西。當年的我還沒有物理方面的知識，但那正是從過去通往未來的原子流動中，構成巨木的浮動原子接住了構成我的浮動原子……因為我們都是原子，我們是同伴。巨木直挺地聳立，沐浴著南國的陽光，雄偉地接下我渺小的身軀，散發出壓倒性的存在感拔地而起。偉岸高聳，直入天際，讓陽光從頭上無數的綠葉縫隙間灑落下來——

據說美國士兵發現我的時候，我倒在靠近河邊的地方。四周只有枝幹纖細的茂密紅樹林，根本沒有什麼大樹。那麼，當時確切地接住了我渺小身軀的東西究竟是什麼？——後來我就成了美軍的俘虜，在戰敗後回到了日本。

20

續　教主妙論　Ⅳ

回到日本以後，我每天都過得碌碌無為。那些在戰爭中死去的生命，都在卑微的我心裡生了根，好像一直在我體內痛苦著。內心的大半部分，都被過去和那些死者掩沒。喝些來路不明的酒，到外頭閒晃，然後隨機挑選一個人尾隨在後。跟蹤別人的時候，莫名地能夠排遣寂寞，有種我和活著的那個人聯繫在一起的感覺。至少透過跟蹤這件事，我感覺到自己還與他人有所聯繫。有時候看到對方也是遊手好閒，或是走進窮人家，心情甚至會變得輕鬆愉快。但是，我不時會想起那棵大樹。那棵樹究竟是什麼？魁偉地聳入雲端的巨木洋溢著真切的存在感，抵在我身後，像要阻止我倒下。

十幾年後，我加入了某個宗教。不對，當時還不能稱作宗教吧。總之我拜了一個名叫鈴木的男人為師。

老師是個非常古怪的人。個子很高，年紀已經很大了，體格卻很精壯，鼻子、嘴巴和耳朵都大而威風，卻有一雙瞇瞇眼。他精通各種宗教，也對自然科學知之甚詳。我們這群人在某個縣的山上一起生活，自給自足。我向老師坦白說出了自己在戰場上的經歷。那個團體中有很多人都在戰爭期間，受到了精神或肉體上的傷害。老師要我鉅細靡遺地告訴他那棵大樹的事，然後說他也曾經見過。

老師曾因病而瀕臨死亡邊緣，但是，就在他躺在醫院病床上快要斷氣的時候，覺得有個東西接住了自己。但他遇到的不是大樹，而是一綑像是骯髒黑布的東西。黑布飄動著，纏住了老師的身體、承接住他。老師說，他至今還是不知道那是什麼。一綑黑色的布？當然我也不知道……直到很久以後我才明白那是什麼。

老師帶領著大約百人的團體過著自給自足的生活，但他三不五時會換上西裝，依次帶著幾名成員前往東京，管理他名下的土地，甚至買賣股票。第一次陪老師去東京的時候，我大感震驚，想不到老師居然會沾染這些俗事。

但是，我很快就明白了老師這麼做的理由。老師利用藉此賺來的錢，為戰後充斥在日本各地的流浪孩童興建孤兒院，更將有經驗的成員從日本送往非洲和東南亞從事醫療事業。我們得到的，就只有自給自足下取得的食物。「不過，我還是忍不住帶著大家一起來東京吃吃喝喝呢。」老師說完笑了起來。我們也曾在小酒吧等地方喝酒。怎麼說呢，這種並非十全十美的善，讓我覺得很自在。於是我便在老師底下潛心修行。

所謂的修行就是打坐。在山區的樹林裡打坐，持續在內心想像。譬如說看著眼前的花草，一邊打坐，一邊閉上雙眼，在自己心中想像出花草的模樣，直到那個想像感覺就像真正的影像，然後進入抹除花草與自身境界的領域。進入那個領域以後，打坐時屁股貼著的大地、鄰近的花草樹木和自身的境界都會變得模糊，由此意識到自己是流動萬物中的一部分。我們也會對人類進行同樣的修行，也就是在人與人之間，抹去個人的概念。

我在老師的建議下來到城市，租了公寓、找了工作，只有週末才會去找老師。老師說，我更適合在現實社會中修行。他要我在現實社會中為他人貢獻力量，在現實社會中活用自己的修行。他說當我自身存在的境界之無擴大到城市的規模時，我就能進入更高的領域。我在工廠上班，不久結了婚。就是和阿芳。

當時的我覺得自己很醜陋。戰爭的經歷就是我的一切。自己很醜陋，可是，我可以消滅所謂的自己，僅靠著概念和行為活下去吧？換言之，我的存在不過是一種想幫助他人的概念。從這方面來看，我的內心與過去的醜陋根本就無關緊要了吧？只要我不奢望得到幸福。改變了這樣的我的人，就是老師和阿芳。阿芳聽了我的自白，對我說這一切都是有意義的。她說，你不能白白浪費你的經驗。無論再醜陋或再悲傷的過去，一定都能對某件事有所幫助，悲慘和後悔都是有價值的。不管屬於哪一種，這些都是「經驗」，當然有它的用武之地。

但是，老師發呆的次數變多了。我以為是老化的關係，但似乎不只是因為這樣。

「這個世界因為大腦、因為無數基本粒子組合而成的結合體，而存在著數不盡的意識。」

某天，老師對我這麼說。

「存在於這世上的無數意識中，愈多意識感受到喜悅愈好。不單從人類博愛的角度來看，從化學的角度也是。從全宇宙的化學反應方面來看……不是嗎？」

我想我當時點頭附和了。但是，老師卻對我露出困惑的表情。

「但是，如果感受喜悅的意識愈是增加，感受悲傷的意識也同樣增加呢……？如果那是全人類……不對，如果那是基本粒子組成的意識全體所具有的化學構造的性質呢？豈不是非常可怕嗎？對吧？這就意味著我們的活動，不過是讓喜悅從這一方移動到另一方，為了在這裡獲救的人們，遠方就會產生悲傷的意識。如果這是我們無法感應到的、基本粒子整體在這世上流動變化時的特性……社會的現況事實上就是這樣吧？有錢人增加，窮人也會增加，雖然實際上沒有這麼單純，但大致上就是這樣。所謂社會，就是所有的個體聚集在一起後所呈現出的樣貌。人類是由基本粒子構成，也就是說，社會是基本粒子的性質體現後的模樣吧？既然如此，在基本粒子的世界裡也是相同的道理。雖然沒有精確到能用數學計算，但基本上『喜悅』增加，『悲傷』也會增加……那如果這世界的惡不是源自人類，而是源自基本粒子的化學反應呢？既然人類是由基本粒子組成，那麼惡的根本源頭就是基本粒子吧？基本粒子充滿了創造出各種邪惡的可能性。更正確地說，是基本粒子充滿了讓自己所創造的人類製造出惡的可能性。這就表示惡並非由人類所創造，而是從宇宙誕生的那一瞬間開始，它的出現就備受期待……那麼，我們這個世界究竟是什麼？所謂的惡又是什麼？」

六〇年代時，學生運動非常盛行，反對《美日安全保障條約》的安保鬥爭也是其中一個例子，總括來說就是反美運動。我們原本與世隔絕地生活在深山裡，但政府當局發現了老師在東京的商業活動，於是懷疑我們藏匿了革命組織的嫌疑犯，或者是幕後的資金來源，開始蠻不講理地對我們進行盤查。原先十分開放的社團風氣，因此逐漸變得封閉。戰爭結束之後，本來該下台負責的那群人卻又在美國的扶植下回到公眾舞台上，我個人對這樣的現狀非常不滿。有興趣的人請用關鍵字「逆轉政策」[7]搜尋看看吧。戰後，美國感受到蘇聯等共產主義國家帶來的莫大威脅，甚至因此促使日本再度傾向右派。他們是想利用日本這個島國，作為對抗共產主義國家的防波堤。但是，這些事我才不在乎。敢挺身對抗龐大歷史的人非常珍貴。然而，拯救那些在時世下被迫犧牲的弱者的人，不也同樣珍貴嗎？像是有些人和女人生了孩子以後，卻高喊著思想如何如何，拋妻棄子投身運動，但他們真的屬於正義的一方嗎？而我們就只能一一收容那些被拋棄的孩子。

老師漸漸地開始把犧牲兩個字掛在嘴邊。

「這個世界也許需要犧牲。在不斷變遷的歷史中，也許這世界會定期渴求有人犧牲……所謂被選上的存在，對這世界來說……如果因為這樣，能夠帶來更多良善的話……」

但是，我無法理解老師所說的話。我大概明白他想表達的意思，但不明白根據從何而來。

如果有經書就另當別論，但我們並沒有……可是，各位不覺得很可怕嗎？所有宗教的聖典，都只因為是在很久以前寫下來的才受到大家信奉，也因為在很久以前寫下來，所以不能更改。即便聖典真的是神寫的，也是在那位神觀察了當時的世界情勢後才寫成文字。儘管如此……從今而後，人類還是會被過去給規範住，滯留在過去與現代的扭曲空間裡。這就是人類現在的處境。但是，我們所在的社團也日漸形成了宗教。一旦變得封閉，這也是順理成章的結果。當時新興宗教非常盛行。在那樣的時代潮流下，成員們會羨慕其他團體也是理所當然的，而且不知道為什麼，老師也變得積極地加入那股潮流。

順便說明一下，當時新興宗教之所以蓬勃發展，是因為日本處在高度經濟成長期。新興宗教多是提倡現世利益，也就是追求日常生活中的幸福，在高度經濟成長期下，人們的生活自然變得寬裕富庶。所以，傳教者相對容易向世人提倡現世利益，在時代變遷中變得富有的人們，也比較容易相信這是宗教的庇佑。現今日本除了既有的宗教以外，幾乎沒有新的宗教誕生。因為在長期的不景氣之下，傳教者也不好宣稱只要加入這個宗教就能得到幸福。所以近來的宗教家們都轉型成占卜師之流，接近擁有龐大資產的個人。如果對象是一群人，就需要提供明確的現世利益；但如果只是一個人，就可以盡情洗腦，效率極佳。

後來，學生運動愈演愈烈。革命運動與亂象拖得愈久就愈難控制，最終一發不可收拾，就

7：逆轉政策（Reverse Course），此名稱來自日本《讀賣新聞》1951年的一系列連載特輯。指美國占領日本後，初期主要推動非軍事化和民主化的政策，後期則轉為取締社會主義運動。

和所有化學反應一樣。某天，老師在深夜時分召喚我。老師當時的歲數和現在的我差不多老。在社團……不對，在當時已經徹底變作宗教團體的信徒宿舍裡，我走進了其中一個房間。房裡還有另一個男人。在座應該有些人也認識他吧。那個男人叫作澤渡。我對他一無所知，只知道他是個優秀的年輕醫生。

「……江戶時代的農民有一種風俗。」

老師斷斷續續地說，莫名顯得惶惶不安。

「當久未降雨、發生饑荒時，他們就會粗魯地對待地藏菩薩，把祂弄得全身髒兮兮……這不是在拿神明出氣，而是相信如果弄髒等同神明使者的存在，上天就會為了洗刷髒汙而降下雨水……也就是把神明使者般的存在，當成了凡間的人質……這是非常值得深入研究的民俗學……我也必須染上汙穢。」

那個時候，老師已經捨棄了鈴木這個姓，自稱伊拉亞。只有週末才與老師見面的我，無法理解老師及這個社團為什麼突然大變。也許是我一直以來都視而不見吧。在日趨封閉的空間裡，老師與成員們像彼此呼應般不斷地改變，所以速度特別快。等到我不得不正視現實的時候，已經太遲了。

「……只要我汙穢不堪，神一定會現身……犧牲是必要的。你們明白吧？」

我不明白。老師再三叮囑，在房內聽到的事情絕不能告訴任何人。離開的時候，還有個年輕女子從老師房內深處的門走進來，偎向老師。

「……你看到了嗎？」

離開宿舍時，澤渡這麼問我。他聽從老師的指示去了某個地方，前幾天剛回來。我點點頭，澤渡又說了。

「都已經不會勃起了，還留那種女人在身邊……老糊塗也不是這樣吧，你不覺得嗎？」

澤渡笑了起來。我擰起眉，言不由衷地斥責：

「……這樣說對老師太失禮了，把話收回去。」

「收就收啊……不過，不知道他在打什麼主意……我可是拭目以待。」

既然是優秀的醫生，為什麼這種男人會成為信徒？我感到匪夷所思，但沒有問出口。之後老師又再召喚我和澤渡，重複說著奇妙的話，最後終於進入正題。

「……這裡有份名單。」

老師把厚厚的信封交給我們。

「下週三，凌晨一點，帶著這份名單去東京車站。」

我一頭霧水。老師已經連聲音都變了，變得混濁。

「聽好了，絕對不能看裡頭的東西……對方沒有指定場所，你們就在車站外頭走動，對方會主動找上你們。」

老師的指示實在很突兀。但澤渡恭敬地低下頭，拿著信封走出房間，不知為何還帶著看來很重的包包。我跟在他身後離開。

「……暫時先躲一陣子吧。」

離開宿舍有十公尺遠後，澤渡冷不防開口說。

「你最好聽我的勸，下週之前都一起行動吧。」

我的腦袋完全跟不上狀況。

「為什麼？……話說這個信封究竟是什麼？你知道什麼內幕嗎？」

我問完，澤渡露出了笑容。

「你太太最好也跟我們同行。我會負責訂飯店，請照我的話去做吧。」

為什麼當時我明明滿腹疑惑，卻還是照做了呢？我並不信任澤渡，但內心深處更加不信任老師。我對澤渡始終另眼相待，是因為年紀尚輕的他讓我感到深不可測。

我照著澤渡所說的帶著阿芳，入住他所指定的飯店。他走進我們的房間以後，突然把一疊紙扔在桌上。那是老師交給我們的信封裡頭的東西。

「被我料中了。這些是之前還是學生的左翼分子名單，屬於危險組織。」

「啊？……為什麼老師有這種名單？」

無視我的問題，澤渡續道：

「我再告訴你吧，老師為了拿回這份名單，近日內一定會設法殺了我們。」

我的腦筋一片混亂。老師為什麼要拿回自己交給我們的東西？不過，在座應該也有些人知道，澤渡的聲音具有「力量」。明明難以理解，卻會沒來由地被他說服。他的聲音會穿透意識深處審查判斷的地方，直達內心。但是，我也不是全然相信他。我提問了好幾次，澤渡卻都不願意回答。我拒絕下週三帶著名單赴約，因為我沒理由去執行自己都無法理解的行動。我想拿回名單，澤渡卻不交出來。再這樣下去，我就會在一無所知的情況下，被捲進詭異的事件裡。這時讓我大吃一驚的是，阿芳竟然神不知鬼不覺地跑到澤渡背後，拿著菜刀抵住他的脖子！

「請把來龍去脈說清楚。」

阿芳平靜地說。阿芳是個嬌小又敏捷的女人，但我萬萬沒想到她會拿著菜刀威脅別人！各位，千萬別以為你了解自己的太太喔。但話說回來，阿芳是為了我才那麼做。

「現在正太郎遇到了危機……你不說我就動手了。」

即便如此，澤渡還是沒有露出慌張的模樣。這也難怪。因為在旁邊看著的我和拿著菜刀的阿芳，很明顯已經慌了手腳。澤渡一瞬間瞇起眼睛看向我，然後冷笑起來。

「是諾斯底主義。」

「啊？」

「你知道吧？」

澤渡完全不把菜刀當一回事，開始滔滔不絕。

「……你知道一九四五年在埃及發現的古文獻中，有些和諾斯底主義有關吧？那些是被基督教視為異端、內容沒有被編進《聖經》裡的禁書。當時找到了其中一部分的禁書，可說是世紀大發現……現在歐美各國都非常熱中於研究諾斯底主義，老師近來也滿腦子都是這件事。」

在這裡可能需要向各位說明一下。相傳耶穌基督在公元前四年誕生在這世上，行各種神蹟，拯救無數人民。但是，其中一名弟子猶大出賣了他。因為猶大的背叛，耶穌遭到當局逮捕，被釘在十字架上而死。猶大在基督教中就是叛徒的代名詞。

基督教的《聖經》並非耶穌所寫，而是精神上接受過耶穌開導的人們在耶穌死後，將他的言行記載下來。其中被當時的教會採用的內容就編成了「聖經」，此外當然也有不符合當時教會理念的典籍，那些典籍就被視為「異端」，當作「禁書」遭到銷毀。然而，仍有部分典籍留存了下來，被世人發現，所以自然造成轟動。而諾斯底主義正是被當時的教會摒除的基督教「異端」思想之一。

此外，一九七八年也同樣在埃及發現了名為《猶大福音》的古文獻，只是當時世人還不知道。《猶大福音》是從猶大的角度描寫基督，直到西元二〇〇〇年以後才公開發表，但早在很久以前，就有各種關於基督教異端諾斯底主義的探討。

諾斯底主義的定義廣泛，無法全部道盡，我就姑且介紹一部分吧。

在瘟疫和饑荒肆虐的大地上，人們不再信奉創造這個世界的神。會創造出這種不夠完美的世界，代表神的心地並不善良，也並非無所不能。他們認為創造出這世界的神，在諸神當中的地位一定是最低的，否則的話一切根本說不通。他們也認為真正的神另有其他，必須崇拜並未參與創造這世界的真正的神，這形同在詆毀《聖經》中創造出了這世界的神。

基於這種想法，對於叛徒猶大也產生了各式各樣的解讀。例如其實耶穌與猶大有過祕密約定。耶穌認為藉由自己犧牲，能夠從神話層面更加鞏固基督教，於是指示猶大出賣自己。也就是說，只有猶大知道耶穌的真意。

何況就算撇開諾斯底主義不說，這世上也沒有比猶大更富悲劇性的人物了。因為在「正統」的《聖經》當中，耶穌也知道猶大會出賣自己，代表了猶大是遭到利用。根據記載，有人說猶大是上吊自盡，也有人說他是肚破腸流而亡，至於後者，如果是有惡魔從他體內鑽出來，導致他肚破而亡呢？實際上在「正統」的《聖經》中，就有過猶大體內存有惡魔（撒旦）的記述。如果這是真的，猶大就是被惡魔附身了。也表示猶大並不是基於自己的意志出賣耶穌，而是受到惡魔操控，這起悲劇並不能怪罪猶大。神當然知道耶穌將會被釘上十字架，也知道耶穌的死將促使基督教爆發性地傳播開來。因此，猶大是相當重要的環節，他的背叛是必要的，猶大教唆惡魔，儘管深愛著耶穌，卻受到操控成為叛徒。基督教帶著正面的形象流傳開來後，最大的功臣及犧牲者就是猶大。然而，猶大最後卻死不瞑目。被神利用，像螻蟻一樣死於非命。

澤渡說老師非常沉迷於這種諾斯底主義的思想，然後又說：

「老師以前是陸軍第三五七師團的幹部。」

我大為震驚。因為我以前也隸屬同一個師團。

「我不知道老師以前在那裡做了什麼，但我猜那些事可能都慘無人道吧。」

「別胡說八道了。」

「老師的善行是過去惡行的反向表現，會這麼想也很正常吧？難不成你認為好人打從出生就是好人嗎？你有那麼單純嗎？」

我靜默不語。

「老師本該受到制裁。不是甲級戰犯那樣的重罪，而是更加無關緊要的罪名。但是，老師卻獲得了釋放。我猜是美國在背地裡搞鬼，為了有一天要利用老師，而現在就是那個時候。對美國來說，日本的左翼學生運動很讓人頭大吧。雖然構不成威脅，但肯定讓他們傷透了腦筋。幾年前，曾有公安警察與老師接觸，老師就是在那之後明顯變得行跡可疑。他們一定是命令老師提供資金，集結勢力強大的革命組織。等到網羅了革命人士，掌握到行蹤後，再統一交給他們。這樣一來，政府當局就能一舉擒獲革命派。如果是被資金來源出賣，那些革命派也會疑心生暗鬼，組織便會從內部開始逐漸分崩離析。」

澤渡又接著說：

「但老師是個懦弱的老好人，不可能做出這些事情對吧？所以，他試著讓自己的行動合理化，日漸老化的大腦開始分裂成兩種人格。我是醫生，所以看得出來，老師現在明顯出現了多重人格疾患的初期症狀。也就是說，他正慢慢地創造出背叛學生的人格，和對此毫不知情的另一個人格。」

「太荒謬了。」

「你覺得這很荒謬嗎？你不也看到老師最近慢慢失常了嗎？這當中也有產生了十幾個人格的病例……他的意識，不對，應該說是他的潛意識才對，現在正傾向諾斯底主義。不，更正確地說，那已經連諾斯底主義都不是了。」

順便補充，多重人格疾患現在稱作解離性認同疾患。

「老師認為耶穌與猶大的故事，和神沒有關係。換句話說，他認為那是耶穌的多重人格疾患所衍生的病症！耶穌處在兩個意識的夾縫間，一個是遭到背叛後作為正義的化身而死去、讓自己成為傳說，另一個則是想為世人貢獻更久的時間。耶穌出現多重人格的時候，就悄聲吩咐猶大出賣自己。然而他在十字架上清醒過來後卻呆若木雞，於是高喊出那段有名的台詞：『我的神，我的神，為什麼離棄我？』再說白一點，如果耶穌聽到的神之聲，其實是因為精神失常所產生的幻聽呢？真是悲劇，居然把腦海中的幻聽誤以為是神的聲音。人格不斷分裂，還在幻聽中聽到了自己的命運，指示猶大出賣自己，上了十字架。但卻在十字架上完全恢復自我，聽不見神的聲音了。自己即將被處死的事實帶來了巨大的衝擊，殘酷的是，精神失常竟因此恢復。那個時候，在十字架上的耶穌也許看見了猶大。耶穌早就忘記自己曾暗中吩咐猶大出賣他，大腦只朦朦朧朧地意識到猶大背叛了自己。他想必用充滿憎恨的目光瞪著猶大吧。看見他那眼神，不知道猶大有多麼哀痛！老師的潛意識深信自己也將重蹈這起歷史悲劇的覆轍，甚至認為這與個人的卑劣無關，不過是歷史性的、神話性的一種現象，所以也無可奈何。你已經明白了吧？現在老師打算做的事情，它的意義與基督的情況截然不同。一邊是正義的化身，另一邊不過是被公安警察利用的叛徒。但悲哀的是，老師卻以為自己要做的這件事和基督的性質類似。明明就不一樣啊！老師八成是主動讓自己人格分裂。因為他那樣怯弱的人，要是想跨越這個難關，只能讓自己發瘋！」

「……所以，你是說老師暫時恢復正常時，就會來拿回這份名單嗎？」

「沒錯，所以我們才要躲起來。最近都沒看見柳本先生吧？」

柳本是我們團體中地位第二高的人。

「他恐怕已經被殺了。因為最先拿到名單的人就是他。」

我愕然失聲。

「那為什麼我們又……」

「你還真的不明白呢。」

澤渡再度冷笑起來。

「至少你也知道現在有組織對老師很不滿吧？他們所仰賴的人就是柳本先生、我和你了！聽好了，我們擁有號召人群的某種力量，你也隱約察覺到了吧？」

我並不認為自己有這種力量，但至少柳本先生和澤渡是有的。

「老師覺得我們很礙眼。所以在他的潛意識中，原本就對我們起了殺意，將名單交給我們之後，很可能在後悔中又摻雜著殺意——老師的精神狀態已經失常到這種地步了。」

為了釐清狀況，我後來大概沉默了三十分鐘，或者更久。眼前桌上擺著厚厚一疊活動分子名單。阿芳也不知何時放下了菜刀，默默思考著。

「不，不光是這樣。」

我忍不住咕噥說。明明不打算開口說話的。

「關於精神失常……老師可能不只是在模仿神話的形成過程……他的腦袋裡應該還有一絲清晰的思考……可能正盤算著讓我們成為叛徒，自己則藉此全身而退。」

澤渡緊盯著我半晌，最終露出淡淡的笑意。

「果然……你老是從局外人的角度看待別人，才能想到這種可能性。你說得沒錯，老師說不定打算把一切都推到我們身上好度過這次危機……他完全把自己當成遭到背叛的犧牲者。但當時基督死了，他自己卻想要毫髮無傷。」

「你真的要把這份名單交給公安警察嗎？為什麼？你沒有義務陪老師演這場戲吧？」

「……因為很有趣啊。」

「就因為這種理由？我們該做的，難道不是說服老師、改正他的想法嗎？」

「你辦得到嗎？」

澤渡又說：

「告訴你吧，就算我把名單交給公安警察，名單上的人被抓到，那又怎麼樣？現在的學生運動真的能夠改變社會嗎？當然不可能。他們當中的一些人只會被自己的革命遊戲洗腦，得意忘形起來，然後失控地做出殘忍的事，在有人因此犧牲後，一切就會宣告結束。清醒過來的人，八成會去剝削弱勢的大企業工作吧！他們的運動到頭來只會讓日後的準革命派失望，社會上因而形成不容許革命人士存在的風氣，保守派樂見的輿論順勢興起，一切就都劃下了句點。所以，他們如果現在就被逮捕，反而可以走在更踏實的人生道路上吧？名單上的這些人思想都太過偏激，但也還沒有幹出什麼大事。懲戒性地被逮捕後，很快就會被放出來，然後成家生子。明明是剝削貧窮國家的大國的一分子，卻淪為一個只會吹噓當年勇、唾棄時下年輕人沒出息的蠢蛋。對他們來說，這樣的人生更美好吧？」

澤渡笑了，但我無法接受。我擁有戰時的記憶。絕不能讓日本再次傾向右翼，也不能再引發戰爭。如果他們的運動能夠稍微遏止這種傾向的話……這種想法揮之不去。但是，我同時也能預見到，他們當中有些人未來將會成為激進的運動分子，最後自取滅亡，其他人則大多會回歸平凡的生活。

「……但是，我不想這麼做。」

即便如此，我還是這麼回答。我不想背叛老師，也不想蹚渾水。就在這時候，澤渡說了句：「**也不熱。**」

「你知道〈啟示錄〉裡的這句話吧？」

「……為什麼提起？」

「啊？」

「不……沒事。」

澤渡似乎是偶然提起。不，就算是偶然，但我這個人簡直就是這句話的代言人。什麼都不參與，也不做任何大事。

結果，我沒有阻止澤渡，也沒有協助他。當老師及身邊的人身陷險境時，我只是待在飯店的房間裡。我和阿芳就像局外人一樣，看著電視上一批運動分子同時遭到逮捕的消息。

老師與革命組織過從甚密、還出賣了他們的事，眨眼間傳了開來，謠言甚囂塵上。政府當局並沒有懲罰老師，可能是雙方有過祕密協議吧。然而基督卻被釘到了十字架上。

大概是為了阻止社團分崩離析，老師召集信徒，久違地現身說法。我和澤渡也在場。老師在演說時宣稱自己是為了實現「崇高的理想」才會支持革命派，卻遭到在場信徒揭露與出賣。老師直指著我們，臉上滿是憎恨，那副神情顯然已經忘了向我們下達過的指令。在那個當下，老師是真心痛恨著我們。

信徒紛紛站了起來，在怒吼與尖叫中，眾多信徒的手伸向了我和澤渡。就在這時候，會場內突然響起了如雷的說話聲，簡直像是神的聲音。

「**……這裡有份名單。**」

會場逐漸安靜下來。

「下週三，凌晨一點，帶著這份名單去東京車站……聽好了，絕對不能看裡頭的東西……」

是老師的聲音。所有人都震驚得說不出話來。說話聲從會場的喇叭傳出。是澤渡錄的音，用的可不是現在那種小型錄音筆。直到那一刻我才明白，他為什麼老是帶著大包包走來走去。這場表演成本低、操作又簡單，只要利用會場的喇叭就夠了，但在那個年代，這樣簡單明瞭的伎倆是最有效的吧。

「澤渡先生他——」

突然，一個高個子男人大喊。是澤渡安插的男人。

「他只是忠實地執行老師的指令而已。大家也都發現了吧？老師早就瘋了。」

老師頓時方寸大亂。這個體型乾瘦的老人就像被人發現自己偷東西而死命抵抗般，卻又絕望得在原地幾乎無法移動分毫，他動作怪異地揮了幾次手後，茫然地定住了。彷彿全身僵硬，老師最終一動也不動……大家都愣愣地看著他。那段時間……真的非常漫長。

……後來，社團四分五裂。有人跟著澤渡離開，也有人脫離社團。我則接下了老師先前救助孤兒們的工作。澤渡曾對我這麼說：**「你一直期待著事情演變成這樣吧？」**

事後，我探視過老師一次。老師進了收容許多老人的療養院。即使看到我，他也已經認不出我是誰了。他遺忘了一切，像個孩子那樣，左手還拿著玩具風車。

但是，我為了有所了結，便詢問老師為什麼選擇我和澤渡當叛徒。一直恍惚失神的老師突然間低聲回答了我——明明直到前一秒，都還說不出半點完整的句子呢。

「因為你是在戰爭中對同胞見死不救的傢伙啊。」

老師說完，目光投向手中握著的風車，就好像風車不停旋轉有多麼神奇。

我想起了老師從前躺在病床上時，曾接住他的那綑骯髒黑布。那東西是故意要讓老師經歷現在這樣的自己，所以才救他一命嗎？「你還有該去完成的事」。如果那綑布具有人格，是否向老師傳達了這樣的訊息？希望你代替我去做那些事，所以繼續活下去吧。

但是……又是為了什麼？

……在那之後，澤渡來找過我好幾次。他帶著一群信仰狂熱的危險成員，從他們身上撈光油水以後就解散了那批人。他看著跟隨我的人們，看著熱心從事慈善活動的我們，對我這麼耳語：

「你是利用我這種人，想讓社團恢復到原先正常的模樣吧？你的潛意識正在這麼做……也就是**袖手旁觀**。你需要我這種人……對吧？」

不久之後，我把社團交給別人，就這麼離開了……父親悄悄留給了我……。

松尾忽然倒下了，所有人都措手不及。

21

別讓我一個人。

峰野望著高原的後頸，感覺到肩膀和背部逐漸變冷。

好寂寞，峰野心想。一結束，高原就睡著了。其實做完愛後，她很希望他能深情地抱著自己。因為她會很害怕。就像一個人被拋在原地，非常孤獨。

背部和雙腳起了雞皮疙瘩。但如果拉扯棉被，可能會吵醒高原，自己一動，床墊的彈簧就會跟著振動，也可能會吵醒他。峰野凝視著他，繼續忍受寒意，感到孤獨不已。

上上禮拜她的月事來了。她明明懷孕了，肯定是懷孕了呀。至今她還無法整理好心情。可能有人從我這裡搶走了。有人從我肚子裡搶走了小寶寶……。

身體冷得打顫，明明他就在自己身邊啊。她想將他搖醒，希望再被他擁抱一次，希望他忘我地渴求自己。做愛的過程中，高原確認了三次保險套有無移位。他總是小心翼翼地擁抱我，一直以來都是這樣。所以我不可能懷孕——

性器開始濡濕。因為剛才是那般激烈，她的性器還記得剛才的激烈纏綿。自己真是不知檢點，竟想要他再多擁抱自己。明明剛才已經做過那麼多次了。

大腦變得混沌。峰野看向放在床邊的手機。她又用智慧型手機的錄音軟體錄音了。錄下自己的聲音、高原的聲音、床墊搖晃的聲音、他戲弄般故意細聲訴說的下流話，以及進入自己體內時無比濕潤的性器發出的猥褻聲響……性器再度變得濕潤。只要閉上雙眼聆聽這段錄音，就會感覺高原在身邊。一邊嫉妒著被他抱在懷裡的自己，一邊在家撫慰著自己。

得快點關掉，不需要錄下此刻這麼孤獨的時光。不顧會吵醒高原，峰野起身穿上內衣。開始穿衣服後，不知不覺就想加快速度，彷彿剛才的行為多令人內疚。

身上穿的是平常不會穿的短裙，和露出單邊肩膀的衣服。儘管現在正是松尾舉辦對談會的時候。

高原張眼醒來，峰野暗暗希望別惹他不悅。她不想看見他掩飾不悅時露出的那種笑容。

「……抱歉，我睡著了。」

「沒關係。」

峰野強顏歡笑。

「明明是我臨時把妳叫出來。」

「沒關係，我也……」

「……什麼？」

高原投來一抹微笑，峰野表現出一副嬌羞的模樣。

「因為……我也想做。」

說完，她吻上還躺在床上的高原。她不希望讓他感到負擔。如果讓高原有這種感覺，他就不會再見她了。高原伸出手臂環住峰野，將臉埋進她胸前，峰野笑著，輕撫著他的頭髮。高原的手探進裙底，準備扯下內褲。

「……不脫衣服嗎？」

「嗯。」

峰野不喜歡穿著衣服做愛，總希望對方能溫柔地為她褪去衣物。但她試著努力習慣，希望對方覺得自己是能輕鬆見面的成熟女人。真傻哪。高原的舌頭探入峰野口中。可是，她真的無法自拔地喜歡他，愛到想殺了他。高原的右手摸索著保險套，峰野用手臂輕輕壓住他的手。

「……直接進來沒關係，今天很安全。」

自己的聲音聽起來夠輕鬆嗎？今天才不安全。早上她在廁所檢查過了，線條分明。排卵期就快到了。

「嗯……」

她在他耳邊低語。

「……直接射在我裡面吧……會很舒服喔。」

高原面帶笑容，卻再次朝保險套伸出手。這個男人真是只會尋求安全的快樂。乾脆在他耳邊低聲叫他「膽小鬼」吧！身體不禁發熱。這男人會有什麼反應呢？

高原冷不防地停下動作，凝視著時鐘。峰野親吻他，高原卻像受了什麼打擊般定住不動。

「……怎麼了？」

「……我睡過頭了。」

高原仍舊盯著時鐘瞧。

「我得打電話……給教主才行。」

「咦？那得趕快呢。」

峰野口是心非地說，抽開了自己的身體。望著高原，心想「你騙人。你才不是要打給澤渡，肯定是打給莉娜……不，是立花涼子」。

「抱歉，妳能迴避一下嗎？教團有規定，與教主的對話不能被外面的人聽到……啊，要不然我出去吧。」

「沒關係，反正我已經穿好衣服了。」

峰野說著走向門外，看向床邊的手機。還繼續在錄音。她並不想在事後聽見他與立花涼子的對話。不，真的是這樣嗎？其實我很想聽吧？明知會嫉妒得發狂，卻肯定還是會不由自主地按下播放鍵。

她走出房間。一個女人竟就獨自站在這種低俗旅館的走廊上。

本來說好會在下午四點打電話，但已經晚了五分鐘，沒問題嗎？高原思索著。「他們」可是非常守時的。

話筒傳來鈴聲，沒人接聽。他太晚打了，這下糟了。一旦失去他們的信賴，自己將沒有未來可言。即便只是短暫的未來。

——太慢了。

傳來了男人的聲音。高原感到頭痛。

「……非常抱歉，因為花了點時間才終於可以獨處。」

——不必解釋。跟蹤你的人呢？

男人的聲音低沉沙啞。高原按捺著緊張開口：

「……我不知道，是你們多心了吧？我們之中沒有叛徒，也沒有人發現真相，教主更是一無所覺。」

對方輕嘆了口氣。他在哪裡？男人的身後人聲嘈雜。說不上為什麼，但高原對此感到懷念。頭又痛了起來。與峰野上床時也感受到這種像被人緊緊勒住的疼痛。

——凡事都須小心謹慎，你也明白的吧？如果失敗了，你——

「我知道……PPSh……我已經拿到衝鋒槍了，總共有十五把。等你們做好準備，我們就能行動。」

——速度真快。有發生什麼問題嗎？

「沒有。我的屬下順利完成了交易……炸藥也安排好了。有八台拖車，拖車裡頭都堆滿了火藥，車子本身就是顆巨型炸彈……接著就只剩下付諸實行了。」

——做得不錯嘛。

「……那當然。」

高原的語氣變得強硬，短促地倒吸一口氣。

「就算毀滅，我們也在所不惜。」

房內傳來敲門聲，峰野再度走進房間。時間比預期中要短。他們聊了什麼？他是不是對立花涼子說了些毫無意義的甜言蜜語呢？事後得聽聽錄音內容才行。如果真是那樣，就讓她也聽聽我的喘息吧。還有他在我體內快活的愉悅呻吟。

「……抱歉，讓妳在這種地方的走廊等。」

「沒關係……真的是教主嗎？」

「咦？」

高原拉高了嗓音。峰野定睛瞅著他，果然是立花涼子。

「該不會是立花小姐吧？」

峰野的語氣故作輕鬆，聲音卻有些顫抖。她的慌亂被他發現了嗎？

「……為什麼提到涼子？」

「咦？啊，因為我聽芳姨說過，你在交往的對象其實是她。」

「那為什麼你們連名字都知道？」

說得也是，峰野想。立花是用假名接近他們，知道她的本名實在很奇怪。高原他們應該也不知道楢崎的存在。

「……這我不清楚，只是芳姨知道她的名字。」

「……我和她已經結束了。」

「騙人。」

峰野竭盡所能地擺出自然的笑容。但因為竭盡所能，早就已經稱不上自然。

「……反正對妳來說沒差吧？要挖苦我的話就改天吧……我今天頭很痛。」

「對不起。」

「嗯？啊，抱歉。我不是這個意思……對了，接下來我會有一段時間不能跟妳聯絡。」

峰野忍不住直視著高原的臉，心跳加速。

「……接下來是幹部的修行期，基於教團的方針，所有電話都要設成拒接來電。」

那直接關掉手機電源不就好了嗎？為什麼要特地設成拒接來電？其實是不能關掉電源，因為立花涼子會打來；其實是只拒接我的電話，因為你要和她去旅行。

「我得接教主的電話，所以不會關機，但必須斷絕其他聯絡。」

騙人。謊話連篇。峰野的身體發熱。

「所以……妳也在這段時間和男友見見面吧。」

「嗯……真是沒辦法呢。」

峰野笑道。表情很僵硬，但她已經管不了這些。我才沒有男朋友，我只有你，可是如果不那麼說，你就不願意見我。你真是既膽小又冷漠，又奇妙地有著不該有的溫柔，因為你居然可笑地認為，如果不是名花有主的女人，這樣對待人家就太失禮了。孩子，峰野忽然心念一轉。只要有了孩子……沒錯，要有孩子。

「……噯，我們繼續吧！」

峰野朝高原伸出手，但高原沒有抓住，沒有抓住她的手倒向床鋪。

「……抱歉，我該走了。」

「咦？」

峰野呆在原地。

「嗯？」

「喔，這樣呀……真拿你沒辦法，下次要補償我喔！」

峰野說著，將手機收進手提包。在家裡聽這段錄音時，她一定會嫉妒得渾身發抖。忽然間手提包內傳來聲響，峰野嚇了一跳。是電話鈴聲，打來的人是吉田。

「對不起，我接一下電話……」

按下通話鍵，吉田說的話卻無法傳入腦袋。不，雖然傳進去了，但訊息量太大，讓她無從判別。醫院。松尾先生。他在說什麼啊？他……眼前突然發黑。當她意識到時，有人正抓著自己。是高原。高原正扶著她的身體。

「我得趕過去。」

峰野說，發現自己哭了出來。

「再不過去，就見不到松尾先生最後一面了。」

22

松尾倒下的那一瞬間，楢崎衝了上去。

直到吉田叫的救護車抵達為止，他都擠在團體的資深成員中守著松尾。觀眾們也起身吵鬧不休，但救護車一到便馬上讓道，沒有引發混亂，順利地將松尾送到了醫院。

送進加護病房以後，性命雖然保住了，但病情垂危。根據醫生最初的診斷，以松尾目前的身體狀態能活到現在，堪稱是奇蹟了，今後雖然可能會恢復意識，但也只有短短幾天的時間。

連妻子芳子也不能探視。芳子很訝異自己竟能保持冷靜，但回想起來，她一直都做好了心理準備。自己和正太郎都活得太久了。以松尾的年齡來說，也算是享盡天年了。

芳子的腦海中浮現了自己與正太郎的邂逅。她在戰爭中失去雙親，戰後的社會動盪下又被親戚趕出家門，只得出賣肉體維持生計。雖然現在也有人這樣，但當時以這種方式餬口的女性屢見不鮮。她待的那座大宅既是高級餐館也是妓院。

她的體型雖然嬌小，卻已經與大宅的華服和濃妝融為一體。當時芳子還曾心想，因為自己原本就不喜歡做愛，所以才能勝任這份工作。那時我活在這世上，腦子裡都在想什麼呢？芳子不禁納悶。現在都已經模糊得想不起來了。這都多虧了松尾。

這個從戰地回來以後加入了奇怪的宗教、在附近工廠工作的男人。在見到松尾這位客人的那一瞬間，芳子的心跳怦然加速。而松尾只是出了神地望著芳子，結結巴巴地介紹完自己後就不再吭聲，也沒有和芳子上床就離開了。那一晚，芳子體會到所謂的人生又再次動搖了自己。芳子討厭松尾，覺得這男人的出現簡直多餘，一旦內心起了波動，明天起的每一天都會教人難以忍受。滲透進松尾衣服裡的工廠機油味，隱隱殘留在小房間裡。

因此隔天松尾再度現身時，她大吃一驚，更別提他還突如其來地對她說：「我喜歡上妳了。」

「請以結婚為前提和我交往吧！」

這男人在胡說什麼？他在捉弄我嗎？然而，眼前的男人顯得非常緊張，就像在向好人家的閨女告白。松尾不斷搔著頭，汗如雨下。

「……但是，我是在這種店裡工作的女人呢。」

話聲才落，眼前的男人不解地望著自己。

「……那又怎麼了嗎？」

「……咦？」

「妳有其他喜歡的人了嗎……？」

簡直牛頭不對馬嘴。芳子只好再說一次：

「我說，我是在這種店裡工作的女人。」

「呃……所以？」

「所以，你不介意嗎？」

「……介意？啊，對了，我忘了說。如果妳願意和我交往，請辭掉這份工作吧。我會養妳。」

又是雞同鴨講。狹小的房內鴉雀無聲。這間和室裡只有簡陋的被褥和用來喝酒的小矮桌，隔壁傳來了和某位官員酣醉嬉鬧的女人聲音。她心跳極快，痛苦難忍。

「不，因為……我是歡場女子。我的過去也……」

「……過去？唔，這些並沒有關係。」

松尾直視著芳子說。

「無論妳現在過著怎樣的生活，無論過去發生過什麼事，那些都沒有關係……只要妳最後選擇的人是我。」

芳子茫然地望著松尾。

「就算妳有過痛苦的記憶……但所謂的記憶，會隨著其他記憶增加而逐漸淡忘。和我的回憶增加以後，希望就能抹除掉妳痛苦的記憶。」

松尾繼續說道：

「因為身體會不斷汰舊換新……細胞也會時常更新。記憶沒有實體，所以妳也能夠改變。」

後來發現芳子很難懷上孩子時，松尾也沒有表現出半點失望。「因為我是和妳這個人結婚。」松尾這麼說：「因為我喜歡的是妳，不需要有孩子。」

回想起過往種種，芳子淚眼婆娑。她的人生太美好了。止不住淚水。松尾說得沒錯。年紀愈是增長，遇見松尾前的記憶愈是淡薄，只有與松尾在一起的回憶不斷累加。

之後幾十年來他們相互扶持，曾經大吵一架離家出走，也曾在心中詛咒對方去死，最後往往又和好如初。這段漫長的歲月，任何事物都不能取代。淚水再度溢出眼眶。這樣的人生太美好了。到了這把年紀，就連吵翻天的回憶都令人會心一笑。

當芳子回過神時，她正向和自己一樣坐在醫院椅子上的資深成員們，講述著當年與松尾的相遇。這些人當中，大概只有楢崎不知道她出身歡場吧。不過，畢竟來到這裡是因為對這個團體感興趣，所以他也沒有半點吃驚的樣子。

「各位男士。」

芳子笑吟吟地開口。

「這或許是女人的任性……但是，男人就應該要像他這樣子吧？如果辦得到，真的如果辦得到的話……請各位以正太郎為榜樣。」

聽見飛奔而來的腳步聲，芳子立即明白那是峰野。在昏暗的醫院走廊上，峰野一見到芳子，便在眾人的注視下泣不成聲。她身上殘留著男人的氣息。為什麼呢？芳子心想。為什麼這孩子總是置身在不得不如此自責的處境下呢？

芳子對峰野連連點頭，緊緊抱住她，感到一陣溫暖。這孩子才三十出頭，真正的人生才剛要開始。她的氣味很好聞，芳子想著。她本來想安慰峰野，卻發現自己反而被她的溫暖拯救。我想保護這個孩子，卻或許因此得到了救贖。

「……大家都回去吧。」

芳子說，但資深成員們都不願離開。其實剛才圍繞在松尾身邊的人都想跟來醫院，但她竭力制止了。

「家裡的人也會擔心吧？……楢崎。」

芳子露出微笑。

「再這樣下去小峰會撐不住，麻煩你帶她回去吧……然後老實地告訴在等消息的大家，說松尾的時間已經不多了。」

楢崎的眼眶含淚，芳子的淚水也跟著險些奪眶而出。這孩子，芳子看著楢崎心想，這孩子也懷抱著黑暗哪。

「楢崎。」

楢崎扶著步伐不穩的峰野正要離去時，芳子叫住他，湊上前低聲說：

「如果我有什麼萬一……這孩子就拜託你了。」

23

——所以是失敗了。

房內靜得出奇。嚥下自己的口水時還得小心翼翼。長髮男子正站在教主面前，在黑暗中，感受著雙腳的疼痛。教主大人不願看向這邊，長髮男子心想。教主大人仰躺在床上動也不動。他在看著什麼？或許什麼也沒在看。

「因為他暈倒了……我們也就……」

男子無法再說下去，因為那只會淪為藉口。教主大人所期望的，只有成功這項事實，對理由或過程並不感興趣。

他們的任務，就是把松尾正太郎帶過來。他們判斷只要將寫有會面地點和教主名字的小紙條遞給松尾正太郎，他就會隻身赴約，然後再讓他坐上車、帶來這裡就成了。計畫本來完美無缺。長髮男子以前曾拜松尾為師，所以很了解松尾。然而，松尾卻無預警地倒下了，結果根本無法將他帶來這裡。

——他會死嗎？

「……咦？」

——那個男人會死嗎？

男子謹慎地吞下口水。

「我剛才聯絡了楢崎……他說不清楚。」

——嗯，那就是快死了吧。

在長髮男子看來，楢崎比較仰慕松尾。不對，待在這裡的時候，那傢伙心中始終都有著松尾——儘管教主大人就在他身邊。接起他打去的電話時，楢崎也明顯不悅。

「教主大人。」

沒有回應。長髮男子繃緊了全身。他想要享有同樣的祕密。只有教主大人和自己知道的祕密，哪怕一個也好。

「您要我帶松尾正太郎過來這裡……是要做什麼……」

說到一半聲音開始發抖，房間裡突然升起一股寒意。長髮男子發病似地跪了下來。

「……對不起！非常對不起！」

身體顫抖了起來。好可怕，太可怕了。要是被趕出這裡，自己就無處可去了。要是被教主大人拋棄，這樣卑微的自己也沒有活下去的價值。不行，絕對不行。我不想再回到外面的世界了。外面的世界裡都是些廢物，沒有任何人認同我，也沒有人發現我的優點和可能性。我再也無法忍受在那些廢物的圍繞下過活。

為什麼？剛才幹嘛要那麼多嘴？對了，是因為聽松尾說了有關教主大人以前的事情。從前的教主大人朝氣蓬勃，感覺跟現在判若兩人。教主大人神采奕奕的模樣彷彿浮現眼前……嗯？可是，這種感覺是什麼？怎麼回事？如果繼續跪著，似乎就問得出口。問什麼？我想說什麼？

「教主大人。」

我打算說什麼？

「教主大人您……究竟做了什麼事？」

屏住了呼吸，問句卻不斷從腦海中冒出。與松尾分道揚鑣之後，您在哪裡做了些什麼？究竟是在哪裡做了什麼事，才會變成現在這樣的您？不，必須問得更加明確。究竟是做了些什麼，才、能、變、成、您、現、在、這、個、樣、子、？

視野變得狹隘。我在做什麼？究竟在幹什麼？難道想反抗嗎？唯命是從的蟲子想顫抖著伸出舌頭嗎？在怯懦的微笑中伸出舌頭嗎？要是惹怒教主大人，他就沒命了。腦筋異常混亂。該怎麼辦才好？該怎麼辦？

「對不起！非常對不起……」

額頭緊緊貼著地板。請不要沉默，請不要不說話。他用額頭壓向地板。地板很硬，但他也只能用額頭緊緊貼著。

——別擔心。

好溫柔的聲音。男子眼中湧出淚水。

——總有一天，我會只告訴你一個人……因為你是獨、一、無、二、的弟子。

熱淚滑下臉頰。

「……謝謝教主大人。啊啊，我——」

——嗯，退下吧。

他緩緩推開門，走出房間。剛才的胡言亂語肯定是松尾害的。都怪那男人說了那些話，我才變得反常。我需要鋼鐵般的意志。不去傾聽任何思想的鋼鐵意志，愈是堅定，愈是美麗。教主大人以前曾這麼說過。我將自己獻給了教主大人，包括自己的痛苦、悲傷、迷惘，所有一切。所、以、自、己、什、麼、也、不、用、想，什麼也不用煩惱。因為自己的事，教主大人會負責全權思考，全部由教主大人定奪。因為教主大人會引導我，我只要日復一日執行教主大人的命令即可。這樣的日子多麼美好啊，是多麼——

有道人影逐漸走近。都這麼晚了，長髮男子有些驚訝。

莉娜站在長髮男子面前。但是，他不知道那是假名，也不知道她的真名是立花涼子。

「……莉娜小姐？」

「您之前都去哪兒了……？啊，對了，我——」

男子把右手按在自己的胸口上。

「我說不定能成為幹部喔，幹部！就像您、杉本小姐、高原先生和前田先生那樣，我也能成為擁有硬幣的幹部……」

「這樣啊。教主……大人在嗎？我必須見他一面。」

「咦？啊，是的。他在。」

男子在昏暗中看不清立花涼子的表情。但是，她的聲音在發抖。

「……我有事必須立刻向教主大人報告。」

24

松尾清醒後，便交待芳子換病房。

我不想接著這些儀器，想在家裡嚥下最後一口氣。芳子將耳朵靠在松尾嘴邊，聽見他這麼說，內心也早就料到松尾恢復意識後，一定會這麼吩咐。

醫生聞言便也照做了。這位醫生與松尾認識很久，針對松尾臨終前的處置也仔細交待過了。得知松尾恢復了意識，資深成員們本想趕來醫院，但芳子以「明天就會回去」為由制止了眾人。否則不光資深成員，其他人也會蜂擁而至，屆時醫院勢必會一團混亂。

芳子開始做出院準備，松尾則出神地望著別處，突然開口說：「我今天還是留在這裡吧。」聲音細若蚊蚋，但在病房門前的芳子仍然清楚聽見了。「為什麼？」芳子問，松尾卻不知所云地回答：「我明白了很多事。」甚至說今天要一個人留在醫院病房。

按理來說，身為妻子不應該答應，怎麼可以讓不知何時會斷氣的丈夫單獨留在病房裡呢？但是芳子點了點頭，松尾自有他的考量。

「不過……阿芳……我答應妳。」

松尾緩緩地一字一句說道。

「我今天，還不會死……我就是知道。不用擔心。」

當晚下起了雨。

雨聲中還有細微的聲響，是像在窺探四周般小心謹慎的腳步聲。松尾躺在床上聽著那聲音，好像在腳步聲踏進醫院的玄關以後，他就一直可以感覺到。

發出腳步聲的男人，也覺得松尾一直在聽著自己製造出的聲響。自己發出的每一記聲響，都被對方察覺了。儘管移動的、靠近的都是自己，卻彷彿受到了支配。

腳步聲在松尾的病房門前停下。松尾睜著雙眼等待。房門打開了，高原站在門外。見松尾還醒著，高原一瞬間全身僵硬。這個老人果然在等自己出現。心跳加快了。

病房昏暗又狹小。病床上的松尾蓋著被子，略微坐起身，頭半靠在背後的牆上。病房裡真冷，高原想。這老人已經感覺不到溫度變化了嗎？

「……聽說你時日不多了。」

高原把手中簡單的花束扔在窗邊櫃子上。入夜後也不熄滅的城市燈火從窗簾透了進來。

「這下子你就無法告發我們了……被騙走了錢也不報警，真是濫好人。也沒辦法再調戲女人了呢。」

高原的目光直盯著花束。

「不過，你的演說還是很精彩。可能有很多人覺得無聊，但至少我……」

高原的身體開始緊張。松尾開口道：

「……你為什麼要哭？」

高原用手指抹了抹臉頰。站在病房門前就這樣了。

「……天曉得，可能是因為我也還有人性吧。」

牆後傳來了某種振動的馬達聲。

「……你還在作惡夢嗎？」

高原無法直視松尾。

「不用你多管閒事。」

「大概吧，可是……」

松尾說。高原的身體變得更僵硬。為什麼這老頭都快死了，還有力氣說這麼多話？

「……你現在懷抱的黑暗……沒有實體。」

高原忽然感到頭痛欲裂，甚至有些暈眩。覺得想吐，很想當場蹲下來。

「……你懂什麼！」

「難說……如果我現在能動的話……」

「……你會怎麼做？殺了我嗎？」

「……我會搖你的肩膀。和你單獨關在某個地方……不斷搖你的肩膀。」

高原終於看向松尾，身體微微發抖。為什麼面對這種瀕死的老人，他會感到膽怯？還感受到了比澤渡更強烈的壓迫感。這個世代，高原想，這個世代太傑出了。經歷過的時代截然不同。

「……已經來不及了。」

地板微微晃動。是微幅地震。但是，高原和松尾都不在意這陣搖晃。松尾說：

「我覺得自己，好像明白了，很多事情……雖然很模糊……但是線……」

「……線？」

「數不清的細線，往外延伸……複雜地纏繞在一起……無論是撼動世界的當權者的線，還是不願意踏出家門的人的線……都驚人地相等。」

高原站著動也不動。

「這些細線交錯之後，造就了無數的結果……也就是故事。故事互相重複，不斷流傳……至於會發生什麼事，我也不知道……今後將發生莫大的悲劇……同時我也明白了，現在的我，無法阻止那起莫大的悲劇……你們可能也無法阻止。你們的意識……你們既是事件中主要的登場人物，同時也是觀眾，不得不觀看那個現象……現在，粒子們正蠢蠢欲動，持續躁動著。可是……」

松尾筆直地望向高原。

「我也只能請求……一個個地，從身邊的人開始。」

「……我可不保證答應。」

松尾輕吸口氣，像在調整呼吸。

「……首先，把小峰還回去吧。」

「……啊？」

「把小峰還給小峰吧。」

高原凝視松尾，試著讓嘴角往上勾。

「她是自願跟我在一起的……況且她對這段感情也沒那麼認真，她真正在交往的是其他男人——」

「你應該早就知道她在說謊了吧？」

松尾吁一口氣。

「明知小峰在騙人，但你還是和她在一起……離開她吧。還有——」

松尾接著說：

「你要讓立花涼子幸福。」

「我和她——」

「反正你一定是思索著……自己即將身敗名裂，不想把她捲進來吧……因為你們既是兄妹，也是毫無關係的人。」

高原的父親與立花的母親再婚，兩人於是同住在一個屋簷下。戶籍上雖是兄妹，但沒有血緣關係。高原與立花從十三歲開始就有了性關係，總是在狹窄的房間內進行，不被任何人察覺。即使雙方的父母離婚，這種關係依然持續著。

「你認為就算向涼子提出分手，她不會答應也不會相信。所以讓她看到你在和小峰交往，讓她主動離開你……真是單純的手法。還一邊裝作不曉得小峰是真心喜歡自己……你真是愚蠢，簡直集所有男人的愚蠢於一身。」

松尾的聲音突然變得低沉。

「但是……就算你那麼做，就算發生了某些誤差……也許能夠改變細節，但最終巨大的洪流還是會吞噬一切，滾滾不絕……所以，對接下來將要發生的大悲劇，我們或許都無能為力……不過，我只希望你記住一件事。」

松尾定定地望進高原的雙眼，高原忽然感到恐懼。自己是抱著期待才來這裡見松尾的。內心深處，似乎渴望聽見充滿希望的鼓勵。然而，這個老人說的話卻否定了一切，儼然宣告了判決。不論松尾做了什麼，我又做了什麼，巨大的洪流終將滾滾不絕地吞噬一切嗎？松尾的雙眼開始失焦，表情和上半身逐漸僵硬。

「……要抬頭挺胸，勇往直前。」

高原茫然佇立，恐懼更是擴大。松尾張開嘴打算再說些什麼。高原忽然之間變得無法理解他。不對，眼前的人真的是松尾嗎？會不會只是有著松尾的樣貌？那他是誰？不對，那是什麼東西？松尾繼續說了下去。

「不對……還有一個辦法。」

心臟撲通狂跳。高原覺得，這彷彿也是松尾的心跳。可以看出松尾……不對，是有著松尾外貌的東西激動了起來。松尾張開嘴巴。切換的開關，高原忽然間想。有什麼東西正朝開關伸出了手，伸向了不能觸碰的事物。松尾的雙唇仍在顫抖，好像隨時都要脫口而出似地。過了幾秒，感覺也像過了幾分鐘。松尾依然張著嘴巴。遠遠傳來了某種警鈴聲。高原忽然出現耳鳴，覺得手臂和肩膀都變輕了，病房內的氣氛緩和下來，他開始聽見自己的呼吸聲。他無法理解究竟發生了什麼事。松尾全身癱軟無力。松尾變回了松尾——高原只能怔怔地站在原地。

「……但是，那個方法不能拜託任何人，也不能說出口……因為說不定會讓悲劇加倍擴大……你也許能夠得救，但其他許許多多的人都會死去……澤渡似乎超出了我的理解範圍，我到底該怎麼辦……」

高原轉動門把，抓起簡陋的花束就走出病房，也不明白自己為什麼要離開。他在走廊上邁步。彷彿正被迫看著走動的自己。走廊上也冷得刺骨，和剛才的病房差不了多少。

剛才心跳始終很快。那段時間是怎麼回事？右手上莫名拿著本來已經放下的探病花束。自己是什麼時候又拿起了這束花？

高原繼續往前走。腦海裡浮現的念頭，是松尾恐怕明天就會離開人世了。

25

狹小的房內倒著一個男人。

無名教團會所的十六樓，一六〇三號房。房間裡只有床鋪、簡易的黑色書桌、小茶几和兩張椅子。男人倒在鋪著毛毯的地板上。床邊男人可能坐過的椅子也倒在地上，還有玻璃杯掉在一旁。

還沒有任何人發現這具屍體。死者是名叫吉岡的男人，是高原祕密召集的成員之一，從前是自衛隊員。

未倒地的另一張椅子上，坐墊的部分略微凹陷，還有一點餘溫，似乎顯示剛才為止都還有人坐在上頭。

吉岡屍體的脖子上有無數條縱向的紅色傷口，可能是他自己抓傷的。每一道紅線都像在表現男人的恐懼與絕望，也像是為了想吐卻吐不了的東西，劇烈掙扎後所留下的痕跡，鮮明得怵目驚心。掉落在地上的玻璃杯中還留有透明的液體。

兩名信徒有說有笑地走過一六〇三號房門前。當然，他們也都還不知道這具屍體的存在。他們經過一六〇三號房，走進各自的房間。

未倒下的椅子坐墊上，略微凹陷的部位正以肉眼看不出的緩慢速度，一點一點地自行恢復原狀。

＊

聽到松尾即將回來，大宅裡的成員開始收拾庭院裡的椅子。

自從松尾倒下，一切都被暫且擱置。成員中有人繼續留在大宅裡，有人表示先回家一趟明天再過來，心情沉重地離開。現在屋內有三十人左右。

屋子二樓的房間裡，峰野躺在別人鋪好的床墊上。她作了夢，是小時候的夢。

——坐下。

母親說，要揹著髒書包回到家的峰野坐在坐墊上。母親總是像在瞪人般看著峰野，即使別開目光，也逃離不了母親的視線。峰野的脖子使力往下低頭，儘管她沒有做錯任何事。

——沒有一個人願意聽我訴苦，我就只有妳了……妳明白的吧？昨天，妳父親終於不回家了。

和夢境一樣，峰野的母親每天都會鉅細靡遺地告訴她父親所做的壞事。那是母親每天的例行事項。她會告訴峰野，身為人類，父親是多麼卑劣，又是多麼骯髒，害母親深陷不幸，斷送了母親的未來。這恐怕是父母最不該對子女做的事情之一，因為這會讓人喪失希望。對於今後長大成人、墜入愛河、組織家庭的希望。

——那種恬不知恥的女人，妳父親卻成天跑去找她。妳知道他們都幹了些什麼好事嗎？為了讓年紀還小的妳清楚，我只好明明白白地告訴妳。妳父親會脫光那女人的衣服，讓她光溜溜的，舔遍她的全身。從他怎麼剃都會留下一圈濃密鬍渣的嘴裡吐出紅色的舌頭，去舔那個不知羞恥的女人的身體……妳父親很醜陋吧？很骯髒吧？

「妳父親」，母親總是這麼說。因此小時候，峰野都覺得母親是在責罵自己。母親會一邊說一邊撓抓臉頰，那是她的習慣。母親會搔著單邊臉頰，彷彿那裡頭寄宿了什麼東西，想用長長的指甲把它刨挖出來。

可是，這不全然都是母親的錯。母親的父母對她很冷淡。回到母親娘家時，峰野敏感地察覺到了。母親從小就受到虐待，非常孤獨。所以，自己必須陪在她的身邊。

但是，峰野漸漸覺得母親很礙眼。母親的牢騷讓她愈來愈不耐煩，讓她變得像母親一樣想撓抓臉頰。升上高中以後，峰野原本優異的成績突然直線下降。因為她開始和男人廝混。峰野想要遠離母親，母親卻緊纏著她不放。「我就只有妳了。」母親不斷這麼說：「是我把妳生下來，是我把妳生下來的。都因為生了妳，我才會失去未來。我什麼都沒有了。所以，妳不能拋棄我。」

峰野不斷地逃離母親，父親也已經不再回家了。當峰野在男人家待了四天後，被迫帶在身上的手機響了起來。

「……妳今天給我回家。媽媽很礙眼對吧？那麼我就成全妳。」

峰野一回家，便見母親吞了安眠藥倒在地上。她叫了救護車。母親在醫院裡悠悠轉醒。也許母親是蓄意吞下藥量不足以致死的安眠藥。醒來看見峰野，她便嚶嚶啜泣起來。「是妳救了我吧？」母親淚流滿面。「媽媽好高興，妳果然會來救我。」

在那個當下，峰野感受到了恐怖。不久，母親忽然病倒，幾年後因為胰臟癌過世。住院期間前往探視時，母親都表現得很高興。但事實上，母親早就察覺到峰野對她已經沒有任何母女親情，而峰野也察覺到了母親的心思。

「……妳果然是妳父親的孩子。」

母親平靜地說，像要把生病的痛苦報復在峰野身上。

「明明是我把妳生下來的……妳這孩子竟然這麼冷淡……我的人生真不幸，沒有神，什麼都沒有。」

母親離開人世時，峰野感受到的不是解脫，而是罪惡感。罪惡感根深蒂固，任憑她怎麼撓抓臉頰或緊咬牙關也無法驅離。

峰野在被窩裡醒來，流著眼淚。無法分辨這些眼淚是因為作了夢，還是因為松尾。

記憶斷斷續續。楢崎帶著她離開醫院回到這裡，後來怎麼樣了呢？我好像一邊哭著一邊對某人大聲說話。還有……對了……錄音。

睡著之前，峰野在朦朧的意識中便想聽聽她與高原做愛時的錄音。她也不懂自己為什麼會在這時候想聽。然而，聽了再多遍，她都無法理解。不對，她可以理解，但那些字句並沒有進入腦子裡。

戴上耳機，又按下重播鍵。儘管無法集中精神，心臟卻像全盤理解般跳得飛快。

衝鋒槍？裝滿炸藥的拖車？……這些是什麼？教主一無所覺？這又是什麼意思？……「就算毀滅，我們也在所不惜」。他到底在說什麼？不，不只如此，這通電話……。

峰野猛然坐起身，心跳更是加速。高原好奇怪。高原他……現在不是睡覺的時候了。她打電話給高原，但沒有人接。峰野愣住了。對喔，已經聯絡不上他了……傳簡訊他也收不到。該怎麼辦？不能坐視不管。但就算我跟他說，他就會改變嗎？頭好痛。怎麼辦才好？……對了，我的排卵日就快到了……。

峰野坐在被褥上恍惚失神。孩子？對，我懷孕了。不，不對，我並沒有懷孕。沒有懷孕嗎？沒錯，確實是沒有……頭好痛。只要有了孩子，高原就會到我身邊來吧？對，肯定是這樣。因為母親就是用這種方法和父親結婚的。

可是，高原做愛時很謹慎，總是那麼膽小……但是，保險套並非萬無一失。有個男人總是看著我。總是渴望地看著我。

有人敲了門，峰野嚇得險些尖叫出聲。楢崎走了進來，說了一些善解人意的話安慰她，但峰野置若罔聞。意識不斷遠去，又稍微被拉了回來。對了，這男人總是一臉渴望地看著我……如果是這男人，就能讓我生下高原的孩子吧？對，就是這男人——

楢崎看著峰野，倒抽一口氣。她以前的眼神是這樣子的嗎？她的意識還清醒嗎？事實上，在帶她來到這個房間之前，她都處於神志不清的狀態，還對小牧小姐大聲嚷嚷，但又馬上哭著向對方道歉。

楢崎將端來的茶遞到她面前。峰野伸手探向了自己的襯衫鈕扣，解開了一顆。楢崎吃了一驚，怔然望著峰野。

峰野面帶微笑，眼神迷濛地凝視著楢崎。她坐在被褥上挪動雙腿，裙子往上掀起。她出神地張著雙唇，繼續解開鈕扣。敞開的襯衫底下露出了雪白的肩膀與黑色內衣，以及內衣所包覆的胸脯。

「楢崎……」

峰野輕聲呼喚。楢崎屏住了呼吸。

「抱我。」

＊　＊

在病房錄完最後一片DVD時，外頭已是黑夜。

請醫院的工作人員幫忙提行李，松尾與芳子走出了病房。儘管有芳子撐著他的手臂，但能踏著穩健的步伐行走的松尾還是教人驚訝。

計程車司機幫忙把行李放進後車廂後，兩人坐進後座。聽到司機詢問目的地，芳子頓時語塞。松尾忽然開口回答：

「去練馬……豐玉……」

松尾的聲音變得比較清晰了。

「……阿芳，去看看我們以前住的地方吧。」

計程車開始前進。三十年前，松尾才知道自己的親生父親留下了一筆相當可觀的遺產給他。生父的家人們隱瞞此事，一直沒有通知松尾，後來有個為人正直的子孫某天突然拜訪松尾，將財產分給了他。當中也包括現在那座大宅。

他本想全部捐出去，但隨後發現若妥善運用，可以定期捐出更大筆的金額。因此松尾是在上了年紀以後才躋身為資產家。

計程車上了高速公路。松尾的左手碰著芳子的右手。芳子握住他的左手，卻發現了一件奇妙的事——松尾的左手明明應該動不了了，卻以微弱的力道回握住了芳子的手。

儘管力道非常微弱，但松尾的手確實動了。芳子暗暗吃驚，但沒有說出來。總覺得一旦說出口，就會破壞掉什麼。

「啊，月亮……」

聽到松尾這麼說，芳子看向車窗外，偌大的滿月飄浮在夜晚的城市上空。月亮的色澤深沉，像要把人吸進某處，穿透了觀者的雙眼，讓光芒照進更深處，散發出灼亮的光輝。就像心跳一樣，光輝中隱含著微弱的明滅閃爍。

「……司機先生。」

松尾喚道。

「月亮真漂亮。」

司機很快瞥了窗外一眼，說了些什麼。

「……我還想欣賞月亮，所以……能請你繼續開在高速公路上，一直到最後嗎？」

司機點點頭，靜靜地放慢速度。載著松尾兩人的計程車筆直地在高速公路上行進。

「大自然是平等的……像我這種人就算到了盡頭，月光也還是會照在我身上。」

芳子用力握緊松尾的左手，感受到了松尾的氣息。

「我……」

開口時，芳子已經流下眼淚。

「能和你在一起，真的很幸福。」

淚珠撲簌簌地滾下。松尾的手傳來的溫度實在太過溫暖了。

「……能讓老婆說出這種話……這男人可是人生贏家哪。」

松尾輕聲笑了起來。

「我也很幸福……真的很謝謝妳。」

芳子露出微笑。

「……雖然有過兩次奇怪的夜晚呢。」

「嗯？妳指的是什麼？」

「呵呵呵。」

芳子靠在松尾的肩膀上。本該已經虛弱無力，但松尾卻穩穩地支撐住了芳子的身體。經歷過的時代不同。松尾的肩膀削瘦，內在卻相當強韌。

「啊，我看到了……我看到了……大自然太神奇了。」

松尾望著窗外說。

「無數的基本粒子四處飄盪……創造出了故事……這世界太神奇了。」

芳子點頭如搗蒜。巨大的月亮照耀著他們。

「我和阿芳的故事，也曾存在於這偉大的世上。」

「……是啊，的確存在過。」

窗外的明月綻放著強烈的光輝。

「大宅裡那些人，就拜託妳了。」

「……好。」

「他們還有救。」

「……嗯。」

「阿芳……不對，芳子。」

松尾說。芳子的心頭怦怦直跳。

「能親我一下嗎？」

芳子將手伸向松尾的肩膀，吻了他。

「……謝謝妳，我愛妳。」

「……我也愛你。」

她又吻了一次，這次則是綿長的吻。

兩人的雙唇一直沒有分開，松尾揚起了微笑。透過嘴唇的觸感，芳子明白，松尾的生命已然消逝。

第二部

I

教主大人似乎在昏暗中稍微睜開了眼睛。

明明直到剛才都像是睡著了。他的身體出現些許反應，像是感覺到喉嚨裡梗著微小的異物一般。我聚精會神地凝視他的臉龐。教主大人望著某處，但很快又像是看不見應當看到的東西，再次閉上了眼睛。剛才為什麼突然張開雙眼呢？現在卻又不動了。就像是遺忘了方才的異物感，彷彿從一開始就沒發生過這件事。

教主大人繼續緊閉著雙眼。儘管眼前有許多赤身裸體的男人，和許多只裹著浴巾的女人。

——今天是星期一。

前田正面向這群男女演說。聲音清澈嘹亮，站姿挺拔。他很溫柔。不光是他，在這裡的所有人都……。

——各位什麼都不必思考。

前田繼續說著。

——你們的痛苦、悲傷和煩惱，全都由教主大人概括承受……你們是自由的。你們都從人生桎梏中得到了解脫，是自由的存在。讓自己成為虛無吧。今天是星期一，是教主大人許可的星期一。

我想起了和前田做愛時的情景。他緩慢、平靜且溫柔地擁抱我，直到我達到高潮。他的性器反覆進入我的性器裡，我像在渴求著那種觸感般……下身濕了。明明才只是回想而已。

——各位，解放自己吧！釋放出你們的瘋狂，你們的溫柔。我們是生命共同體，我們是合而為一的存在。這裡沒有所謂的界線，也沒有人生中的任何猶豫。

前田稍微提高了音量。

——西方神祇最初創造人類的時候，亞當和夏娃就是赤裸的，而且非常幸福。他們是在吃了禁忌的智慧果實後才產生理智，對一絲不掛的自己感到羞恥，因此受到處罰、被逐出樂園。這就表示神希望男女都要赤身裸體。所以基督教如此嚴格限禁性愛，根本是本末倒置。那倒不如乾脆吐掉智慧果實吧！各位，拋開自我吧！

聽到這句話後，昏暗中的男女激情地撲向對方。眼前的男女開始親吻，發出了咕啾咕啾的猥褻聲響。我很想呼喚教主大人。教主大人，請擁抱我吧。大家都已經開始了。我和我們都是，教主大人。無數男女蠢動了起來。有的貪婪地舔著彼此的性器，也有女人以性器承接男人不斷翻攪的手指，難為情地露出歡愉的表情，發出喘息。正前方，有個女人正被壯碩強健的男人溫柔地摟在懷裡……好羨慕呢。教主大人，教主大人……教主大人的手指緩緩動了，撫弄我的胸部。教主大人醒來了。眼前的基本粒子們處在受到活化的騷動中……我的胸部並不大，但又希望對方覺得我很大，因此被撫弄時，我會盡量不被發現地輕輕夾緊腋下。

「啊……」

聲音不覺逸出雙唇。教主大人正含著我右手的中指。

「教主大人……」

為什麼呢？我突然覺得好害羞。性器變得濕潤。為什麼教主大人會含住我的右手，而且只含住中指呢……？教主的口中相當濕潤，一邊收縮著，像要箍緊般將我的中指吸了進去。這種感覺……和我的性器很像。就好像一個人自慰時，我的中指每次感受到的那種觸感……身體忽然間發熱起來。好丟臉。昨天，我等不及星期一就……。

「啊、啊……」

只是中指被吸吮著，感官卻變得如此敏感。我聽到了嘶嘶的聲響。教主正模仿著他所熟悉的我裡頭的觸感，接著他又吸住了我的無名指。太難為情了，身體……。

「……去吧。」

「……咦？」

「……去和那群男人做吧。」

無數隻手伸向我的身體，把我拉離教主大人的身邊。浴巾被人扯下，我在教主大人面前裸著身子。那些手又伸過來，撫摸、把玩我的身體，像在對待玩具一般。他們是誰呢？男人們的五官都很俊美。有人吻住我，我感受到了甜美的香氣。男人的舌頭在我嘴裡竄動，我也沒有推拒，伸手環住親吻我的男人的脖子。正與他親吻時，還有人忘我地舔著我的乳頭。大家都為我的身體著迷。情不自禁呻吟起來。有手指進入了我的性器。是誰的手指呢？怎麼會如此熟練？溫柔又執拗地攪動著。

「……啊、啊。」

「……已經很濕了呢……怎麼啦？」

撫弄著我性器的男人在我耳邊低語。

「不行。」

「不行？真的嗎？」

「嗯……嗯……」

男人的手指繼續在我裡頭攪動，像在尋找我體內的某些東西。不行，不行，我接連發出聲音。手指那麼激烈攪動的話，我在教主大人面前會忍不住的。會被教主大人看見我無法自制的模樣。身體痙攣抽搐。也會被好多男人看見。咕啾咕啾，好丟人的聲音哪。啊、啊……我的性器竟是如此不知羞恥。

「……不行……不行了。」

「不用壓抑自己，來吧。」

「……啊、啊啊。」

「沒關係，不用擔心。來吧。」

「不要，啊啊！」

愛液從我的性器飛濺了出去。停不下來，好丟臉。明明丟臉得想找地洞鑽進去，卻又渴望

男人繼續攪動。如果繼續刺激那裡，我的愛液就會持續溢出來。連附近的女人們也看著我往外飛

濺的愛液，發出了驚訝的聲音。「好厲害喔！」、「嗚哇——」是女人們尖細的嗓音。討厭，我不想被女人看到，不想被她們看見自己淫蕩的性器。但是，愈是這樣想，我又愈想讓她們看見更多。啊啊，我變得太敏感了。教主大人也看著我。這一切全是獻給您的。我是獻給您的祭品。這份快樂，我的愛液所發出的猥褻聲響，全是獻給您的。啊啊、啊啊，不能再等了，我想變得更加羞恥，想要感受更多。我向溫柔舔起我乳頭的男人輕聲耳語：

「……進來。」

「嗯？」

「……進來我體內吧。」

男人的性器進入我體內，愛液再次溢出。男人劇烈地在我體內動作。大腦什麼也無法思考。

「啊嗯，啊啊、啊啊！」

「……妳好濕呢。」

「啊啊、太激烈了，不能這麼激烈。」

「好厲害，裡面……」

「……我那裡……很舒服吧？嗳，我那裡很舒服吧？」

「啊啊，不行了。」

壓在我身上的男人閉上雙眼。我對快感衝腦的男人心生憐愛，吻住了他。明明剛才還那麼盛氣凌人，居然就快要射了。我覺得好可愛。這男人怎會這麼可愛。

「……沒關係，出來吧。你想射出來吧？想射在我裡面吧？」

「……啊啊。」

男人在我體內射了精，像是再也忍不住一樣。儘管如此魁梧，男人的身體卻在顫抖。都因為我那裡的關係……教主大人，這些也全都奉獻給您。這份快樂，會從我傳遞給教主大人，撼動教主大人的神經。我們，我們的快樂會傳遞出去。男人虛脫地抽身後，下一個男人的性器又進入我體內。等一下，不行，我說。真是口是心非。我臉上浮現出笑容。馬上又進來，讓我好高興，因為我還沒有高潮。男人讓我背對著他，奮力挺進我體內。另一個男人的性器就在眼前。我眷戀地含在口中，刻意製造出聲響。背後的男人持續挺進。好舒服。我不禁大叫出聲。體內可以感覺到他性器的形狀，因為我的性器正緊密纏附著他。雙腳開始發麻。如果是這男人，能讓我達到高潮吧？啊啊，腦筋要不正常了，什麼也無法思考。從小我就是性慾強烈的女生。自從小學爬單槓時產生了快感以後，我就經常在家具上摩擦自慰。明明以前只有自慰才能達到高潮，明明以前很怕在男人面前高潮。嗯、嗯嗯，我將成為教主大人的性器，成為教主大人感受事物的所有神經之一……啊啊、啊啊，像這樣與人交歡，大聲喘息著的快感，這般敏感的感受，統統獻給教主大人，與他合而為一，成為偉大的、偉大的事物，將我的性、我的性奉獻出去，啊啊、來了，「我」逐漸消失——

「噯，你又要射了嗎？」

我問壓在我身上的男人。

「噯，真的嗎？」

望著剛才飛濺出愛液的女人，我有了感覺。我可能有些女同性戀的傾向。那孩子真可愛，真想讓她變得更淫蕩。但是，現在我想先疼愛眼前的男人。我仰望著男人在正常體位下拚命衝刺的表情。

「啊……你又打算射了嗎？」

「……對不起。」

「……你拋棄了公司和家人，加入了這個宗教吧？」

「……對。」

「……然後在和你相差二十歲、嗯……在這麼年輕的女孩體內……嗯……打算連續……射兩次嗎？」

「……對不起、對不起。」

男人在我身上繼續挺進。為什麼呢？我忽然想起了那個女人。因為我搶了她的男人而自殺的女人。我若無其事地出席了她的喪禮，同時對那無聊的男人感到不耐煩，他也不想想自己做了什麼，好像全部都是我的錯一樣指責著我，企圖抹消自己的罪惡感。我根本不在乎那個男人。我只是恨她。一旦搶過來，我對那種男人就再也沒有興趣了。

我真正感興趣的，也許是她吧。我可能喜歡她，所以才做出那種事。那麼，為什麼我一點也不難過呢？我用獻給她的線香上的火點了菸，像是輕蔑她的死亡。我想要什麼呢？殘忍地殺了自己喜歡的人嗎？不斷重蹈覆轍？如果真是這樣，那我……。

「……你要射了嗎？在我這種年輕女孩的裡面？」

「……啊啊，裡面……裡面這麼濕呢……」

「都是你害的喔！嗯嗯、是你讓我變成這樣的喔。讓我這種年輕女孩的那裡……啊嗯、嗯嗯，你還要射嗎？嗳？啊嗯，想射在我裡面嗎？」

「……是的，啊啊，我——」

目光與遠處的教主大人交會。第一眼見到他的時候，我大吃一驚。那是一種打從心底、打從身體的根本幾乎要徹底改變的衝擊。和他相比——見到他的那一瞬間，我就感覺到了——我的罪惡簡直不值一提。那之於他，不過是小巫見大巫。在這裡，沒有人會譴責我，也沒有人會像叔父那樣明明奪走了我的童貞，還口口聲聲要我乖乖上學。是因為把我這個孤兒拉拔長大，所以即使已經有了妻子，也覺得抱我是天經地義嗎？他的罪惡很卑微。會對我百般嘮叨，是因為不希望我的墮落源自他的罪惡。如果他的罪惡不是那麼卑微，我也不會殺了他吧？因為在自己的人生中留下了汙點的男人實在太過卑微，我才會怒火中燒。

但是，在這裡我不會被否定。教祖大人的惡，會抹除掉我殺人的罪過。在聲色場所工作時，有信徒向我搭話，將我帶來這裡。視線又與教主大人相接。那一瞬間，我差點就要高潮了。他改變了原本討厭性愛的我。身體像要往下掉，又回到原位。全身顫抖起來。

「嗯、嗯、啊嗯，太激烈了。你這麼想射出來嗎？」

我的臉上漾起笑容。教主大人會吞噬掉我的敗德。我的敗德與快樂融為一體，奉獻給教主大人，成為教主大人的一部分。好舒服，真想變得更加下流。什麼也不想思考，什麼也不想思考，我將成為偉大的人的一部分——

「噯，要射了嗎？要射了嗎？」

啊啊，不行了。身體痙攣著，我化為感官，彷彿只貪求著快感，啊啊，身體往下掉——意識渙散，有什麼東西壓在我身上。好暗，四周有人。啊啊，在做呢。性器陣陣發麻，我發出喘息。依舊持續做著。男人腰部的動作變得狂烈。好舒服，好舒服。明明我剛達到高潮了，男人卻沒有打算停下。他來回舔著我的乳頭，擺動著腰部，熱情地親吻我。被男人貪婪地索求，我又快要到達絕頂。男人的氣味。有男人的氣味。達到高潮的間隔愈來愈短。這一切沒有止境，男人再度挺向我，緊緊地抱著我的身體，猛烈擺動著腰肢，不斷抵到深處。一而再，再而三地，竄起了教人頭皮發麻的熱意。好舒服。啊啊，又來了。我變得不再是自己，我消失了——

「啊啊、啊啊！啊啊！」

「我已經……」

「不行、不行，那裡、啊嗯，那裡已經——」

「啊啊、啊啊。」

感覺像要死掉，太舒服了。那裡……我的那裡正沉浸在喜悅中，再次達到了高潮。啊啊，我真淫蕩，我真淫蕩，我、我——

「啊嗯、啊啊啊啊。」

「啊啊。」

「射出來了嗎？噯、嗯嗯。」

「……啊啊、啊啊！」

「還在射嗎？啊嗯、還在射呢，好厲害，還在射……嗯嗯、我又不行了……啊、啊……」

有人倒在我身上，汗水淋漓的身體因為呼吸而上下起伏著。意識迷濛，我的身體仍在微微顫動。

「……舒服嗎？」

在體內感受著他精液的溫度，我露出微笑問道。他拔出性器時，強烈的快感再度襲來，我的身體不由得震顫。

「嗯……在這裡不管做什麼都可以喔。」

我撫摸男人的頭髮，溫柔地親吻他。將舌頭探入後，男人也緩慢地蠕動舌頭。柔軟且溫暖。為什麼呢？明明這麼地敗德，正因為敗德……我才想溫柔對待某個人。

「稍微休息一下吧……我們可以再繼續，再做好多好多次……因為我最喜歡你了。」

*

……怎麼會這樣？

高原低頭看著吉岡的屍體，屍體的喉嚨上有無數縱向的紅色傷痕。大概是生前抓過喉嚨，兩手的指甲前端沾附著血液和皮膚。

「……如果是自殺，這個玻璃杯就太可疑了，應該還有一個人來過這房間。」

望著留在桌上的玻璃杯，篠原小聲說道。死者吉岡在這次的計畫中負責槍械，疑似他用過的玻璃杯掉落在地。

「可是，也說不定是把自殺偽裝成他殺……你也知道，我們教團禁止自殺。所以，讓人以為是別人殺了他……不，可是……」

篠原忽然噤聲不再說話。高原猜想，他大概連站著都很吃力吧。事實上，剛才還在房裡的阿達，現在就在廁所裡嘔吐。自殺？是壓力太大嗎？高原尋思。吉岡在這回的計畫中身負重任，但就算是這樣……只見篠原正不解地看著自己。大概是因為他面對屍體卻表現得很冷靜吧。因為我看多了。但高原沒有說出口，也沒有說出自己過去看過更多慘不忍睹的屍首。要是說了，就也得跟著吐露那段過去。比往常更強烈的頭痛襲來。

「……還有其他人知道這件事嗎？」

「我想沒有。今天是星期一，其他人都去了大廳……我和阿達必須跟吉岡一起討論那些拖車，因為不能一直擺在那裡……但是，我們之中就只有他有聯結車駕照。」

「房間的門鎖呢？」

「……並沒有鎖上。」

「是嗎……」

看向菸灰缸時，高原的心跳變得沉重起來。早在意識確認之前，身體就先出現了反應。篠原開口說：

「……這些菸蒂是吉岡留下來的吧？是他平常抽的……」

不對，高原在腦海裡嘀咕。當然，這是他平日抽的牌子。但是，和殘留的菸蒂數量比起來，菸灰太多了。

高原回想起吉岡清理自己菸灰缸時的模樣。吉岡做事一絲不苟，每次都堅持先用水淋濕菸灰缸裡的菸蒂以後，才拿去垃圾桶丟掉，絕不會只把菸蒂挑起來丟棄。殘留在菸灰缸裡的菸灰分量，代表有人帶走了自己製造的菸蒂。從菸灰的量來看，入侵者恐怕不只一人。那麼……為什麼要把玻璃杯留在桌上？而且只留下一個？

頭好痛。目前只能肯定，吉岡是遭人殺害。但為什麼？是誰？是發現這起計畫的人做的嗎？就算是，又為什麼要這麼做？

「……這件事就由我來向教主大人報告。」

高原用顫抖的聲音說。

「當然，這具屍體必須私下處理掉。你……和阿達，都不能洩露出去。」

「可是就這麼放著不管，屍體會……」

「……只能由我們來搬運了，搬去地下室吧……有沒有什麼能裝這東西的？」

「這……東西嗎？」

「啊，抱歉。我驚嚇過度了……有沒有什麼東西能裝吉岡？」

屍體真麻煩，高原想。活著的人很麻煩，但屍體同樣麻煩。這世上還有比人類的屍體更棘手的東西嗎？

「……搬到外面去會有危險嗎？」

「不行。如果追查到我們的存在那怎麼辦？畢竟我們一直躲著警方。」

「那麼……有花盆。那個應該裝得下吧，再用土蓋起來。可是……」

「嗯，不可能擺太久。總之快點搬走吧。距離宴會結束剩不到三個小時了。」

「那教主大人那邊……」

一股情緒波動忽然湧了上來。

「都說了我會負責報告吧！」

高原忍不住大聲咆哮，將湧上來的情緒釋放了出去。明明已經下定決心，無論何時都要保持冷靜。

這下子，高原繼續沉思，這下子沒有時間再耽擱了。不能讓教主知道這具屍體的存在，也不能讓其他成員知道。必須立刻執行計畫，就算倉促，也只能硬著頭皮去做。

2

「呼吸啊，楢崎。」

在屋子簷廊上抽著菸，楢崎想起了松尾說過的話。

在松尾最後一次的對談會準備期間，兩人獨處時，松尾突然這麼說。他盤腿坐在坐墊上，還用不求人戳著楢崎的肩膀。

「雖然這是佛教對於禪的看法，但禪學中，呼吸發揮了非常重要的作用。當人生中出現不安和邪念時，就要反覆慢慢深呼吸，把意識集中在自己的『呼吸』上。一面想著自己不過是吸入空氣再吐出的容器，一面把意識都只集中在呼吸上。」

楢崎不置可否地點點頭，覺得戳著他肩膀的不求人很煩。

「重點不是去壓抑不安和邪念、不讓它們出現，而是任由它們出現，任由它們消逝。壓抑它們，就意味著對它們產生執著。所以要任由它們消逝，而非刻意去追逐那些不安和邪念。只是任它們消散，然後全神貫注在呼吸這項靜態行為上。如此一來，有時那些不快的思維就會消失，我們也不會再意識到了。」

松尾忽然間不再戳他。

「這是禪的第一步。禪就是由此通向悟道的境界……你看，坐禪都要雙腳交疊對吧？也就是打坐。仔細留意那個姿勢，就是讓右腳和左腳互相重疊，左右腳各自雖然只有一隻，形狀卻像是變成兩隻。那就是悟道的第一步。你也看了我介紹佛陀的那片DVD吧？『非想想者非無想想者，亦非非想者非無有想者，如此行則色消滅。』這是佛陀說過的話。這句話從語言的法則、從邏輯上，也就是從人類的思考回路來看，根本無法理解。『亦非非想者非無有想者』，簡直匪夷所思。用我們一是一、二是二的思考回路來看是無法理解的。因為一是一的同時也是二，就和打坐時的腳一樣。再來，我想請你把宇宙誕生時，基本粒子在真空中迅速出現又消失的狀態，也就是『無無也無有』的物理學現象套用在這句話上。還有光是粒子也是波這件事……愈是深入探索微觀世界，愈會發現那個世界全是化學反應，而且跳脫了語言的邏輯。宇宙的真相多半就是這種領域……人類透過禪，藉由跳脫語言的邏輯，才逐漸與宇宙真正的模樣融為一體。悟道，也就是『涅槃』，大概就是指那個時候的『安詳』吧。」

語畢，松尾納悶地盯著楢崎老半天。

「……為什麼我現在要對你說這些？」

「咦咦？」

楢崎大吃一驚。

「我怎麼知道，請不要問我。」

楢崎不明白松尾當時為何要講那些話，當峰野開始在眼前輕解羅衫時，他也同樣不明白為什麼這段話會浮現在自己的腦海裡。楢崎一直覺得峰野很美。比起男女間的戀愛情感，他有一種更加直接而原始的、想和她上床的念頭。每次看見峰野，楢崎都會產生性衝動。也曾小心地不被峰野發現，不時偷看她。

峰野開始脫起衣服時，楢崎忽然發現自己正反覆著深呼吸。自己為什麼在深呼吸？正這麼想時，很奇妙地，他感覺呼吸中存在著松尾。

「峰野小姐……」

出聲呼喚以後，楢崎明白，自己已經決定不擁抱這名女性，也重新留意到她現在的神智並不清醒。要是女人事後會後悔，男人就不應該和她發生關係。

「峰野小姐很有魅力，也長得很漂亮，坦白說我很想做。」

楢崎小心翼翼地抱住峰野。他無法就這麼站在一旁拒絕自己寬衣解帶的女性。

「但妳現在神智不太清楚吧？……事後肯定會後悔，所以還是好好睡一覺吧。」

說到一半，峰野軟倒在床墊上。楢崎吃了一驚，隨即發現她是睡著了。楢崎遲疑著要不要幫她扣上衣服的鈕扣，但最後直接幫她蓋上了棉被。若再靠近她的身體，他怕自己無法克制。

楢崎在簷廊上抽著菸，思考著高原是誰。要離開峰野熟睡的房間時，她口中突然吐出了這個詞。「高原先生」。他很快就意會過來是夢話，但仍留在原地凝視了她一會兒。她的確喊了聲「高原先生」。立花涼子曾有一段時間用過高原這個假名，這件事楢崎是透過小林調查到的資料得知的。高原先生？會是誰？這是常見的姓氏。是巧合嗎？

楢崎想像著真的與峰野共赴雲雨的情景，但又馬上打消遐想。自己是怎麼了？當然人有性慾是天經地義。但是，以前有到這種地步嗎？他以前是這種滿腦子都想著女人的人嗎？難道他在無名的教團裡被洗腦了？人類很容易被性慾操控，他們是藉由過度開發這塊領域，讓人變得容易被洗腦嗎？無預警地，性器開始勃起。因為他想像起和峰野翻雲覆雨的畫面。舌頭與她交纏，邊撫摸她的身體邊脫去她的衣物，將她壓在床上。中途峰野恢復理智，要他住手，他也沒有停下。

「……都是妳不好吧？」楢崎說。「都已經做到這地步了。都已經到這地步了。」說著，又貪婪地親吻峰野的雙唇，玩弄她的肉體，像是樂於享用欲拒還迎、手足無措的女人。惡魔般的想像。但是，人類的內心都是這樣子吧？儘管在表面的生活上是個紳士，但這點程度的想像誰都會有。他對此沒有任何罪惡感，可是——

有個女人站在他眼前。是小牧小姐。才要開口說點什麼，對方就趨前吻住了他。小牧的舌頭鑽進他口中。楢崎吃驚得瞪大了雙眼。小牧接著又往後退開，朝著楢崎嫣然微笑。

「……咦？」

楢崎好不容易擠出這句話。

「……小牧小姐？」

「……回去澤渡大人身邊吧。」

楢崎茫然地看著小牧。

「妳……」

「和你一樣，只是潛伏在這裡而已。教主大人在召喚我們，撤退吧。」

小牧開心地準備著對談會的模樣掠過腦海。

她加入了澤渡的教團？潛伏在這裡？和自己一樣？從她的態度完全看不出來。楢崎徹底搞糊塗了。

「澤渡大人……教主大人召喚你回去。他還很懊惱為什麼不早點叫你回去，看起來非常擔心你……」

怎麼可能擔心我啊，楢崎想。但他還是感到高興。至今的人生中，從來沒有人擔心過他。不對，這座大宅裡的人——正這麼想時，小牧又吻上了他。溫柔而濃密。小牧用手指撫摸楢崎的耳朵，雙唇在他的頸項徘徊，同時抬眼凝睇著他。他的意識還沒跟上小牧是教團的人這件事。但是，事態持續發展。

「……回到我們那裡去吧。」

楢崎抓住了小牧伸來的手。像要將那個徬徨的自己丟在原地，他的手逕自動了起來。感受著身體與小牧並肩前進，楢崎試圖說服自己。我要揭開這個教團的真面目，幫助這座大宅裡的人。他在腦海裡這樣說給自己聽。我的目的不是小牧柔軟的腰肢，不是那群女人，也不期望得到澤渡的讚美。分崩離析也只是暫時的，我很快就能回來。他這樣說服著自己。

在教團裡和女人們待在一起時，自己始終待在理性之外，待在邏輯性的思考之外，待在理性誕生前的地方，待在迷失自我的地方。在性與性互相重疊、奔向頂點的前方，也許有那麼一瞬間超越了人類的倫理吧。他覺得很平靜。那個地方安詳自在。就像讓整副身軀沉浸在某人的頓悟中，就像吃下了智慧果實之前赤身裸體的男女。

峰野在被窩裡醒來，眼淚滑下臉龐。

這是自己今天第二次哭著醒來了，簡直像是某種循環。發現襯衫正面敞開，她出神地回溯著記憶。就像在喝醉的隔天，拚命回想自己前一天醉得不省人事時的記憶。

我是不是對楢崎說了什麼奇怪的話？但是卻不覺得丟臉，為什麼呢？因為我對他一點也不感興趣。不論自己對他說了什麼，都無關緊要。可是，如果他真的上前抱了自己，我打算怎麼辦呢？我究竟在做什麼？楢崎幫我蓋上棉被後就離開了。明明被他的溫柔打動，卻依然覺得他的存在可有可無。

這女人太差勁了，連自己也這麼想。不斷喊著高原、高原的蠢女人。但是，我的大腦無法停止……。

想起錄音，峰野從床鋪上起身，把錄音檔從智慧型手機轉存到USB隨身碟。這是她的習慣。總覺得只要移到小小的隨身碟裡，就能夠確實保存……但是，保管如此駭人的錄音檔，打算做什麼呢？必須阻止高原不可。但要怎麼做？已經聯絡不上他了，也不知道他的所在地。

峰野突然覺得熱，便走向窗戶，開窗時，她發覺自己正看著下方的庭院，意識慢了幾拍才跟上正俯視著的自己。小牧小姐朝楢崎伸出了手。怎麼了嗎？楢崎則握住她伸出的手——

心臟的跳動驀地加快。吉田先生一直在懷疑楢崎和小牧小姐，他說過小牧小姐會不會以前就是澤渡身邊的人。也懷疑楢崎在來到這裡以後，可能曾被對方拉攏，在他們那裡待過。如果真是這樣，峰野沉思。如果真是這樣……。

沒有整理儀容，峰野急急忙忙衝出房間，只帶了錢包、手機和隨身碟。只要跟著他們，峰野不斷想著，只要跟著他們，我就能去到那個教團，就能見到高原了。

3

想當然，他們是開車前往。峰野坐在計程車的後座上，緊盯著前方的廂型車。

就算順利查到他們的所在地，也許高原並不在那裡。說不定已經和立花涼子去旅行了。然而，峰野發現自己覺得這樣也無所謂。就讓他們囚禁我吧，到時候高原一定會為了我趕回來。哪怕他露出為難的表情，哪怕他覺得我造成了麻煩。我想告訴他自己所有的想法，再這樣下去太痛苦了。

廂型車減速了，倏地停下來。峰野連忙也請計程車停下來。裡頭的人下了車，有楢崎、小牧小姐和一個不認識的男人。三人開始走路。接下來要徒步嗎？峰野付了車資，走下計程車。

三人走進了路燈很少的小巷。可是，他們的基地在這種地方嗎？這裡明明是普通的住宅區。下了計程車的峰野漸漸感到不安。自己接下來真的會被關起來嗎？自己有這樣的勇氣嗎？

三人在正前方是水泥磚圍牆的T字路口左轉，經過有著醒目灌木叢的民宅前方，在立有電線桿的角落右轉。峰野也保持著一段距離尾隨在後。真的要繼續跟下去嗎？峰野仍在猶豫。收手吧。只要確認了他們的所在地就悄悄折返吧。走在益發狹窄的昏暗巷弄裡，峰野愈來愈害怕。我到底在做什麼呢？這幾天真的很反常。可是，好想知道他們的所在。吉田先生一直以來也都想查到他們的根據地。跟著三人再度轉彎後，楢崎和小牧小姐正並肩走著。嘴唇發乾，思緒無法統整。都跟到這裡了，已經夠了吧？接下來只要明天再和吉田先生他們一起過來就好了。既然有大批信徒在這裡生活，只要找找這一帶就一定能發現。可是，好不容易來到這裡了……腦筋一片混亂，身體卻跟著眼下的狀況繼續採取行動。這種情況太危險了。明明沒有徹底的覺悟，明明猶豫不決，卻順勢走到了這個地步。

小時候，曾有一個身材高大的陌生男人向我搭話，拿出廣告傳單給我看。男人無法流暢發聲，說話斷斷續續且速度非常慢，話裡的意思大約是說自己有言語障礙，想買傳單上的商品，但無法清楚告訴店員，覺得很丟臉，希望我可以和他一起去店裡，代替他向店員轉達他想買的東西。當時也是這樣。明知不能跟不認識的男人走，我卻心生同情地跟著走了。可是，如果這男人說謊呢？內心遲疑著，事態卻已經逕自往下發展。男人說要開車去，看著眼前的藍色小車，我心想那裡頭充滿了未知。是一旦關上車門，就無法回頭的地方。與世隔離的地方。如今想來，那個空間是專門為我準備、為了引誘我上當而特別設下的陷阱。男人朝我伸出粗糙的大手。他的袖子磨損得很嚴重，指甲很髒。碰到那隻手的瞬間，世界似乎突然動了起來，我就像顆彈簧一樣拔腿逃跑。心想如果這男人會開車，剛才說的話就是騙人的。但想想就知道這不合理，言語障礙和開車一點關係也沒有。雖然當年還小的自己糊裡糊塗，但總覺得哪裡不對勁。我的直覺是對的。因為幾個月後，我看見那個男人用正常的說話方式，在公車站前面和別人起了口角。

心跳始終很快，我刻意用力吸氣。巷子裡的路燈閃閃爍爍，現況持續著。我在他們轉彎的巷弄跟著轉彎了。明明沒有覺悟，也沒有勇氣。好像不太對勁，我開始提高警覺。雖然緊張得方寸大亂，但我想到自己忽略了某些事情。

忽然有人從後方抓住我，嘴巴被毛巾摀住。是消毒藥水的氣味和男人的手。自己怎麼會忽略了這件事呢？剛才彎過轉角後，男人就不見了。就是現在身後的這個男人。

「……都跟到這裡來了，就不能放妳回去了呢。」

男人平靜地說，力道很大。這不是消毒藥水。眼前一片模糊。就算想從男人的手中掙脫也沒辦法。終於抓到妳了，彷彿聽到有人這麼說。明明這男人跟當年那男人並不是同一個人。

「放心吧，等妳醒來的時候……」

男人在耳邊輕聲說。

「妳就已經是偉大的教主大人的女人了。」

「為什麼要用走的？」

楢崎問走在身旁的小牧。同行的男人不知何時消失了，真是詭異。

「……今天停車場不能用。」

「不光這件事。還有這次我坐的廂型車裡也沒有簾子隔開，這樣一來教團的大致位置就被我掌握了……也就是說——」

說話的同時，楢崎有絲緊張。

「你們不打算再放我回去了吧？」

聞言，小牧一逕微笑，沒有肯定也沒有否定。

要逃就趁現在，楢崎想。如果不現在掉頭，自己就再也回不去了。既然男人消失了，現在還有機會逃跑。只要拔腿狂奔，小牧也奈何不了我。

穿過小巷，來到寬敞的大馬路上。為什麼要特意走這種小路？

「就是這裡。」

小牧說。一棟高樓層公寓背對著漆黑夜空矗立著。就是這裡嗎？想不到教團的大樓就座落在這種公寓林立的住宅區裡。但是，這也不關他的事，要逃就只能趁現在了。

剛才那個男人出現了，還抱著一個女人。楢崎的心跳倏然加速。那身衣服……不是峰野小姐嗎？她怎麼會在這裡？為什麼這男人會抱著她？

「峰野小姐！」

楢崎大喊著跑向男人，但男人沒有聽到他的聲音，從敞開的公寓後門走了進去。楢崎繼續向前跑，緊跟著進入公寓，只見屋內有好幾個男人。他被他們攔下。

「怎麼了？怎麼了？」

男人們慌忙壓住楢崎。楢崎不斷掙扎，但無法脫身。已經看不見男人和峰野的身影了。

「等一下，跟她沒有關係。放她回去！」

「……她？啊，剛才被抱進來的女人嗎？」

「喂，你們讓開啊！」

「呃，發生什麼事了？同志，這到底是……」

「抱歉，是我們的失誤。」

小牧從容地從後門走進來。呼吸依然平穩，一派不慌不忙。

「因為被人跟蹤，我們不得已帶回了一個女人……但不用擔心。那女人跟教團有些淵源，教主大人對她也很感興趣。雖然不是我喜歡的類型……但好歹是個美女。」

「放開我！」

「怎麼辦？他太激動了，但其他男人現在又都在大廳……」

「沒辦法……讓他睡一下吧。」

隨即有條毛巾摀住了楢崎的嘴巴。不可以吸氣。一旦吸氣，身體就不聽使喚了。

「不過……真不可思議。」

小牧湊在不停掙扎的楢崎耳畔低語。

「你在最後關頭感到害怕，本來想要逃跑。因為身邊只有我，所以是大好機會。可是……你終究還是來到了這裡，不得不來到這裡……這種現象就像是跳脫了語言的邏輯……你明明因為峰野小姐的跟蹤而有了逃跑的機會，卻也因為峰野小姐的跟蹤而無法逃跑。」

楢崎繼續掙扎，意識卻逐漸飄遠。

「這恐怕也是澤渡大人的力量……太有趣了……不知道接下來會發生什麼事呢。」

*

頭好痛，背也好痛。

身下是什麼也沒有的水泥地板，觸感粗糙不平。睡在這種地方，衣服會被刮傷的。

峰野的心跳漸漸加快。她在巷子裡被迷暈了。這裡是哪裡？他們的根據地嗎？峰野急忙檢查自己的衣服。都還在身上，內衣褲也還穿著。

突然間房門被打開，男人走了進來。峰野使勁想起身，但身體還使不出力氣。

「妳已經醒了嗎？」

抬頭看著高大的男人，峰野感到恐懼。男人的長相俊美，但是，她不要。她不想跟這男人發生關係。我、我——

「……我們必須檢查妳的身體。」

峰野想盡可能地遠離男人，但她甚至站不起來，只能壓住裙襬。

「救……」

峰野出聲求救，但喉嚨似乎沙啞了，無法發出完整的句子。房間很小，無處可逃。峰野試著伸出手，卻什麼也搆不到。沒有人能救她。她不斷伸出手想抓住東西，卻只感受到飄渺的空氣。

天花板很低，微弱的照明在牆上投射出了男人與峰野的影子。衣服在水泥地板上摩擦，發出了聲響，還有峰野的低吟。峰野雙眼泛淚。兩人的影子持續映照在牆壁上。

「啊……啊啊。」

男人說道，那語氣像是愉快得忍不住發出咕噥。

「妳誤會了吧……我們並不是會強行占有女性的人。」

峰野仍掙扎著想要後退，仰頭看向站立不動的男人。男人一臉為難。

「我……看起來像那種人嗎？……太受打擊了。」

男人當真一臉受傷地說。

「不過，還是得檢查身體才行。啊，不是我……請妳再稍等一下，我們正派女性人員過來。」

男人笨拙地試圖擠出笑容。但是，峰野還是想離他遠遠的。

「呃，請不要害怕。啊，我知道了，我就站在這裡，不會移動半步。」

還在驚惶失措時，很快地一名女性走進房內，她的影子也巨大地映照在牆上。女子擁有一頭長髮。峰野不認識她，也不知道女子先前進過高原的房間，試著引誘他卻失敗了。

「呃，我會在外面等……那就麻煩妳了。」

男人對女子說完，便走到門外。女子打量著峰野。

「哼……就是妳嗎？」

「……咦？」

「小牧小姐告訴我了，妳真的是高原大人的女人嗎？」

峰野看向對方。「高原大人」這聲稱呼，以及朝自己投來的眼神，峰野立即明白眼前的女子渴望得到高原。

女子走過來，突然摸向她的胸部。

「……住手。」

「嗯哼，就是妳啊。」

女子將手伸進峰野的裙子底下，隔著內褲觸摸她的私處。峰野掙扎著，但身體還無法隨心所欲行動。女子緊盯著峰野的身體，近乎憎恨地瞪著她飽滿的胸脯和玲瓏的腰肢。

「……原來他喜歡這種女人啊，哼……」

女子摸索著峰野的身體，從外套中掏出錢包和手機，接著像有了新發現似地搜出隨身碟。

「那是……」

「是什麼重要的東西嗎？」

女子直直盯著隨身碟瞧。

「……那個東西不重要，還給我。」

「……似乎很有趣，我就收下了。」

峰野感到喉嚨發乾。隨身碟裡存放了高原的那通電話紀錄。高原說過要對教主保密，他們是瞞著教主在行動。要是這件事被發現了怎麼辦？峰野不禁駭然。高原會不會有性命危險？她聽說這個教團以前曾有好幾名信徒遭到殺害。

「等一下。」

峰野提高音量大喊。

「等一下，求求妳！」

但峰野的身體無法如願行動。女子帶著微笑走出了房間。

4

「……不用擔心。」

小牧對轉醒的楢崎說。

「你比預料中還早醒來呢。」
「……等一下。」
「咦？」
「……這跟峰野小姐沒有關係。」
楢崎奮力擠出這句話。一試著起身，他才發現自己躺在床上。雖然頭很痛，但還忍受得了，四肢也能行動。
「我剛才說了……要你不用擔心吧？」
小牧背向他，開始脫衣服。解開了襯衫的鈕扣。
「她是高原大人的女人喔。」
「……高原？」
「對，他是這裡的幹部。是貨真價實的第二把交椅。」
楢崎發楞地看著小牧。
「那麼……她也加入了這個教團嗎？」
「啊，這倒沒有……她單純只是高原大人的女人，不是信徒。不過，既然是高原大人的女人，就算出現在這裡也不稀奇吧。」
「可是——」
「……不過，得讓她會見教主大人才行，說不定她會成為教主大人的女人。」
小牧按住想離開房間的楢崎的手臂。她的襯衫敞開，露出了裡頭的內衣。

「你在找莉娜大人吧？」

「莉娜？」

「就是立花涼子大人。」

小牧吟吟笑著。

「她是這裡的幹部，而且和高原大人原先是兄妹，也是戀人。」

「……啊？」

「他們的父母再婚之後，兩人就成了兄妹。但沒有血緣關係，所以一直都是戀人，永、永、永遠、遠……這兩個人真是奇妙。」

楢崎回想起了與立花涼子共度的時光。那她為什麼接近自己？都已經有對象了，為什麼還這麼做？幹部？她的目的是什麼？思緒亂成一團。不理會楢崎，小牧繼續脫衣服，微笑著解開裙子的掛鉤。

「所以不管峰野小姐發生什麼事，你都不必擔心。她是別人的女人喔，峰野小姐、莉娜大人還有高原大人……至於你，則是局外人。」

「可是——」

楢崎總算開口說話了。

「妳剛才說峰野小姐可能會成為教主的女人。」

「放心吧，教主大人只會擁抱迷戀自己的女人。如果真的抱了她，也表示那是她的選擇，是她忘了高原大人。」

「可是，那是洗腦吧？」

聞言，小牧露出微笑。

「你說的話真有趣。」

小牧將身體挨上來。

「洗腦和戀愛……又有什麼差別呢？」

從脖子傳來了甜美的芬芳。小牧的身材纖細卻也凹凸有致，她的手臂環抱住楢崎。

「別人的女人發生什麼事都與你無關吧？」

她親吻楢崎，將他推倒在床上。

「隨便你想對我做什麼都可以。我知道喔，在那棟屋子裡的時候，你時常用下流的眼神看著我……現在就來實踐你那時候的想像吧。你可以對我為所欲為喔，做什麼都可以。」

＊

立花涼子坐在房間裡的椅子上。

該怎麼辦？雖然沒有掌握到確切的證據，但現在已經沒有時間了。

立花從椅子上起身，躺在床上。從剛才開始，她就一直重複這兩個動作。事態已經超出了她的能力範圍。不論是他還是自己，她都已經無能為力。

今天是星期一。她心神不寧。倘若豎耳傾聽，也許可以聽見女人們的聲音。每到星期一，這棟大樓都彷彿不安定地晃動著。空氣躁動著，他們的行為好似感染了所有事物。這裡是教主的領土。是出現在這世上的教主所創造的空間。

在那種地方被不喜歡的男人抱在懷裡，立花覺得自己辦不到。那麼做會感到被解放嗎？難道不會覺得一切再也無法回頭了嗎？她曾想像過。在想像中，曾有陌生男子忽然就占有她。但是，現實中她辦不到。

只是……現實又是什麼呢？

意識飄向了她不想觸及的地方。自己的這種想法，與一般的貞操觀念並不相同吧？其實妳很害怕和其他男人發生關係吧？立花閉上雙眼。這是報應。與他過從甚密的報應。早在對性開竅之前，就與他結合的報應。「好舒服」、「好舒服」，他們一直這樣彼此耳語。單是摩擦對方的性器還不滿足，十三歲那年，她讓高原的性器進入了自己體內。高原與立花始終置身在封閉的幸福裡。那是過早體會的幸福，恐怕那幸福還屬於不該體會的種類之一。因為他們是在憎恨世界的時候結合，因為想藉由做不該做的事來確認彼此都被世界摒除在外，也因為憎恨與快樂緊緊相繫，密不可分。

愈是感到快樂，愈是唇舌交纏，他們愈覺得能夠觸碰到什麼——觸碰到注視著渺小的他們的漆黑龐然大物。

但是，那個漆黑的龐然大物雖然引導了他們，卻似乎不打算負任何責任，對於他們，只是用完便丟棄。

有人敲門，應聲後一名女子走了進來。記得她是……銅鋑嫘縈的女人。今天是星期一，難道她請了假嗎？

「莉娜大人，我有話想跟您說。」

莉娜嗎？立花想著。是他要自己這麼做。為了隨時都能脫身，要她使用假名。

「……和高原大人有關。」

立花凝視著對方。對了，眼前的女人很想要他。記得她被帶去諮詢室後，現在待在二十一樓。是個感覺詭異的女人，手上還拿著錄音筆。

「……今天是星期一，沒關係嗎？」

「是的，我請了假。」

「那妳應該在二十一樓……」

立花說，女子瞪向她。

「教主大人已經不再抱我了，我就只是一直待在房間裡……所以，我認為教主大人應該已經允許我仰慕高原大人了。」

「……這很難說吧。」

「……請您聽聽這個錄音。」

女子按下錄音筆的開關。是從峰野的隨身碟拷貝下來的錄音檔。高原的聲音響徹房間，內容提到了恐怖攻擊計畫，欺騙教主、煽動信徒的計畫。立花的心跳變快了。

「這是……」

「我知道高原大人在和莉娜大人交往，教主大人也認可兩位的私下接觸。」

女子說著，但立花充耳不聞。這是證據，是她一直在找的證據。只要有了這個，就能阻止他。但是，他已經進行到了這種地步……。

「可是，我認為高原大人已經不喜歡莉娜大人了。但因為莉娜大人還想要他，所以高原大人才會待在您的身邊。」

「……妳到底想說什麼？」

「請您放棄高原大人。那麼，我就會處理掉這個錄音檔，也不會向教主大人報告。」

立花望向她，女子顯得非常鎮定。

「這件事要是被教主大人知道，高原大人說不定會有生命危險，您也明白的吧？只要您退出，他就能得救。所以……請不要再靠近他半步了。」

她被愛情沖昏頭了，立花心想，無法做出冷靜的判斷。他有個老毛病，只要欣賞某個女人，就會對對方很溫柔，所以才會招來這種麻煩。

「……妳冷靜一點，要喝點什麼嗎？」

「不需要。」

「讓我想一下，因為這太突然了。」

立花起身，按下熱水壺的開關泡紅茶。紅茶是好東西，可以鎮定心神。她也為女子泡了一杯。不能被牽著鼻子走。必須裝作不受影響，故意向對方展現和平常沒有兩樣的舉止。

女子緊瞪著立花，最後喝了口紅茶，輕吁了口氣。雖然表情和聲音沒有表現出來，但立花發現女子其實也很緊張。雖然看起來很強悍，但這女人真是笨透了，立花想。她無法喜歡這種蠢女人。

「聽好了，妳冷靜下來仔細聽我說。妳剛才聽到了幻聽。」

「咦？」

「我什麼也沒聽見。錄音筆播出來的，只有列車行進的聲音。」

「您在說什麼？」

「……莫非妳想自殺？看來有必要再接受諮詢——」

「夠了。」

女子從立花手中搶過錄音筆站起身。對方的個子比較高，爭搶起來沒有勝算。

「我要讓高原大人聽聽這個錄音。他會因此明白，他的性命掌握在我手裡。他已經是我的人了，只要我有這個檔案……」

女子冷不防倒地。立花緩緩從倒在地毯上的她身旁撿起錄音筆。這種藥……立花看著杯子心想，藥效發揮得比預期中還慢。

立花在昏迷的女子旁邊脫下居家服，開始換裝。褪下的衣物落在女子身側，她嫌惡地撿了起來，發現還有一個隨身碟掉在女子身旁。難不成這是原檔？立花伸手撿起。

這種蠢女人。看向倒在地上、毫無防備的女人，立花打量起她胸部起伏的陰影和腰際的曲線。他抱了這種蠢女人嗎？

「莉娜大人！」

突然間房門打開，一群男人闖了進來。他們哭著衝進立花的房間。

「什麼?咦?」

「莉娜大人!我們必須把您抓起來!」

「啊?」

「真的非常對不起!」

身體被男人們制伏住。立花奮力掙扎,但敵不過他們的蠻力。

「怎麼回事!發生什麼事了!」

「我們不能說,真的非常對不起。」

立花隨即將錄音筆和隨身碟塞進口袋。男人們眼淚直掉,但還是捉著立花,甚至沒有留意到倒在旁邊的女子。

「等等,你們冷靜一點……對了,我剛才正好泡了紅茶。」

「真的非常對不起!」

「至少告訴我這是誰的命令!」

「不能說!我們不能說!」

立花的手臂被他們抓住,強行帶出了房間。男人們只是一味哭泣,什麼也不回答。就近的話,恐怕會被帶去那間羽絨房吧。那個房間專關陷入恐慌的信徒。果不其然,走過長長的走廊之後,他們打開那扇門,用力將立花拉進裡頭。

「這只是暫時的!還請您先待在這裡!」

男人們離開了房間。簡直莫名其妙。對方像是故意等到星期一人少的時候才這麼做。能夠這樣對待幹部的，除了教主之外，就只有幹部會議做出的決定。但為什麼？究竟是誰？立花氣喘吁吁，勉力想站起來。

她的目光與房內的女人交會。峰野正茫然地坐在那裡。

5

芳子直接讓計程車載著松尾的遺體回到大宅。

資深的成員們上前迎接，讓松尾躺在床鋪上。時值深夜，得知松尾死訊的其他人仍逐一趕來。他們靜靜流著眼淚，定睛望著松尾感覺上小了一號的遺體。

「不過……」

一名成員平靜地開口。

「怎麼覺得……松尾先生的表情有點奇怪。」

現場傳出了像是忍俊不禁的輕笑聲。所有人都隱約發覺到了。

「看起來笑嘻嘻的……斷氣的時候該不會正想著什麼下流的事情吧……」

大家不由得笑了起來，一邊哭一邊笑。芳子也笑了，但臉頰感受到了熱意。她無法告訴他們正太郎斷氣時正在跟自己接吻。這是只屬於她的珍貴記憶。

松尾生前說過不需要舉辦葬禮。他說死是與無融為一體，生則是被偉大的無「排除在外」。死亡意味著回到原來的所在，不過是順應自然。

「妳可以試著想像自己出生前的景象。」

許久前，松尾對她說過這些話。

「那裡空無一物吧？甚至有種安詳的感覺。妳也可以再想像睡著時的感覺。如果在睡夢中死去，會連自己已經死了都意識不到……死是自然現象。活著卻是遠離了那種安詳的狀態，所以活著才是特殊的狀態。」

這大概是禪的看法吧，芳子想。但是，遺體仍須安葬。

「小吉……」

芳子呼喚，想不到吉田已經站在她的身旁。芳子都稱呼吉田為小吉。儘管吉田已經四十歲了，在芳子眼裡依然是年輕人。

「峰野不見了。」

吉田痛下決心似地說。他的雙眼含淚，但努力讓精神集中在現在該做的事情上。

「不光是她，楢崎和小牧小姐也不見了。」

芳子倒吸口氣。

「我猜楢崎和小牧小姐是被教團叫回去了。峰野發現以後就跟蹤他們，或是被對方發現，所以就被帶走了……三個人的手機全都打不通。」

芳子感覺到意識驀地遠揚，又猛然回過神。現在不能陷入打擊裡。芳子站在原地，覺得自己還能迅速行動的雙腳真是太可靠了。

「大家聽我說，小峰不見了。連楢崎和小牧小姐也是。他們很可能被帶去澤渡的教團了。」

現場霎時一片譁然。

「我現在要去報警，請大家分頭去找他們。我知道大家不知從何找起，但不能就這麼坐視不管。」

所有人都知道澤渡教團的存在。成員們開始互相討論要怎麼找人。

「接下來即將發生的事，也許沒有任何人能阻止。」

松尾從前這麼說過。但就算這樣，我們還是得挺身反抗。芳子望著松尾的遺體，在腦海中低喃。對吧？我們必須反抗。假使正太郎還活著，鐵定也會這麼做。

「小吉，正太郎的葬禮就麻煩你了。在你的寺廟進行吧。」

「是。」

吉田頷首。

「雖然松尾先生不太相信那個世界的存在……就是一般宗教提倡的那些事。」

神色還略顯不安，但吉田盡可能露出笑容，視線投向松尾。

「但是，萬一真的有另一個世界，他現在搞不好正在半路上徘徊迷失，說著『對不起，我錯了』……所以保險起見，還是為他唸唸經吧。」

*

看到突然進入房內的立花涼子，峰野大吃一驚。

對方也用吃驚的眼神看著自己，表示她也沒料到雙方會這樣相遇吧。峰野頓時忘了自身的處境，嫉妒湧上心頭。為什麼是這種女人，峰野想。五官的確秀氣，但感受不到半點女人的魅力。頭髮太長了，妝容也差強人意。

妳贏過我的，就只是從前和高原是兄妹，就只是比我早遇見他罷了。

但是，峰野一句話也沒有說。她不會將內心的煩躁告訴對方。內心的波濤洶湧，永遠只在自己內部奔騰。至今她都躊躇著不敢與人起衝突，也曾向討厭的人隱藏起自己的想法，事後卻陷入自我厭惡。

「……為什麼？」

立花涼子率先開了口。峰野不禁謹言慎行起來，不想說出事後會後悔的話。

「……我是被帶來這裡的。」

「被帶來的？」

立花似乎還無法理解峰野為何出現在這裡。

「妳是第一次……到這裡來吧？」

「對。」

「如果是這樣……妳就必須先見教主一面。」

「……咦？」

「不知道教主會對妳做什麼……」

兩人四目相接。只是幾秒鐘，對立花來說卻像幾十秒，對峰野來說則像好幾分鐘。

峰野總覺得立花涼子正想著非常可怕的事。自己的身體將面臨的事、她的人生，彷彿全被立花掌握。峰野強烈覺得她正對某件事感到遲疑。

不一會兒，立花輕嘆口氣。像是拋開了不祥的思考，像是有什麼遠離了。

「好久不見了。我想妳有很多話想說吧，但是……現在有別的事情非做不可……在問妳的想法之前……雖然很突然，但我要先告訴妳，面見教主，就代表會和教主發生關係。」

「……為什麼？」

「沒錯，這很荒唐，卻是無可奈何。邪教內部總是大幅偏離了世間的常識，生活在他們製造出的虛構故事般的世界。」

「所以我會被強迫嗎？」

「不，這也未必……就算一開始是強迫……我也很難說明，總之那個教主擁有讓人膽寒的力量。見到他妳就會明白，那個男人是特別的……我先聲明，我並沒有和教主發生關係。因為我是在特別的形式下入教的。」

因為妳是以高原的女人這個身分入教嘛，峰野心想。

「但是，有一個方法可以避免這件事發生。而且，恐怕就和妳現在打算做的事情一樣，所以我們的利害關係是一致的。」

「咦？」

「把這個帶進來的人是妳吧？」

立花涼子拿出錄音筆，接著是隨身碟。峰野屏住呼吸。

「為什麼……」

「發生了一些事，這個現在落到我手上……所以我們的利害關係應該是一致的……妳要讓教主聽這段錄音。」

雖然這間房內聽不到聲音，但現在在大廳，無數男女正沉醉在性慾中。男人的性與女人的性毫不猶豫地釋放，互相交纏、發洩，化作超越了理性與情感的巨大混沌，滾滾沸騰。

「可是如果那麼做，高原會有生命危險——」

「放心吧……請相信我，他不會有事的。因為他是教團的第二順位領導者，也有信徒是只跟隨他，教主無法輕易下手。至少不會馬上。只要妳讓教主聽了錄音，他就不會再有多餘的心思抱妳了。這個教團會一口氣動搖、瓦解。因為那個男人的期望，就只是維持這個教團，維持這個地獄。」

「……那妳呢？」

「我並不是信徒。雖然的確是這裡的幹部，但我只是——」

立花把話吞了回去，但峰野知道她接下來想說什麼。她是想拯救高原才加入的，肯定是這樣。

「可是，高原怎麼可能不受到任何處罰……」

「應該會被處罰吧，教主也可能伺機下手殺了他。所以，我會趁那段時間向警方透露這裡的位置。妳現在受到了實質上的監禁。警方只要知道地點，不費吹灰之力就能闖進來。」

「立花小姐……」

「能夠阻止高原的，就只有教主了。只有讓教主強行把他關起來，才有辦法阻止他。妳也聽到了吧？他現在的處境！」

立花的音量逐漸拉高。

「他真的會執行那項計畫。可能是幾天後，也可能就是明天，已經沒有時間了。如果執行計畫，他會沒命的。我不認為日本的警察會不痛下殺手，只溫和地逮捕恐攻嫌犯。妳也知道現在的政權偏向保守吧？為了殺雞儆猴，他一定會被槍殺的。或許會有部分媒體出面譴責，但如今這個國家的趨勢，並不會抨擊效法國際規定、毅然射殺恐攻犯人的警察和政府。尤其網路上的輿論也會舉雙手贊成日本強悍的作風吧。他們不會發現是執政黨的黨工在網路上煽風點火，被煽動後就傻傻地隨之起舞。再這樣下去，他會成為恐怖攻擊的首領，不只人生走向毀滅，連性命也不保……現在已經沒有時間了，所以能讓教主聽到這段錄音的人只有妳。無論情況多麼緊急，我們都不能見教主。除非教主召見，否則我們誰也不能見教主，這是這裡絕對的鐵則。今天我本來想見教主，結果還是沒能見到。但是，接下來的幾個小時內，教主多半會召見妳。只有妳能馬上讓教主聽到這段錄音。」

「不能現在就報警嗎——」

「事到如今，報警當然是最好的方法。但是現在不行，畢竟連我也被關起來了，無法踏出這棟大樓一步。但只要情勢混亂，就能製造機會。」

房間狹小，天花板也很低。峰野明白了立花腦中一閃而逝、隨即被否決掉的想法。那就是不向峰野坦承自己手中有隨身碟，任憑峰野與教主發生關係。讓峰野被教主洗腦，成為教主的女人。如此一來，她與高原之間就沒有礙事的第三者。多麼駭人的想法啊。因為不把隨身碟交出去，任由峰野與教主發生關係的話，就意味著立花放棄了阻止高原的寶貴機會。她竟然曾考慮過任由峰野遭到侵犯，甚至不顧高原會有生命危險。

雖然立花最後還是打消了念頭，但也表示她憎恨峰野到了無視於心上人有可能喪命的地步。說不定還曾想過只要高原死了，自己就不用再為他的事情煩惱，那種男人最好和劈腿的對象一起去死。當然立花是因為情緒激動，腦中才會一瞬間掠過這種想法吧，但這也表示她已經為高原煩惱了許多年，為他消磨了自己的人生，才會在腦中閃過「對方死了」的可能。喜歡上一個人，犧牲了多年的大好青春，對這樣的自己也束手無策時，發現了對方可能會死。剎那間，理智像是遭到吞噬，即使屆時自己的內心世界也會崩塌，但反正一切都將結束，因此索性全部破壞掉。峰野總覺得自己可以理解她的心情。

「可是……就算引發了混亂，但要怎麼做才能讓警方知道這裡？沒人能保證妳會被放出來。」

「沒錯，現在就只剩這個問題了。這裡禁止攜帶手機，只有教主和高原有……更何況，沒有半個信徒會贊成向警方舉發這裡。」

峰野想到了一件事，緩緩開口。

「……還有楢崎。」

「咦？」

「楢崎現在在這裡，如果是他……」

「……楢崎嗎？」

立花震驚地看著峰野。峰野感到納悶。

「怎麼了嗎？」

「……楢崎嗎？」

「因為……對了，之前妳不是拉攏了他嗎？」

「……我嗎？」

「咦？立花小姐……？」

立花顯得精神恍惚，全身虛軟，樣子很奇怪。楢崎起初是為了找她，才會來到他們的集會。他們之間果然類似戀愛關係嗎？如果是的話，只要把她和楢崎湊在一起……峰野盤算著。只要我一句話，一切就能如我所願吧？立花仍呆滯地看著某處。譬如告訴她楢崎正拚了命地四處找妳，因為太想找到妳，才來到了這個教團。她沒有說謊。雖然不清楚詳情，但她沒有騙人。

但還是不行。她沒有勇氣。自己沒有說出這種話的勇氣。她每次都在事後後悔，早知如此，何必當初。為什麼呢？為什麼自己總是這樣？

「詳細情況我也不曉得……但楢崎確實應該在這裡。如果是他……」

峰野說，同時對自己不著邊際的發言感到厭煩。

「是啊，嗯，如果是他……當教團因為高原的事情陷入混亂時，他也許能夠趁機跑到外面去……如果是他的話。」

立花說著，表情依舊茫然。

忽然間房門打開，是一度進來過房間的那個高大男人。

「峰野小姐……教主大人召見妳。」

立花涼子悄悄將錄音筆交給峰野，峰野背著手接下。接下的瞬間，食指指尖碰到了立花的指尖。很溫熱。她的身體感到厭惡。這是高原抱過的女人。取悅了高原的女人……。

「……拜託妳了。現在只有這個辦法了。」

立花小聲地對被帶走的峰野說。峰野點了點頭。但是，她比之前更討厭立花了。

如果她把我當成三歲小孩陷害我的話，也許我還不會討厭她。儘管憎恨，但也許不會像這樣子討厭她。

被帶離房間時，峰野覷向將為自己帶路的男人。男人看起來懦弱老實，說不定能成功。等到房間的厚重門扉在背後重重關上，峰野鎮定地開口道：

「請問……我能在那之前見高原一面嗎？」

她覺得有什麼穿透了自己的內心。

「咦？不行啦。」

「拜託你……在面見教主之前，一下子就好。」

峰野用顫抖的聲音說。實際上她也真的在顫抖，所以不需要演戲。

「……我也知道妳和高原大人交往過。」

男人柔聲說。

「我很仰慕高原大人。那麼，請跟我統一口徑吧，好爭取一點時間……我想想，就說妳去上了廁所吧。」

「……好。」

「剛才我看到他搬東西去了地下室……」

男人單純地接著說：

「他看起來很忙，所以我沒有打招呼……但現在去地下室應該剛好可以遇到吧。」

6

在不斷下降的電梯裡，峰野的身體逐漸緇緊。

明明是自己決定要見高原的，感覺卻像是被迫進到這窄小的電梯裡，前往他的所在地。電梯門打開了，眼前的空間一片黑暗。

「呃，電燈開關在哪裡？」

與峰野並肩走著的高大男人嘟噥著。峰野看見自己右手邊的牆上有開關，但卻害怕開燈。她不知道該以什麼表情面對他，況且自己現在的臉一定很醜陋。

這件事的解決辦法，並不是只有立花涼子提出的方案。

也可以直接見高原。立花小姐說服不了他，但我可以。

峰野在腦海中反覆模擬著接下來要採取的行動。首先要兩個人獨處，再讓他聽這段錄音，同時坦承是自己錄了音。然後騙他說教主已經聽過錄音，警察也知道了。這樣一來，他就只有一條路能走。

一起逃走吧！我會這麼說。一起逃走，去其他地方生活吧！不光遠離教團和警察，也遠離這個世界，遠離我們的人生，一起逃走吧！

之後，我再向警方舉報教團的地點，告訴他們楢崎被綁架了。說不清為什麼，感覺就像我、、、、、、、、取代楢崎離開了教團一樣，讓我很愧疚。但是，他很快也會得到自由。

一旦高原發現真相，我就會面臨人生的岔路。他會拋棄我吧，說不定還會想殺了我。那樣也無所謂。只要能夠獨占他一段時間。而且，我現在並不想去思考以後的事。

芳姨，對不起。峰野在心中道歉。但是，請妳諒解。這世上也有女人無法像妳一樣。有很多女人無法像妳一樣遇到松尾先生那樣的男人。

「啊，有了……不知道在做什麼。」

男人悄聲說。遠處有三道人影，不知道在忙著什麼。

「在幹什麼呢……好像很有趣，我們偷偷走過去，嚇他們一跳吧。」

男人興沖沖地欺近。

望著男人上前的背影，峰野自己卻緊張得不敢跨出步伐。冷不防傳來了尖叫聲，來自那個往他們走去的男人。各種聲音此起彼落，但峰野聽不清楚。有人抓住了發出尖叫的男人的肩膀，對他說了些什麼。「是誰？」格外洪亮的一聲。「誰在那裡！」人影往自己衝過來。峰野當下想要逃跑，身體卻僵硬得動不了。她倒抽口氣。眼前的人是高原。

「……峰野？」

上氣不接下氣的高原看著峰野。她的身體益發僵硬。

「呃，對不起。」

為什麼要道歉呢？峰野想。但是，她只能吐出這句話。

「對不起，我……」

「怎麼回事？妳為什麼在這裡？」

「高原先生！」

黑暗中傳來呼喚，高原吼了回去。

「沒事！那邊就交給你們了，要好好勸他。你們知道該怎麼說吧！」

有什麼湧上了峰野的喉嚨。她第一次見到高原這副樣子。不行。雖然不知道發生了什麼事，但眼下的狀況太不是時候了。

峰野深深吸了一口氣。即便如此，只剩現在這個機會了。只能放手一搏。

「我是被帶來這裡的……是我太不小心了。」

高原無法順利消化峰野所說的話。他還沒有從看見峰野的震驚中回過神來。

「……是誰？為什麼要帶妳過來？」

「我不知道，但比起這件事……」

峰野握住了口袋裡的錄音筆，但沒有勇氣拿出來。

「……高原，你在計劃著可怕的事情吧？」

「……啊？」

「……已經被發現了，你瞞著教主想做的事情。」

高原凝視著峰野。

「……警方也知道了。所以、所以——」

峰野忍不住抬起手。

「……我們一起逃跑吧。」

漆黑中，峰野戰戰兢兢地伸出手去。伸向在這座封閉的地獄中，眼前的未來只有毀滅的男人。

然而，高原感到頭痛。熟悉的痛楚突然襲來。

「……怎麼一回事？妳照著順序好好說。」

「沒有時間了，沒有……」

「妳知道了什麼？到底在說什麼？這是怎麼一回事！」

高原咆哮著。他忘了平時的溫柔，忘了向旁人偽裝時，自己所展現出來的形象。峰野萬分驚恐，但也只能抓住現在這個機會。

「是我錄了音！把你那通電話錄了下來。會錄到那通電話只是巧合。但全部都被發現了。」

「錄音？……難道是那個時候？」

「你看，就是這個！你、你──」

峰野拿出錄音筆給高原看。高原定睛盯著它。還以為他會慌亂無措，看起來卻莫名地冷靜。

他好奇怪，這種改變是怎麼回事？峰野注視著高原。他是高原嗎？真的是那個高原嗎？

「……妳在說謊。」

高原鎮靜地說。峰野忙不迭搖頭。

「不是的，我真的──」

「妳誤會我的意思了。錄音是真的，但妳說已經被警察和教主發現了是騙人的。」

高原直視峰野的雙眼。眼中沒有愛情，只有著試圖拆穿對方謊言的念頭。

「如果教主已經知道了，為什麼妳現在手上還拿著錄音筆？應該已經留在教主那裡當證據了。警方也不可能知道。妳不可能不和我商量，就把錄音檔交給警察。」

「我……」

「再說，妳現在為什麼要這麼拚命？跟我不就只是玩玩而已嗎？妳到底在說些什麼啊？」

峰野感到頭暈目眩。

「……別開玩笑了。」

她再也無法克制自己。語氣雖然沉穩，但已經搞不懂自己在說什麼。

「你早就知道我是怎樣的女人了吧？只是裝作不知道而已吧？我根本沒有其他男人。我的確是說謊了，但錄音是真的。我喜歡你，所以我們一起逃走吧。一起逃走好不好？」

峰野一直很討厭歇斯底里的女人。然而如今自己就是那樣。她不得不變成那種歇斯底里的女人，唯獨沉穩的語氣還算有救。

「我喜歡你。」

峰野再一次告白。明知自己的話語不會傳達出去。

「……分手吧。」

高原低聲說，像是沒有勇氣傷害對方的男人竭盡所能擠出的一句話。

「如果我曾和妳交往的話……不對，這麼說太卑鄙了。全都是我不好，拋棄我這種男人吧。」

熊熊怒火湧上心頭。

「全都是我不好？這是什麼意思？」

「分手吧。那個錄音……就隨妳處置。」

峰野很想狠狠甩高原一巴掌，但最終還是裹足不前。

「而且……妳既然被帶來了這裡，就會面見教主。」

高原露出笑容，虛假得可以的笑容。

「妳會成為那個男人的女人喔……他肯定比我厲害。」

峰野茫然地望著高原，感到心力交瘁。

「算了……不用說那種話。」

身體使不出力氣。

「別再說那些沒用的話了。」

峰野凝視著高原。

「我完全搞糊塗了……只要一下子就好，抱我。我現在痛苦又寂寞。雖然不知道要不要和你分手，但我已經寂寞得快要死掉，也無處可去了。」

高原望著峰野，走近了一步。但又看向自己的雙手，上頭沾著泥土。一雙碰過屍體的手。

「……你不願意抱我嗎？」

峰野再次問道。雙腳還有力氣站著讓她很驚訝。

「真的嗎？……你不願意抱抱我嗎？」

高原的表情顯得遲疑，一味看著自己的手。而峰野這時失去了記憶。她並沒有暈倒，只是一直站著，卻失去了短暫的記憶。回過神時，峰野已經被剛才那個高大男人帶領著，正要離開地下室。高大男人顯得坐立難安。身旁多了個陌生女人，她是來叫自己去見教主的。

接著昏沉沉地意識到四周時，身邊只有男人。男人對自己說了些什麼，峰野勉力傾聽。

「高原大人要我暫時把妳藏在我的房間裡。還有，雖然很困難，但他也要我找機會讓妳逃出去……這麼做違反規定，我真的辦不到，但我相信高原大人。還有在那裡看到的事也……我相信他。高原大人也說他會全權負責，所以我……」

峰野笑了起來。直到最後，高原還是捨棄不了他不乾不脆的溫柔。如果照做，對他來說一切就能迎刃而解。只要不讓我見教主，教主就不會聽到錄音。雖然說了錄音檔要隨我處置，但他下一秒就後悔了吧。這麼一來，也不用去想像我會被教主擁抱，因此產生罪惡感。

立花涼子說過，只要讓教主聽錄音，就能阻止恐怖攻擊，最終也能救他一命。她說得大概沒錯吧。如果想保住他的性命，目前的方法就只有讓教主聽錄音檔。

峰野忽然間哭了出來，將錄音筆丟在地上。

我才不要救他。這麼一來他就會愚蠢地進行恐怖攻擊，蒙受屈辱而死。也會想像著被教主抱在懷中的我，受到罪惡感的折磨。

走在她身旁的男人心不在焉，沒有發現峰野丟下了東西。

「沒關係，替我帶路吧。」

峰野對男人說，臉上帶著失神的微笑。

「帶我去見教主。發生什麼事都無所謂。」

7

「……還沒。」

男人握著手機。

「對……手續上……還沒。你懂吧？」

男人看上去五十來歲。身上的西裝不便宜，但也不是特別昂貴。鞋子和手錶的品味都不錯，但又不算出色。長相不醜，但也吸引不了女人。

男人掛了電話，懶洋洋地瞥向在場的另一名三十歲左右的男人。後者身穿品味出眾的西裝，目光直盯著筆電螢幕。他的眼睛很大，眉毛也修剪得整整齊齊，外表相對較能吸引女性。

「……你知道法官為什麼能宣判死刑嗎？」

五十多歲的男人問道。三十多歲的男人將視線從筆電螢幕轉向男人，表示自己在聽。

「是基於判例主義。多數法官在宣判死刑的時候，都因為判例主義而減輕了內心的負擔。殺了幾個人、情況如何、犯案手法為何……根據這些，判決就大抵確定了。從過去當到現在的法官們，依循前人的判例宣告判決。所以，他們不會自覺到自己下達了特殊的判決、決定了一個人的生死。最起碼可以這樣子說服自己。」

男人繼續說著，喝了口紅茶，露出嫌棄的表情。

「最近幾年，社會上出現了批評聲浪。認為不該遵循判例主義，而該仔細地根據每一個案件做出特定的判決……這種想法很正確。但同時，也會加重法官們精神上的負擔。誰會喜歡下達死刑判決？說真的，誰都不想啊。」

「……為什麼講到這些？」

「當然也會有人說，從決定成為法官的那一刻起，就該負起責任。正如同他們也希望法警在吊死死刑犯時，會壓制住邊哭邊掙扎的死刑犯，全身傷痕累累地搏鬥過後，再強行把繩子套在死刑犯的脖子上；也如同他們都希望國家的士兵能夠確實殺死敵人一樣……為了轉移世人對司法的不滿，才設置了陪審員制度，能夠一起分攤負擔，世人也不會再對量刑表示不滿。在有死刑制度的國家中，能讓國民來決定刑罰的先進國家只有日本和美國的幾個州。多數國民根本不知道這件事。在歐盟看來，將這種負擔強加在國民身上的國家簡直瘋了，但陪審員制度仍然繼續維持。國家需要死刑。死刑，也就是殺人這項行為，能夠更加鞏固『法律』，這也關係到戰爭的權利有無。現在，心理狀態異常的陪審員也增加了。但是，一旦出現不滿的聲浪，只要巧妙地利用媒體操控輿論就好了。不去追究精神異常的陪審員實際上怎麼樣了，而只是向世人提倡關懷心靈的重要性。簡直易如反掌。換言之，這個國家是官僚的天堂。」

「……為什麼講到這些？」

三十多歲的男人重複同樣的問話。眼前五十多歲的男人幾乎不聽別人說話，平常他都當作是耳邊風不插嘴半句，這次卻忍不住打岔。

「……我們不需要名字。」

五十多歲的男人說。不知道是否在回答三十多歲的男人的問題。

「商品才是主角。工廠裡頭把商品運送到正確位置上的輸送帶不需要名字……也就是說，我們都是基於判例主義的精神在行動。」

三十多歲的男人放棄打岔，但視線無法投向筆電螢幕。

「當內心快要受到影響的時候，人類大致上會分成兩種反應。一種是內心受到影響，卻能樂在其中，享受影響帶來的變化，藉此稍微改變自己。另一種是杜絕影響，如果對象是電影或小說，就不去反駁影響到自己的部分，而是對情節等地方吹毛求疵，將它貶低為粗糙的作品，避免深入思考，從而保護自己。不論好壞，內心受到影響時，對人們來說都是一種壓力。如果比喻成一個人聽或不聽反對意見，會比較容易理解嗎？……你認為自己屬於哪一種？」

三十多歲的男人故作思考狀，刻意不答腔。因為他知道男人會先開口。

「你以為自己是前者吧？但其實你是後者，我也是後者。可以說我們是硬化的一群人。」

才剛說完，五十多歲的男人瞬間露出納悶的表情，覺得「硬化的一群人」不像自己會有的形容。不過，男人的疑惑稍縱即逝。他的習慣是幾乎不對自己存疑。

「所以，我勸你最好也別擺出正義凜然的姿態。因為忠實地執行組織命令的人，和對組織抱有疑問、但仍採取相同行動的人，說穿了並沒有差別。不同的地方只在於你的內心層面。說什麼自己心裡也懷有疑問、是迫不得已才執行任務，只是多少減輕自己的精神負擔罷了。但在任務對象的眼中，兩種行為根本沒有什麼區別。」

三十多歲的男人想要反駁，但沒有說出來。畢竟眼前的男人掌握了自己的人事生殺大權。

「而且你跟我不一樣，有家人對吧？我常常興沖沖地看你發那些沒意義的推特喔，因為那些都是範本，可以看出人類在網路上究竟能夠變得多麼幼稚。你的暱稱也妙極了，我記得是……啊，對了，是『育兒武士』。」

三十多歲的男人繃緊全身，羞恥與憤怒湧上心頭。但是，他卻能馬上鎮定下來，甚至還能露出靦腆的表情。他沒有問對方「您為什麼知道」，因為這男人無所不知。五十多歲的男人靜靜微笑。

「哈哈哈……Happy Boy。」

男人繼續笑著。但是，三十多歲的男人很清楚這不是他真正的笑容。那是假笑，不會取悅任何人、徒惹對方不快的假笑。眼前的男人有奇怪的毛病，總把假笑當成義務。三十多歲的男人也曾懷疑過，這可能是對方心智扭曲的癖好。

「從某些層面來看，犯罪案件數正是對社會的不滿所轉化成的數據。」

證據就是，男人的臉上此刻已經沒了笑容，話題也變了。

「現在日本的貧富差距已經嚴重到了前所未有的地步，但你知道為什麼犯罪沒有顯著地增加嗎？理由五花八門，但其中之一都是多虧了網路。網路成了人們不滿的宣洩出口……真是偉大的發明啊。因為有了網路，蔓延在社會上的不滿才能或多或少釋放出去……實在讓人感激不盡呢，你不這麼覺得嗎？這個社會保持著恰到好處又不至於形成犯罪的不滿。換言之，保持了我們正好需要的不滿。如果要讓這個國家傾向右派，就需要貧富差距所造成的不滿。藉此製造不滿後，再讓不滿的矛頭指向其他國家，讓國家偏向右派。很少有人發現，對於其他國家的厭惡，其實是潛意識裡在發洩對自己人生的不滿。完全沒有人注意到這種統治手法從很久以前就反覆施展到現在，那麼輕易就往右派靠攏，實在太簡單了嘛，對吧？啊，對了，我要對你說的事……」

今天男人的心情大概不錯吧。看著口若懸河的他，三十多歲的男人心想。這位上司脾氣差、風評向來欠佳，不過單從日本國內來看，他的學歷算得上頂尖，每個人都認為他絕頂聰明。

但是，精明的腦袋與平凡的五官卻呈現出讓人渾身不自在的對比，最主要還是性格太差勁，光聽剛才那段話就能明白。他的部下甚至曾經一度累垮。

但是，三十多歲的男人已經回到自己的步調上了。他也明白再過幾分鐘，男人的喋喋不休就會結束，自己也能再度埋首工作。他和男人一樣聰明，更何況，他很擅長讓自己的精神狀態保持安定。

等到下午五點工作結束，就能夠徹底切換大腦的模式。從工作中的自己，變成好丈夫、好爸爸。回到家庭的他，腦海中便完全沒有工作，會笑著擁抱妻子，擁抱孩子。

＊

「真慢。」

小牧氣喘吁吁地說，繼續在楢崎身上擺動腰部。另一個女人走進房內，但楢崎同樣不讓小牧停下來。

「妳太慢了，所以我就自己先開始了……嗯嗯、這男人，就快要第二次了。」

「對不起。因為我被吩咐去找那個女人……我忘記她叫什麼名字了。」

女人說完，將錄音筆放在桌上。

「……那是什麼？」

「不知道，是那個女人掉在地上的……」

小牧扭動著腰肢，將楢崎拉向自己，讓他的臉龐埋入自己胸前。

「要射了嗎？……這樣要射了嗎？」

8

昏暗的房間裡，澤渡躺在床上望著這邊。

峰野愣愣地看著澤渡。他給人的印象，與從前在松尾對談會上看到的樣子相差無幾。眼神鋒利、五官俊美得教人發毛，看不出實際年齡。

「……表情真不錯。」

即使峰野走進房間，澤渡的姿勢依然不變，始終懶洋洋地橫躺著打量峰野。峰野感到窒息。這股壓迫感是怎麼回事？

「這樣就絕望了嗎？很好。不過，妳還沒有經歷過深淵。」

澤渡放鬆的身體看起來更像是深陷進床鋪。

「現在只要我一聲令下，就會有好幾個男人走進來……把妳綁起來以後，我會不斷侵犯妳……等到一切結束，妳就會置身在深淵裡了吧。」

澤渡用指尖捏起自己的左眼皮，輕輕拉扯，嘴巴裡同時在嚼著什麼東西。他的動作有股偏執，讓峰野無法從他身上別開目光。感覺有什麼要湧上來，令她難以呼吸。

「……只要我一個決定，妳今後的人生將徹底改變……嗯，我常常在想……在這一瞬間……有種奇妙的感覺……妳……參加過松尾的對談會，所以應該知道，關於大腦與意識的關係，以及從宇宙衍生的宿命論。」

房間內的晦暗呈現出濃淡漸層。或許是錯覺，但愈靠近內側，黑暗就愈濃密。

「……現在，我正在考慮要不要抱妳……正確地說，是構成我大腦的無數基本粒子，那些基本粒子構成的千百億個大腦神經細胞中……有幾個正讓無數電訊號互相交錯……考量著要怎麼處置眼前的女人。身為意識的我只是旁觀者。」

澤渡拿開手指，閉上眼睛，話才說到一半，卻像是突然睡著了。不一會兒，他又慢慢睜開雙眼，一時不解地望著眼前的峰野，然後開了口，嘀嘀咕咕地開始高談闊論。

「如果所有基本粒子的行動，早在宇宙大霹靂時就已經決定好了……表示妳的未來也已經注定好了。但是，如果基本粒子是隨機移動的，妳的命運就尚未確定。」

澤渡轉動眼珠，像在重新確認峰野的身影。彷彿一度忘了自己正在和誰說話，記憶好不容易重整起來。

「……妳覺得是哪一種？我常在思考這個問題。在這種下決定的瞬間，究竟是命運早就決定好了一切？還是不然？……當然這當中還包含了許許多多的因素。譬如今天是星期一，我已經抱了太多女人……而妳在星期一來到這裡。也就是說，此刻構成了妳的基本粒子，出現在此刻構成我的基本粒子面前……妳的出現是有意義的嗎？還是沒有？或者在意識上、在人類眼中看似沒有意義……但對於基本粒子來說卻有著重要的含義？」

「……你自以為支配了我嗎？」

峰野說，臉上慢慢露出淺笑。

「你不過是幫我陷入絕望的工具。」

澤渡凝視著峰野，看似在笑，但四周又暗得無法確定。

「在松尾的對談會上看到妳時，妳還說不出這種話來，不過是個小丫頭……很好。」

昏暗中走出一群男人，壓制住峰野。峰野沒有抵抗，覺得自己正與黑暗對峙，與可能毀滅自己一切的存在對峙。她心生恐懼，卻又沒有想像中害怕。奇妙的感覺擄獲了她。是溫柔嗎？為什麼會這樣？明明對方要將自己的一切全都破壞殆盡，為什麼我卻對那份黑暗……。

「別誤會了，我不會對妳出手。」

男人們將峰野帶往別處。前方有門，數不清的門。

「妳就在那裡看著吧。看著接下來即將發生的一切。」

＊

頭好痛，想不到她會那麼做。

女子按著太陽穴，走在走廊上。

可是，為什麼他們要帶走莉娜？是誰的命令？能對幹部做出那種舉動的，只有教主大人或者幹部會議下達的決策。不對，比起這件事，錄音筆被拿走了。錄音筆也不重要，但隨身碟被拿走，這就太糟糕了，簡直教人無法忍受。真是急死人了。應該還在莉娜手上，但我不能再去找了。還以為自己已經獲准成為高原大人的女人，沒想到接下來又要和陌生男人上床了。我已經受夠了，我不想再和高原大人以外的男人上床。頭好痛。明明已經避開了星期一，還以為得到了這樣的權利。我受夠了，好想逃走。既然不能成為高原大人的女人，那我想離開這裡。只剩下幾天。再過幾天就能出去了。自己突然間是怎麼了呢？竟然不想和其他男人發生關係。洗腦解除了嗎？我之前都被洗腦了嗎？頭好痛。可是，離開之後又能怎樣？反正又會再一次依附不中用的男人……別再想了。好幾年前我便發現，別想就好了。成了應召女郎不過幾天，我就不再去想自己的客人是什麼樣子，只是乖乖地前往賓館。用嘴巴做的時候，也不是任憑對方主宰，如果由自己主導，壓力就會減輕。當作在完成某項作業，努力把心靈和身體區隔開來。

那男人。為什麼會突然想到那傢伙呢？還不起錢而被迫和他上床的男人。那傢伙一邊在我身上擺動一邊問：「妳要我射在裡面還是臉上？」當時我死也不願意被射在臉上，儘管射在臉上遠比射在身體裡安全。但是，我無法忍受。因為臉離我很近，距離自我很近，性器則比較遠。那時候，性器與我是不同的個體。我認為是不同的個體。

打開門，小牧小姐正在穿衣服。另一個女人則撫摸著男人的頭髮。這男人是誰？為什麼要三個女人服侍一個男人？

「……妳也好慢。我要先回去了。」

小牧小姐說。我必須找點藉口。

「對不起，我被叫去幫忙檢查身體。」

「那也太慢了吧。」

心跳驀地加速。那隻錄音筆就放在桌上。

我飛快地一把抓起，跑出房間。身後有人說了什麼，但我不在乎。我按下電梯的按鈕，前往二十一樓。讓教主大人聽錄音吧！讓他把高原大人關起來。基於舉報的功勞，我會請教主大人讓我負責監視高原大人。教主大人應該不會殺了他。大概會把他關起來，但不會殺了他。電梯來了，門扉敞開。沒有半個人追過來。我走進電梯，按下二十樓的按鍵。此刻我迫不及待地想衝出電梯，直奔二十一樓。不會有事的。高原大人不會被殺的。應該不至於。我能夠成為照顧他的人。可是，如果教主大人殺了高原大人……但現在沒時間想那麼多了。

走出電梯，飛奔上樓。上次像這樣狂奔，已經是學生時代的事了。不想再憶起的過去。我不需要過去，沒有過去也無所謂。我必須專心思考如何得到高原大人。我只剩這條路能走了。我不想和其他男人上床，但也不想離開。

「喂，慢著！」

走廊上有個負責看守的男人。我不予理會，直接越過他。

「喂，妳想做什麼！妳沒有得到許可吧！反正不行！門打不開的！」

站在巨大的門扉前，我感到恐懼。但是，事態緊急，教主大人應該也能體諒。如果打不開，大聲呼叫就好了。但我把手放在門把上後，門竟然開了。

「教主大人！」

我上氣不接下氣地呼喊。教主大人懶洋洋地躺在床上。剛才好像有人待在這裡。會是誰呢？但這無關緊要。

「教主大人！」

教主大人沒有回應，好像除了自己以外，沒有其他人在場。

「教主大人，請、請您聽聽這個。」

我按下錄音筆的播放鍵，傳出了高原大人的聲音。房內很安靜，高原大人的聲音響遍每個角落。他的恐怖攻擊計畫、背著教主大人私下煽動信徒、意圖奪權占有教團。似乎有什麼正在瓦解，無聲無息地崩解碎裂。為什麼呢？我感到全身發熱。

「哦……」

教主大人總算出了聲。有什麼正逐漸崩毀。我拚命扯開嗓門說：

「教主大人，您聽到了吧？他正策劃著可怕的陰謀，打算背叛您。居然背著教主大人做出這種事，請把他關起來吧。請讓我負責監視他。我會讓他改過自新。請交給我、請交給我吧——」

「……再播一次。」

教主大人慢條斯理地起身，像要驅走睡意。我遞出錄音筆。教主大人，請讓我負責監視高原大人。我想得到他，為此我什麼都願意做。不管會有什麼後果，不管會發生什麼事。

「……這是給妳的獎勵。」

無法呼吸。教主大人勒住了我的脖子。

什麼？這是怎麼回事？我明明揭發了這麼大的陰謀。目光與教主大人相接。教主大人勒著我的脖子，端詳著我的臉。錄音筆掉落在地上。

「教主……大人……？」

好痛苦。身體懸空。再繼續下去，呼吸就——

「……妳會死嗎？」

教主大人的聲音逐漸遠去。

「……既然聽到了這些，也只能死了吧。」

9

高原深深陷進椅子裡，疲倦到不想再起身。

「……計畫確定在明天執行。」

眼前的篠原和阿達也往後躺在椅背上。直到剛才為止，他們已經洗了好幾次手。不單是因為沾到了泥土，也因為碰到了屍體。

「我明白了。」

篠原回答。儘管筋疲力竭，聲音仍飽滿有力。

「你們現在立刻出發吧，我已經得到教主大人的許可了。找間飯店好好休息，你們得睡飽一點才行。明天十一點，就在那個地方集合。」

兩人起身，但篠原看向了高原。

「其他人——」

「都已經出發了。器材也已經準備妥當，只剩下我們明天會合。你們也快動身吧。」

「那高原大人……」

「嗯，我還有事情要做。得和教主大人商量。」

「知道了。」

兩人走出房間。高原從椅子上起身，打開桌子抽屜的鎖，拿出手槍。

碰到手槍的瞬間，手臂的神經感受到了一股顫慄般的刺激。身體從碰到手槍的地方開始緊繃。他忽然覺得這東西超越了自己。這個機械的冷酷，超越了自己。

把手槍放進口袋，高原走進電梯，按下二十樓的按鍵。雙腿逐漸發軟。自己必須超越自己。他反覆著深呼吸。**身為一名實踐者**。身為驅使接下來所有行動展開的齒輪。

走出電梯，他靜靜地拾級而上。一個負責看守的男人正在教主房門前不知所措。

「高原大人。」

男人如釋重負般走來。

「那個女人……銅鋑嫘縈的女人，硬是闖進了教主大人的房間。我不能碰這扇門，碰了就是罪過。所以也不能察看裡頭的情形，我……」

高原以動作示意他安靜。口袋裡的手槍感覺沉甸甸的。

「是嗎?接下來就交給我吧。」

「……可是,高原大人?」

「是啊,教主大人召見了我。」

「但我……」

「你沒聽說嗎?」

「是的。」

「那就奇怪了……教主大人確實召見了我……難道你不相信我嗎?」

「怎麼會,只是……」

腦袋昏昏沉沉,忽然覺得所有事情都麻煩透頂。乾脆一槍斃了這傢伙吧?拋棄了自己未來的那一瞬間,想必會很痛快吧。濁重汙泥般的乾澀情感翻騰湧現。他想起了口袋裡的手槍。

但是,高原掛上微笑。自己必須以實踐者的身分展開行動。

「現在是緊急事態。有女人未經許可就進了房間,沒錯吧?身為幹部的我必須解決這件事,所有責任由我來擔。」

「我明白了。」

男人不再過問。

「還有……你稍微後退一點吧。」

男人瞬間狐疑地看向高原,但仍後退了一步。見高原繼續盯著自己,又再往後退。

「退到你原本的位置上！你想讓教主大人看到你手足無措的樣子嗎！」

男人受到驚嚇地跑開了。高原伸手推門，沒有上鎖。真是天意。

打開門後，他倒抽了一口氣。微暗中，教主面向這邊，盤腿坐著，往前彎腰，那姿勢就像在啃西瓜。高原忍不住瞪大雙眼。教主正吸吮著女人的嘴唇。他抬起癱軟躺臥的女人下巴，撐著後腦杓，啃西瓜似地貪吮著女人的嘴唇。而且只有嘴唇。

「……嗯嗯，怎麼……有事嗎？」

教主發現高原後問道。但是，馬上又繼續吸吮女人的唇。

「這女人……？」

「嗯？……大概暈過去了吧……或是死了……我也不知道。」

教主又吸著女人的嘴唇，簡直像昆蟲一樣。這教人膽寒的光景，讓高原開始感到窒息。動也不動的女人依然穿著衣服。

顫抖的手指握住手槍。真是剛好，高原心想。教主的姿勢正好，頭部的位置也恰到好處。

還沒做好心理準備，高原就掏出了手槍。人即使沒有覺悟，也能展開行動。小心不被教主發現地做了個深呼吸後，視野變得狹窄，但他還是慢慢移動手臂和逐漸僵硬的關節。手臂無法動彈是因為太過用力，但他不知道該怎麼放鬆。每次移動手臂，他就會深呼吸，握著手槍的手指與掌心都濕透了。腦海裡有個聲音叫他停下來，搜尋著事到如今還能怎麼粉飾自己的行動。聽說有女人闖進來，為了保護您我才趕來這裡。只要這麼說，現在還來得及回頭。但是，他繼續鞭策著身體。有股反胃的感覺。動手吧。一旦動手，事態就會呈現骨牌效應，逕自發展下去。他舉起手槍抵住彎著腰的教主後腦杓。心臟猛烈跳動，雙腿隨即發軟。但是，已經來不及了。他只能這麼做，不能回頭了。

「……現在起請照我說的話去做。用這隻錄音筆錄音吧。」

教主視手槍如無物地抬頭，納悶地看著高原。接著又貪戀起女人的嘴唇。

「這是聲明稿，把上頭的內容唸出來就行。現在開始我們要進行恐怖攻擊，主謀是教主大人，也就是你。當你沉溺在女色時，這個教團已經被我掌控了。」

高原發現自己異常地大量出汗。回想起來，自己從未如此靠近過教主，距離近得幾乎能嗅到從教主皮膚釋放出來的某種臭氣。呼吸逐漸變得困難，感受到了壓迫。這股壓迫感是打哪來的？

「哦……」

「明白了嗎？我也能現在就殺了你，反正我已經豁出去了。你要叫隔壁房間裡的那些幫手來嗎？但你一那麼做，我就會殺了你。你別無選擇。」

「……高原。」

教主的表情抽動了一下。然而，高原明白自己絕對不敢射穿教主的腦袋。

「別動，我要開槍了。」

「高原。」

高原的手槍沒有移動分毫，但被槍口抵著的教主的頭卻開始轉動。因為這樣，槍口沿著教主後腦杓上的肉，移到了耳朵，再移到臉頰。心跳快到讓人覺得心痛。槍口陷進教主的臉頰，他臉部的肌肉扭曲著。但是，教主仍對手槍視如無睹，轉頭面向高原。

「我要開槍了，我——」

「高原，**你見過神的實體嗎？**」

四周急遽變冷。

「……啊？沒有。怎麼可能見過。」

「是嗎……**但我有**。」

教主出神地看著這邊，槍口依然深陷在臉頰裡。

「在某種特定的狀況下，搭配上特定的時機，神的實體就會出現……一旦出現，即使體內的粒子開始汰舊換新，也會奇妙地持續一段時間。」

「……你在說什麼？」

「自己小心……**要勇往直前**。」

心臟受到了巨大的刺激。松尾也對他說過同樣的話。心跳快得難受。

「……那麼，我要說什麼？」

「咦？」

「聲明稿啊。怎麼，不做了嗎？」

高原顫抖著手拿出聲明稿。這時手槍已經不再對著教主了，但高原沒有發現。

「……嗯嗯，原來如此。」

教主瀏覽著聲明稿。高原連忙按下錄音筆的開關，教主開始唸出內容。

「感謝你們這段日子以來暗中實踐了我的意志。一切即將開始。各位，行動吧。將我的意志散播到全世界。同伴們，你們是我的一部分，我也是你們的一部分。在前線衝鋒陷陣的你們，讓我引以為傲。我們很快也會跟隨你們的腳步。」

教主放下聲明稿，在愕然的高原面前，再度吸吮起女人的雙唇。吸吮著可能已經死掉的女人的雙唇。就在這時，在意識的某個角落，高原發現對方就是以前曾向自己求愛的銅鋖嫘縈的女人。但他也只是發現，沒有多餘的心力產生任何感受。

「教主……大人……你……」

「……嗯？」

「**你到底是什麼人？**」

握著錄音筆，高原不由得開口問了。連他也不懂自己在問什麼，也忘了要將手槍對著教主。

「……你到底……」

「事情辦完了就走吧。」

教主有氣無力地說。高原走出房間。雖然沒有坐上車的記憶，但自己正呼吸急促地握著方向盤。他踩下油門，駛出教團的停車場。

計畫就在明天執行。

10

立花涼子在堅硬的水泥地上醒來。

不知不覺睡著了，也不知道現在外頭是白天或晚上。已經又過了一天嗎？

外面的情況怎麼樣了？他被關起來了嗎？必須盡快離開這裡，再通知警方這個教團的所在位置。

但是，她無計可施。看樣子沒有任何人會進來。還以為至少會送食物來給她。

「如果有善良的外星人來到地球，應該會很訝異人類竟然能精心設計出貧窮這回事。」

高原常常這麼說，他十分關心全球的貧困現象。

但是他的關心，與一般心地善良的人不太一樣。他的關心主要放在饑餓上，因為他自己有過相同的體驗。

和她成為兄妹之前，他曾餓過肚子。不是饑腸轆轆地仰望有錢人家燈火的那種精神折磨，而是貨真價實的「饑餓」。長時間被關在狹小的公寓裡，體會了真正的饑餓。他一向不太願意提起當年的往事。年紀還小的他被整個世界遺忘，在都市中與世隔絕的公寓房間裡挨餓受困。被人發現的時候，他不僅身體衰弱，甚至有性命危險。全身上下剩不到幾兩肉，在醫院裡徘徊生死邊緣，別人都說他能活下來，也沒有因為饑餓而失明或傷到大腦，簡直算是奇蹟。

偶爾在電視上看到饑荒的報導，他還會嘔吐不止。這不是因為對他人的憐憫，而是被迫看見自己曾經歷過的恐懼而感到痛苦。

「為什麼這世上會有國家那麼窮？會有國家的人民挨餓受苦？那是因為富裕國家希望他們保持貧窮。」

聽到高原這麼說，她也覺得這世界確實在精心策劃下製造出了貧困。這些話他說過幾百遍，自己都快要能背下來了。

「首先，假設有個非洲國家發現了某種資源，譬如石油好了。如果國王答應讓富裕國家取得開採權，雙方的關係就能繼續維持。一旦拒絕，富裕國家便會集結這個非洲國家的窮人，促使他們成立反政府組織、援助武器，讓他們國內發生動亂，再讓媒體發布『種族對立』和『獨裁政權壓迫』等聳動的標題。這些動亂會導致無數人民死去，父母一死，便有大批孩童成了孤兒，這個非洲國家於是變得更加貧窮。富裕國家讓自己援助的反政府組織打倒國王後，再從他們當中擁立新國王、成立新政府，然後得到石油。而他們理想中的國王和政府都是視錢如命的壞蛋，不會為了本國的窮人著想，這樣一來才可以賄賂國王，以有利的條件取得該國石油。舉個例子，非洲有個貧窮國家的國王個人資產就高達五千億圓，簡直是天文數字。那個國家的總人口大約是六千六百萬人，國王的資產就占了該國GDP的一半以上。而且就是西方強國在那個國王背後操控一切。」

「一般人都認為如果能開採到石油，那個國家就會變得強盛。但這有個大前提，就是該國的政府和政府機關都能正常運作。一旦開採到原油，國家就會非常依賴石油。首先，開採到原油以後，該國的貨幣就會急速升值，國內原油以外的出口產業卻會遭受毀滅性的衝擊。開採原油時，會利用地表下的壓力讓原油湧到地面上，然後裝設閥門，讓原油流進輸油管，但如果輸油管破裂，許多農田都會被徹底摧毀，無數農民也將流離失所。事實上，開採原油為當地帶來的就業機會，遠比製作工業產品的就業機會要少得多，只有與石油相關的人會不斷急速獲利。富裕國家都想盡可能在有利的條件下取得石油，所以會希望擁有原油的政府和政府機關極盡貪汙之能事。」

「但是，久而久之，該國的貧困現象變成了全球性的議題，於是國際上決定給予援助，也就是所謂的ＯＤＡ[8]。ＯＤＡ集資自富裕國家的稅金，富裕國家的企業們卻透過ＯＤＡ在暗地裡動手腳。舉個淺顯易懂的例子吧，國際社會集資的巨額官方援助款將捐給某個貧窮國家，但有時候援助款項都成了該國首領和底下政府機關的零用錢，未能確實發送到貧民手中。甚至有資料指出，某個貧窮國家的財務省撥給農村診所的援助金中，診所實際收到的金額根本不到百分之一。不只這些，有些官方的巨額援助款，還會瞞天過海地跑進富裕國家的銀行裡，然後貧窮國家再去向這些銀行領錢。貧窮國家的首領和他身邊的人，把原本該用在貧民身上的錢，都藏在西方各國的銀行裡，西方各國的銀行當然也因此大賺一票。」

「有貧窮國家的存在，富裕國家才方便提出ＯＤＡ，有時候這甚至淪為富裕國家的公共事業。儘管我相信大半以上的ＯＤＡ都在確實運作，但有些並非如此。例如Ａ公司運用ＯＤＡ的資金在貧窮國家發展某項事業時，貧窮國家雖然也能受點小惠，但多數利益還是由Ａ公司取得。這是以ODA為名的公共事業，好幾成的ODA資金都直接進了大企業的口袋裡。所以也可以這麼說，只要有貧窮國家的存在，企業就能從ODA中牟利。」

「再把焦點放在農業上。所謂糧食短缺根本是騙人的，其實現在地球上的糧食多到分給全人類都還有剩。富裕國家會撥給本國農民龐大的補助金，在獲得補助金後，他們的農業維持安定，就能以低廉的價格出口農作物，然後把那些農作物賣到非洲。非洲當地的農民在價格上根本敵不過富裕國家提供的廉價農作物。那為什麼富裕國家要發放補助金給本國的農民、保護農業呢？理由很簡單，因為在民主選舉時，農民團體會是穩固的票倉，而且所有國家都力圖提升本國的糧食自給率，以備戰爭爆發等不時之需。然而，他們也很清楚獲得補助金的低廉作物若大量出口到非洲，非洲農民會受到嚴重的打擊。這當中也有很大的陰謀。因為非洲農民蒙受損失後，就會想辦法改種其他作物。也就是說，他們是想讓農民種植其他作物，亦即對富裕國家有利的作物，例如咖啡和可可。讓非洲農民大量生產這些作物，藉此壓低價格，富裕國家的企業再以低價進口。我們在自己國內買到的便宜商品，有些就是來自於對貧窮國家的農民實行的這種惡質工資體系。然後，非洲發生了饑荒。因為非洲無法從事自給自足的農業，當然會造成饑荒。但是發生饑荒對大企業來說反而是機會，因為世界各國會伸出援手。為了援助饑荒，富裕國家會以稅金買下糧食相關企業所提供的糧食。非洲農民原本擁有可以養活自己的能力，卻因為這樣的結構，被迫深陷在貧窮裡。」

8：ODA（Official Development Assistance），政府開發援助，指稱已開發國家對開發中國家的經濟援助。

「因此，貧窮是被富裕國家刻意製造出來的。但是，近幾年來情勢慢慢改變，比如有些富裕國家正試圖『開發』非洲。雖然寥寥可數，但非洲的部分國家裡也開始出現中產階級，不再只是被當作便宜的勞動力，這世界在尋求市場，因此企圖讓非洲也達到『消費國家』的功用。倘若發展順利，就有可能讓貧窮消失。因為要是想在非洲尋求市場，就必須讓非洲變得富庶。不過一旦企業再度剝削，非洲還是會永遠處在貧困裡。而現在正是改變的機會。」

提到這個話題，他總能侃侃而談，起了頭就停不下來。

「所以，重點在於富裕國家的企業。只要能夠控制企業的貪婪，理論上地球上就不會再有饑荒。企業當然可以對貧窮國家進行開發、牟取利益，畢竟他們不是慈善事業。但是，企業必須要有與貧窮國家共生雙贏的想法。所以跨國企業必須同時有負責監督的機關，單靠NGO的個別監督起不了什麼作用。既然是以國家的意志推行ODA，也應該讓能夠追查款項用途的機關參與。然後，一年一度在電視、報章媒體和國會上報告成果，關於企業在當地如何活動，以及當地人民是否因此蒙受損失。企業往往非常重視形象，因此站在他們的立場看，好處就是能夠向外宣揚他們是在發展終結貧窮的經濟活動。只要產生利益的經濟活動與消滅貧困的事業互相結合，改變的速度就會很快。」

「如果要求富裕國家停止對農民發放補助金，這就太不切實際了。當然，光是富裕國家不再對本國農民發放補助金，非洲的農作物就能具有國際競爭力，非洲還能獲得比援助金多上好幾倍的利益，這是不爭的事實。所以，至少要讓富裕國家階段性地停止向非洲出口農產品，讓非洲的農業慢慢恢復，種植人民自己可以食用的作物，提升非洲的自給率。」

「然後還要訂立規則，發生紛爭的時候，必須公開雙方部隊使用的武器、援助武器的國家和資金來源。這樣一來，就能查明各個大國是如何煽動和操控種族對立，並在種族對立的掩護下暗地裡你爭我奪。」

「至於說什麼網路串連起全世界，不過是虛幻的口號。因為真正該發聲的貧窮國家的村落裡，根本沒有網路。所以必須真正落實所謂的網路串連起全世界，建立設備讓當地人民可以向全世界發送訊息，指出問題發生的時間、地點與原因。如果有人反駁基礎建設太花時間而且不切實際，我只能說那種人什麼都不懂。實際上在貧窮國家裡打仗的游擊部隊，早就在深山裡使用網路，還會使用衛星行動電話。只要想做就辦得到，何況還有維基百科這種全球共通的網站。然後一個不漏地為各個地區成立正式的官方網站，讓世界隨時都能聽到他們的聲音。」

「此外還要引進國際連帶稅。向跨國的全球性經濟利益課稅，再運用在世界性的議題上。這在部分歐盟國家中，已經以國際旅客機票連帶稅的形式開始實施。即便只是極少部分，如果也能在金融上課徵國際稅的話，就能將這筆龐大的資金運用在貧窮的國家。」

「徹底實施公平貿易也是。公平貿易能夠證明一項商品不是在惡劣的條件下、剝削貧窮國家的勞工所產出的，而是在公平地付了正當薪資以後製造出來的。這也有助於改善貧困，但制度必須訂得更加完善，而且也尚未普及。不能仰賴社會運動和市民運動這種小規模活動來宣傳公平貿易，必須運用稅金讓電視廣告負起宣傳的義務。但是，這對從跨國企業獲得不少廣告收入的

9：NGO（Non-Governmental Organization），非政府組織。

民營電視台來說可能很難辦到，所以必須以法律規定義務。以日本為例，我很想將NHK一分為二。NHK的營運來自國民支付的費用，原本應該獨立運作，不受國家權力和企業影響，但如今卻看起了政府的臉色。這當然是有理由的。畢竟觀察國民選出來的政府的臉色，等於是在看國民的臉色。但其實不然。就算是這樣，讓NHK一味播放抨擊政府的內容也不妥，所以我想分成兩邊。一邊和從前一樣，繼續公正又四平八穩地播報新聞，這當然有其重要價值。至於另一邊，就是比英國BBC還要激進的國民電視台，持續報導具煽動性的獨家消息。不光報導企業的『犯罪』，更要刨根究柢地報導企業那種『遊走犯罪邊緣的牟利行為』。我希望能有與企業廣告毫無瓜葛的強勢媒體出現。」

聽著他的長篇大論，她心想真是痴人說夢。希望消滅貧窮的、年輕又善良的夢想。但是，她也曾質疑把這視為痴人說夢的自己。人們不斷死去。有的人餓死，有的人被大國操控，死於槍彈。而世界卻把為了阻止這一切所採取的行動斥為痴人說夢。

他說過自己本來想成為作家。但曾幾何時他已不再創作。「我放棄了創造故事。」他說。「相反地，我決定創造自己的人生。我決定採取行動。目標是從最根本開始。改變這個世界。」

他開始出入各種非政府組織，拓展人脈。他的性格有些傲慢，自尊心也很高，但非常聰明。在那個圈子裡逐漸有了名氣。

當然，他的理論還存有許多破綻。譬如要是讓負責監督的機關和在非洲活動的跨國企業並行，行事上一定得相當注重倫理與道德，但這樣一來就會缺乏競爭力，會輸給不顧倫理與道德、如豺狼虎豹般貪圖非洲資源的企業。

假設有個善心企業打算在非洲開發某項資源，與非洲當地的企業簽訂了資源開發契約。既不賄賂政府機關，也不收買非洲企業的高層，甚至積極地協助改善非洲勞工的工作條件、推動地方基礎建設。非洲的企業與政府機關若是貪腐成性，恐怕會因此感到棘手。到時，就會乾脆改和不會插手干涉的開發中國家的企業合作。事實上，這種例子在非洲屢見不鮮。

當她這樣反駁時，高原只是笑了笑。「我只不過是理念。」他說。「繁瑣的制度面，就交給能夠細心訂定制度的人去做吧。由他們去充實細節、努力實現理想。我的行動只是在宣揚理念。」

現在全世界的問題，確實有大多數都是企業造成的。在所有紛爭背後，也是企業們在暗中搞鬼。看出了問題癥結的他，想法多半沒有錯。

但是他變了。儘管理念和主張不變，卻開始尋求激進的方法實現理想。那一天，他結束了長期的旅行回國，雖然沒有透露太多旅行的過程，但看護照就可以知道他去了非洲的好幾個國家。

他突然對宗教團體產生了興趣，也不告訴她詳細的理由。和多數被澤渡吸引、聚集到他身邊的信徒不同，高原是自己盯上了澤渡，裝作崇拜地接近澤渡。

一陣陣腳步聲奔過走廊。似乎有好幾名信徒慌慌張張地經過她所在的房間。怎麼回事？高原被關起來了嗎？

芳子與吉田在警察局裡。

承辦的刑警是熟面孔了。X教團。私底下，他們都這麼稱呼至今掌握不了全貌的澤渡教團。因為松尾不願意聲張，所以遭到了詐騙也沒有報警，但警方至今已經多次向松尾打探消息。關於澤渡的教團，要是知道什麼消息，還請告訴我們。每次警方這麼問，松尾與芳子雖然都想幫忙，但不知道教團的所在地，就算警察親自上門，也提供不了什麼資訊。

「如果是綁架，事態就嚴重了。」

眼前的刑警說。

「我們因為七年前的信徒謀殺案調查過他們……但不知道地點在哪裡。其實五年前一度查到了，但他們居然憑空消失，我還以為他們解散了……」

刑警嘆了一口氣。

「看來他們還在活動，真不知道在做什麼……我們也會竭盡全力，只要查出他們的下落——」

「請過來一下！」

一名年輕刑警突然開門，衝進了會議室，神色非常慌張。

「啊，太巧了。電視上正在播新聞，芳子太太和吉田先生也請過來看看吧……我完全搞不懂這是怎麼一回事。」

高原一行人在市區內的飯店套房裡集合，總計三十人。計畫決定在今天執行。確認各自的任務時，電視上突然報導起那則消息。眾人呆然地看著電視。高原想冷靜下來，卻力不從心。

「為什麼？」

高原腦袋一片混亂地低喃。

「為什麼？」

信徒們奔向二十一樓。

「教主大人！」

「教主大人！」

他們異口同聲地喊著，不理會看守男人的阻止，試著衝進教主的房間。

「教主大人！」

其中一人用快哭出來的聲音呼喊。

「教主大人！機動隊已經包圍了這棟大樓了！」

II

房門打開，教主走了出來。

挺直了腰桿的教主顯得很高大，穿著簇新的白色法衣。

「說明一下狀況。」

教主擺了擺手，制止準備跪下的信徒們。幹部前田開口回答，聲音在發抖。

「有人按了一〇〇一號房的對講機，房間裡的人當然裝作沒聽到，但又覺得如果是來推銷的未免太死纏爛打了，於是察看螢幕，發現是兩個穿著西裝的男人。我接到通知後從瞭望室往外看，就看見了機動隊。」

「……採取應變措施了嗎？」

「是的。依照緊急事態的應對守則第二條，關閉了正面玄關的自動門電源，現在正設置路障。後門也封起來了。」

「……其他幹部呢？」

「正遵照指示補強窗戶。大樓的窗戶已經把加裝的鐵製防雨窗都蓋下來了，現在正照著守則另外鋪上鐵板補強。」

「嗯……吩咐所有信徒在大廳集合，包括幹部在內。」

「關於這件事……」

前田吞吞吐吐。

「高原不見了。不光是他，還有幾十名信徒……也都消失了。」

吉田死死盯著警察局內的電視螢幕。

他瞥向芳子，只見她臉色慘白。這也難怪，畢竟一下子發生太多事情了。

「為什麼？怎麼會這樣？」

同樣看著螢幕的刑警大聲嚷嚷。

「這裡是我們的轄區吧？為什麼事前沒有收到任何通知？而且為什麼這幫傢伙會知道他們的藏身處！」

警視廳公安部，在場看著螢幕的所有人腦海中都浮現出這個名稱。他們的行事作風不同於警察。沒有先向轄區的刑警知會一聲，就表示他們肯定懷疑轄區員警中有人與教團勾結。

事實上，一九九五年邪教團體在地下鐵散布沙林毒氣的一連串恐怖攻擊事件爆發時，警方內部就潛進了該邪教的信徒，偵查消息才會洩露出去。轄區中知道這次強制搜查的，可能就只有少數的高層。

穿著西裝的男記者站在限制採訪的封鎖線前，扯開嗓門與攝影棚裡的女主播連線。

——搜索票上的罪名是什麼？

攝影棚丟出這個問題，男記者回答道。

——目前還沒有掌握到正確的消息。不過，據說有一男一女遭到綁架和監禁。

——為什麼連機動隊都出動了呢？

——因為聽說這個教團持有大量武器。

一男一女。吉田內心忐忑難安。肯定是峰野和楢崎。

「怎麼回事？」

旁邊的一名刑警說。

「明明是我們受理了這個案件，怎麼會是公安警察出馬？」

畫面中出現了一棟高樓公寓，時髦新穎的外觀看不出竟是教團會所。隔著正面玄關的自動玻璃門，可以看見裡頭設置了牢固的路障。附近居民這時也已經收到了避難指示。

——也就是說。

男記者繼續說道。

——這應該是公安部一直暗中調查這個教團的收穫。

芳子的嘴唇顫抖著，吉田猜是衝擊太大了。要帶她離開電視前時，芳子忽然說話了。

「太危險了。」

「是啊。」吉田點頭。「事情鬧得這麼大，峰野和楢崎都……」

「這也沒錯……但再這樣下去就糟了，他們……」

「芳姨？」

刑警們和吉田忍不住看向芳子，她接著說：

「要是澤渡有個萬一，他們就會集體自殺。他們就是這樣的集團……一旦路障被破壞，在機動隊闖進去的那一刻……」

電視螢幕上，機動隊開始舉起盾牌。

「他們所有人都會死的。」

信徒們聚集在大廳。

男信徒約一百二十人，女信徒約五十人。和教主一起走上講台時，前田開始緊張了。接下來自己必須撫平他們的不安。他辦得到嗎？說得出撫慰人心的演講嗎？要是高原在的話，他一定更能激勵人心吧。不單是外表，高原也擁有吸引人的嗓音。

一站上講台環顧信徒，前田就不由得屏住呼吸。

所有人都情緒高昂。

沒錯，前田心想。他們並不是待宰的羔羊，並不是軟弱地聚集在教主大人身邊的人。各自被社會摒除在外，承受了各式各樣的惡意，在這裡的人全都仇視社會。

望著滿懷期待、反倒向自己投來鼓勵眼神的眾人，前田的眼眶泛起熱淚。沒錯，我們是生命共同體。就帶著敵意，迎戰社會的敵意吧！

「各位聽好了！」

前田高聲呼喊，情緒漸漸變得激動。

「大家都知道了，這個社會已經發現了我們的存在，現在我們正面臨到迫害。大家也都知道，外面那些人全是沒有同理心的廢物，是只懂得排除礙事者、守住自己卑微利益的敗類。」

音量更是加大。

「我們要不做任何反抗就臣服在他們的腳下嗎？難道我們甘願被埋沒在空洞可笑的社會裡嗎？絕不，這種事絕不可能發生！看啊！」

幹部們掀開講台上蓋著的塑膠布，底下出現了大批槍枝。所有信徒歡聲如雷。

「我們要挺身奮戰！就在這一刻，我們要讓忽視我們的社會知道，他們才是毫無用處的廢物！」

歡呼變作吶喊，整個大廳澎湃激昂。

「教主大人與我們同在！神也與我們同在！正義是屬於我們的！」

「教主大人！」

信徒中爆出了歡喜的呼喊。

「教主大人！」

「教主大人！」

「男人們上前拿武器！」

前田咆哮。

「女人們就協助男人。從現在開始，個人接觸和所有性行為都不再受到限制！不過，基於契約留在這裡的三十五個銅鋑嫘縈的女人，我們不會強迫妳們。我們在地下室安全的地方準備了房間。」

然而，銅鋑嫘縈的女人們都不打算離開，全用火熱的眼神望著前田和教主。

「我們是生命共同體！我們是生命共同體！」

歡呼聲震耳欲聾。大廳裡的空氣打著漩渦般往上竄升。

「我們之中有些同伴已經離開了這棟大樓，現在正展開行動，要對社會展開全面攻擊。他們持有數十噸的火藥，要從根本撼動這個無可救藥的社會！我們還有兩個月份的食物，足以奮戰到最後一刻！」

前田並不清楚高原為何不知去向。但是，他無須知道。因為教主大人要他這麼告訴眾人。因為教主大人說，高原他們正是為此離開這裡。

「化作火花！現在正是我們人生中最絢麗燦爛的時光！現在正是我們人生中最壯麗的一刻！」

在信徒們轟然的吶喊中，早已聽不見前田的聲音。身體在發抖。但這是準備要上戰場的抖擻。在至今的人生中，前田想，在至今的人生中，自己曾感受過這般高昂的亢奮嗎？他覺得自己的存在彷彿徹底超越了自己，彷彿能把原本渺小的自己遠遠地拋在身後。透過和教主融為一體，似乎連自己也變得巨大了。

教主忽然間起身。信徒不斷哭喊著。

「出色的弟子們！」

教主喚道。信徒們再次嘶吼。

「我們將挺身奮戰，把你們的性命交給我吧！」

信徒們聲嘶力竭地吶喊，整座大廳因歡喜而沸騰。前田流下了眼淚。太好了，他想。跟隨教主大人真是太好了。自己的性命根本不足掛齒。撼動社會吧，向那些平凡的螻蟻們投下劇烈的震撼彈。

幹部杉本、莉娜和海原開始分發武器給信徒，同時交給他們寫有各自負責崗位的紙條。當前田看向莉娜，也就是立花時，不禁多看了幾眼。怎麼了？為什麼露出那麼悲痛的表情？是在擔心情人嗎？前田立刻轉念又想。這也難怪，雖然他不清楚詳情，但高原肩負著教主大人指派的重要使命。

她為什麼直到剛才都被關起來？但前田馬上停止了思考。思考既沒意義也沒用。即使賭上這條命，前田堅定地想，即使賭上這條命，我也要保護教主大人。他為有這種想法的自己感到驕傲。他願意成為棄子。為了成就偉大的事物。為了成就偉大的事物。

12

高原眼睛眨也不眨地盯著電視螢幕。

因為涉嫌囚禁兩名男女就出動機動隊？這怎麼可能。是我的計畫走漏了風聲嗎？如果真是這樣，為什麼包圍教團而不是鎖定我？

高原迅速動起大腦。不過，這件事正好推了自己接下來要進行的計畫一把——趁著他們的注意力都放在教團上。剛才已經叫同伴檢查過飯店周邊了，沒有可疑人物。

而且，這件事也成了讓同伴們真正付諸行動的最後一劑強心針。高原重新轉向聚集在飯店套房裡的三十名同伴。

「如各位所見，我們打算執行的計畫已經走漏消息了。」

所有人看著高原。他還以為他們會慌了陣腳，沒想到情緒十分高昂。

「但是，他們晚了一步，我們已經在這裡了。他們已經無法阻止我們了。」

說著說著，他更覺得事態的發展正如預期。

「請大家聽這段錄音，教主大人有重要的留言給大家。」

高原按下錄音筆的播放鍵。

「感謝你們這段日子以來暗中實踐了我的意志。一切即將開始。各位，行動吧。將我的意志散播到全世界。同伴們，你們是我的一部分，我也是你們的一部分。在前線衝鋒陷陣的你們，讓我引以為傲。我們很快也會跟隨你們的腳步。』

房內響起歡呼。聽著教主的聲音，高原有種奇妙的感覺。這段話彷彿早就預料到了現在的狀況。

、、、、、、、、、、、

儘管撰寫聲明稿的人是自己。

「走吧！教主大人與我們同在！」

甩開不安，高原大喊。歡呼聲再次響起，一行人依序走出房間。事情發展得太順利，也讓他覺得自己像是正被迫旁觀——儘管實踐者是自己。

高原等其他人先走，再和篠原搭電梯，離開大廳坐上車。PPSh-41衝鋒槍就裝在高爾夫球袋裡。

「高原大人，其實……」

「嗯？」

「……有一部分武器消失了。」

高原凝視篠原。篠原面色鐵青地接著說：

「呃，當然，數量是足夠的。但是，備用的槍都不見了。」

「……怎麼會這樣？」

高原的心臟加快跳動。車輛駛入國道的超車道。

「……數量是足夠的吧？那消失的是哪些？真的只有備用的不見嗎？那十二把柯爾特手槍？」

「對。」

「那就……先別管吧。雖然是個大問題……但事到如今也只能繼續行動了。」

高原竭力不讓內心的動搖浮現在臉上。都進行到這一步了，絕不能讓屬下感到不安。但是，為什麼呢？如果武器全都消失，那還可以理解。表示有人察覺到了他們的計畫，出手阻撓。可是，竟然只是一部分？這簡直匪夷所思。

但如今勢在必行。一切都已經展開了。

這是經過精密計算、不會有人死亡的恐怖攻擊。高原盤算著。儘管愈多人死亡，恐怖攻擊愈會受到矚目，但犯案集團的正當性也會因此消失。貫徹的主張將不會得到支持，只會淪為普通的罪犯。

所以，他不會殺任何人。只有他一個人拿的衝鋒槍具有殺傷力，屬下們持有的其他槍枝全都經過改造。中彈後雖會見血，但擁有一定肌肉量就絕不會穿透到內臟。不過，還是免不了受到重傷。

他們在國道上變換車道，向左轉彎。遠處可見ＪＢＡ電視台。

他嚴格命令過屬下只能開槍示警，絕不能傷人。一旦對人開槍，可能就會被發現他們其實沒有殺傷力。只有他會對人開槍。他受過訓練，能夠避開致命部位。

看向時間，下午兩點五十分。還有十分鐘。

電視台裡沒有持槍員警，手無寸鐵的保全也不足為懼。

一個小時就夠了。

只要成功撐過一小時，他們賦予我的使命就完成了、、、、、、、、、、、、、、、、、、、、

ＪＢＡ電視台逐漸逼近。那是與總公司有段距離的分館，但傍晚的全國新聞都在這裡的攝影棚製播。

把車停在路上。再七分鐘。心臟劇烈地跳動。

從高爾夫球袋裡拿出已經組裝完成的ＰＰＳｈ-41衝鋒槍，解除安全裝置。大概是因為已經反覆操作過無數次，他的手指沒有絲毫顫抖，近乎一氣呵成地解除了裝置。心跳響亮得像是貼在耳邊，他用力深呼吸。再五分鐘。

篠原也很緊張，但嘴角帶著笑容。是啊。自己也很激動。心跳的頻率極快，也緊張得很想拔腿就跑，同時卻又興奮難抑。

「剩兩分鐘。」

「嗯。」

握著衝鋒槍下車，走向ＪＢＡ後門的停車場。

「剩一分鐘。」

「好，走吧。」

話聲才落，心臟更是重重地跳動起來。停車場的保全看著手上拿著衝鋒槍走來的兩個男人。保全的體型瘦弱，看起來就無法勝任守衛的工作。他愣愣地看著他們，似乎以為兩人是電視劇之類的攝影工作人員，但同時似乎也開始覺得苗頭不對，顯得愈來愈不安。但是，保全還是拚命說服自己，希望眼前的兩個男人是攝影工作人員沒錯。

「喂，你們……」

「三點了。」

「好。」

高原舉起衝鋒槍，瞄準附近的汽車扣下扳機。肩膀因為後座力而感受到衝擊的同時，脆亮的聲音響起。汽車的擋風玻璃破了。他再把衝鋒槍對準失了魂的保全。

「就這樣往前走，到後門。」

前進時，一個剛從後門走出來的女人瞥向他們。發現保全被衝鋒槍抵著、汽車的玻璃碎滿地，面對這樣毫無真實感的光景，她沒有放聲尖叫，只是茫然地看著他們。後門的自動門感應到男保全，往兩側敞開。門內還有道門禁管制，需要入館證才能通行。高原將保全踢了進去，大廳裡數名男女的目光全落在他們身上，但還以為眼前的景象是在作夢。下一秒，高原舉起衝鋒槍朝著天花板胡亂掃射。震耳欲聾的轟隆聲接連響起，無數燈管化作碎片散落一地。現場尖叫聲四起，幾名男女想要逃跑，連滾帶爬地摔倒在地，而保全也試圖逃走。這也無可厚非，畢竟他們連槍都沒有。

「所有人都趴下！我們不想大開殺戒！所有人都別動，不動就可以活命！」

遠處傳來了玻璃的碎裂聲，接著是此起彼落的慘叫。相同的戲碼已開始在各個出入口上演。

「你也不准動。」

高原把衝鋒槍轉向櫃台的警衛。

「你想死嗎？想死嗎？有膽就動啊！我會開槍喔！」

警衛高舉雙手蹲在地上。

「好，所有人都站起來，把手舉起來往前走。」

然而，所有人卻都蹲在地上，動也不敢動。高原朝著牆壁掃射，慘叫聲接連響起。

「站起來！走進那扇門！」

男男女女紛紛起身，對高原兩人投以驚懼的眼神，腳步踉蹌地開始移動。

「那邊，走進對面那扇門。」

剎那間一道砰然巨響。從外頭趕來的年輕保全從後方撲向篠原。太愚蠢了，高原心想。這種時候應該乖乖聽從指示才對，這小子簡直蠢到家了。

篠原撞倒保全，拿起衝鋒槍對準他，臉上露出笑容。

「慢著！別開槍！」

篠原扣下扳機一股腦兒射擊。保全的身體往後彈開，噴出了大量鮮血。高原倒抽口氣。怎麼回事？子彈竟然貫穿了，甚至在後面的牆上穿出彈孔。明明改造過了。保全渾身浴血，不再動彈。明明改造過了。怎麼會？怎麼會？

「篠原！」

「……高原先生。」

篠原緊接著從左側口袋裡掏出手槍，槍口朝向高原。

「……篠原？」

「……辛苦你了。」

篠原始終面帶微笑。

「你的任務已經結束了，接下來就交給我們吧。」

篠原對著高原扣下扳機。

高原茫然不解。耳中聽見清脆的聲響。

在一連串慘叫聲中，高原倒臥在地。

13

〈高原的手記〉

我要寫下那段過去。

為什麼要寫下來？要寫給誰看？我也不知道。現在，我要寫下自己的親身經歷。是對寫作還有留戀嗎？每次提筆之前，我總會這樣捫心自問。沒有理由也沒關係，我不需要理由，只是遵從自己內心的渴望。因為，這也許會成為我最後留下的文字。

六年前，我被人用布罩住了頭、綁住了雙手，被迫坐進了車子的後座。那是一輛髒兮兮的白色小車。我猜是日本車，但不是很肯定。車輛多半行駛在沒有鋪修的泥土路上，車身左右搖來晃去。罩著頭的粗布飄出了分不清是雞還是驢子的家畜臭味。至於國名我就不寫了，也不能寫。總之，是非洲內陸的某個小國。當時我是NGO的工作人員，在當地建造簡易水井，半夜卻被人從下榻的飯店綁走。美其名是飯店，但其實只是鐵皮貨櫃再裝上一道木門，冷清的四方形空間裡飄散著鐵鏽味和奇怪的甜香。聽到有人敲門，打開門後，那群人就舉起很長的槍枝對著我。槍口自始至終都用力地壓在我的背上。感覺不像經過縝密的計畫，而是臨時起意。

「我們要去哪裡？」

我用英語問，但他們一聲也不吭。只把我當作是一件物品，對我不感興趣，粗魯不耐地把我塞進車子裡。英語不通，就無法交涉。被布罩著頭的我腦中第一個想法，就是不能反抗。既然會在頭上蓋布，就表示不想讓我看見要去哪裡，也表示他們有放我回來的打算。

在雙眼看不到的狀態下，我聞著悶在粗布內裡的家畜臭味，感受著在車上左搖右晃的自己。然而，臭味愈是滲進體內，我愈覺得像是受到了侵蝕。被這片土地，和這片土地上的某種東西。我八成會變成外國人質。被勒索的會是NGO還是日本？要是談判破裂……我眨眼間就會客死異鄉。在這塊土地上，人命並不值錢。因為這個國家已經死了太多人了。有人餓死、有人病死、有人因內亂而死，有人因暴動身亡。在這個國家，人的死亡並不稀奇。強姦殺人、擅用私刑。我還曾在城裡看過穿著T恤、全身只剩下胸部的女屍。他們會毫不猶豫地殺了我，然後過幾個小時就會忘記殺了我這件事。即使在殺了我之後，人質的贖金談判進展順利，他們頂多覺得不妙，只不過像在昏暗的咖啡廳裡玩牌輸了一樣。在這塊土地上，人質要多少有多少。他們只會轉一轉褐色臉龐上分外鮮明的白色眼珠嘀咕著不妙吧。雙手被綁在身後，座位兩邊是手持槍枝、高大魁梧的褐色皮膚男人。我完全沒有逃脫的希望。在這種死人不足為奇的國家裡，對這群男人來說，我的生死全掌握在他們手中。人類是靠著自己的意志活下去的。但是，我卻被自己的意志排除在外，也被自己至今的人生、被正確的命運排擠了。無關乎我過去的努力、能力，無關乎或許存在我內心的溫暖情感。我只是一個外國人，就算我擁有什麼特殊意義，也與他們毫不相干。

車子停了下來，我的手臂被人捉住，接著被丟進某個房間。除了地板硬得跟水泥沒兩樣，我什麼也看不見。在沒穿鞋子的右腳無名趾附近，感覺到有細腳的多足蟲在爬。我回想起自己的人生，不停哭著，奇妙的是，直到那時我才發現，自己坐車的時候其實一直在哭。不會有事的，我這樣安慰自己。我是人質，他們不會殺了我。但我內心有什麼在掙扎，流著眼淚，想要大聲嘶吼。不，其實我一直都在大叫。明明該乖乖聽話才對。遠方有一道帶著溫度的朦朧微光。不是現實中看得見的，而是在自己內心深處，卻感覺歷歷在目。那似乎就是我至今為止的人生，我不足為道的生活。然而，在那個當下卻顯得無比珍貴又溫暖。好遠啊，我心想。距離現在的我好遠。那份溫暖明明是自己從前經歷過的，此刻我卻待在遙遠的千里之外。日本的公寓大門倏地出現在眼前，我感到想吐，將某種東西嚥了回去。是饑餓的記憶。小時候饑腸轆轆的記憶。我接下來是不是也會餓肚子？感到恐懼的同時，幾乎要失聲大叫。但如今回想起來，我也許是為了保護自己才喚起那段記憶。我心中永遠存在著對饑餓的恐懼。恐懼恍若自己有了意志，化作可動的形體，一直在我體內蠢動。也許我是藉由引出常存的那份恐懼，把現實中逼近眼前的死亡驅逐到意識之外，哪怕只有幾秒鐘也好。也或許那份可動的記憶是不希望我死後，自己也跟著消失，才像有了人格一樣蠕動著現身，向我表示抗議。情感笨重地蜿蜒起伏，將我往上推。腦海中閃過了昏倒兩個字。不能暈過去。一旦昏迷，自己可能再也無法重見天日了。直到被人拍了臉頰，我才驚覺自己剛清醒過來，卻又深陷在不能暈過去的掙扎裡。明明幾秒鐘前已經失去過意識，認知卻慢了大半拍。我的認知像在抗拒著時間的流逝，一直想停留在數秒之前，想停留在不久前的每一個時間點上。但是，時間不在乎我的想法，持續流逝。不知道什麼時候，房裡出現了一個男人。身上飄來了油垢與家畜臭味，還有莫名的牛奶味。

「真遺憾。」

是男人的聲音，而且說的是英語。我頓時像是抓到了救命繩索，在黑漆漆的布裡頭發出聲音。

「救救我啊！」

那個當下，我已經顧不得什麼面子了。

「你是日本人吧？很遺憾，我們抓錯人了。」

「啊？」

「我們本來想綁架CUUA的職員，並不是你。你對我們來說沒有用，只能殺了你了。」

我在這裡用英文字母來代稱這個企業。這個企業在投標中奪得了該國某地區小型油田的開採權。國內不計其數的農田，都因為他們而遭到破壞。沒了田地的農民們湧進國內被稱作「都市」的蕭條城鎮，女人出賣肉體，男人販賣孩子。我們NGO打算向這個企業提出抗議，並向國內外舉發他們牟得的暴利。

「我是CUUA的職員！」

我根本沒有細想自己在說什麼。

「不對，你是日本人。我們看過護照了。」

黑暗中傳來說話聲。在那一刻，我忘了自己曾發過誓要把這一生都奉獻在消滅饑餓，也忘了自己曾在居酒屋裡笑著對後進們說過人生苦短。一心想阻止CUUA牟利行為的自己，當下卻想冒充CUUA的職員，成為具有價值的人質，還羨慕起那個素昧平生的職員，由衷地希望自己才是CUUA的人。

「我是他們的員工，是真的！」

「別說謊了，你是NGO的人吧？我們抓錯人了。」

「不是的！拜託你，求求你了！」

為了靠近說英語的那個人，雙手被綁的我掙扎著前進。從旁看來，可能就像一隻沒了翅膀的蟲子在乞求吧。一隻黃色的蟲。但是，我始終無法接近聲音的主人。

「我什麼也沒看見，也不知道你們是誰，殺了我根本沒什麼好處。只要把我隨便丟在哪個地方，我自己就能回去。」

我苦苦哀求，一邊試圖拉近距離。

「不可能，你八成已經猜到我們的根據地在哪裡了吧。」

「那就在遠一點的地方放我下車吧。」

「啊？」

對方發出了驚訝的聲音。

「你要我們再回到剛才的地方嗎？為了你浪費汽油？」

我發現褲襠濕了，但不知道是什麼時候開始一點一點地失禁。

「很快你就輕鬆了。啊……至少幫你把布拿下來吧。」

布被粗魯地扯下。我所在的房間比預想中更小。黑暗中有個範圍稍亮，我急迫地緊盯著瞧，只見有人正要走出房間。是剛才的男人。回過神時，被綁著雙手的我正為了奔向男人而奮力起身。但下一秒，我的記憶就是倒在房內的自己。漆黑中摻著紅色，紅色隨即又混合了綠色，分不清那究竟是現實中的顏色，還是依附在眼皮內側的殘像，最後那些色彩全都沒進了房裡的黑暗。

我哭喊著，想掙脫雙手的束縛。不知道過了一個小時，還是過了三個小時，我發現自己找起了蟲子。剛才碰到了自己腳趾的蟲。我也不明白自己為什麼想找到牠。是想藉由殺死那隻蟲，為他們貢獻一己之力嗎？看哪，為了你們，為了你們，我殺死了房裡那隻礙事的蟲。我懷疑自己精神錯亂了。與此同時，雙眼卻又持續搜尋著蟲的蹤影。「怎麼找就是找不到，但只要我假裝放棄，那隻蟲肯定馬上就會出現吧？」我這麼想著。「只要露出沒穿鞋子的腳，最後那隻蟲就會因為想貼近體溫而跑出來吧？」、「不對，那傢伙說不定能看穿人心，必須連內心也裝作沒在找牠。這我最擅長了。」然而，蟲子像是憑空消失了，怎麼找也找不著。像在抗拒我的精神錯亂，彷彿連精神錯亂也排擠了我。

房間沒有窗戶。如果有窗戶，如果外界能以某種形式與我接觸的話，我或許會驚覺自己竟是這般渺小的存在，並為此感到羞愧吧。但是，我卻深刻體會著自己還活著的當下。還活著。現在我還活著。雖然被綁起來了，但手還能夠稍微動一動，腳也能動。剛剛一秒過去了。現在一秒又過去了。沒錯，現在我正以確實的自我、以我的身體，經歷這一秒鐘。我想著這些事。眼睛適應了黑暗，目光無法從牆上的細微裂痕移開。與倒地的我視線等高的、牆壁下方的裂縫。「是裂縫。」我暗想。「有裂縫。」那一瞬間，我心想自己很快將不復存在。自己將永遠與這些存在隔絕。它們漠不關心。不管是這面牆、裂縫、不讓我抓住的蟲子，還是把我拋在原地逕自流逝的這一秒鐘，都對我漠不關心。「不可能。」我又心想。「這世界不可能是這樣子。」又冷又硬的粗石地板依舊又冷又硬。我再度回憶起當年的饑餓。不知道是否又是自我防禦。那時候，世界確實也對我漠不關心。當我餓著肚子、身體愈來愈虛弱的時候，房門、被斷電而打不開的電視、暖器形狀的鐵塊、椅子形狀的木頭，都對我漠不關心。我靠近牆壁，把臉頰貼上去，感受到了些許的涼意。當時，牆壁給予了我涼意。這樣說來，牆壁對我並不是漠不關心。不，可是，對了，牆壁並不覺得我的死亡有什麼大不了。重視我的死亡的人，只有我自己，世界和這面牆都把我的死當作是家常便飯。連想殺了我的那幫人也是。既然如此，我也必須認為自己的死不過是司空見慣的事。但是，我辦不到。世界的本質。我無法適應世界的本質。世界與我是截然不同的存在。而且，異常的恐怕是我。

房門打開，我剎那間發出聲音的時候，槍口已經對著我。看起來是機關槍，但我不確定。「會濺到血，出來外面。」我聽不懂這句話的意思。「不會濺到血的。」我說。「我不會弄髒您的衣服，所以請救救我。」我說的話毫無邏輯可言。他們逼我站起來，但我使盡了力氣抗拒。一旦離開這塊地板，我想我真的會死，我甚至怨恨起自己為什麼不是地板或牆壁？如果我是地板或牆壁，就不會被殺死了。他們沒能讓我站起來，於是拖著我走，把我當成一綑繫著繩索的笨重稻草。騙人的吧？我心想。這怎麼可能？我是日本人，向來過著和平安穩的生活，基於好意才來到這裡，為什麼會遇上這種事？我一生行善，最後不該落得這種下場吧？何況現在就要殺我，未免太操之過急了，處死我的過程，應該要更肅穆才對啊。太著急了吧？被帶到外頭時，我感受到了刺骨的寒意。好冷。我討厭寒冷。明明接下來都要死了，我為自己死到臨頭還討厭寒冷感到可笑，很想和他們分享這件事。「好冷喔。」我是不是語帶討好地這麼說了呢？還以為自己和他們是朋友，試圖確認這層關係。「好冷喔，真奇怪。你們不覺得嗎？明明我就要死了耶。」但與我的意志無關，我被推倒在地，槍抵在後腦杓上。抵著槍口的頭部皮膚產不停抽動地抗拒著。我眼淚直流，褲襠又濕成了一片。彷彿是水分撇下了我，想逃離這具幾秒後將會死去的軀殼。「你們，」我說。「你們到底是誰？」

但我並不是想知道他們的真面目才這麼問。我質問的對象，是徹徹底底擊垮自己的那個存在，是殺人不眨眼、不斷濫殺無辜、自己被殺死而其他人又再遭到殺害的殘酷亂象。然而，他們輕聲笑了之後，吐出了一個陌生的單字：「YG。」是以某個宗教為基礎的武裝組織。

就在這時，我聽見了汽車的聲音。依據他們聽到車聲的反應，想來他們並不意外這輛車的到來。汽車停了下來，有人下車。距離還很遠。但我想至少在對方走到這裡之前，自己都還能苟活著。一秒，這一秒鐘，我還能活著。一秒，就這一秒鐘。視野變得更是狹窄，只能看見對方的腳。「是老師。」說英語的男人對我低語：「能在死前見到老師，你運氣還不錯。可以請老師在你死前為你祈禱。」

被稱作老師的人在我面前蹲下。褐色的肌膚，偌大的白眼珠，是個身材削瘦、氣度不凡的非洲老人。這個存在饒富興味地瞅著我，不一會兒張開嘴巴，雙唇扭曲地蠕動起來。好像比起我的想法，他更在意我口中的潰瘍或是其他東西。我想發出聲音。為了求饒，什麼話都說得出口。但是聲音發不出來。不斷流淌著的眼淚更是泉湧而出。我發不出聲音，眼看就要錯失最後的機會。我發不出聲音。可是，這個存在端詳著我，同時輕輕點頭，好像完全明白我想要說什麼。

陌生的語言在頭頂上方交錯。沒來由地，我流下了意義不同於方才的眼淚。暖意在體內擴散，怎麼也止不住顫抖。為什麼那時候趴在地上的我，會明白自己得救了呢？明明老人一句話都還沒有對我說。

這個存在再次在我面前蹲下。我熱淚盈眶，望著他美麗的褐色臉龐。

「來助我們一臂之力吧。」

這個存在對我這麼說完便起身。明明我還沒有回答，卻好像對我的答案早就了然於心。他滿不在乎的態度和對我漠不關心的牆壁及裂縫如出一轍，但是，其中又有些不同。

「老師救了你。他說你是日本人，很罕見。沒有人會想到你這種日本人會進行恐怖攻擊，所以有利用價值。」

但是，這些庸俗的話沒有進入我耳中。我認為才不是這種理由。剛才我與那個存在之間，締結了他們無從知曉的約定。雖然不知道是什麼約定，但我深信不疑。

14

名為「YG」的武裝組織以某個小型宗教為主體。

這個民間信仰從很久以前就受到無數次迫害，但一直暗中流傳到了現在，不過還比不上猶太教、基督教和伊斯蘭教。自古以來，宗教為了拉攏信徒，你爭我奪不曾間斷。但不單是靠力量，事實上，宗教的教義愈容易在民間擴散，對傳教就愈有利。也就是散布人們想聽的教義。也有研究指出，基督教之所以認同治癒疾病的現象，也是為了招攬信徒。其實若不從信仰的角度，而是從歷史學的角度審視宗教，可以發現形形色色的聖典，都是奠基在各個時代的背景和利害關係上。

所以這個民間信仰在爭奪戰中敗下陣來。至於正式名稱我就不寫了，也不能寫，就通稱為「R」吧。「R」傾向泛神論，認為神無論在何處都同時存在，聖典則從西元前六百年以詩歌的形式口傳下來，所以比起基督教和伊斯蘭教、甚至比猶太教的聖典成立時期還要古老。而性行為被視作祭祀儀式，是神賜予生命終將走到盡頭的人類的恩典，為了確認是否領受到了神的恩澤，相傳神會在人從事性行為時降臨。但是，從事性行為的人感受不到神，因為神希望人類進入感受不到神的忘我境界。所以，只有觀看性行為的人才能從中感受到神，也因此，這個宗教有著觀看他人性行為的風俗。人們一面觀看他人的性行為，一面感謝神賜予世界的恩澤。祭典之日，男女在戶外鋪了布的地上翻雲覆雨，人們成群圍觀。在篝火的照耀下，褐色肌膚的年輕男女陷入瘋狂，而人們更被允許在觀賞之餘自瀆。

這樣原始的宗教未受熏陶，或許也可以說是野蠻。此外，這個宗教也欠缺各方教義中必有的善惡觀念。他們只有一個準則，就是不能餓肚子。

不能餓肚子。這是準則，也是他們的戒律。村民不想餓肚子的渴望，很單純地演變成戒律。所以，如果殺了坐擁財富的人，再把他的財富悉數運用在貧民身上，他們會認為這是對的。即便那位富翁是好人，但當他身旁有人蒙受饑餓之苦時，在他們眼中他便不是好人。這種宗教太過偏激，教義中又有許多不妥之處，既原始又野蠻，同時排斥具有力量的人，根本不可能傳播開來。加上宗教是依附著權力者而擴張，所以他們會遭到迫害也是理所當然的。

他們簡單地教我如何操作槍枝，於是我成了「YG」的一員。當時曾深陷在死亡恐懼中的我，在確定自己獲救以後，開始滿腦子想著要如何逃跑。儘管逃過一劫、老師救了我一命，但我也不可能成為他的信徒。原本我心想著只要能活下來，我什麼都願意做，但真的得救以後，卻改變了心意。我可沒那麼天真，那樣子就被洗腦。之所以沒有立即逃脫，是因為我暗想既然成了他們的一員，眼下不會有生命危險，那麼最好等待可以確實逃跑的時機到來。

他們的主要活動就是綁架CUUA石油開採公司的職員，勒索贖金。組織成員中，很多都是因為這間公司而被迫離開農村的農民。他們藉由綁架職員勒取贖金，來取得自己原本該得的農業利益。雖然這種行為毫無意義，但為了生活也是迫不得已。非洲各地存在著很多這種武裝勢力。

對我說英語的男人，就姑且叫他科傑夫吧。科傑夫擁有強健的體魄，看起來意志堅定，泰山崩於前也面不改色，但其實才十九歲。他不是本地人，原本屬於千里之外非洲其他國家的某個武裝集團。當初會加入那個集團，是因為年少時集團襲擊了他的村子，他當場被他們擄走。如果強行把他帶走，這名少年大概會伺機逃跑，為了不讓他逃跑，武裝集團讓當時還小的科傑夫也背負了「罪孽」。

「他們拿槍抵著我，要我侵犯同村的女人，不照做的話就殺了我。對方是我的青梅竹馬。我的村子付之一炬，而他們拿槍抵著我的背，我強暴了才十四歲的她。她被好幾個男人壓住，全身一絲不掛，早已失去了處女之身，雙腿間還流著鮮血。因為割禮習俗，她切除性器的傷口還皮開肉綻……我一邊做一邊哭。他們讓我再也無法回到自己的村子。『只要一再重複，』首領還說：『只要一再重複，最後就會產生快感。面對最初你犯下的罪，也不會再覺得那是罪。』我殺了很多人。殺得愈多，愈覺得自己從前犯下的罪過算不了什麼。但是，那個勢力在美國的空襲轟炸下毀於一旦，只剩下我一個人。就在那時候，我遇見了老師。這個集團不做強暴這檔事，不會割除女性的性器官。因為性行為是神的恩典，所以也不會強迫對方。我覺得自己得到了救贖。只要相信老師、相信神，我就能前往另一個世界，沒有苦痛的世界。我想想用英語該怎麼說……是天堂嗎？」

在這個屍橫遍野的國家，科傑夫竟如此坦然地面對這些殘酷的經歷嗎？並非如此。他們全都敏感而脆弱，為自己的過去感到痛苦。如果在日本的身心內科接受細心的診療，恐怕醫生會判定他們都併發了多重精神疾病吧。但是，現實不會放過他們。每天與死神比鄰，他們只能懷抱著痛苦，時時刻刻想著要如何「活下去」。還有，科傑夫極度缺乏對別人的「同理心」。他可能把對別人的同理心從自己體內驅逐了出去，因為不這麼做就活不下去。「反正我也活不久了。」科傑夫常把這句話掛在嘴邊，好像這是唯一的贖罪券。「不過，其實我想當導遊。讓貧乏又脆弱的西方人，知道非洲大自然的偉大。」

事實上，他跟著老師學英語學得很快，顯現他聰明過人。但在這個國家，像他這樣的聰明人也不過是「武裝集團」的一分子。

這個國家的「惡」，不同於先進國家精密細緻的「惡」。而是更加極端又蠻橫，存在於暫時被古柯樹和恰特葉中和的日常生活裡。

我雖然成為了組織的一員，但沒有參與過實際的綁架行動。他們大概是認為身為黃種人的我，運動能力遠遜於當地人，根本派不上用場吧。「等時機到了，」老師對我說。「等時機到了，就會讓你出任務，饑餓的人啊。」

老師稱呼我為「饑餓的人」。聽到這句話時，我好像明白了在老師解救我的那一瞬間，我為什麼會覺得自己與老師之間產生了連結。我沒有對這塊土地上的任何人說過自己挨餓的經驗。老師肯定是從我的臉、從纏住我的某種東西，得知我過去的饑餓。所以，並非因為我是日本人才得救。在老師眼中，我並不是護照上的「高原雄介」，而是「饑餓的人」這種「存在」。曾經挨餓過的人。老師越過我的表象，看見了根源。身為「饑餓的人」的我，與老師……不對，是與老師對抗「饑餓」的活動結合在一起。我的根源，我的存在，與歷史潮流中的這項行為連結在一起。我不是「高原雄介」，而是「饑餓的人」。身為「饑餓的人」的我，與對抗饑餓這小小的歷史潮流結合在一起了。

日復一日，我就只是待在他們作為根據地的村子裡，也可以說是軟禁。偶爾他們會叫我去攤販聚集、塵土飛揚的巷子買東西，那裡叫作「馬路」，好幾次我都驚訝於自己竟獲得這等自由。「別逃跑喔。」像是預防萬一，科傑夫用英語這麼說。「如果你想逃跑，就算你在『馬路』，我們也會從你背後開槍。」但我覺得他在說謊。在這個武裝組織中，沒有人的槍法準到可以擊中在「馬路」的我。要逃就趁現在，每次去「馬路」時我都這麼想。也曾有髒兮兮的計程車駛過我面前，只要坐上這輛車，只要坐上計程車去「都市」，我就能擺脫他們，就能回到NGO。然而，我目送著計程車離開。為什麼呢？是因為覺得還有其他機會可以徹底逃脫嗎？我不逃走的理由，真的只是這樣嗎？

村民們一同觀看了我的性行為。那天在村子裡，老師指定我為臨時儀式的對象。雖說是儀式，但並非煞有介事地將所有村民都集合起來，而是隨意得像在圍觀別人吵架，現場不過寥寥十幾人。入夜後在篝火邊，站著個褐色肌膚、體型壯碩的胖女人。我在村民們之間全身脫得精光，與那個女人袒裎相對。我的身體只有上半身晒得黝黑，下半身則暴露出蒼白羸弱的肌膚，顯得格外滑稽，褐色肌膚的他們不約而同笑了起來。我沒和日本人以外的女人上過床，如今要在戶外和初次見面的外國女人做愛，而且還是在大批村民的注視之下，這讓我遲遲無法勃起。我們的性愛總是那麼講究，躺在一塵不染的床上互相耳語、彼此愛撫，再緩緩褪去內衣褲。見我無能，村民們也沒有嘲笑，只當我是可憐的外國人，未能領受神的恩惠。老師帶著微笑安慰我。「等到他和我們共事的那天，」然後說道：「他就會從脆弱的日本人，變成我們的同伴吧。」

於是，決定好了那一天，在鄰國進行那場有勇無謀的恐怖攻擊。

15

前往鄰國放置堆滿了炸藥的汽車，再用手機遠距離操控炸彈。任務就這麼簡單。

我是日本人，沒人想得到我會在非洲進行恐怖攻擊。所以老師認為就算發生了預料之外的狀況，我也能夠脫身。

「你們過去明明有過神風特攻隊，全世界卻仍然認為你們是最沒有威脅性的民族。『饑餓的人』持有的護照會讓你順利過關吧。」

但是我不懂這麼做的意義何在。在城市裡引爆炸彈，究竟有什麼意義？而且那個鄰國常駐著多國部隊。「這是對他們表示抗議。」老師說。「只要他們不離開這塊土地，我們就會策劃恐怖攻擊。因為他們來這裡只是為了剝削窮人的資源。」我還是不明白。畢竟炸彈引爆後，會有很多平民死亡。

「平民的死？」

老師不解地看著我，隨即似乎想起了我是日本人，輕輕點了點頭。

「那些人並不是『R』的信徒。」

我還是不懂。

「他們當然不是『R』的信徒。但是，如果經過開導，他們說不定有可能成為『R』的信徒啊。神會賜予我們殺害未來信徒的權力嗎？」

老師美麗臉龐上的雙眼凝視著我，好似得到了珍貴的外國倉鼠。

「平民確實會崇高地犧牲。」

老師說道。

「平民犧牲後，會以『R』之名進入另一個世界，甚至被推崇到與『R』的信徒一樣的地位。前往英語中所說的天堂。」

聽到這樣的回答，我再也無話可說。

「『饑餓的人』啊。」

老師續道。

「假使你在這場聖戰中死去，你將會成為英靈，在天堂裡占有一席之地。你將能徹底成為自己想成為的人，在那個世界裡，有著你在現世無法達成的所有希求。」

老師不只對我說了「英靈」，還曾以「靖國」做比喻。但是，老師大概不是很了解何謂「英靈」和「靖國」吧。靖國神社的前身是一八六九年創建的東京招魂社，自一八七九年更名為靖國神社、奠定了神社等級以來，便與近代日本發動的所有戰爭有著密不可分的關聯。第二次世界大戰時，日本士兵戰死之後，都會以英靈的身分被供奉在靖國神社，成為供人祭拜的神。這儼然是一種「宗教」，推崇天皇這位神的化身所統治的「國家」，而且是廣納全國人民為信徒的巨型宗教。戰爭期間，靖國神社不斷舉辦臨時大祭。士兵遺族受邀前往東京，看著自己的兒子成為神明受人祭拜而深受感動。遺族們在近距離下親眼見到天皇，看見天皇在隆重的祭祀儀式上祭拜自己的丈夫或兒子，大為動容之餘，回到家鄉又得到「榮譽遺族」的表揚。不光將死去的士兵美化為英雄，更進一步推崇成神，成功驅使士兵果敢奔赴沙場，藉此填補了士兵的空缺。靖國神社作為落實戰爭的「宗教」，發揮了百分之兩百的功用。但是，那也都是陳年往事了。我是活在現代的日本人，無論老師怎麼對我使出三寸不爛之舌，我還是不想賭上自己的性命。當年的日本人雖然表面上都對國家宣誓忠誠，但也絕非所有人都感佩那樣的體制。

我之所以開始調查「R」的疑點，果然是因為對恐怖攻擊感到恐懼嗎？幾天前，政府軍殘忍地屠殺了以我們村落數十公里外的農村為根據地的武裝組織。表面上是政府軍，實則是政府僱用的民兵，也就是傭兵。集結自鄰近各國的傭兵們舉著高性能槍枝，逐一射殺了武裝組織的成員，更強暴村裡藏匿組織成員的女人，事後還公開處決了當時活捉的幾名成員。我親眼看見了。他們處決成員時，並不像日本人會立即聯想到的那種血腥漫畫的情節，例如挖出眼珠子、用老虎鉗撕下肌肉，或是薄薄地剝下身體的皮膚。他們的作法更加野蠻，就是砍頭。他們認為一口氣把頭砍下來，才算是男子漢，所以砍頭時只會揮一次刀，要是手法不夠俐落，受害人就會生不如死。但是，他們絲毫不會同情頭沒被完全砍下來的受害人，甚至覺得自己沒能一刀砍下，都是受害人膽小地顫抖害的，所以只會憤怒又輕蔑地看著喉嚨切口與嘴巴同時噴出鮮血的受害人。維持著坐姿的屍體就像是按下按鈕就會打開蓋子的熱水壺，只有脖子邊緣的一層皮還連著，頭部則成了柔軟的蓋子，蓋住從頸部泉湧而出的鮮血。在那幕光景中，我看見了不久將來的自己。那就是被砍頭的瞬間。至今的人生全被草草處決掉的瞬間。我想著被老師拯救的這條命，想著因為我引爆炸彈而死的百姓，更想到了天堂。

這個宗教的教義根據來自一本聖典。最早的起源大約是在一千三百年前，把口傳的詩歌內容抄寫成書。但後來因為遭到迫害，典籍散佚，約莫三百年前才又把口頭流傳的內容書寫成冊。然後在兩百四十年前發現了那本聖典，但卻無法查證聖典中的內容是否屬實。

這個地區確實有觀看他人性行為的風俗，饑餓也一直是當務之急。但是，關於天堂的記述，如果只是很久以前某個文筆優秀的人隨意寫下的內容呢？然後把內容編排得像是聖典，再加上一句「此書約成書在一千年前——」之類的前言而已？抑或只是從前這塊土地上的族長面對迫在眉睫的戰爭時，為了讓村民上戰場，才宣稱神說過在戰場上死亡的人能夠前往天堂？如果只是剛好有人把這句話寫了下來呢？不，如果早在宗教剛成立時，就只是為了配合當時村子的現況才寫出這本聖典呢？如果只是為了發動戰爭，為了讓士兵不怕死，才促使這樣的宗教誕生呢？更何況只是因為古老，就可以當真嗎？這本聖典的根據是什麼？據說看過的人都被詩歌深深打動。但是，如果這只是當地先人寫出來的文學傑作呢？

我膽顫心驚地向科傑夫提出了自己的疑慮，他用布滿怒火的白眼珠瞪著我。「你在褻瀆神明嗎？這可是流傳在我們這片土地上的傳統。」他的憤怒情有可原。所謂宗教，是人們想信才信。「但是，如果你們的傳統其實並沒有任何根據呢？」結果這句話我沒能問出口。

我開始作景色顛倒過來的夢。遼闊的砂地變成了陰鬱的天空，乾癟枯槁的樹木從天空往下延伸。原來是我的頭被砍了下來，倒掛在背上，只有一層薄薄的皮還連著。就算想出聲，沒和脖子相連的嘴巴也發不出聲音來。上下顛倒的景色裡，大地變作虛無的天空，天空長出了樹木——每當我醒來，都會因此失去平衡感，湧起的恐懼讓我分不清自己是在睡覺還是被人吊了起來。無論我的平衡感如何變化，我的心臟總在清醒時猛烈跳動。

有人在日漸衰弱的我的房間牆上寫下了「invocation」。這個英文單字代表祈禱。我還以為是科傑夫為了身體虛弱的我施展了某種咒術，但他一直堅稱自己不知情。「這可能是神蹟。」科傑夫說著蠢話。但是，見他為我加油打氣，我彷彿在這個悲慘的國度裡感受到了友情。隔天，那個單字被人描過，字跡變得更深了。我無比感謝科傑夫的友情，但也不禁懷疑這或許是老師的策略。為了鼓舞不敢參加聖戰的日本人，才為我顯現這種神直接與我對話的幼稚奇蹟。他以為我會相信這種愚不可及的奇蹟嗎？我怒火中燒。但是，我的怒氣不是因為這種幼稚的舉動，而是因為老師終究要求我參加聖戰。那種憤怒就像被拋棄的子女對父親的怒火。字跡愈來愈濃，我的怒意就快要達到極限。我沒有勇氣向老師抗議，於是又對科傑夫表達了自己的看法。科傑夫驚懼地看著我。「那是你自己寫的。」科傑夫說。「你在半夜醒來，整個人莫名冷靜，自己在牆上寫下了那個字。」這時，我這才知道自己的狀態。

展開行動前的最後集會日，一輛有點髒的白色車子出現在我眼前。就是把我載到這個村落的車子。由於是日本車，我似乎從中感受到了命運的惡意。「等聖戰一結束，你就不再是脆弱的日本人了。」老師說。「你將和我們一樣。**從『饑餓的人』變成『實踐者』**。你將不會再為人生展現的各種現象感到猶豫。」

聖戰分作兩組。一組由我們負責，執行引爆棄置汽車的恐怖攻擊。在市中心引爆炸彈，向常駐此地的多國部隊表示抗議。第二組人馬則襲擊該國的警察局。太天真了，我心想。如果要賭上性命，這也未免太草率又有勇無謀了。況且，「ＹＧ」並沒有足以向多國部隊發動攻擊的實力。「這是抗議。」老師說。「我們的目標不是勝利，是為了成為後人的基石。」老師的言論愈來愈沒有新意。

我試著向科傑夫傳達自己的想法。我隸屬相對容易執行的第一組，但他加入了第二組。持槍襲擊警察局，恐怕過沒幾秒就會被趕到現場的政府軍射殺吧。起初，我很訝異老師竟然分派這種任務給會說英語、能力又強的科傑夫。然而，在發表這次計畫的數天前，我發現老師身邊出現了另一個說英語的男人。這件事也讓我耿耿於懷。總覺得事有蹊蹺。話又說回來，這起聖戰究竟有什麼意義？

「這是一種幸福。」

科傑夫說。

「沒有任何長處的我將成為英雄，在偉大的『R』的名下。我會以英雄的身分前往天堂。強暴了青梅竹馬的我將得到淨化，死去的母親也會為我高興。」

「科傑夫。」

我叫了他的名字。

「可是，你不是想當導遊嗎？難道甘心就這麼死了？」

聞言，科傑夫納悶地看著我。那張臉天真無邪。直到那一刻，我才想起他只有十九歲。

「你在說什麼？我可以在天堂當導遊啊。」

直接從結論說起吧——我逃跑了。展開行動的兩天前，我徒步逃離了村子。逃進貧瘠的山林，徘徊迷失，嘗試翻越山嶺。我在山區見到了好幾具屍體。每當看見不知是被山賊襲擊還是被某個武裝勢力攻擊的屍體，我總是立刻聯想到未來的自己。有的屍體頹然癱倒，有的屍體肢體凌亂得像在跳舞。有著一頭長髮、未著寸縷的腐爛女屍想必曾被人強暴。我想，他們是在女人的身體還沒像現在這樣腐壞發臭之前侵犯她的吧。盡情品嘗了女人的身體後，就棄之如敝屣。翻過這座山以後，我又會看到屍體吧。屍體遍地皆是，無所不在，擺出了各種姿勢，存在於每一處風景中。風景逐漸上下顛倒了。顛倒之後，變作了天空的乾涸大地底下，散發著惡臭的大量屍骸就像具有彈性的食物般堆疊在一起。很幸運地，有個好心的農民發現了倒在半路上的我。我被送到了像是醫院的地方，又被送到了像是警察局的地方，最後來了一個身穿西裝的白人。於是我得知鄰國的市中心有輛車子爆炸，導致數十人死傷，此外襲擊了警察局的武裝組織也在幾分鐘內就被悉數擊斃。本應代表西方的白人，卻沒有向我打聽他們的基地下落，好像很不想與我扯上關係。但這太奇怪了。他們是武裝組織，為什麼不找出他們的根據地所在？

之後，我獲悉了令人絕望的事實。老師雖然聲稱這是抗議，目的是讓多國部隊撤退，但其實多國部隊早就預計在兩週後撤退。老師是接受了與多國部隊有關的軍火商以及某個國家的雙方委託，才進行這場恐怖攻擊。

多國部隊中，某個國家軍隊的補助來自某一民營軍火商。站在民營軍火商的立場，多國部隊的撤退就意味著失去工作，自己公司的利益也將減少。可是，如果這時候發生了恐怖攻擊呢？多國部隊就無法撤退，換言之他們可以繼續工作。但是，我相信他們不會只是為了追求利益，就做出這種試探性的舉動。當時如果多國部隊撤退，那片土地有可能變得更加荒蕪。那麼，為什麼決定撤退？理由即是輿論，組成多國部隊的各國國民都已經無法忍受再有本國士兵喪命了。同時，那間軍火公司也面臨著一旦失去工作就會倒閉的危機。每個員工都得養活在本國的家人。「現在多國部隊撤退的話太危險了。這塊土地會荒廢，還會有更多人死亡。」身陷倒閉危機，公司的職員們都如此說服自己。「如果少數的犧牲，能讓多國部隊的撤退時間往後延，就能拯救更多生命。」

至於委託老師的某國，是因為想擁有能夠影響那個非洲國家的力量。讓那個國家陷入動盪不安，當連多國部隊也無法控制時，就輪到那個國家出馬了。委託國佯裝自己介入與武裝組織斡旋，但其實只要和自己委託的老師談判就好了。同時，委託國也對那個國家遭到先進國家的壓榨感到憤恨不平。他們以他們的宗教之名，不斷提倡著理念。不光這樣，在世界各個大國的軍火商眼中，那塊土地也是能夠販售大量武器的重要之地。動亂持續愈久，各大國軍火商的利益就愈高，而各個公司底下又牽連到更多關係企業。

我回到了NGO。在這之前我雖然下落不明，日本卻沒有報導過我失蹤的消息。那塊土地上有某個日本大型企業在暗中活動，國家也與那項事業掛鉤，所以國家無意公開。他們把我列為自行離開、行蹤成謎的日本人。如果犯罪集團向日本或NGO勒索贖金，情況當然就不同了，但既然綁架集團什麼動靜也沒有，模稜兩可的聲明自然是能免則免。

就在我回到NGO的隔天，接到了一通電話。時機巧到我幾乎要懷疑NGO裡有內賊。對方要求我接電話，我接過話筒，傳來老師的聲音。

「我不會忘記你的背叛。」

老師的聲音冷若冰霜。解釋不來為什麼，當時我竟強忍著眼淚。明明沒有必要掉淚。我把自己知道的事實告訴老師，但他的聲音依然堅定。

「就算那是事實又如何？我們的活動需要資金。為了籌措資金，偶爾也要從敵人那裡下手。一切都是為了推廣『R』的教義。」

老師斬釘截鐵的發言，堅不可摧。

「你其實不是宗教的領導人吧？你是職業的恐怖分子吧？你們都把恐怖攻擊當作是一份工作對吧？因為你的計畫，夥伴們全都──」

「他們都已經在天堂了。」

「還有平民百姓——」

「他們也在天堂。」

老師根本聽不進任何一句話。

「你以為我不為他們的死亡難過嗎？一切都是為了宣揚『R』的崇高教義。為了他們，我的眼淚從來沒有乾過。」

「你知道他們是怎麼死的嗎？他們的身體被子彈打得血肉模糊，苦不堪言——」

「你根本沒有親眼看見吧？」

「如果你親眼看到了，也就說不出這種話了。」

聞言，老師沉默了片刻。但我也知道這不是因為我所說的話。

「日本人總說些奇怪的話。」

老師平靜地說道。

「你猜我至今看過幾百具屍體？」

腦海中浮現了科傑夫的臉。說想成為導遊、缺乏同理心的男人。被子彈打得粉碎、才華洋溢的男人。不得不埋沒在武裝組織裡的男人。他的故事，他的人生，他的存在意義。

「縱然沒有看見屍體，我也一樣悲傷。為了他們的英靈，我一直在祈禱。希望他們在天堂能過得幸福。」

惡存在於哪裡？由誰承受？又該怎麼做才會結束？

惡在哪裡？

但是，老師打這通電話，並不是要引發我產生哲學性的叩問，而是另有所圖。

「我不會忘記你的背叛。」

老師又回到了開頭說的話。

「我會無時無刻看著你，觀察你所有的活動。你以為日本沒有我們的夥伴嗎？『饑餓的人』啊，我確實看見了。在公寓的一個房間裡，年幼的你饑腸轆轆的樣子。用我的眼睛，這一對瞳孔，藉由神的力量看見了。」

那個當下，為什麼我一句話也說不出來？老師的一字一句鑽進體內，我的視野變得狹窄，眼前出現了一雙腳。是老師的腳。在我瀕臨死亡邊緣時看見的、朝我走近的一雙美麗的腳。

「記住。」

老師繼續說了下去。

「從今以後，與你有關的所有人都將不得好死。頭被人砍下來，身體被子彈打得皮開肉綻，遭到殘忍地強暴。以古代傳承至今的『R』之名。粗野蠻橫的我們，將混入你們脆弱敏感的社會。避開這一切的方法只有一個。那就是時時刻刻記得，你是我的一部分。**我會再聯絡你**。」

我回到日本，主動聯絡了老師。就在取得聯絡的隔天，我房間的牆上出現了「invocation」這個單字。我發現之後，（手記到此結束）

16

這是什麼？是真的嗎？看完了高原的手記，立花百思不解，好一會兒坐在椅子上無法動彈。

得知高原開始執行恐怖攻擊計畫，在大廳參加了集會後，立花走向高原的房間。不知道交給峰野的錄音檔怎麼樣了？為什麼高原沒被關起來，順利離開了大樓？所有事情她都想不通。高原分明是背著教主進行這些事，教主卻像早就知情一樣，在信徒面前說了那番話。現在到底是什麼情況？立花想盡可能蒐集一些線索。

高原的房間簡樸依舊，毫無生活氣息，好像根本沒人住。所有家具也像在拒絕與人類接觸，冷冰冰地沉默著。

什麼都好，立花如無頭蒼蠅般尋找著線索，檢查掉在地上的手提包，盲目地翻閱架上成排的資料夾，明知打不開卻還是握住上了鎖的桌子抽屜——然而，抽屜沒有上鎖，裡頭還放了這本手記。

「YG」。曾經在哪裡聽過，但是記得……立花再次走向抽屜，心跳不斷加快。抽屜底部有兩層。拆開板子後，底下有台筆記型電腦。

教團內部禁止持有電腦，應該連高原也不例外。但這裡有無線區域網路，說不定能連上網。打開電源，螢幕卻上了鎖，需要密碼。立花不抱期望地輸入高原的出生年月日，但果然不對。心跳又再加速。她以顫抖的指尖輸入英語單字，「invocation」。喉嚨好渴。螢幕解鎖了。

立花感受著自己不舒服的心跳頻率，連接上網路，開始搜尋「YG」的資料。

「YG」屬於非洲民間信仰中的一派，是以羅塞西爾教為主體的小規模武裝組織。為了調查更多消息，她繼續搜尋，卻只顯示出海外報導。好不容易找到了英文報導。首腦的名字是尼各爾．A．亞魯羅。立花屏住呼吸。就在高原去了非洲的六年前，他們確實進行過恐怖攻擊。在城市裡幾乎同時引爆六輛汽車，還襲擊了警察局，最後總計五十六人死亡。

此外，首腦尼各爾也已在一年前死亡。

一年前，在歐盟各國的空中轟炸下，「YG」連同整個村子全被殲滅，當時七十二歲的尼各爾也當場死亡。立花繼續調查他的來歷。報導中寫道他出生於美國，後來前往沙烏地阿拉伯，又轉往阿富汗共和國和黎巴嫩，曾在非洲內陸集結武裝組織。在美國出生？在高原的手記裡，他卻是非洲的宗教領導人。

高原曾在電話中說過，要背著澤渡進行恐怖攻擊。那通電話的通話對象很可能就是這個武裝組織。

但是，他們已經全被消滅了。

是倖存的餘黨嗎？立花尋思著。但這太奇怪了。因為她聽到高原的電話錄音，是用日語在、、、、、、、、、、交談。

非洲的武裝勢力中有人會說日語嗎？不可能，這太不切實際了。

這台筆電必須藏起來。事到如今，這可能是與外界聯繫的唯一管道了。立花又陷入沉思。事情不該是這樣的。早在高原出現可疑的舉動之前，就該強行把他關起來，如果教主想殺了他，應該就會不露聲色地引警察進來，破壞掉一切。演變到這一步，什麼都晚了。

為什麼警方沒有採取奇襲，例如在大樓後門打開的那一瞬間展開攻勢？如果那麼做，就能在混亂中輕易逮捕信徒。而不是像現在這樣大陣仗地出動機動隊包圍大樓，甚至讓教團準備好了武器，一切都已無可挽回。在機動隊闖進來的瞬間，可能就會演變成槍戰，信徒們也就更有可能集體自殺了。

還有，她剛剛為什麼會被關起來？現在也無法去問幹部們了。此刻，他們的雙眼都閃爍著異常的光輝。他們正置身在尋常人生中絕不會體驗到的經歷裡。這時她若輕舉妄動，可能馬上又會被關起來。為了某種大義。某種不明所以的大義。

高原怎麼樣了呢？高原他——立花發現抽屜深處塞滿了被揉作一團的紙張。是白色的影印紙。她攤開來一看，上頭寫著「invocation」。手寫的「invocation」被描過了無數次。**上頭全寫著「invocation」**。

立花的目光無法離開那個單字。

來人哪，立花不自覺低喃。心跳快得感到刺痛。她不想再一個人苦思了。這超出了她的理解範圍。她不想再隻身一個人。無法忍受在這種地方像這樣獨自一人。來人哪——立花走出高原的房間。腦海裡，始終投映著楢崎的身影。

17

「能請大家冷靜下來嗎？」

教團大樓的窗戶打開了一道細縫，就在機動隊嚴陣以待之際，洪亮的話聲響起。一發現是女人的聲音，大樓四周的人都有些不知所措。電視攝影機試著捕捉女人的身影，但聲音的主人隱身在窗簾後方。除了教團的人，誰也不知道她是幹部杉本。

「我再說一次，請在場所有人冷靜。你們的目的是什麼？」

面對女人的發問，機動隊稍稍譁然。請冷靜？這通常是警方對歹徒說的話吧。警視廳特殊警備車附近傳出了回答，同樣也經由擴音器放大。

「基於綁架、俘虜、囚禁兩名市民的罪名，我們已取得拘捕令，請盡速釋放人質，並且協助我們進行偵查。」

「人質？」

女人顯得非常驚訝地提高了音量。

「這裡沒有人質。不過，你們是指最近入教的那兩個人嗎？他們尚未舉行入教儀式，還不算是信徒。如果是他們，我們會立即放人。」

機動隊明顯躁動不安。因為圍起了封鎖線，各家電視台的攝影機都在遠處以望遠鏡頭持續捕捉女人的身影。現場狀況也正在電視上直播。

「還有，能請各位不要強行闖進來嗎？依據我們的教義，未獲得教主大人認可的人不能進入這棟大樓。這裡是我們的聖地，要是你們強行闖進來，我們就會集體自殺。規定就是這樣。所以，拜託各位，請不要硬闖進來。我們會釋放人質。拜託了，請不要管我們。我們只是靜靜地在這裡修行而已。」

事態的演變愈來愈詭異。拿著擴音器的男人以無線電徵詢裁斷。因此，他說的話並不代表他的立場，而是在傳達警視廳總部的意思。

「那麼，請盡速釋放人質。我們還查出你們擁有大量武器，針對這一點，我們手上也有拘捕令。請放下武器，立即打開大門。」

「我們沒有武器。」

「請打開大門。」

「我們沒有武器。就和伊拉克沒有大規模毀滅性武器一樣，就和阿富汗沒有窩藏賓拉登一樣。」

「我們會提供手機。接下來會透過手機聆聽你們的要求──」

「我們沒有要求。只希望釋放人質後，你們可以離開。我們不需要手機。你們只是不想讓媒體播出我們的對話吧？」

機動隊的反應慢了半拍。女人接續說著。

「假設，我只是假設，雖然覺得不可能，但你們的目的是不是和即將到來的選舉有關呢？是因為不希望政權輪替後，把現在正在進行的大規模公共事業的利權拱手讓人嗎？現在許多利權正在協商當中，美方是不是也強烈要求維持目前的執政黨呢？因為選舉快到了，才想強調日本的強盛，好在選舉期間獲得有利的風向？每當國家內政遇到瓶頸，政府就會利用外交手段轉移國民的注意力，讓全國人民同仇敵愾。這是一貫的操弄手法。不過，這次的結果好像不如人意。因為經常在選舉前挑釁說要發射導彈的北韓，很遺憾地這次似乎沒有半點動靜。韓國和中國又很少抨擊日本。你們是想表現出執政黨強悍的形象好贏得選舉嗎？然後透過這個事件，再促使國家稍微趨向右派？如今這個國家對於強力鎮壓恐怖分子的政府，已經沒有那麼強烈的批判了，反而會得到掌聲。說不定這還關係到擴大警察權限和強化裝備的權利。不然單憑這些嫌疑就出動機動隊，實在太可疑了。這背後一定有不為人知的陰謀。站在你們的立場，這也許是場解救人質的精彩表演，但站在我們的立場，我們才不想被捲進無謂的紛爭裡。」

女人的言論傳送到了全國每個角落。在大範圍拉起的封鎖線外側，不只電視台，報紙和雜誌的記者也成群守在現場。警方回答道：

「請不要情急之下胡說八道，想混淆視聽也沒有用。」

「你們以為我們沒有發現躲在大樓另一邊的ＳＡＴ[10]嗎？請各位冷靜下來，請冷靜下來。」

機動隊不再有任何反應。上頭下達了某些指令。電視攝影機想拍攝特殊急襲部隊，但沒能如願。

「唉，唉，部隊就要攻進來了，要求對方冷靜下來的我們將會被殘忍地殺害。我們明明會釋放人質，明明什麼壞事也沒有做啊。在我們死後，政府八成會捏造假消息說我們是危險集團，好搏得輿論的認同。而且事關國家安全，所以我只是假設，雖然覺得不可能，但鎮壓手法是不是會用最近訂定的特定祕密保護法掩蓋掉呢？你們不會這麼做吧？不會這麼做吧？唉，唉，部隊就要攻進來了。如果真的闖進來，我們就只有死路一條了。」

機動隊動作一致地重新舉好盾牌。現場氣氛緊張，媒體譁然騷動。要動手嗎？這種情況下闖進去不要緊嗎？記者們議論紛紛。真的嗎？在這種情形下？但是，攝影機拍不到的特殊急襲部隊忽然停止了動作。聽到無線電傳來的消息，機動隊啞然失聲。直播著現場狀況的電視新聞忽然一陣手忙腳亂，所有節目全都切換了畫面，各家電視台的播報員也都唸出了內容相同的新聞稿：有武裝勢力闖進了電視台。但是，頻道轉到了JBA的觀眾卻看見了不同的影像。畫面中，突然出現一名手持衝鋒槍的年輕男子。神色陰鬱，槍口對著男播報員。

10：SAT（Special Assault Team），指特殊急襲部隊，隸屬日本警視廳的特殊部隊，主要對應組織犯罪與恐怖攻擊等。

18

拿著衝鋒槍對準男播報員的人正是篠原。表情沉痛的他，忽然在畫面上哭了出來。一邊哭著，一邊對攝影機說：

「拜託各位了……請冷靜下來。」

篠原繼續哭著。

「我們……只能這麼做了。一旦闖進教團大樓，他們就必須遵照他們宗教的教義，集體自殺……所以拜託了，請別去管他們。」

男播報員錯愕地看著邊哭邊用槍口對著自己的篠原。攝影棚裡糾集了不少電視台的工作人員，十幾個男人圍住這些人質，衝鋒槍的槍口朝向他們。

「一旦中斷播放，我們就會殺了這些人。這段影像不只在電視上播放，也已經連上網路，傳送到了全世界。」

篠原又說。

「我們這個集團原本已經在一年前脫離教團，與他們毫無瓜葛。但是，我們並不是因為憎恨彼此才離開。我們還是會擔心他們、想解救他們，希望別讓他們集體自殺。我們雖然持有武器，但教團裡的同伴手無寸鐵，一點危險性也沒有……如各位所見，現在我們闖進了電視台。雖然是逼不得已，但犯罪就是犯罪。我對反抗的保全開了槍，但沒有殺了他。現在，我們會釋放兩名人質，也已經叫了救護車。我是狙擊專家，已經避開了要害，所以他們不會死。但是，我開了槍仍舊是不爭的事實。所以我有罪。不過我們都已經做好了準備，會立刻放下武器，釋放人質，停止占領電視台，乖乖束手就擒。所以……所以，請千萬不要闖進教團裡頭。拜託你們了，請冷靜下來。讓我們好好談談吧。」

被衝鋒槍抵著的男播報員一句話也說不出來。

「我們只有一個要求，就是國家從此不再干預教團。就和以前一樣，任由他們自生自滅。不過，我不相信口頭承諾，請承認教團所在的土地為獨立國家。如果辦不到，就請承認那塊占地為臨時自治區。出動了這麼多警力，如果不答應這個要求，我們就再也無法相信政府了。以前口口聲聲說核能發電非常安全，現在卻發現其實根本不是這樣，所以你們說的話已經失去了信用。因此，現在請正式經由內閣會議決定，認可我們成立自治區。如果不做到這一步，我們也會很為難。再來，請你們認同這一連串事件和我們的教主毫無關係。該負責的人會離開那棟大樓，接受警方的調查。如有必要，也可以逮捕他。但是，請不要追究我們的教主。這點應該辦得到。你們應該辦得到。因為你們經歷過東京審判。第二次世界大戰日本戰敗時，由戰勝國來審判日本的『戰犯』。有些負責審判的國家還認為，應該向當時『統治』日本的天皇追究戰爭責任。但是，天皇並未受到制裁。這也是當然的。發動戰爭的是政府，天皇對於開戰抱持著反對意見，況且天皇終歸只是形式上的『統治』，實際上政治的操作全掌握在政府手中。我並不是要把我們的教主和天皇擺在同等的地位上。我怎麼可能這麼想。天皇貴為日本主神天照大神的子孫，我們非常尊敬他。更何況，我們只是希望成立自治區，所以也樂於被納入你們的國家底下。我的意思，只是希望這次能夠效法東京審判，在我們身上套用相同的作法。所以，請不要對教主出手。希望在我們自首之後，一切就都劃下句點。經歷過東京審判的你們，應該辦得到才對。」

平井茫然地看著投映在會議室螢幕上的男人。當上警備部警備二課長兩年了，怎麼也沒想到會被捲進這種事件裡。他斜眼偷看副總監和警備部長的臉色。在場還有刑事部長、公安部長、外事三課長、警備一課長和組織犯罪對策五課長等人。他們同樣一臉木然。自治區？這是什麼天大的笑話？話說回來，竟然是歹徒反過來要警方冷靜一點，這又是怎麼搞的？

而且，當初傳回來的情報和現在的實際情況相差太多了。情報指出，有個以暗號X來稱呼的教團潛伏在公寓的某一層樓，他們持有武器，隨時都會發動恐怖攻擊，甚至還綁架了兩位市民。當中還有人與非洲的武裝組織過從甚密，所以這個教團被視為國際恐怖組織的基層黨羽。警方原本打算一鼓作氣鎮壓，畢竟這是現今國際社會的常識。但是，怎麼會平白無故冒出集體自殺這種事？而且不只是公寓的某一層樓，是整棟大樓都有信徒嗎？怎麼回事？這種情形下根本無法進行鎮壓，這和得到的情報落差太大了。是在哪個環節出了差錯？還是有人刻意為之？根據自己無從想像的「上頭」的要求？這麼說來，剛剛還在的公安四課長此刻竟不見人影。

眼下的事態非常棘手，因為交涉對象不只一個，變成了兩個。而且占領電視台的集團和教團沒有什麼接觸，說不定他們雙方並未達成共識。如果真是這樣，平井想，幾乎沒有辦法能解決這道難題吧？自治區？那幫傢伙真以為他們會答應這種要求嗎？

這是現實嗎？望著畫面中占領電視台的男人們，而且是一群邊哭邊行動的男人，平井回想起了一九九五年邪教團體在地下鐵噴灑沙林毒氣的事件。當時也是這樣，他壓根認為不可能發生的事情，就活生生地擺在眼前。在地下鐵散布毒氣，究竟那幫傢伙是想達到什麼目的？當時任職於法務省刑事局的平井想破頭也無法理解。與世隔絕的邪教團體，與外界隔離的時間愈長，愈會與現實和常識脫軌，然後就突然以「非現實」的姿態出現在現實世界裡。當時他還心想，這簡直像是虛構故事，那一瞬間，如漫畫般扭曲的虛構情節忽然出現在現實和日常生活裡。攻擊紐約的九一一事件也是，當時誰能馬上意識到眼前的光景是現實？那麼荒誕的事竟發生在現實社會裡。面對無預警出現的虛構，現實和日常生活顯得如此不堪一擊。自治區？放過首領？東京審判？這群傢伙在胡說些什麼啊？

但是，他有種預感。

最好別讓這些人再說下去了。

政務官從門口走進來。是政府派來的代表。警視總監和警察廳長官也跟著走了進來。政務官附耳向警備部長說了些悄悄話，警備部長搖了搖頭。但政務官繼續耳語，警備部長也繼續搖頭，然後緩緩開口。

「現況和你們提供的情報出入太大了。如果這時候強行攻堅，造成眾多傷亡，事後要怎麼處理？別說得那麼容易。」

「……他們可是持有武器的。」

「我知道。但是，凡事都該講求時機，這樣會變成是我們先攻擊對方。你能向射殺他們的部下們說明嗎？」

「這是命令。」

「那誰要負這個責任？你說說看？我是不介意這麼做，但其他有誰能負責？」

畫面中的篠原又開口了。會議室裡的所有人看向螢幕。

「請各位別以為只有我們這群人……剛剛已經啟動了……很快就會有新聞報導了吧。」

簡直一頭霧水。但是，眾人都沉默著繼續緊盯畫面，現場安靜得連根針掉到地上都聽得到。然而其他轉播大樓與機動隊的新聞畫面上，都出現了一串白色字幕。緊接著會議室的電話鈴聲大作——愛知縣發生了大規模爆炸，死傷人數不明。

「……各位應該很快就會收到影片吧。」

篠原說，依然哭個不停。

「那裡方圓三十公尺應該都被炸毀了。但請放心，沒有人受傷，也沒有人死亡。我們的同伴在一旁確實地看守著。之後會透過影片告訴各位爆炸的規模。至於炸彈的引爆方式，是設定手機為啟動開關。只要撥打某組號碼到手機，炸彈就會爆炸。這次的爆炸只是警告。現在，全國好幾個地方都安裝了這種炸彈，而且乍看之下根本看不出來。如果我現在把那些號碼都列在這裡，各位認為會發生什麼事……？說不定正在看電視的某個人會撥打其中一組號碼吧。也就是說，大部分的國民手上都有著能夠引爆炸彈的裝置。因為每個人都有手機。」

會議室籠罩著死寂。

「……不過，請各位放心，我不會這麼做。但是，只要有警察闖進我們這裡或是教團大樓，簡單來說，就是在政府攔截了電視直播的瞬間，我們在外面的同伴就會同時撥打那些電話。炸彈不只爆炸，還會噴灑出大量沙林毒氣，到時會導致上千人死亡吧。反正你們一闖進來，我們就只有死路一條，而且根據我們的教義，我們都能成為英雄前往天堂，早就不需要覺悟或勇氣了。要阻止我們還有一個方法，那就是和電信業者聯手，讓全日本所有手機都收不到訊號……你們一定會這麼想吧？但是，這麼做也沒用，因為我們還能用無線電操作。」

平井繼續緊盯螢幕，除此之外束手無策。這是沒有特定場所的恐怖攻擊。

「那就讓我們來看看，日本這個國家為了『面子』，是否真的不在乎犧牲掉那麼多條人命吧。」

會議室裡，沉默持續蔓延。政務官開始打電話，會議室裡所有人都看著他。但是，早就沒有選擇的餘地了。平井有這種感覺。會議室裡的每個人也都這麼認為。

「暫時停止強行攻堅。」

政務官嘟嘟噥噥地說。

「談判吧。事已至此，只能依照一九九八年那次內閣會議訂下的規定，在內閣設置應變總部。此外……向全國各警察局下達通知，即刻逮捕所有與教團有關聯的人……然後展開地毯式搜索，搜查可能裝設炸彈的地方……儘管希望渺茫，但全國每個角落都不能放過……」

19

「他們說不定能聽到我們的聲音。」

ＪＭＮ電視台的特別報導中，一名白髮評論家低聲說。

「喂，教團的人，你們在看我們的節目嗎？在看的話就給點反應吧。」

白髮評論家朝著畫面呼喊。ＪＭＮ特別報導的攝影棚中央擺著巨大螢幕，轉播篠原拿著手槍站立的ＪＢＡ電視台畫面。儘管變成以螢幕借用其他電視台的畫面，但事態緊急，所有節目都採取相同的作法。

「不應聲嗎？你們到底是誰？」

播報員試圖阻止白髮評論家，現在這樣刺激歹徒顯然不明智。然而，篠原開口回答了。他們透過好幾台電腦同時監控著所有節目。播放著ＪＭＮ節目畫面的電腦搬到了篠原跟前。

「我能聽到你說的話。但我們是誰並不重要，而且，我認為你們可以理解我們。」

人在ＪＢＡ的篠原回答了ＪＭＮ的問題。觀眾親眼目睹了如同視訊電話般的對話方式。其他電視台不約而同急忙地想跟篠原連線，但現在篠原眼中只有一台電腦，只看著ＪＭＮ。他們建構的系統還沒有厲害到可以同時連上所有節目。

「……理解你們？」

「對。因為，你們也有信仰的神吧？」

「神嗎？大家各有不同的信仰，不過——」

「各有不同？你們的信仰不就是靖國神社嗎？身為國家元首的總理大臣在大批媒體面前祭拜、宣傳一介宗教法人，難道還不算是國教？」

「啊？這話不對，日本沒有國教。我也反對首相參拜靖國神社。但如果真要為他辯護，他是在祭奠陣亡將士。那是追悼，不是宗教聲明。」

「追悼？靖國神社是陣亡將士的追悼設施嗎？」

篠原說完，吸了一口氣後又道：

「靖國神社是在進入明治時代以後建立的，還算是新神社。祭祀的對象主要是守護國家而在戰場上陣亡的將士們。但是，比如元寇蒙古帝國在全世界擴張版圖時，成功抵禦了入侵的鎌倉幕府士兵們，卻沒有一同受到祭拜。其他國家都遭受到蒙古帝國的侵略時，日本卻打贏了。而且還打贏兩次，守住了國家。但是，他們卻沒有一同被祭拜。明治政府成立時，在內亂中亡故的政府軍被列為祭祀對象，但『敵方』的陣亡士兵，也就是舊幕府軍和反政府軍卻沒有。因為空襲和原子彈爆炸而喪命的無數日本國民也沒有受到祭拜。可是，曾是第二次世界大戰領導者的甲級戰犯們，卻也被列為受人祭拜的神。這是為什麼？標準很簡單，是基於特定的思想體系。入祀的基準就是是否為了天皇而戰。日本的戰爭原本大多是內亂，本著殘殺同胞的愧疚，才有了同時祭奠敵方陣亡者的習俗。然而，靖國神社卻不是這樣。你們的主神是天照大神吧？天照大神的孫子的曾孫，則是初代的天皇神武天皇。世世代代延續至今，表示我們的天皇也是天照大神的子孫吧？日本的神話和希臘神話一樣是多神教。只不過，在神話中登場的神祇的子孫成為了天皇，這一點和其他國家大不相同。第二次世界大戰期間，無數國民都非常推崇貴為天照大神子孫的天皇所統治的這個國家吧？士兵們互相勸慰『死後在靖國相見』，然後就去送死了對吧？死的時候，還有很多人高喊著天皇萬歲對吧？美國和英國都對日本士兵異常的勇敢心生畏懼對吧？而且，這些並不是過去的事吧？靖國神社的基本立場，並不是把大戰的士兵們視為犧牲者加以追悼，而是視作英靈表揚吧？表揚的意思，就是向世人宣揚他們的功績、加以讚揚對吧？靖國神社的根本理念從未改變過。被美國占領時的一九四六年曾一度差點改變，但軍事占領結束之後又恢復原狀。後來有段時期過得四海昇平，但一九七八年以後又故態復萌。始終貫徹以保守為主流的精神。堂堂國家元首卻去這種地方參拜。你們不是自稱民主主義嗎？其實你們的信仰是靖國神社吧？」

「別鬼扯了。」

白髮評論家身旁的眼鏡男冷不防大聲怒喝。他是眾所周知的保守派名嘴。

「你瞧不起英靈嗎？」

「我沒有這個意思。」

「什麼？」

「國家元首就該抬頭挺胸去參拜，然後堂而皇之地昭告天下。就像你們這些名嘴經常說的：日本在第二次世界大戰時並沒有錯。靖國的英靈是名副其實的英雄，所有國民都應該讚揚他們。他們並不是在國家錯誤的決策下被迫上戰場的犧牲者，而是在正當的戰爭中正當地奮戰了的英雄。只不過日本雖然正確，但卻打輸了。國際社會召開的東京審判根本就是顛倒是非，不去審判投擲原子彈和進行空襲的，只單方面審判戰敗國日本，我們才不承認國際社會的看法——一國元首就別扭扭捏捏地隱藏真心話，應該堂堂正正地這麼說，接著再去神社參拜。這就是靖國神社的根本理念吧？神社裡頭，不是還光明正大地只為反對東京審判的印度法官巴爾設立了石碑嗎？老實向國際社會宣布靖國的理念再去參拜吧。如果有人抗議，就像以前退出國際聯盟一樣，再退出聯合國就好了。別再當披著羊皮的狼了，靖國神社不是問心無愧嗎？」

「你聽好了！」戴著眼鏡的保守派名嘴再度咆哮。「太平洋戰爭是自衛的戰爭。受到美國三番兩次無情的經濟制裁，日本是逼不得已才開戰。他們是為了國家戰死的。」

「你們這些名嘴老是這麼說。那麼，請回答我兩個問題吧。」

警視廳的應變總部不斷致電電視台，要求他們讓電視上的評論家閉嘴，別再刺激歹徒，內閣官員和警界相關人士也如此再三催促。但是，節目仍繼續播放。篠原再次開口。

「你們都說第二次世界大戰是無可奈何。因為美國強迫我們接受《赫爾備忘錄》上的內容，所以日本只剩開戰一途。那我問你們，如果現在發生了類似的情況，你們也會那麼做嗎？既然認為那場戰爭無法避免，自認沒有做錯，那如果現在發生了類似的狀況，你們也會選擇走上同樣的路嗎？」

「我告訴你，是美國先煽動日本展開攻擊的。全世界都知道，當年美國也想參戰。你可以去查閱美國當時的資料，上頭就是這麼寫的。」

「先不管別國了。假設日本再度面對相同的情況，你們又會重蹈覆轍嗎？」

「我們不該用現在的價值觀去評判當時的價值觀。當時與現在的國際情勢也不一樣。」
「所以我的假設，是在同樣的情勢下發生了同樣的狀況啊。不然我換個問題吧。假設你現在回到了那個時代，又擁有大到足以影響當時日本整個國家的權力，你會放棄開戰嗎？」
「不會，那是時勢所趨。」
「是嗎？如果你這種人現在當上了政治家，國民肯定很不安吧。我再問一個問題，你們這些人都由衷崇拜天皇吧？」
「那還用說。」
「那我問你，因為第二次世界大戰開戰，當時政治家們不是讓天皇置身在危險當中嗎？他們的責任你怎麼看？」
「我都說了那是時勢所趨吧。所以日本國民才為了保護天皇，全都賭上了性命。」
「所謂時勢所趨，就是你們說的那場談判，也就是日本是因為美國提出的無理要求而開戰，但只要仔細研究來龍去脈，就會發現原因大半出在中國。只要從中國撤兵，就能避免戰爭。日本因為過度擴張勢力，才與美國產生了嚴重的利益衝突，對吧？戰爭都是因為利益互相衝突才發生的。這麼說來，他們是為了中國的利權才讓天皇深陷在危機中嗎？」
「胡說！當時如果撤出中國，日本的國力就會衰退，早晚會被侵略。」
「日本本身都從美國進口國內所需的大半石油了，卻還要和美國援助的中國開打，簡直蠢到了極點！根本是三歲小孩才會做的判斷！連白痴也猜得到會面臨經濟封鎖啊！日本人才沒有軟弱到失去中國利權國力就會衰退。我真希望當時是正正當當地展開國際外交，在面臨了淪為殖民地的危機時，再正正當當地開戰。這才是日本人真正該有的樣子！萬一成了殖民地，日本也不會貧困潦倒太久吧？利權其實就是利益，國家利益追根究柢也就是錢。難道比起偉大的天皇、比起士兵、比起百姓的生命，金錢更重要嗎？」

「才不是，那場戰爭是為了建立大東亞共榮圈。目標是解放當時淪為西方諸國殖民地的亞洲各國，幫助他們脫離白人充滿種族歧視的支配。」

「但卻和納粹聯手？在與納粹聯手的時候，你們就應該明白自己再也沒有理由向全世界辯解了吧？我再說一次，你們選擇和納粹聯手。如果沒有組成德義日三國同盟，美國也不至於對日本怒不可遏吧。因為當時你們要是所向披靡，就意味著納粹的勝利啊。」

「那只是一種戰略考量。當時的日本並不清楚納粹的情況。我們身為亞洲的盟主，旨在解放亞洲。」

「不清楚納粹的情況這種蠢話，最好別在國際社會上說喔。再說了，什麼解放亞洲？一九四二年時，得把多達三二一〇萬個當時稱作衛生套的保險套送往軍中當作軍需品，這種戰爭是在解放亞洲？占領之後就在當地到處興建慰安所，這種戰爭是在解放亞洲？講得還真好聽。」

篠原繼續說下去。

「你們這些掌權者都只會高喊著『理念』。但當時日本軍人中，卻有一群人的高風亮節教人難以想像。例如神風特攻隊，閱讀特攻隊員們留下的手記時，沒有人不痛哭流涕。然而，你們卻利用他們純潔的靈魂操縱百姓的觀感，讓人們以為那場戰爭是正確的，這對死者來說太失禮了吧？不只利用他們的靈魂，甚至還有人當作是賺錢的手段。況且並不是所有日本兵都像他們那樣。你們敢保證在國外的數百萬名日本兵，始終都照著軍紀行動嗎？你們高喊著『理念』，卻又沒有貫徹『理念』的國力與能力。再說了，你們口中的『理念』，根本就自命不凡而且是痴人說夢。隨著戰況愈來愈嚴峻，士兵們不斷持續著徒勞且苛刻的作戰，長時間籠罩在壓力底下，擔心著明天可能會死，不，說不定幾秒之後就會死。既不能投降也不能被俘，眼睜睜看著屍體堆積如山，長官、部下和同袍每天不計其數地死去，卻還要他們在充滿絕望的戰場上活得像個聖人君子，這根本是不懂戰爭現實面的人才會說的鬼話。結果，讓一些原本溫柔敦厚又纖細敏感的日本人陷入瘋狂，這才是那場戰爭的真面目。一手打造出那麼慘不忍睹的局面，還敢說自己沒有責任？光是日本人，士兵和百姓加起來就有好幾百萬人死亡，簡直瀕臨亡國邊緣。如果還有臉冠冕堂皇地宣稱自己是無可奈何、沒有做錯，那日本根本只是二流國家。那是對亞洲發動的侵略戰爭。戰爭本來就是汙穢的。但凡大國都有汙點。世界各大強國裡，沒有一個國家毫無汙點，也不可能有這種國家。有史以來，戰場上的殘暴行為就一直在世界各地反覆上演，到了現在也一樣。不去一一檢討自己的汙點、膚淺的預測和失誤，也不為後人留下改善對策，卻再三堅稱那場戰爭沒有錯、是情勢所逼，這種名嘴稱得上一流嗎？你們真的有資格批評我們嗎？」

「你們說的這些……」

保持著沉默的白髮評論家插嘴，卻被篠原打斷。

「我看過你的書。你說過為了亞洲的和平，日本應該放棄軍事力量。但是我問你們，我的問題很簡單。你們以為支持世界的是善嗎？世界的本質是惡。你要我們在這種情況下毫無防備嗎？即使其他國家爆發侵略和屠殺也冷眼旁觀？有史以來，日本在與外國的戰爭中，其實只輸過一次。實質上打敗日本的，歷史上只有一個國家，就是美國。而且當時日本還是處在經濟封鎖這種莫大的劣勢下。你要我們這種強國不為世界做出貢獻，只是傻傻待著嗎？話又說回來，為什麼你們嘴上都在擔心國家傾向右派，卻又不齊心協力？為什麼選舉的時候又要各別推派候選人瓜分選票，做這種對保守政黨有利的事？後人一定會嘲笑你們這種左翼分子！我想問你們，假使世界的本質是善而非惡，就像是在扮家家酒，你們的理論也行得通，那如果外星人攻打地球該怎麼辦？」

「啊？外星人？」

「你覺得我異想天開嗎？就像核能事故當時，歷任無能的政客們紛紛反駁的那樣？」

「但就算真的和外星人開戰，肯定會打輸吧。」

「所以各位的想法，就是反正到時候會輸嗎？在人類拚命和外星人決一死戰的時候，日本人只會含著手指袖手旁觀嗎？還是說，你們打算利用最擅長的談判技巧去說服外星人？或是以示威遊行迎戰外星人？」

節目現場不由得傳出了笑聲。但這時主播開口了。

「現在不是談論政治的時候吧？你們——」

「我倒覺得這是很重要的問題。」

篠原打斷了主播。

「戰爭中有數以萬計的國民死去，這個國家卻連七十年前的戰爭也歸納不出結論，沒有資格自以為是地批評我們。」

「但是，你們的行動已經不只影響到日本了，全世界也都看著你們。這個世界不容許恐怖分子的存在。」

「那我也問問這個世界吧。這個不容許恐怖分子存在的世界，真的有資格不可一世地譴責我們嗎？」

於是，篠原開始了長篇大論的發言，內容全是高原經常主張的貧困與饑餓問題。在全世界都關注著這場恐怖攻擊的情形下，篠原還當場列出了幾個實際存在的企業名稱，更在電視上公開了世界各地的社運人士各自在工作中揭露的企業犯罪。數分鐘後，各企業的日本分公司紛紛打電話向節目抗議，但節目仍繼續播出。

日本的騷動蔓延到全世界。透過網際網路，影像散播到了世界各地。各國網友又分別加上字幕，更是加速了擴散。

20

小房間內，五十多歲的男人看著電視螢幕嗤笑出聲。

「……簡直是傑作啊。哈哈哈，我們等著瞧吧，你看。」

他發出奇妙高亢的聲音不停笑著。三十多歲的男人覺得他令人發毛，但當然沒有把想法表現在臉上。

「可是，這會演變成嚴重的責任歸屬問題吧？我們也……」

「嗯？你在說什麼啊？你果然還是太嫩了。」

五十多歲的男人笑容滿面地說。

「我說過了吧，我們不需要名字，有的只是職務名稱。」

畫面中，篠原仍在高談闊論。

「例如他們提到的東京審判……審判中備受爭議的一九二八年直到一九四五年戰敗期間，你知道日本的政權輪替了幾次嗎？」

「……詳細次數的話……」

「別嚇到喔，總共十七次！十七年十七次！所以東京審判的時候，聯合國也是一個頭兩個大。因為和納粹不一樣，沒有一個可以概括承受所有罪責的大壞蛋。每個人都制訂了亂七八糟的國家政策與作戰方針，說些冠冕堂皇的話，但一看苗頭不對，就立刻卸下職務落荒而逃，不顧成千上萬的士兵和百姓不斷喪命！……所以，我們也學他們就好了。」

五十多歲的男人驀地止住笑聲。

「那個中槍的保全，現在在哪裡？」

「在新台和醫院。聽說性命保住了。」

「……嘖。」

五十多歲的男人咂了咂嘴。三十多歲的男人聽了暗自驚訝，但又覺得自己的吃驚表現有點過頭了。自己在做的勾當，他也隱約察覺到了。

「在那間醫院就沒辦法出手了。根據消息，還有另一個人也被送到了醫院吧？知道他是誰嗎？」

「是，雖然不知道名字，但推測是教團的成員。不知道是起了內鬨還是……」

「……穿什麼衣服？」

「咦？」

「我問你他穿什麼衣服。」

五十多歲的男人定定盯著三十多歲的男人，臉上不再有笑意，只有慣常的慵懶。這男人的動作永遠都懶懶散散。不，應該說是「這些男人」比較正確。

「穿著黑色連帽外套和牛仔褲，肩膀受了槍傷。」

「……被送到哪裡？」

「他是被送到笠丘醫院。」

「好。這間醫院沒問題……出門了。」

五十多歲的男人披上不新也不舊的大衣。三十多歲的男人則套上一眼看不出是哪個名牌，但絕不便宜的嶄新大衣。

拿起公事包時，三十多歲的男人發現五十多歲的男人的目光再度投向了電視。他瞇起雙眼，視線在畫面上逗留，眼神像在看著遠方，沒有任何喜怒哀樂的波動。三十多歲的男人本想催促他，但沒來由地開不了口。

「……真有一套。」

五十多歲的男人對著螢幕咕噥一聲後，抓起公事包，關上了電視。兩人步出狹窄的房間。

*

立花涼子穿越狹長的走廊。

途中經過幾名情緒激動的信徒身旁，雖然他們全向立花打招呼，但她沒有心思抬眼看他們。楢崎。立花在飄忽的意識中持續呢喃著。聽說他在一〇二三號房。楢崎就在這裡。至少我不是獨自一個人。

搭上電梯，再度走在狹長的走廊上。看見那扇門，一〇二三號房。楢崎就在裡頭。立花輕吸一口氣，敲了敲門，但沒有人應門。她再吸了一口氣，敲敲門，然後著急地一把打開了門。

開門的瞬間，立花就注意到了一切。有女人的香水味。紅色燈光的映照下，赤裸的女人跨在男人身上激烈喘息著。心跳霎時加快。男人是楢崎。而小牧正在楢崎身上嬌喘連連。

立花怔怔地站在原地。是啊，我在期待什麼？立花望著在楢崎身上扭動的小牧，感受著狂亂跳動的心臟。這裡是教團，想也知道結果當然是這樣。對現實的世界，對人生，連一丁點的期待也不該有。她一時忘記了自己很久以前就堅信的事情。

房門突然被打開，但楢崎不為所動。他以為又有別的女人進來了，但現在還不用。楢崎撐起身體，將臉龐埋進小牧的胸前。他還想和小牧做愛，繼續索求她的身體。從胸前抬起頭，看向房門的方向後，他的身體卻僵住了。立花涼子就站在那裡。

楢崎試著讓自己的身體離開小牧。察覺他的動作，小牧看向身後，也露出一臉驚訝，但她轉動著眼珠子像是有所遲疑，然後忽然微微地——細微得只有楢崎能察覺——露出了笑意。緊接著繼續在楢崎身上擺動，像是故意做給立花看。

「……請讓開。」

楢崎說。小牧將臉湊向他。

「真的嗎？如果現在不繼續的話，你就再也不能和我上床了喔？」

楢崎推開小牧，抓起手邊的床單遮住自己的下半身。立花依然望著楢崎。小牧嘀咕了些什麼，抱著衣服走出去，也沒向幹部立花點頭致意或寒暄。

「……我聽說你來了這裡。」

立花小聲說道。

「呃……嗯，也是呢……因為我那時沒有跟你做。」

她在說什麼？立花自己也不明白。但是，她一句話也想不到。該先出去再進來嗎？不，那麼做又有什麼意義？呼吸變得困難。

「……你為什麼來這裡？」

望著好不容易接著說出這句話的立花，楢崎說不出話來。但試想一下，立花涼子會出現在這裡也很正常。而自己是為了找到她才展開了一連串行動。但下一秒他又心想，其實並非如此。

「你為什麼來這裡？」是啊，自己「為什麼來這裡……？」

有著紅色照明的三坪大房間裡。床單濕透了。背上浮出的汗水急速冷卻。

楢崎僵著身體陷入沉思。我是為了見妳一面。此話不假，但又不盡然。楢崎茫然地接著思索。這確實是理由之一，但他渴望著被捲進某種無法理解的事情裡。為什麼渴望？因為他厭惡這世界。

小時候，他一直是藉著音樂抹除掉父母天天對彼此的咆哮，在腦海中回想小說的內容，進入故事情節裡，沉浸到另一個世界。不論什麼時候。在這世界發生不愉快的事情時，覺得與世界格格不入時，他都從世界中謹慎地挑選出自己喜歡的事物，如履薄冰地活在其中。以前在爛公司裡的那段日子也一樣。用賀比．漢考克的鋼琴聲蓋過上司永無止境的怒吼，用《異鄉人》裡莫梭的獨白取代自己無法融入人群的現狀，用費里尼嘉年華般的影像抹除掉自己「善於察言觀色」的個性——努力想維持父母之間的關係，結果反而讓自己疲累不堪。他一直用這些方式得過且過地虛度人生。但是，世事不如人願。現實不斷侵蝕著幻想，疲憊逐年累積，衝動就像看準了意識瞬間露出的破綻般往外溢出。溢出時所顯現的，就是暴力。對上司揮拳的暴力。而且還是半吊子暴力，在自己的拳頭眼看著要碰到上司的臉時就恢復了理智。所以，我才來到了這裡，楢崎心想。、、、、、、、、、、、為了讓自己的現實生活也活得像是幻想。加入這個來歷不明的教團，為了汙衊自己至今的人生，不對，是為了汙衊現實世界，才來到了這裡。但是，楢崎無法如實告訴立花。自己的性器還勃起著。對立花以外的女人勃起的無恥性器。自己為什麼會這樣？現在明明是前女友出現在眼前的嚴肅場面，腦海一隅卻始終存在著小牧。「真的嗎？如果現在不繼續的話，你就再也不能和我上床了喔？」小牧說的這句話令他感到恐懼。他還想抱她。為什麼自己會變成這樣？自己的身體是怎麼了？楢崎的眼眶泛淚。誰也無法感同身受的淚水，此刻就要湧出自己的眼眶。他忽然間感到憤怒。為了掩飾難為情而惱羞成怒。現在這一刻、這種情況下絕不該有的窩囊怒氣。楢崎張開嘴巴。如果是從前的自己，會因為在意對方而說不出這些話。但是，現在身處在幻想般的現實裡，這些話就不由自主脫口而出了。

「……妳為什麼接近我？」

楢崎一邊質問，一邊又覺得自己不該問。對自己吐出的話感到厭惡的同時，卻又無法抗拒想讓自己更加卑劣的渴望。

「為什麼要接近我？妳欺騙了松尾先生吧？聽說妳是罪犯，不是嗎？而且一直有個叫作高原的戀人？那為什麼還接近我？把我耍得團團轉很好玩嗎？還說了那種像要尋死的話讓我為妳擔心，自己卻早已經有戀人了？有沒有搞錯啊，妳有資格批評現在的我嗎？妳也和叫高原的男人做了這種事吧？被那個高原抱在懷裡，高興得像條狗吧？妳只是在玩弄我，死都不讓我碰妳，私底下卻偷偷跟那個叫高原的男人——」

有什麼東西在楢崎體內往下墜落。這些話了無新意，也算不上多麼粗俗，但對於個性老實的他來說，已經是粗俗到不可置信的地步了。自己已經置身在無可挽回的恥辱裡。但是，立花已恢復了冷靜。如果她和楢崎墜落到相同的地方，和普通人一樣大吵一架的話，也許還會輕鬆一些。但是，立花已經變回了原本堅強的自己。

「我要接近的人不是你，其實……是小林先生。」

楢崎大吃一驚。小林？那個偵探實習助手？

「這是教團的指示，說是需要出色的偵探，所以鎖定了小林這個男人。他在徵信社工作，雖然還是實習助手，但表現得非常優秀。我們必須趕在社會，也就是徵信社肯定他之前，先把他攬進教團。所以必須設計他，讓他不被社會看好，卻被教團大為賞識。我們有自己的情報來源。他真的是優秀的人才，雖然他自己似乎沒有意識到。」

立花的聲音依舊保持冷靜。

「要從社會上把一個人拉進教團，也必須好好打聽他周遭的人。從他身邊的人得到更多拉攏對象的情報後，再為招攬的行動做好萬全的準備。這時，你出現了。所以我在接近小林先生之前先接近了你，然後……」

立花直勾勾望著楢崎，聲音中沒有戀愛的甜蜜，也沒有情感的高昂。

「我喜歡上了你。」

楢崎整個人僵在床上不動。房內依然飄盪著小牧的香水味。

「你說得沒錯，我已經有叫作高原的戀人了。我的母親和他的父親再婚，所以我們成了兄妹，後來又成了戀人，我們的結合既奇妙又複雜，而且太過緊密。他正要走向毀滅。他在一片虛無中，不對自己的人生感興趣，而是放眼世界，為了改變世界，企圖採取可怕的行動。為了阻止他，我一直犧牲自己的人生，打算和他一同走上毀滅的道路。就在那時候，我遇見了你。明明該去拉攏小林那個男人，我卻只顧著和你見面。就像是一場無從挽回、早已失去的戀愛。一場曇花一現的戀愛。但是，我沒有勇氣和你上床。我從來沒有和高原以外的男人做過。我很害怕。怕和你上床以後，自己會改變。」

立花忽然哭了起來。楢崎只能茫然看著她。

「所以，我才從你身邊消失，再度回到自己的生活，回到自己生活的泥濘裡。為了和走向毀滅的男人分享同樣的命運，像要犧牲掉人生此後的歡喜與一切。所以……」

立花伸手搭在門上，感覺連短短幾秒鐘也無法在這房裡待下去。

「你，是我不能掌握的另一段命運。」

立花走出房間。雖然發現自己在哭，但她知道不出幾秒，這些眼淚就會在孤獨中乾涸。然後，自己又會堅強得像是學生會長一樣，為了讓所有信徒活下來，縱身躍入這起事件的漩渦裡。

走廊上的燈光幽暗昏微，猶如她們的生命。

立花在狹長的走廊上邁步。眼淚流淌的時間比她預想得還要久，最終風乾消失。

21

「請讓她去洗手間。」

穿著毛衣的男人說。回頭一看，年輕女人臉龐低垂，男人是代替她開口的吧。明明沒有勇氣反抗我們，卻自以為成了女人的同伴，為此感到陶醉呢。臉上還帶著親暱的神情。大概是想在這件事結束之後提升自己在她心目中的形象吧。看向篠原先生，他微微點頭。我拿著衝鋒槍令女人站起來，帶她去洗手間。女人穿著顯然很緊的米色長褲，白色襯衫底下透著白色內衣，貼身的襯衫徹底突顯了乳房的隆起。剛才那男人肯定想和這女人上床。

我該在哪裡等？洗手間外面嗎？但她要是從窗戶逃跑，我會被追究責任，就無法回應教主大人的期待了。於是我索性守在女人進去的那間廁所正前方。

我聽到了解開腰帶的聲音。緊接著，是緊身長褲摩擦著大腿往下拉的聲音。內褲也拉了下來。現在在門板後方，可以看見她原先藏起來的部位吧。又聽見了坐在塑膠馬桶上的聲音，然後是沖水聲。我猜她是為了蓋掉自己的聲音才沖水的吧。於是我又更靠近門。

我想到了母親。滿足了無數男人的母親。收下兩萬圓，滿足了他們的母親。我一直從錐子鑽出的小洞觀察著母親。她面帶微笑，承接男人激烈擺動腰部的動作。從下方伸出手臂，溫柔地擁抱壓在自己身上忘我地渴求著她身體的男人。即使在場的男人不只一個，她也溢著愛液喘息，用她的性器讓男人們達到頂點。肌肉發達的男人們一邊顫抖著，一邊在母親濕潤的性器裡射精。母親全在體內接了下來。就算男人們圍繞著她，現場的主角還是母親。待在渴求她身體的男人們中間，柔嫩的肌膚彷彿閃耀著光澤，彷彿有什麼從上方照亮了她。無論多少男人，母親都持續感受。他們始終不讓母親結束。我聽見了母親吞噬掉男人們的動人喘息。剛才進去這間廁所的女人，一定也可以像當年的母親那樣。母親的喘息聲變大。廁所裡的女人，一定也能滿足許多男人。

我忽然感到羡慕。竟然能夠那麼淫亂，進入遠比男人還要深層的性的領域。我開始對門後的女人心生畏懼。發覺自己的性器勃起時，我身旁似乎站著一個高大的男人。雖然看不見形體，但確實感覺到有人。我感受著加倍勃起的性器，覺得男人似曾相識。他不就是基督嗎？是類似基督的存在吧？這男人想讓我看清自己的本質嗎？

我想讓女人產生快感。逼她擺出羞恥的姿態，惹她哭泣，再讓她進入忘我的快感境界。然後，我想和她合而為一。其實我原本想一直待在教團大樓裡，但為了宣示忠誠，所以來到了這裡。廁所裡的水流聲還持續著。量肯定很多吧，因為一直在忍耐。現在這女人，也許正為了自己小便的時間太久感到難為情。沒有止盡的小便。為了表示自己正聽著她的聲音，我靠近到鞋尖都擠進了門縫裡。有什麼在催促我。我殷切地等著女人從裡頭走出來。坦白說我很想用錐子鑽個洞，觀察她現在的模樣，但此刻我也想要進入門後的世界。聽見女人穿衣服的聲音。門打開了。她封閉的世界進入了我的世界裡。我舉起衝鋒槍對著她。

「……把衣服脫了。」

女人的表情因恐懼而扭曲。真是羨慕。好羨慕接下來將被我侵犯的她，還有她的絕望。在玩弄幾次性器之後，就從屁股那邊進去吧？有些女人從後面更有快感。也有些女人被抵到深處後就發狂似地感到歡愉。雖然我不知道女人的性器有什麼感覺，但如果是後面，只要親自體驗看看，我肯定也能知道。這麼一來，我就能與她融為一體。因為明白了她會有怎樣的感覺，只要運用想像力，就能與她融為一體。我和她將封閉在我的世界裡，在當中合而為一。是一個誰也進不來的完整空間。為什麼我至今都沒想到這個主意呢？我和她將不斷喘息，永遠不離開那處空間。突然間響起了尖叫聲。這是什麼情形？為什麼她要尖叫？我的世界被抽離了眼前這個世界，逐漸分離。我被彈開——眼前出現了透明牆壁般的東西。夥伴跑來了。透明的牆壁變得更加厚重。夥伴朝我怒吼。他在說什麼？我只是想創造出自己的世界。只是想讓自己的世界出現在這個世界裡。夥伴推開我的身體，我跌坐在廁所地板上。夥伴安撫著女人，說我們並不打算做這種事。還說我們會嚴厲警告他——也就是我——讓他發誓以後再也不會這麼做。我依然跌坐在廁所裡，被留在原地。持續著勃起狀態，跌坐在廁所骯髒的地板上。這也太悲慘了吧？我太悲慘了吧？都已經勃起了啊！

手上拿著手機。我知道號碼，引爆各地炸彈的號碼。開始慢慢地感到緊張。就算打了電話，也不能算是我的錯吧？要怪就怪不聽我解釋就突然把我推開的夥伴。怒火讓意識變得渙散。才心想上一秒的記憶不見了，我便驚覺自己還握著手機，又察覺到了某件事，覺得前一秒的印象就像白色霧靄一樣。我握著手機。教主大人一定能理解我的屈辱。又來了。有什麼在遠處——我聽見了自己的呼吸聲。必須讓人知道被世界剔除的我的存在才行——我按下號碼。我不允許任何人侮辱母親。誰都不該妨礙我製造出自己的世界，他們必須受到報應。手指按下通話鍵。我的體內有什麼急速墜落。

喉嚨乾渴，心臟急遽跳動。我剛才做了什麼？我到底做了什麼？該不會做出了無可挽回的事情吧？不，是明知如此還付諸行動吧？無數思緒躍進腦海，搞不清楚自己該抓住哪一樣。可是，奇怪了。這不太對勁。號碼打不通。

我起身，再度回到攝影棚。篠原先生走向我，眼神陰沉。他在生氣。高原大人去了哪兒？我很害怕，也不喜歡篠原先生。他說不定會揍我。我討厭被揍。啊，對了，我現在手上有消息。篠原先生需要的消息——

篠原怒氣沖天地走向男信徒。

在這種情況下居然還想對女人出手？再怎麼色慾薰心也太誇張了。但篠原卻無法發洩自己的怒火。該怎麼辦？要怎麼做？篠原邊向前走邊煩惱著。機動隊如今也包圍了電視台。如果這時太過苛責他，會對後續造成影響，但若不警告他，又無法警惕其他人。

如果是高原會怎麼做？篠原思索著。雖然他視那傢伙為眼中釘，但他也許知道這種時候該怎麼處置才恰當。篠原帶著男人走到角落。

「你……」

「號碼打不通。」

對方突然小聲說。這傢伙在說什麼？

「我按了號碼。不小心，對，是不小心按到的。」

篠原愕然失聲。

「什麼？」

「可是，電話打不通。」

「啊？」

篠原一把搶過男人的手機，思緒一片混亂。他確認螢幕畫面，這傢伙確實撥打了其中一組號碼。他到底在幹什麼？不，更重要的是為什麼打不通？

「看螢幕就知道了，我……我的確撥了這支電話。可是，一直傳來電話鈴聲。但這不可能啊。不應該有鈴聲，在接通的瞬間，連接著炸彈的那支手機應該就被炸飛了才對。」

脖子和肩膀發寒。凝視著螢幕，篠原用微微顫抖的手指再度撥出號碼。確實不假。單看畫面，這傢伙真的撥了這組電話。

將手機貼在耳邊，雙腳和握著手機的手指逐漸失去力氣。

「……該死，那混帳。」

篠原不禁低聲咒罵，很想痛毆眼前畏首畏尾的男人。高原告訴了他們假號碼。

22

病房的門板輕輕響起敲門聲。

看守人員未免太早來交接了吧。身穿制服的員警從椅子上站起來，隔著房門呼喊，確認來者是誰，但沒有回應。是誰啊？員警滿腹疑惑。可是不光這裡，電梯前方、緊急逃生梯和醫院的所有出入口也都部署了看守人員。他心想著不會有問題，但還是略顯緊張地開了門。門外是兩個陌生男人。一個看來五十歲左右，另一個三十歲左右。

「交接吧。」

五十多歲的男人在昏暗中懶洋洋地說。三十多歲的男人則保持沉默。

「……兩位是？」

兩人出示識別證，是警視廳公安部。員警屏住呼吸，但說不上為什麼，他懷疑那不是真的證件。員警伸手摸向口袋裡的手機。

「我不能離開這裡，需要許可。」

「……誰的許可？」

「就是我的上司……」

五十多歲的男人輕碰向員警的右臂。那隻打算掏出手機的手臂。

「你很謹慎，這樣很好。但是，現在這裡發生了很神祕的事情，接下來也會繼續發生。是毫不在乎你會有什麼想法的、非常神祕的事。」

五十多歲的男人慵懶地接著說：

「稍後你可以去確認，剛才還在的看守員警們現在全都消失了。接下來，你也會把監視的任務交接給我們。這件事你不會告訴任何人，也不會有人來問你。你和我們交接之後，又會發生神祕的事。你以外的某個人、所有員警都沒聽過名字的冒牌員警犯下大錯，讓現在在病房裡沉睡的病人逃走了。當然，那個警察根本不存在，也沒有人會去追究他是誰。事情要是發展順利，甚至沒有人會知道歹徒逃走了，更不會鬧上新聞。而你只要對這件事三緘其口，其他什麼都不必做。一年之後，在你翹首期盼的升官考試上，你只要寫下名字就會通過，踏上飛黃騰達的刑警之路。在警視廳工作兩年後，你又突然接到人事異動。那是人人稱羨的調動。屆時在你分配到的單位裡成為你上司的人——」

五十多歲的男人用手指向三十多歲的男人。

「就是他。」

員警茫茫然望著兩人。

「至於為什麼要等三年，是為了審查你在這段時間內能否保守祕密。如果你把這件事洩漏給別人，到時就必須接受精神鑑定。之後會發生什麼事，你也明白吧？一旦接受了精神鑑定，你的人生就完了，一輩子都無法走出醫院。」

員警鬆開了本想拿出手機的右手。他心想，這是機會。雖然不明白是怎麼回事，但自己正面臨著大好機會。可遇不可求的機會。員警舉手敬禮，服從某種巨大力量的快感支配了他。

「……很好，我很看好你。果然不出我所料。其實安排你負責在這間病房看守的人……」

五十多歲的男人緩緩說道。

「也是我們。」

*

——好幾年前，這裡發生過內戰，遍地都是屍體。其中有些屍體還被割掉了性器官。為什麼要割掉？因為這裡相傳只要隨身攜帶女人的性器官，就能得到力量啊。小鎮籠罩著異味，但不久之後，可疑的商人開始拉著手推車販賣來路不明的肉。是把人類屍體剁碎煮熟後拿出來賣。我們都很餓，所以吃下去了。很好吃喔。嗯，非常好吃。雖然也有些部位很硬。啊，不過，這並不是因為我們很殘忍，是因為那個商人打麻藥打到精神不正常了。為什麼要打麻藥？因為害怕啊。在這種不知道自己什麼時候會死的情況下，誰還能保持精神正常？子彈每天在眼前飛來飛去，誰還能保持理智？我們需要麻藥，不可或缺。因為很快又會有內戰了。

——一百元。嗯，一百元就好了。給我一百元我就騎在你身上，還會像鬥牛一樣在你身上跳舞喔。咦？想不到這麼貴？為什麼？啊，哈哈哈，不是美金啦，是賴比瑞亞元。所以，呃，換算成美金的話還不到一美元呢。你是日本人嗎？日圓是什麼？貨幣？那換算起來是多少？幾十圓？到底值多少錢呀？

——這裡全是大國製造的武器嘛。

——她在問你是不是去過非洲？……嗯，這孩子好像對其他國家很感興趣……她的種姓嗎？她說是馬迪加……沒聽過這種種姓？啊，我代替她回答吧。那是比你們知道的種姓還要下等的階級，正確說來還不算在種姓內。因為她是「賤民」……你連這種事也不知道就跑來這個國家嗎？其他人不會碰她這種身分的人，看也不看一眼，因為很汙穢。買東西的時候，店員也都是用丟的把商品交給她們。雖然這違反了憲法，但在偏僻的鄉下並不少見……你要問她賣春辛不辛苦嗎？明明被視作賤民，還要問她對於來買自己的男人有什麼想法？這種事我哪問得出口。她才不辛苦。嗯？根本沒必要問吧。因為她是獻給女神耶拉瑪的妓女。連耶拉瑪也沒聽過嗎？嗯？種姓是世襲制，是命運啊。喂，你問夠了吧？快點回去吧。你還會回非洲吧？幾歲？唉，知道了，我問就是了。她說十四歲。

——我殺了附近的孩子，把他的心臟切碎吃了。當然有煮熟啊，生的哪吃得下去。啊？誰會高高興興地吃那種東西啊，別和你們那些無聊的電影混為一談。那為什麼要吃？就像咒術一樣啊，聽說吃了心臟，就不會被子彈打到。下咒術的時候，必須做出超越人類範疇的事，否則就算不上是咒術。因為吃小孩子的心臟感覺最天理不容，所以我才這麼做吧。味道？跟肝臟很像。還有，就是那個吧。用殘忍的方式殺了人時，一邊看著對方，一邊就會覺得自己還比這傢伙幸運吧？不管會怎麼死，大不了就是吃顆子彈當場斃命，所以才這麼做吧。創造愈多比自己悲慘的人，愈會覺得自己好像還比他們幸運一點。那麼，你在幹嘛？挖水井嗎？那還真是感激不盡，不過你有沒有罌粟？酒呢？嗯？喂，別不經大腦就說出「錢」這個字，要是有人聽到，就會一窩蜂湧上來……這下糟了，還有外地人。你們日本人看了會覺得膚色都一樣，但在我們之間，看一眼就知道不一樣了，而且還有口音……這下糟了。換個地方吧。快過來。你在幹嘛啊？快點往這邊走。

高原躺在病床上，睜眼醒過來，只見兩個男人低頭看著自己。一個看來五十歲上下，另一個三十歲上下。

「……你在做什麼？」

五十多歲的男人低頭看著高原說。

「快點引爆炸彈，進行破壞。」

高原的心跳加快。

「……你們是誰？」

「問什麼蠢問題。」

五十多歲的男人懶洋洋地回道。

「我們是俗稱為『R』的使者。」

高原想起身，但包著繃帶的右肩傳來劇痛，表情跟著扭曲。左臂上扎著點滴針，視野中還有護士呼叫鈴。但高原猜想，就算按了也不會有人來吧。他想起篠原對自己開了槍，腦筋陷入混亂。

「……事到如今，沒必要再來找我了吧。」

「胡說什麼，事情還沒有結束。」

五十多歲的男人靜靜吸了口氣，低聲又說。

「你不顧立花涼子會有什麼下場了嗎？」

「我……」

「快點引爆所有建築物的炸彈，造成死亡吧。得有人死才行。如果不獻上生命，神就不會高興。讓這裡也像世界各地那樣屍橫遍野吧……反正你也不在乎老百姓吧？你根本不在乎你一直瞧不起的社會大眾吧？」

對方遞來手機。是預付式的簡易型手機。

「我們離開這裡之後，你必須在今天晚上十點撥出號碼，引爆炸彈。」

高原只能愣愣看著他們。頭又開始痛了。聲音變得模糊。

「要讓立花涼子被殘忍地輪姦、性器被挖出來再被殺死，還是讓無數民眾死去。」

聲音變得更是模糊不清。

「兩者選一個吧。」

＊

兩人走在空無一人的醫院走廊上。三十多歲的男人知道，這時最好別向男人提出任何問題。坐上車子，握住方向盤踩下油門。選擇沒有車號自動讀取裝置這種監視系統的小路開進去後，他才慢慢開口。

「……『R』是什麼？」

「嗯？啊，是一種宗教。雖然已經不存在了。」

五十多歲的男人有氣無力地說。

「簡單說，就是基本教義派的宗教，他也是愚蠢的信徒之一。聽說X教團也是底下的一派，但看樣子似乎不是。不過，那個男人的確是信徒。」

車子開進了更偏僻的小路。

「還有，我先告訴你，那傢伙會引爆炸彈。」

這輛車不是高級房車。因為高級房車太過招搖。

「……你懂的吧？就是我們必須破壞教團的形象。原本計劃像表演一樣，聲勢浩大地出動機動隊包圍攻堅，鎮壓之後再抹黑他們。利用新聞報導，強調我們防範了恐怖攻擊，搏得社會大眾的喝采。這樣一來，就能在選舉上大獲全勝，也能夠成功增列龐大的國防預算和警界相關預算，促使國家上下一條心，讓國家更往右派傾斜。但想不到正式展開行動之後，電視台卻被占領，恐怖分子還滔滔不絕地發表演說。再加上，他們的要求也沒有離譜到讓我們不顧人員傷亡、強行鎮壓。所以重新編排的劇本就是……不用我說你也明白吧？我們不過是沿襲了歷史流傳下來的作法。接下來，政府將會下令實施全天候宵禁，動員警力逮捕外部的教團相關人士，向國人展現我們對抗敵人的努力。就在這時他們突然……正確地說是剛才那個狂熱信徒，那個叫作高原的男人卻在誰都沒想到的情況下炸毀了建築物。政府滿懷誠意地處理溝通，對方卻違背了約定。劇本就是這樣寫的。我們不知道哪裡有炸彈，就算發布全天候宵禁，還是會有人不幸罹難吧。到時候他們的形象會一敗塗地。那時我們再突襲那棟大樓和電視台，擊斃大半成員並且壓制住他們。到時可能會有人質犧牲，但社會大眾將不會譴責我們。因為先動手的是教團，我們是為了防止更多人受害才強行闖進去。」

五十多歲的男人說得意興闌珊。

「讓對方先發動攻擊，這是歷史的鐵則。就像戰爭經常是讓對方先動手後才開始。例如歷史上，美國也常常是讓對方先發動攻擊才開打。和日本開戰的時候，為了讓日本先攻擊，還派出了『偽裝船』，分別前往海南島和順化之間、中南半島沿岸以及金甌海岬。儘管實際上遭到攻擊的是珍珠港，但終究是美國促使日本先展開攻擊。當時羅斯福總統是不是早就知道珍珠港會遭受襲擊，這一點眾說紛紜，但只要查看美方的資料，就能明白他確實企圖讓日本先展開攻勢。我真是同情那些士兵。伊拉克戰爭時雖然打破了這個『傳統』，但戰爭期間他們也都堅稱伊拉克是邪惡的一方。日本也是。在與中國打仗時，明明是自己炸毀了南滿鐵路，卻誣賴是中國做的，然後開始了侵略行動。雖然策略很幼稚，但綜觀歷史，國民至今還是被這種手法騙得團團轉。」

「可以問個問題嗎？」

「什麼？」

「我是說萬一……我本來還以為你一直都掌握了所有消息，但是……」

「沒錯，我並非什麼都知道。」

車子繼續前進，沒有停下來。

「我只是負責實踐政府的智囊團，也就是政客的顧問們所編寫的劇本。至於為什麼要這麼做，背後又有哪些人，我一概不知。我只是推測。恐怕這群智囊團並不是幕後黑手，也不是某個特定業界在推動這次的事件。也就是幕後黑手不只一個，而有好幾個。各行各業、不分國內外的各種團體提出的要求互相重疊，他們所有人為了某種利益而引發了事件。像股價的變動也是，只要知道背後那群人是誰，就能掌握到大概。他們只是在利用國家這種體系，但國家根本不存在。除了用於抽象的解釋之外，在這個時代裡，國家其實早就不存在了。他們只是為了加以利用，才提出這個概念，對國民也是為所欲為。如果想讓人民往右派傾斜，輕而易舉就能辦到。你可以上網看看。外國的網友都支持維基解密，很多人都基於表現自由與言論自由的理念在網路上活動，但值得慶幸的是，這個國家有一些人渴望在權力之下、在保守的政府底下行動。多虧了他們願意採取行動，原本國家和有錢人都視網路為毒蛇猛獸，現在也能隨心所欲地操控了。無論我們怎麼打壓貧困階級，他們仍然擁護我們。當我們製造的武器能夠出口，即使那些武器交到恐怖分子手中，掃射了用功讀書的女孩們，他們也依然擁護我們。就算畫上了日本國旗圖案的武器打碎了孩童的內臟和骨頭，他們還是照樣擁護我們。對於那場目光短淺、導致數百萬名先人死去的戰爭，他們甚至還會說我們沒有做錯。不管我們做了什麼，只要製造出中國和韓國這些『敵人』，就會得到擁護。他們喜歡待在強大的權力身旁，沉浸在特定的思想中攻擊別人。因為攻擊別人，就能產生自己更優越的快感。他們絕對不會否定我們這些保守派。一旦相信了，之後不論聽到什麼、讀了什麼，都絕對不會否定我們。因為否定我們，就等於否定自己。很少有人能夠鼓起勇氣，與一度深信不疑的事物保持距離，質疑從前的自己而脫胎換骨。因為那樣子太痛苦了。他們根本不想要擁有自己的思考，把我們巧妙灌輸的思想當成是自己的想法，這樣就滿足了。他們不會做任何取捨。因為想成為偉大洪流裡的一分子。這次他們也會伸出援手吧。不管有再多機密資訊洩漏到網路上，他們也都會主動監視，自以為成了權力末梢的一分子，為此沾沾自喜，然後銷毀掉所有訊息。而且，他們都是出於善意才這麼做，認為自己都是為了國家。擁有正當名義的時候，打著善意的旗幟、連真面目都能隱藏起來的時候，他們就會毫不猶豫地釋放出內心的醜陋。在保護祖國不受鄰國威脅的意志驅使下，增加了我們的利益，也不知道這會使得國家面臨爭戰的危機。我們正在拉開貧富差距，他們也完全沒有注意到這就是我們的政策。為了大企業，接下來我們會接受更多工資低廉的移民，之後會有國民因為移民湧入而找不到工作，到時再讓他們痛恨移民就好了。國家傾向右派，軍武產業也日進斗金。從歷史層面來看，是保守國家非常典型的作法……我們得到的消息確實有誤。但只要這件事成功了，國家或任何人都不會有意見。就算遭到處分，充其量也是口頭警告。當新聞報導有官員受到『處分』時，一般大眾都以為是被解僱，殊不知口頭警告也是『處分』的一種。就算是『懲戒處分』，有時候甚至連減俸也沒有。這些全部都是經過完美推敲的說詞。我們的職稱可能會變，但薪水和待遇完全不變。我們這些像泥巴一樣的人會不斷蠕動，就只是職務名稱變來變去。如果出現了批評我們的政治家，就利用醜聞讓他失勢……最終，我們讓國家不停負債又貪圖暴利，一點一點地毀滅這個國家。如果進行得不順利，我們只要辭職就好了。政客不缺錢，也同樣隨時可以辭官。如果還想工作，我們和政客可以空降到任何一個企業任職，也可以遠走高飛到國外的公司。所謂的國家早已經名存實亡了。」

車子駛進幽暗裡。三十多歲的男人無法認同五十多歲的男人說的話。五十多歲的男人仍接著說：

「……但是，我也不清楚整體的布局。我猜不到X教團的企圖。」

「對象是國家。他們只會落敗。」

三十多歲的男人忍不住這麼回答。回答的同時，內心感到些許愉快。

「……太天真了。」

五十多歲的男人揚起淡淡笑容。

「你不了解澤渡這男人。」

*

醫院病床上，高原看著手機。

跟說好的不一樣。不，是跟自己的預期不一樣。

「ＹＧ」要他發動恐怖攻擊。以神之名，向世人揭露全球的貧窮問題。占領電視台、殺死生活富裕的日本人，向全世界宣揚他們的名字。還說逃離恐怖組織的自己必須這麼做。如果不照做，就要殺光他所屬教團的所有成員，尤其會輪姦並殺害他的戀人。高原認為自己無法阻止他們，就算向警方求助，警方也不可能一直隔離保護他們，至少無法保證涼子會不會某天在某處被某人攻擊。他們可能會趁著警方鬆懈的時候動手。也許五年後，或者十年後，只要還與自己有所牽扯，危險就會一直伴隨著她。就算和她斷絕來往，他們也會繼續以她做要脅。

原本他就是為了改變世界才接近澤渡。雖然還不知道要怎麼改變世界，但他一直有這種想法。然而，澤渡只顧著和女人纏綿，沒有採取會對世界產生影響的任何舉動。就在這時候，「ＹＧ」再度與他接觸。對方主張的大方向與他雷同，但又與自己不想在恐怖攻擊時殺害任何人的意圖互相牴觸。他心想，自己真正的活動已經結束了。

所以，他暗想起碼要依著自己至今的希望，改變「ＹＧ」的要求，進行不殺人的恐怖攻擊。他原本打算故意失敗——在電視上草草地陳述主張，然後採取行動，故意未能成功殺死日本人。「ＹＧ」不容許叛徒，卻不會責怪失敗者。只要執行過一次恐攻，就能彌補自己當年的背叛，再加上如果自己死了，他們應該也不會再對其他人出手。對於可能會被逮捕的其他同伴雖然感到過意不去，但也比被「ＹＧ」殺害要好多了。

但是，太奇怪了。篠原為什麼要對他開槍？

那些傢伙還在執行恐怖攻擊嗎？這場恐怖攻擊最先是「ＹＧ」發起的嗎？篠原也是「ＹＧ」

的一員嗎？如果是的話，為什麼要對自己開槍？

頭好痛，還有點想吐。

總之，必須先離開這裡。自己的行李欲言又止似地擺在病床底下。手機換成了這支預付式的，但錢包還在裡頭，還有一大綑藥錠。是止痛藥嗎？

高原走出病房，在陰暗的走廊上邁開腳步。通往緊急逃生梯的銀色大門敞開著，像是不情願地迎接自己。意思是要他從這裡離開嗎？樓梯裡不見半道人影，但剛才確實覺得有人在。

高原攔下計程車，在附近像荒廢洋房般的商務旅館要了一個小房間。必須先掌握情況。右肩又竄過刺骨疼痛，他用左手指打開電視。ＪＢＡ。畫面上，成員們正拿槍對準了人質。繼續切換頻道。高原漸漸了解目前的狀況。

這不是「ＹＧ」策劃的恐怖攻擊，高原想。這是教團的教主策劃的。

澤渡早就知道他在進行的所有事了嗎？明明知道，卻為了讓他完成恐怖攻擊計畫，而神不知鬼不覺地利用他，再計劃中途奪走行動的主導權？成員中恐怕混雜著知情的人和不知情的人。可是，為什麼澤渡要這麼大費周章？

負責準備和改造武器的吉岡在房內被殺了。他的死並不是偶然。篠原的衝鋒槍並未經過改造。

但這是怎麼一回事？要求成立自治區？而且，教團大樓在同一時間被重重包圍這件事也很可疑。

澤渡真正的目的究竟是什麼？高原的腦袋依然一片混亂。

但是，只有一件事可以肯定。剛才那兩個人是「YG」的使者，「YG」正為現況感到著急。為他們的恐怖攻擊行動，也就是我的行動被他人主導了感到著急。

高原看向手上的手機，號碼只有他知道。這起計畫裡，各方人馬錯綜複雜地牽扯在一起，但自己該做的事只有一件。涼子的性命，還是一般人的性命。答案很簡單。

自己從未肯定過這個世界。

一般人根本無關緊要。

23

教祖妙論（終章）

「……歡迎。」

盤腿坐在醫院病床上，削瘦的松尾對著鏡頭說。

「現在，我要對你們說些我一直想告訴你們的話。

這些話原本該在你們誕生的時候就告訴你們。歡迎來到這個世界。此刻，你得到了生命。從無的世界，得到了須臾的有。接下來請你們用盡全身力氣，盡情去享受這個世界吧。就像談著初戀的國中生，請傾盡全力去享受這個世界，直到最後一刻。」

在松尾住家的起居室裡，大批成員正盯著螢幕。已經知道內容的芳子站在最後頭望著這一幕。這是松尾的遺言。

「我們的宇宙從大霹靂開始，不久之後生物誕生。生物比起其他無機物質相對較不穩定，過了不久就得死亡，大概是因為要從中發展出多樣性吧。我們為什麼會活著？現在開始，我將談談自己的見解。我們活著是為了製造故事。以公司職員的身分過活的故事；一直關在房裡，二十年後才提起勇氣悄悄走到外面的故事。我們是為了創造故事才活著。我們，是為了活在我們的故事裡才活著。我們一直在這世界上不斷創造出無數故事。而且，這些故事不分優劣。

大腦由千百億個神經細胞組成，每個神經細胞又由無數突觸連接起來，無數基本粒子教人驚嘆地結合構成了我們的存在。構成原子的質子、中子和電子。為了讓世界變成現在這種樣貌，決定了電磁力強度的基本電荷值，和結合質子與中子、決定了製造原子核強度的結合常數這種奇蹟般的數值。微觀世界的基本粒子有著超乎想像的驚人構造，而作為構造的集結體，這個世界在大霹靂中誕生，〇點〇一秒後上升到一千億度，三分鐘內出現了氦等原子核。而從一百三十七億年前持續至今的這個偉大的『世界』，全都是你現在的故事的基礎。我們的生命，由如此偉大的系統支撐著。所以，也可以換個說法，說這些令人嘆為觀止的系統，全都是獻給誕生到這世上的我們。也就是說，一切全都是獻給你的。

那麼，為什麼需要故事？我不知道。但是，這個世界渴望著故事。因為原子充滿了創造出人類的可能性，所以也代表充滿了創造出故事的可能性。我不知道從我們不安定的生命中孕育出的各種故事，究竟會派上什麼用場。但是，世界恐怕就是這個樣子。從這世界的構成，也就是從原子充滿了這種可能性這點來看，可以假設我們活著就是為了創造故事。所謂神，指的多半就是這個世界——宇宙整體的構造，所以可以將世界的構成稱之為神。全世界所有偉大的古老宗教，也都只是基於各自的文化對神各有不同的解讀而已。

向神祈禱，說穿了，就是向萬物祈禱。向自己以外的萬物。不，自己這種個體原本也並不存在。我們的身體經常在原子結構下汰舊換新，一直在互相交換。所以也可以這麼說：向神祈禱，就是向包含自己在內的萬物祈禱。

我們既是故事的主角也是觀眾，有著觀看自己故事的意識。所以，看到最後一刻吧。只要還有意識，我們就必須見證自己的故事。

而我很快就要死了，大概就是明天吧。所以各位在觀看這段影片的時候，我已經死了。不過，這並不是什麼可怕的事。我只是回歸到無。我們原本就是無，在享受了稍縱即逝的人生後，謙虛地回歸於無。我的身體會在火化後分解成原子大小，向外擴散，再次成為基本粒子系統裡的一部分，支撐著你們的故事。我們都是一體的，是構成這世界偉大事物的一部分。

為了創造故事，我們才活著。所以，誰也沒有權利抹殺他人的故事。人類是這個世界創造出來的，也就是這個構造本身、是神創造出來的。沒有人有權利殺害這個世界／神所創造出來的人類。除了進食以外，除了藉由進食以延續生命這個理由以外，沒人有殺害生命的權利。神不會說要殺人。會說這種話的，都是高舉著神的名義的騙子。就姑且稱這些現代的騙子是想操控人心的詐騙預言家吧。說起來，那些詐騙預言家究竟是基於什麼權利、又有什麼證據，才能夠成為神的代言人？為什麼那些人會知道這是神的願望？他們手上有什麼證據？證人是誰？又是基於多高的準確性代替神發言？區區人類，怎麼可能了解神的真意。所以，他們原本都該小心謹慎地推敲以傳達訊息，說神可能是怎麼想的，而不應該說出發動戰爭吧、殺人吧，這種形同決策的神諭。再怎麼崇拜神，也不該崇拜高喊著神之名，要求發動戰爭和殺人的現代詐騙預言家。他們只是平凡的人類。和我們一樣，不過是會大便和做愛的人類。請各位時時刻刻謹記，崇拜那些詐騙預言家，就有可能背離了神。自己會不會被詐騙預言家欺騙，各位可以看作是神的考驗。本來預言家都該戰戰兢兢地揣測偉大神明的旨意，對神保持謙遜的態度，一介人類絕不能妄加斷定神意。說出開戰和殺人這種明確的指示，對於創造出人類的神，是一種越權的行為。

現在，日本國內興起一股追逐快感的勢力。第二次世界大戰時，日本追求了快感。比起個人，團體更重要，崇拜國家吧。當置身在那股狂熱中，就會產生一種快感。人們能夠忘卻自己的渺小，得到崇高的『正當名義』後，從不得不自己思考自己人生這種『自由』所造成的『困頓』中解放。現在日本有一些人正想要重現當年的狂熱。

那種感覺的確很痛快吧。感受著身為日本人的驕傲，崇拜某個人到不惜為他賣命，向著國旗敬禮。那種感覺很美好吧。但是，那種感到美好的狀態對人類來說非常危險，只要一個小小的導火線就可能導致失控。當年納粹政權下的德國，在高舉右手吶喊著希特勒萬歲的國民中，有很多人都在當下感受到了快樂吧。不能讓人們再度陷入那種狀態。不單在日本，從以前到現在，這種快感都在世界各地周而復始地出現。我們該做的，就是從人類史中驅逐那些以神之名要求殺害人類的團體，避開因為極權主義而產生快感的狀態。如此一來，我們人類才能前進到第二階段。

從第二次世界大戰前直到戰敗，日本的政權輪替了十七次，戰爭卻始終打得一場糊塗。在日本，體制一旦完成，就再也無法阻止。製造出美好假象的政府，無法阻止感到興奮的自己以及國民。無論首相怎麼輪替，沉浸在快感中的軍人們根本不會想到投降，而持續對屬下下達荒唐至極的作戰命令。請各位回想一下戰爭期間，關東軍在中國惹怒了全世界的那場暴行吧。連溫和的政治家們也阻止不了那起暴行。在亢奮的狀態下，不可能當個和平的國家、保持平衡。各位以為現在的政客有能力保持那種平衡嗎？能夠讓一億兩千萬人在極權主義的快感下，永遠保持著恰到好處的平衡嗎？只會和以前一樣再度失控罷了。那種快感如果復甦，日本又會陷入危險的狀態。迫害日本人以外的民族，沉溺在快感中，再次在歷史上留下汙點。就和第二次世界大戰時一樣。一部分的人失去控制，所有人都被牽著鼻子走。我們非做不可的，就是把那些陣亡將士視作犧牲者，由衷追悼，而不是將他們視為英雄。當然，嘴上說他們是英雄、讓他們前往戰場赴死，戰後又突然改口說他們是犧牲者，這麼做未免太殘忍了。但是，若不先跨過這個殘忍的階段，我們就無法更進一步。國家首相必須擔任代表，向已故的將士們低頭謝罪，流著眼淚向他們解釋：我們渴望和平，絕不能讓那種快感再度復甦。所以，雖然非常自私，雖然這麼做非常殘忍，但今後我們將把你們視為犧牲者。我們永遠也不會忘記是我們將你們美化成英雄、送你們前往戰場，卻又在事後讓你們變成了受害者。今後我們會永遠緬懷你們，記取這個慘痛的教訓，永遠記得你們所做的一切。而作為補償，我們會讓世界保持和平——如果把他們吹捧成英雄，就又會有人自願成為英雄送死。愈把士兵推崇成英雄，我們離戰爭就愈近。要是崇拜他們，就會出現憧憬他們的人。當國家傾向開戰時，那些人就不可能成為反對勢力。

杜斯妥也夫斯基說過，人一旦被灌輸了某種思想，就很難改變。即使用理論去反駁理論，對方因此改變想法的例子還是極為稀少。杜斯妥也夫斯基說，他們如果會變，都是因為情感上的變化。而且光是否定他們的思想是不行的，如果沒有得到其他的替代思想，他們絕對不會改變。我覺得他說得很正確。所以，我也必須提供其他的替代思想才行。但是很遺憾，我無法提供足以與那種單純快感抗衡的替代思想，我也沒有那種能力。

所以我要說的都是些不中聽的話。我，即將離開人世的我，直到最後都還是要說這些不中聽的話。

我們的存在，應該要讓那些連聲高喊和平，卻希望戰爭開打的國家感到如坐針氈。難不成看到其他國家發生動亂、人民受苦，卻要見死不救嗎？我這樣說太偏激了。但是，各位想過那些『紛爭』背後的內幕嗎？一切都與大國的陰謀有關。規模龐大的軍需產業不斷圖利，想在戰後重建中牟取利益的企業們也在暗中活動。我希望我們的國家不光著眼表面，也要譴責幕後的黑手。當有地區快要發生紛爭的時候就衝過去，為了阻止大國企業在『紛爭』中得利，必須每次都在事前阻止『紛爭』發生。我們必須貫徹和平的理念，並時時提倡。一旦這點改變，現在現實裡早已經大幅偏離常軌的煞車，就真的再也起不了作用了。當他國發生爭端，我們就該理直氣壯地向世界公開那背後有哪國和哪國的企業插手，哪國和哪國又透過這場紛爭企圖獲利，都是因為幕後有一群敗類在操控。只要幕後的那些人停止行動，戰爭就會結束。反過來說，只要有人一直在背後搞鬼，戰爭就不會有結束的一天。我們應該竭盡所能，在現實中打造一個戰爭無法發生的體制，並嚴加管制在暗中活動的軍需產業。就在現在這一秒鐘，他們還在向全世界散播大量武器，我們必須想辦法遏止。愈多武器充斥這個世界，就愈容易引發爭戰。面對在背地裡操控小國和武裝勢力的各個大國，我們也必須堅定地說出自己的意見。我的意思絕不是要日本放棄國防，這種話太膚淺又不負責任了。我們只要基於自衛權，保有能與先進國家抗衡的必要軍事設備就夠了。光是這樣，我們擁有的設備在全世界就已經是數一數二了。我們在第二次世界大戰時，不只是單純的加害者，還是經歷過原子彈爆炸和平民死於空襲屠殺的被害者。我們的經歷很特殊，既是加害者，也是被害者。各位難道不在乎和他國同化之後，會就此失去我們的特殊性嗎？不在乎會失去我們的獨創性嗎？既然瑞士可以是永久中立國，日本也應該能成為追求和平的國家。一旦失去了這種獨創性，第二次世界大戰中那些不計其數的陣亡者，才真正是死得毫無意義吧？我辦不到，絕對辦不到。我希望我們的國家與眾不同，會反思那些陣亡者的生命，努力弭平全世界的戰爭。日本應該要成為這樣的國家。大國的領導者們和部分跨國企業可能會心生不滿，但全世界的人民都會大力支持我們。因為在戰爭中受害的，往往是我們百姓。戰亡將士們應該也都這麼希望。他們可沒有心胸狹窄到希望後人都把他們視為英雄。他們都是品格高尚的人。這個世界——」

外頭的成員飛奔過來，一骨碌拉開起居室的門。

「外面來了很多警察，大家……」

大批警察成群結隊地衝進了起居室。

「這個世界的構成來自於保持著平衡的某種巨大力量。在保持著平衡的巨大力量中，一旦日本改變方向讓戰爭化作現實，這種平衡可能就會瓦解。」

「所有人都乖乖別動！」

其中一名員警大聲怒喝。

「我們手上有你們所有人的拘捕令，現在要逮捕你們。」

「為什麼？」

芳子問。

「我們和那個教團一點關係也沒有。」

「詳細情形等到局裡再說。開始動作！」

「到頭來，我還是不知道，一切是否在大霹靂的時候就已經注定好了。但是，我明白了一件事。雖然不知道是不是全部，但至少這世界存在著命運。更正確地說，命運經常發生在這世上每個角落。我指的並不是所有人的命運早在出生那一刻就已決定好，而是指整體。當一股巨大的洪流發生時，各式各樣的力量都會加諸在不知將滾向何方的巨石上，當巨石往其中一方掉落，那股力量就成了命運，誰也無法阻止。」

「請住手，這和我們沒有關係！」

員警壓制住大叫的芳子。成員們相繼遭到逮捕。

「住手！」

吉田制止了想反抗員警的一名成員。

「不行，別動手。我們不能變得和這些敗類一樣。」

「再加上一條妨害公務。」

「等等，他又還沒有動手，只是把你推回去而已啊。」

「下午七點〇五分，逮捕嫌犯。」

「住手。」

「放開我！」

「我現在彷彿可以聽見有人在怒吼，要我別說些場面話，說我根本不了解現實世界。但是，我想這麼反駁：說我只是在宣揚理想論的人，才真正是被美化戰爭這種理想論蠱惑了。戰爭背後，不知道有多少醜陋的利權在流動！世界就是這麼殘酷又殘忍。我會在這些怒吼中，繼續發出微弱的聲音。一旦沒了這些微弱的聲音，世界就會一口氣加速往黑暗的一邊奔去。我會不斷主張，誰也無法抹除我們的故事。就算我死了，也會一直提醒這世界要清醒過來，也會一直主張人不該因為利益喪命。就算只有一個人，就算再渺小，我們也都活在這世上。我會一直主張，這個世界是為了活得快樂而存在。」

「快點帶走！」

「住手，對方是老人家。喂，幹什麼，動作別那麼粗魯。」

「別碰我！」

「住手，沒有任何人抵抗吧？你們不那麼強勢就會不安嗎？因為知道自己在做的事情不合理，所以不這麼蠻橫就會感到不安吧？」

「帶走！他們是恐怖分子，他們都是恐怖分子！」

員警們大聲叫嚷。

「不知道他們手上有什麼，持刀反抗的話就開槍！」

「住手！」

「我們必須成為捍衛和平的國家。當我們這樣的思想傳播到全世界，也就是山丘上的巨石滾向另一邊的時候……就沒有人可以阻止世界和平的洪流。我想這麼相信。」

「大家不要抵抗。」

芳子大喊。

「所以也請你們別這麼粗魯。」

成員們一一被帶走。電視倒下，繼續傳出松尾的聲音，但已沒有人能觀看。

「我們這樣寶貴的人生，不能被極權主義吞噬；我們的故事，也不能被任何人侵犯……我們的身體不時在汰舊換新，相互交換。不管是我，還是眼前的各位，追本溯源，其實祖先都是一樣的。潛藏在遙遠熱帶裡的某種魚類若回溯到幾億年前，也和我們擁有相同的祖先，那是如同阿米巴變形蟲的不穩定存在。也就是說，我們和地球上的某隻魚原本是一體的。從這個角度觀察世界時——」

幾名成員遭到毆打，血流如注。員警聽到他們都是恐怖分子後，全都恐懼又亢奮得失去了理智。電視機依然倒在地上，沒有人有餘力上前擺正。

「映照在我們眼中的世界，將呈現出截然不同的風景。是如此偉大的體系創造出了我們，每一個人都無比珍貴。快被日常生活壓得喘不過氣來時，就算覺得勉強，也請試著拓展自己的意識吧。在浩瀚無垠的宇宙與基本粒子體系中，驕傲地活下去吧。盡情地大哭大笑，全力以赴地活下去吧。請豐富你所擁有的生命，畢竟你們難得從無得到了有。最後……我想告訴各位——」

咆哮聲此起彼落。望著受傷流血的成員們，芳子流下了眼淚。

「至今真的很謝謝你們。無論別人怎麼看，我都深愛著所有的多樣性。」

內閣成立的政府應變總部接到了一通電話。

——自衛隊飛機……!

電話另一頭的聲音不停發抖。

——兩架受訓中的自衛隊飛機從雷達上消失了……正朝著中國飛過去。

24

立花涼子走到公寓大樓的玄關。

自動門上了鎖,無數鐵製路障堆疊豎立著。機動隊再出色,要突破這層路障恐怕也得花費不少工夫吧。立花也想不到真有使用這些路障的一天。看起來就像一堵不快地拒絕著世界的高牆。

該怎麼辦才好?路障前方,四十名信徒正舉槍待命。一點也不適合他們的槍。看見立花,他們都放下槍枝點頭示意。所有人都情緒激昂。在尋常的人生中,絕對體會不到的激昂。那份激昂也許最後會傳遞到指尖,令他們扣下扳機。

「防守很完美,請放心。」

一名信徒莫名地說得畢恭畢敬。像這樣表現得畢恭畢敬,令他感到快樂嗎?所有人的臉龐都興奮泛紅,沒有半個人對現況感到害怕,也沒有人沉浸在憂鬱裡。如今根本無法說服深陷在這種狀況下的他們。現在這裡不受這種氣氛影響的正常人，就只剩楢崎一個人了。不，她已經不確定他是否還正常了。就連對自己也沒有自信。

從玄關回到走廊。某間房中傳來了女人的喘息。想必是在高亢的情緒下，懷抱著異常的興奮互相索求吧。她在走廊上與一名女子錯身而過。立花叫住對方。

「……妳要去哪裡？」

「去慰勞守在玄關的那些人。」

是銅鈑嫘縈的女人。信徒們從在聲色場所工作的女人中招攬進來的其中一人。她應該不是信徒，臉頰卻也布滿紅暈。

「是嘛。」

說完「是嘛」之後該接什麼呢？立花也不知道。但電梯門打開，杉本走了出來。杉本是女性幹部之一，也是教主特別中意的女人。她很輕視不願與教主上床的立花，但沒有表現出來。

「莉娜小姐，教主大人召見妳。」

她也顯得很激動。剛才她對機動隊發表的演說，在信徒間搏得了滿堂彩。

立花只是微微頷首，沒有詢問理由。就算問了，對方也不會回答。

與杉本錯身走進電梯，前往二十樓，再接著走樓梯到二十一樓。大門前有兩名信徒，他們向立花打招呼。

「教主大人在等您。」

房門打開了，在立花走進去後又即刻關上。澤渡在裡頭。好久沒見到他了。她一直在外頭追查警方可疑的舉動，但就算想向他報告，他也不肯會見。

「去外面吧。」

澤渡小聲地說，乏力地坐在椅子上，出神地望著立花前方的空間。立花感受到了一股壓迫。她並不認為這男人有多特別，但一站在這男人跟前，身體就不由得開始緊繃。

「……去外面？」

「對方說的兩個人質中……我們說了會釋放一個人……嗯，就釋放妳吧。」

「為什麼？」

「妳假裝成人質……當證人告訴他們……我們完全沒有加害於妳。」

立花張開嘴巴，卻發現自己緊張得發不出聲音。但是，她非說不可。怒火湧上心頭。這男人，立花想，應該就是這男人計劃了一切。立花再次開口。

「是因為我現在成了絆腳石嗎？……您接下來打算做什麼？」

澤渡一瞬間疑惑地看著立花涼子，然後似乎淺淺笑了。但是，只是看起來像那樣。立花不可能知道澤渡現在是什麼心情。

「還是老樣子……」

澤渡有氣無力地說，但好像稍微感興趣了。

「妳老是這麼認真，認真到了痛苦的地步。這就是妳的生存方式吧？」

「我發誓對您效忠——」

「不用再說謊了。」

立花的身體倏地僵住。

「那些事不重要。嗯嗯。那麼，現在到外面去吧。杉……杉本……會用擴音器和他們談判。」

「我——」

立花抬高音量，也不明白自己想說什麼。

「我到底該怎麼做才好？在你這樣的存在面前，我究竟……究竟該怎麼做才好？」

才剛乾涸的眼淚又滲出了眼角。

「我不想讓他們死掉。我也不知道自己為什麼這麼想，可能只是想假裝自己是好人。可是，我還是不想讓他們送死。不，不對。我不知道。我對高原——」

自己在說些什麼？

「我只是想和高原在一起，就只是這樣而已。可是，為什麼我現在會面臨這種情況？在你這樣的怪物面前，什麼也辦不到，我——」

澤渡輕輕舉起右臂。不知為何，光是這個動作，就讓立花再也搞不懂自己該說什麼了。

「真的只是這樣而已嗎？」

「……咦？」

「**妳想要一直活在痛苦裡。**」

澤渡慵懶地說著。

「這就是妳這輩子的心願。妳只想感到痛苦。被奇怪男人的人生耍得團團轉，卻耿直認真地面對，然後在那份痛苦中自我安慰。這就是妳。這就是妳這輩子唯一的心願。」

立花什麼也無法思考。

「我見過妳的母親。」

「……咦？」

「妳和她一模一樣。妳很像妳所討厭的母親。」

房門打開，男人們催促著立花。立花不得不神色茫然地走出房間。

當她回過神，杉本已經在房裡對著自己說話。我要被趕出這棟大樓了，立花怔怔想道。沒有拯救半個人，就要被趕出去了。杉本看起來像在微笑。這個討厭她的女人。一面露出擔心的表情，一面又為她要被趕到外頭而高興。今天臉上也化著無懈可擊的妝，不單討教主喜歡，顯然也有意吸引其他男信徒的注意。

立花站在廁所裡。為什麼自己會在廁所？因為我想上廁所？不，是我的身體正抗拒著什麼。我就是我，不能被那男人牽著鼻子走。我就是我。我……。

走向廁所途中遇到一名信徒。對方手上有一把小槍。

「等等，那把槍借我。」

「咦？啊，好的。請。」

信徒態度恭敬地將小槍交給立花。她靜靜地放進口袋。

「妳要高舉著雙手走出大樓。不過，他們可能會趁機衝進來。這件事非常危險。」

杉本繼續叮囑著回到房間的立花，但她一句話也沒有聽進去。

她要離開這裡。立花努力保持自己的意識。離開這裡，去見高原。立花微微垂下目光，注視著灰色地板。從前，她覺得他們什麼都辦得到。躺在小床上，當他為饑餓的記憶所苦時，他們就彼此擁抱著熬過去。無論世界多麼殘酷，帶給他們怎樣的傷痛，只要兩個人在一起就不要緊，兩個人在一起就能忍受。向這世界證明當年的他們吧。畢竟她曾以為他們無所不能。立花靜靜撫摸口袋裡的手槍。

她必須解開他身上的神的束縛。一旦解開了，一定就能有所改變。立花仍然這麼認為。

*

「這是怎麼回事？」

內閣應變總部的會議室裡，神情茫然的一人氣得咆哮。

「受訓中的自衛隊飛機？這也太荒唐了。」

「但是，這是事實吧？必須即刻處理。」

回答的男人表情也很茫然。另一個茫然的人靜靜說道：

「前進的目的地是中國。從方向來看，應該是北京……報告指出，可能和這次的恐怖攻擊沒有關係。」

會議室內嘈雜起來。

「所以是……？」

「有可能是國內的部分激進分子拉攏了兩名自衛隊員，將他們洗腦，讓他們攻擊中國。」

沉默持續著。但是，不一會兒又一個神色茫然的人開口了。

「要是演變成日本軍用機攻擊北京……到時戰爭勢必……」

「打下來。」

又有另一個人說了。

「現在馬上讓自衛隊飛機起飛，一發現那兩架軍機就打下來。」

「……只有這個辦法了。可是……真的好嗎？我是審慎起見才這麼說。」

接著另一個人又說。

「他們是我們煽動的。是我們讓他們敵視鄰國。為了在製造出『敵人』後提升我們的支持度，為了讓我們和我們的黨羽能對這個國家為所欲為，我們為國民創造出了鄰國這個『敵人』。他們如我們所願地感到氣憤，但已經是老人的我們，卻要把自行展開攻擊的年輕人打下來嗎？」

會議室籠罩著死寂。但是，又有一個人開口了。

「對。」

語氣很平靜。

「沒錯。」

25

高原在床上看著時鐘。

旅館裡偌大的四角形壁鐘有著木製外框。時間逕自流逝，沒有理會他的處境。自己無力抵抗「現狀」，彷彿只能眼睜睜看著它發展，高原感受到了莫大的壓迫。再過兩小時，自己就會成為世紀殺人犯。

好想抽菸。起身後，右肩又是一陣劇烈疼痛。剛才吃了看起來像是止痛藥的藥錠，但沒有什麼效果。大概是那種讓人不會想睡覺的止痛藥，藥效並不強，更何況肩上的傷口本就大幅超出了止痛藥的有效範圍。

走進電梯，離開旅館。便利商店那隨處可見的日常光芒強烈地刺激著雙眼。高原坐在鬧區的地上，抽著買來的香菸，注視著往來的人潮。無數隻腳走過眼前。這樣的視野高度令他感到熟悉。那是當年離家出走的記憶。

五歲的時候，為了逃離一喝醉酒就拳腳相向的父親，高原離家出走過。體型高大的陌生人不斷穿過身旁，高原沒有哭，只是站在街角，望著行經眼前的陌生人們。當時他感到很害怕。如果放聲嚎啕大哭，向警察求助，也許情況會有所改善吧。但是，當時的他沒有那麼聰明。看著他人的生活不斷流過，對自己毫不關心，他只是一味感到害怕。他發現這個世界對於所謂的存在，基本上就是漠不關心，與記憶中拋下自己的母親重疊。和母親很相像的人們不斷走過，行色匆匆，正眼也不看他一眼。

離家出走回來後，高原就被關在房間裡。然後父親不知所蹤，他則開始挨餓。當時，高原甚至害怕開著沒關的電視，螢幕裡，事不關己地又哭又笑的人們讓他害怕不已。是立花的母親救了高原。立花的母親從男友，也就是高原的父親口中得知了他把孩子丟在家裡，便趕來打開公寓大門，再打開高原被幽禁的房間。但是，立花母親的行動並非出自母愛，而是害怕如果高原死了，被人發現屍體，高原的父親會被逮捕。高原的父親與立花的母親結了婚，但父親幾乎不回家。

立花的母親養育他們，但稱不上是慈母，比較像是透過含辛茹苦地養育他們好向父親報復。她總是自怨自艾，自認是遭到命運捉弄的可憐女人，不時強迫高原他們表達感謝。每當她身上發生不幸，就像是有人證明了自己的人生果然很不幸那般，她又顯得不知所以地高興。與高原的父親離婚之後，她一次也沒有買過新衣服。立花的母親在高原和涼子十六歲那年因為過度疲累引發心肌梗塞去世了，第一個發現屍體的就是涼子。據說那天一大早，她就倒在廁所前的狹窄走廊上，帶著怨恨這世界的眼神，卻又隱隱含笑似地離世。

高原抽著菸，繼續眺望眼前熙攘的人潮，回想起從前聽過的《聖經》詩句。

「耶和華啊，求你將你的道指示我。／求你使我專心敬畏你的名！」

無法尊敬任何人的高原，始終把這段詩句放在心中，想要改變自己。但是，高原會錯意了。他把「求你使我專心敬畏你的名」誤以為是「求你使我專心敬畏眾人」，但該敬畏的對象應該是神才對"。不過，他覺得意思也差不了多少。若要相信眾人信奉的神，就必須保持謙遜。

「耶和華啊，求你將你的道指示我。／求你使我專心敬畏你的名！」

人群來來去去。高原依然無法由衷祝福眼前的人們幸福快樂，心中始終存在著對他人的輕蔑。他並不是覺得自己凡事都比人優秀，卻總是馬上就認定旁人微不足道，怎麼也改不了這樣的老毛病。包括自己在內，所有人都微不足道，但唯獨看見受虐的人，內心會湧起想拯救他們的心情。高原猜，可能是因為在他們身上看見了從前的自己吧。拯救愈多受到虐待的人，似乎就能回到過去拯救自己。實際上看見饑荒的報導時，高原還曾回想起從前，嘔吐不止。

但是，這一切都要結束了。炸毀市區後，自己非死不可。同時，還會被自己一直以來看輕的人們鄙視為罪犯。

自己的存在究竟算什麼呢？高原不斷苦思。

立花涼子發現了栗田，悄悄走近他。他是個高大的男人，應該就是他最先把峰野帶去「羽絨房」的。雖然銅鋑媃縈的女人拿走了峰野的隨身碟，但立花相信峰野身上帶的東西不只這些。她八成是因為尾隨教團的人才被帶來這裡，所以少說應該還帶著錢包和手機。一問之下，栗田說那些東西在他手上。

「因為做身體檢查一定會碰她的身體，所以我拜託了銅鋑媃縈的人……錢包和手機則由我保管。本來想盡快交給教主，卻因為這些事情而忘記了。」

立花涼子強行從面露猶豫的他手中拿走錢包和手機。

「關於離開這裡的方法，我覺得叫救護車比較好。」

回到杉本身邊，立花說道。

「為什麼？不許妳亂來。」

「拜託妳，因為這樣才像人質啊。而且教主大人只是嫌我礙事，才不管我的死活。所以，拜託妳了。況且比起警察，讓救護人員進來對我們來說危險性也比較低吧。」

杉本打量起立花涼子。

「……這麼一想，妳說得也許沒錯。不……對啊，可能就像妳說得那樣。而且這樣子就不是向警方屈服，而是因為人質生了病才放人，更顯得我們是人道團體。」

釋放人質的談判透過擴音器進行。好幾台電視攝影機嚴陣以待，好捕捉人質離開大樓的畫面。救護車抵達後，大樓內部瀰漫著緊張氣氛。但是，警方不能行動，如果在人道地釋放生病人質的那一刻闖進去，造成傷亡的話，會留下嚴重的負面形象。

來到路障前的兩名救護人員緊張得不得了，表情極其僵硬。這也難怪。儘管和電視報導裡給人的感覺天差地別，但畢竟還是恐怖集團。而且教團言明只能派兩個人進來，所以就算他們是假扮成救護人員的警察，應該也是什麼都做不了。

11：原文為「みなを畏れ敬うことができるように　一筋の心をわたしにお与えください」，「みな」的日文漢字可寫作「御名」也可寫作「皆」，前者才是此處的正確用法，但高原誤以為是後者，即眾人的意思。

「拜託了，她病得很嚴重。」

杉本故作擔憂地對兩名救護人員說。立花則按著肚子，渾身癱軟。

「請快點上車吧，來。」

立花被抬上擔架。他們撤開了一個路障，讓擔架通過後，再把路障搬回原位，然後又撤開另一個路障。終於來到外頭時，立花用布蓋住自己的臉，被送上了救護車。包圍住大樓的機動隊也讓路給他們過。

在立花搭乘的救護車後頭，有兩輛警車準備跟上來。立花赫然坐起身，把槍口抵在低頭察看自己的救護人員的太陽穴上。

「加速前進，甩掉警車。」

被槍抵著的救護人員吃驚得發不出聲音，這才明白眼前的人不是人質，而是恐怖分子。恐怖分子就在眼前，槍口還對著自己。駕駛員回過頭想停車，立花隨即大喊：

「停車我就開槍！我已經殺過好幾個人，所以早就麻木了。想死的話就停車。但只要你們協助我逃跑，我絕不會殺了你們。」

救護車加速前進。多虧了鳴笛聲，救護車無視於紅綠燈，疾速奔馳。後頭的警車還沒有發現加快速度的救護車出現了異狀。但是，當救護車以難以置信的速度和角度往右轉時，他們終於驚覺事態有異。

救護車，立花心想，如果要擺脫警車，除了機車，救護車是最合適的交通工具了。

「停在那棟百貨公司旁邊。」

救護車停了下來。立花跳下車，衝進百貨公司。兩輛警車在幾秒後跟著停下。立花一邊在百貨公司裡奔跑一邊脫下身上的白衣——她事前已在底下穿了襯衫和裙子。

員警不認得立花的長相，只知道跳出救護車的女人穿著類似白色法衣的衣服，就像新興宗教的信徒會穿的那種。員警們在百貨公司洶湧的人潮中怒吼，而已穿好襯衫和裙子的立花則從百貨公司的另一側出口離開，坐進停在路邊的計程車。她以乘客的身分語氣鎮定地隨便說了個目的地，讓計程車發車。警方無從逮人，就算想要通緝，也不知道逃走的人是誰，又是什麼長相。

立花拿出從栗田手中搶來的峰野的手機，打開電源，按下高原的號碼。若發現是峰野打來的，高原可能不會接，所以她選擇不顯示來電號碼，按下了通話鍵。

五十多歲的男人發現手邊的手機響了。是從高原那裡搶來的手機。未顯示號碼的來電。接起後，傳來了女人的聲音。

26

楢崎站在門前。

沒有守門的人影，房門也敞開著。門後沒有光，具有密度的昏暗層層相疊地往內部延伸。

忽然間，楢崎想起自己第一次站在松尾家門前的情景。但是，現在門後的人是澤渡。

走進房內，房門無聲地掩上。澤渡正看著這邊。慵懶地盤坐在椅子上，略往下低著頭，似乎打算說些什麼，卻又嫌麻煩似地放棄，但不一會兒又隨著吐氣開口了。

「……在那裡坐下吧。」

澤渡對面有張空蕩蕩的椅子。沒來由地，楢崎覺得自己的身體彷彿正被慢慢固定在某種圖形般的東西上。

「……找我有什麼事？」

「……嗯嗯。」

打量著楢崎，澤渡的表情好像產生了些許變化。是在變作某種特定的情感之前、以特定的表情顯現之前，內心層面的某種變化。

「……的確很像。」

澤渡的聲音讓楢崎稍微抬起了眼看要往下垂的腦袋。

「和那時候的男人很像。」

但是，他的表情變化很快就消失無蹤。

澤渡的過去

從前，我曾經想要相信基督教的神。但比起信仰，那更像是條件。我認為這世界很空洞，乏善可陳，要是沒有神這種存在會更難以忍受。所以，我的信仰來自傲慢，傲慢的我並不是一味低著頭信奉神祇，而是試圖了解神的祕密……當年還是學生的我一邊習醫，一邊調查傳統宗教的「過去」。在每一部聖典裡，都可以看到先前成立的某些事物的影子。聖典的字句本該是神的話語，事實上卻都受到了更早之前成立的故事和傳說的影響。這些事很簡單就能查到。愈是從歷史的角度看待宗教，愈是深入調查，神就離我愈來愈遠。我當然在其中看見了古代人們自私自利所留下的痕跡。神並不存在。這讓世界變得更是空洞。而且既然沒有神，也就沒有任何理由能夠阻止我的慾望。

戰後時光飛逝，我當上醫生開始工作以後，某種特定的慾望困擾著我。那種慾望總在我將銀色手術刀劃進女人雪白的身子裡時出現。面對眼前因為麻醉而失去意識的女性身體，我總會口乾舌燥，意亂情迷般恍惚起來……我的雙手，可以對眼前的人為所欲為。我的手術刀只要多移動一公分，女人的動脈就會被切斷，鮮血和生命一起往外噴濺。手術刀陷入女人的皮膚，女人的身體被剖開，我用自己的雙眼觀察著隱藏在身體內部的活動。這一刻，女人的人生、命運，以及女人得救後將發生的所有遭遇，都掌握在我的一念之間。意識到這一切時，手術刀的尖端總會微微顫抖……每一次，性器都跟著勃起。那畫面非常詭異。手上拿著手術刀、望著女人的身體，蒼白的青年竟逐漸勃起。但是，我從來都沒有讓慾望主宰自己，只是同事們偶爾會用擔心的眼神看著我口罩上方露出的雙眼。每次手術結束，我都為自己壓抑了慾望感到安心，為了冷卻高漲的情慾，就跑去花街找女人。花街的女人雖美，但那不過是種發洩。戰敗之後，這個國家仍在貧困中苟延殘喘，不斷有人生病，橫躺在我慾望面前的患者也不曾中斷過。我每每拿起手術刀，結束後就去花街。在那樣的日子裡尋找著神，愈是尋找，神的存在就愈是遠離我。

我對於行善時出現在自己身上的快樂感到好奇，但同時也對行惡時出現在自己身上的快樂感到好奇。大腦陷入錯亂。我很好奇，人類這種存在究竟能夠變成怎樣的生物？年少時，我經常面無表情地殺死蟲子。殺死蟲子的時候，也對自己內心出現的情感產生了異常的好奇……雖然同情，卻又覺得蟲子被凌遲得面目全非的樣子很可笑。關於對善惡雙方的渴望，基本上是有歌德筆下的浮士德和杜斯妥也夫斯基《群魔》中斯塔夫羅金這些先例。我閱讀了那些作品，得到慰藉，但同時也感受到了與他們的巨大差異。我的情感核心是性。性是一切的起點，他們的宗教與知識分子的痛苦卻離我很遙遠。比起他們，我的精神更接近性，更加具體，又更趨近黑暗，也距離他們軸心的善惡觀念這種敏感的苦源很遙遠。總歸一句話，我和他們相差太多了。就像希臘語中十字架唸作「stauros」一樣，在斯塔夫羅金的人物描寫背後，也經常存在著基督教[12]……我對神的探求，踏上了奇妙的方向。我拜鈴木這男人為師，當時松尾也在那裡。我興味盎然地觀察著自己認為最接近神的老師逐漸老去，不費吹灰之力就成功陷害了他。陷害他的時候，也產生了性慾。但同時，我也對行善產生渴望，不久後跨海前往亞洲諸島。我走遍得不到醫療的貧窮村落，每天忙著給藥和進行簡單的手術，像在尋找材料滿足我對行善的渴望。拯救了他人的時候，總有一種暖意包圍著我。不只讓我覺得自己是特別的存在，看著人們在獲救後欣喜若狂的模樣，也讓我產生了如成就感那般沁入心脾的快樂。

……在馬來西亞南部，我遇見了一個名叫奈拉的少女。這個美麗的十五歲女孩有著一身小麥色肌膚，但得了結核病，被隔離在貧困的村子裡，只接受過與咒術無異的治療。我給她開了在日本早已相當普及的鏈黴素，她因此恢復了健康。我為她的康復感到高興，與此同時，內心卻也感受到了一股與高興相反的情感波動。我的喜悅日漸消退。

受結核病折磨的奈拉在康復之後，她的美麗似乎也減了大半。比起之前瘦成皮包骨、處在悲劇深淵瀕臨死亡的她，我感受到的情慾淡薄了很多。當她用稚嫩的嗓音向我道謝時，體內雖然湧現了溫暖的情感，但同時又期望著她能再次生病。我的心願很快就實現了。她體內的免疫力本就不高，身體被各式各樣的病痛侵蝕，最嚴重的是心臟疾病。要是置之不理，她不久就會香消玉殞。

她得了足以致命的重度腹膜炎。我在村裡的簡易病床上為她施打麻醉後，脫下她的衣服。拿著手術刀，我的注意力被吸引了過去，喉嚨發乾。現在，這個少女的命運由我的意志全權掌握。我聚精會神凝視著她，像是要細細品味將手術刀劃進她美麗肌膚的那一瞬間。美麗的肌膚被切開來，手術刀沒入體內。只要我在她體內稍微把手術刀轉個方向，她就會噴出鮮血死去吧。沒入體內的手術刀，與體內周圍的各個致命部位，都潛藏著無限的可能性，宛如在期待著那份可能性，顫動著誘惑著我。我屏住呼吸。陷入奈拉體內的手術刀，以那銀色手術刀的刀尖為中點，我好像看見了緩緩捲動的漩渦。漩渦緩慢又悠長地旋轉著，遲遲沒有停止。我想像著手中的手術刀切開了她的致命部位，擾亂了漩渦，她因此痛苦悶哼。而我看著這樣的她，感到同情，感到悲傷，卻又繼續動著手術刀，明明沒有肉體上的刺激，卻感覺手術刀彷彿與性器連結而射精。我的

12：指斯塔夫羅金（Stavrogin）這個名字源自希臘語中的十字架「stauros」。

腦中閃過了這些妄想。在這種村子裡，就算發生醫療事故也沒有人會放在心上，何況我還因為鏈黴素而得到了村民的信賴。但是，我順利完成了手術。奈拉躺在病床上醒來後，眼眶含著淚水向我道了謝。我感覺到體內有股暖意在擴散。我給了一名少女光輝璀璨的未來，這種成就感不是誰都能感受到的。但就在體內閃現了正面情感的瞬間，我仍舊擺脫不了另一道想法。我好奇著，如果我的態度突然改變，她會有什麼反應？方才拯救了她的善良的我，如果忽然變成了冷酷無情的男人……我沒有違抗那股好奇心。這麼做的時候，內心也沒有出現善惡的交戰。在我的好奇心面前，善惡的交戰總是變得薄弱，微小得無法察覺。但唯獨心跳撲通撲通地加速。像要讓我懷有某種期待，靜靜地加快了跳動。

「……把衣服脫了。」

大概以為這是治療，少女脫了衣服，還害羞地遮著尚在發育的乳房。我走向少女。

「把所有衣服脫了，張開雙腿。妳不能違逆我。要是反抗，我再也不會為妳治療。」

我一字一句細細咀嚼，吐出了這些話。不知道為什麼，體內產生了與行善時同樣的溫度。以性命為要脅，打算強暴才十五歲少女的男人。這種醜陋更是撩撥了我的慾望。但是，接下來發生了不可思議的事。我還以為少女會不知所措，但她卻平靜地挪開了遮掩著胸部的雙手。

少女褪下內褲，朝著我張開雙腿。見到她的身體在顫抖時，我覆在了她身上。儘管是熱帶的土地，那個房間卻和日本一樣，被濕氣籠罩，冷得教人直打哆嗦。大概是縫合的傷口在痛吧，少女皺起臉龐。我很同情她，一邊安撫著傷口，一邊卻又加倍弄痛她。同情她所受的痛苦，愈是發揮想像力，愈能接近她的痛苦，極其貼近地感受她的苦痛。我對於良善的感受力，也就是感受他人痛苦的能力，已經磨練得十分敏銳。而她的痛苦愈劇烈，愈讓我情慾高漲。我持續在她身上動作的影子，投射在裂痕斑斑的灰色牆面上。見她被我這樣的人侵犯，我感到萬分同情，但那份同情卻又更加驅使著我。我溫柔地拭去她的眼淚，卻又讓她流下更多淚水。強烈的快感包覆住我。在美麗的她體內射精時，我心中萌生了淡淡的悔意。是我讓內心慾望的極小部分，第一次在這世上實現後所產生的悔意。男人射精之後，一定都會浮現這類冷靜的思考。然而，她卻流著淚對我微笑。我不明白這是怎麼回事。但是奈拉對我說，請我以後繼續救她。請繼續救她，而且，再做同樣的事也沒關係。

「……妳這麼想活命嗎？」

「不是的。」

「那是為什麼？」

她只是淌著眼淚，沒有回答我的問題。我讓她吃了安眠藥，離開房間，覺得自己似乎觸碰到了某種來歷不明的東西。也許當時，我是在給了她安眠藥之後就落荒而逃。

腹膜炎徹底痊癒，她卻又發了高燒。雖然是感冒，但可能很快就會惡化成肺炎，考慮到她的體質，甚至還有瀕死的危險。望著痛苦不已的她，我再次感受到了強烈的慾望。我給了她感冒藥，但減少用量。

我希望她一直痛苦著。如此一來，她在我心目中就一直是接近完美的。不是不給她藥，而是暗中減量，這又激起了我的慾望。她吃了我減量的藥後恢復少許力氣、能夠說上一兩句話後，我立刻又侵犯了她。但她卻在高燒的痛苦中喘息著。身子消瘦的她，用纖細的手臂牢牢地抱著我。

「為什麼？」

我壓在她身上問。

「妳現在正被我侵犯。」

「是的。」

「那是為什麼？」

「現在，我的一切都掌握在你手裡。」

她喘息著說，臉頰滿布紅暈。她的性器和成年女子一樣激烈收縮著，非常濕潤。

「憑你的意志，就可以全權掌握我的生命……我好高興。我徹底成為了你的人。我的意志不需要存在，只要全部交給你就好了。由你給我痛苦，由你給我生命跟喜悅，我是無條件服從你的小狗。請儘管侵犯我，再多抱我幾次。我、我——」

她弓起身子，面帶笑容，身體痙攣著。

「你就是我的神。」

我在她體內猛烈射精，停不下來。持續動作後，又再射精，接著繼續動作，繼續射精。

「請儘管凌虐我，請殺了我。殺了我之後，再讓我活過來，然後再殺了我。想對我做什麼都可以。我深愛著你。」

是發燒到神志不清了嗎？我納悶著。她連聲調也變得不同了，卻一直用意志清醒的雙眼注視著我。我不得不吐露自己的疑惑。

「妳愛我這種人嗎？如果有人看到我們現在的行為，會有什麼感想？」

「……你在說什麼？」

她說。

「這裡是被世界捨棄的村子，除了你之外誰也不會過來。如果你沒有出現，我早就因為結核病死了。對我來說，沒來到這座村子的人等同不存在。我不需要那些什麼也沒為我做的人的同情，也不需要遵守那些人口中的道德。」

望著在疼痛與苦悶中絕望地喘息著的奈拉，我的視野不禁模糊起來。我的舌頭在她身上游移，同時想起了佛教的思想。根據佛教的傳說，佛祖之類的神明經常混在凡人之間現身，例如乞丐其實是佛祖，或者貧窮的少年其實是佛祖。神時常這樣來到現世，化身成人測試人類。假使眼前的奈拉其實是佛祖呢？想到這，我笑了起來。那麼，我就是侵犯了佛祖。不對，我受到了測試嗎？被什麼人？要我放棄自己的敗德，疼愛奈拉嗎？要我在這裡實現佛教中那些無謂的傳說嗎？還是要我在奈拉死後後悔莫及，於是洗心革面變成大好人？每天侵犯著奈拉，我沉浸在一種奇妙的感覺裡。抱著奈拉的時候，我就像小時候殺死蟲子時做的那樣，一直仔仔細細、毫無遺漏地觀察著自己身體的感覺與內心的情感。然後我清楚明白了一件事。那就是比起奈拉歡愉地呻吟出聲，她因痛苦而發出悲鳴的時候，更能助長我的情慾。

奈拉留意到了，於是要求我更加激烈。讓自己墮入快樂的底層，甚至激烈到對身體造成的負擔帶來了痛苦。奈拉發現，她的喜悅並不會成為我的喜悅，只有她的痛苦才能為我帶來歡愉。她讓我改變體位，擺出自己更能受到凌辱的姿勢，主動迎接痛楚與苦難。當奈拉因生病而衰弱時，我愈常侵犯她。在那個當下，我總覺得自己遭到了排斥。遭到了性的排斥。

只能在對方的痛苦裡獲得真正快樂的我，被這個世界摒除在外。相親相愛的美好性愛，也拒我於千里之外。如果人類彼此之間最親密的交流就是性愛，那麼只有在對方的抗拒下才能得到滿足的我，遭到了一切的唾棄。此刻，神想讓我看清這一切嗎？為了把我的真面目赤裸裸地呈現在我面前？

但是，我不會因此感到畏懼。我跟浮士德和斯塔夫羅金不同，不是基督教圈的人。對我來說，基督教只是知識，不是我的血肉，我在其中能夠保有自由。無拘無束的我沒有極限。奈拉不時告訴我，她總在某個瞬間覺得自己不是自己，好像有什麼正利用她的身體，享受著她體驗到的感情和感覺；好像有什麼在利用她的身體，和她同時體會那些感受……這不是佛教，我想。至少不是原始佛教。佛教基本上都提倡虛無，也就是所有一切終將消失。但這是……那個時候，我想起了在鈴木身邊仿效修行時經歷的情景。

我在草木之中冥想。在內心想像著草木，藉由長時間冥想，讓草木與自己之間的界線變得模糊。冥想期間，我曾有過一次奇妙的體驗——我感受到了大地的肉慾。

青草與樹木、大地與岩石好像都在發情。所有的東西都試圖連結，即便遭到對方拒絕，還是奮不顧身前進，且每一次都因快樂而震顫。我的冥想甚至擴大到了小鎮，彷彿親眼看見了鎮上男女在當下所發生的所有情慾。男男女女喘著氣，發出呻吟，世界跟著震動。我想到了原子。原子充滿了讓人類誕生的可能性，也代表充滿了讓肉慾發生的可能性。原子不斷流動交替，像漩渦般擴大開來，創造出形形色色的事物，也不斷創造出慾望。漩渦化作爆發性的驚濤駭浪，撲打我的內心世界。無數基本粒子震顫著，四處飛散，品嘗到了肉慾的快樂後，渴望著更多更多。基本粒子構成了奈拉的大腦，與構成奈拉身體的基本粒子們互相呼應，連連渴望著痛苦、快樂與高潮。大地、世界和我的肉慾，非善也非惡。不過是振動，不過是出現在這世上的、磨牙般強烈的打顫之一。那麼我呢？完全被慾望捆綁的我究竟是什麼？日復一日持續著與奈拉的關係，我繼續在村裡和鄰村看診行醫。透過醫療，我沉醉在拯救了無數生命的快樂裡。看著被我治好後天真無邪地跑來跑去的孩子，我露出微笑，當那孩子探頭俯視低矮的懸崖下方時，我從背後悄悄逼近，輕推那嬌小的背部一把。看見孩子低頭俯瞰崖下的背影時，我總覺得非這麼做不可。掉下懸崖的孩子痛苦得小臉都扭曲了，我對此無比同情。我非常喜愛自己抱予同情時的情感變化。同時，我也一邊感受著剛才推下那小小身影的右手的溫度。「你沒事吧？」我跑上前問，雖然只是輕微擦傷，還是加以包紮。一無所知的孩童非常感激我。我看著天真純樸的孩子不禁想笑。孩子的母親為了表達謝意，來到我所在的病房，遲遲沒有要離開的意思。在我抱住她後，孩子的母親便面露崇拜、神色恍惚地注視著我。玩弄著毫不知情而投懷送抱的孩子母親，又看著受到玩弄卻感到歡愉的她，我充滿了慾望。我的快樂沒有後悔也沒有掙扎，變作無止境的螺旋。不是通往神身邊的螺旋，而是離神愈來愈遠、沒有盡頭的螺旋。結束也只是暫時的，而且來自外部。聽說了我四處行醫的傳聞，遠處的其他村落也殷切期盼著我的造訪。

奈拉意識到只要我留在村子裡，遠處就會有生命因此無法得救。奈拉已經有未婚夫了，是個正妻已經過世、年過五十的酒鬼，奈拉一滿十八歲，就會像個女傭般嫁給他。假使真的出現正義推翻了這個世界，正義的力量恐怕也很難傳達到這種網眼般細微的地區吧。奈拉要我殺了她。

要我殺了她之後再離開這村子。她說，如果你不在了，我八成又會因為某種病痛死去，而有了未婚夫的我要是和你一起消失，我的家人在村子裡也生活不下去。

我沒有答應，因為對奈拉的身體還有留戀。但是，奈拉忽然感到不適。是心臟病發作了。吃完藥後病情雖然穩定了下來，但不會一直保持下去，必須進行瓣膜手術。我這麼向奈拉說明。曾要我殺了她的奈拉，卻希望我動手術。儘管嘴上那麼說，但年紀尚輕的她並不想與我分離吧。做好了準備，數天後，我為她施打麻醉，讓她全身赤裸地躺在床上。手術刀劃進了她的身體。

望著身體被剖開後她毫無防備的心臟，我的心跳逐漸加快。為了集中精神，我用力深呼吸，心跳卻沒有緩和下來。而她麻醉後原本應該要緩慢跳動的心臟，也不明所以地加快了速度，像在與我的心臟互相呼應。情慾掌控了我的理智。我產生了好奇心，明知道不能這麼做，卻想試著傷害這致命的部位，這顆心臟。不，我辦不到。這麼做奈拉就會死。可是，我卻突然間想不通為什麼奈拉不能死。現在，奈拉的一切都掌握在我手裡。握著銀色手術刀的手微微顫抖起來。

只是試試看，我心想。試著傷害奈拉的心臟，但在前一秒就停下來，不必真的那麼做。但是，就感受看看即將要劃開心臟的那種感覺吧。我在助手的注視之下，先是刻意重重地嘆了口氣。這下糟了，已經沒救了……只要先這麼說，就算奈拉死了，也沒有人會責怪我。村裡協助我的助手，並沒有深厚的醫學知識。必須切開這裡才行。我這麼咕噥著，用手術刀指著心臟上頭，與非動手術不可的地方截然不同的部位。說話的同時，心跳又再加快。奈拉的心臟也彷彿察覺到了我的意圖，感到害怕似地，抑或在引誘我似地加快了跳動。手術刀靠近她的心臟。再一點。再靠近一點，奈拉的生命就會劃下句點。我覺得自己正緊緊貼著所謂的生命。讓手術刀靠近到極限，貼近得幾乎要無法呼吸，我感到陶醉，然後在性衝動中放鬆了力道。但是，就算我停了下來，我心臟的跳動和奈拉心臟的跳動卻沒有恢復平靜。還在持續著。明明我停下來了，事態卻還持續著。試試看吧，我想，感覺到汗水濡濕了身體。這是我一直以來的期望。掌握了一個人所有的可能性，在這樣的情況下，不由分說地撕裂生命。我的手術刀再次靠近，發現握著手術刀的手指停止了顫抖，感到有些訝異。再這樣下去，我會動手吧。喜悅在體內翻騰。再這樣下去，我會動手吧。手術刀更是靠近心臟。有什麼吸引了我的注意。才想著是什麼時，便發現是設置在手術台上方的燈光。為什麼會在意燈光？正這麼狐疑，光芒便狠狠地刺向了我直視燈光的雙眼。視野往外拓寬。這時我才發現，剛才奈拉的身體在我眼中，一直都只呈現出黑白色彩。不知不覺間，我的視野失去了色彩。恐怕是我的緊張為了緩和我的殘酷，從大腦裡頭抹除掉了顏色吧。然而，如今呈現在我眼前的奈拉體內是紅色的。心臟的脈動，鮮豔的血紅，鮮明地映照在眼底。我覺得自己能夠跨越。就算面對這樣鮮豔的紅色，自己還是能夠跨越。在那抹鮮紅色澤中，手術刀劃入了心臟。本該立即被切開的心臟，卻傳來了些許彈力造成的抵抗。這可能就是界線吧。隔開了我和某個地方的、一層薄膜般的界線。心跳快得隱隱作疼。彷彿手術刀正逼近的是我的心臟，我的心臟緊張不已。手術刀往下陷入，切劃開來。瞬間，綻開的觸感直達我的心臟。鮮血噴濺而出。打造得無比美麗的人體，在毀壞時也非常唯美。邁向尾聲的各個器官都抖動起來，似乎正在強烈抵抗。但是，我的手術刀沒有停下動作，接連劃開了激烈反抗的生命。無論出現了多少反抗，我都在快樂中蠻橫地撕裂。切下未被任何疾病侵蝕的部位，然後縫合。但是，那顆心臟已經留下了致命的損傷。伴隨著為之顫抖的喜悅，我射出了精液。

奈拉的血壓下降，脈搏急速加快，心電圖監視器發出了聲響。我想起了麻醉之前，她曾定睛凝視著我。她發現了嗎？雖然要我救她，卻又像是下定了某種決心，以稚氣的表情朝著我點頭。但就算她發現了，那又如何？監視器的聲音更是加快。助手雖然焦急，但因為我在剖開奈拉身體時曾低聲說過這場手術不會成功，所以他也只是流著眼淚，沒有過度驚慌。除了情慾得到滿足，我也等待著自己的身體出現後悔之類的變化。如果想要湧出傷感，最好的方法就是注視死者的臉孔。因為人類遺體的臉龐，有著能夠撩撥情感的力量。我凝睇著她熟睡般稚嫩的面容。五秒過去了，三十秒過去了。還以為自己會痛哭失聲，卻什麼也沒有發生。心電圖響起了警示聲，監視器的鈴聲開始失去規律。我對自己的平靜感到些許驚訝，內心只有寧靜的充實感。監視器的鈴聲變得更是破碎凌亂。應該就快停了。還沒嗎？我心想著。還沒嗎？想不到還挺久的。儘管內心不感到悲傷，但我想試著哭哭看。之所以會這麼想，可能是因為反正還有時間。為了哭出來，我不斷回想她的美麗，和對她的同情。不消多久，我感到哀傷，流下了眼淚。但下一秒，我又想試著感到高興。對於自己盡情索求了她美麗的胴體後，連她的生命也隨自己擺布，跨越了最後的那道界線。為了笑，我的嘴角往上揚起。善與惡相互糾纏，情感始終搖擺不定。不論我有什麼想法，我的意識都逕自狂奔。聲音遠去，最終停止。我的身體依舊沒有任何變化。被摒棄了，這句話浮現在意識的角落。我被心中有神的斯塔夫羅金對善惡的苛責摒棄了。最後連接受了善的浮士德也是。我被善與惡的苛責摒棄了。後來，我又一次侵犯了才死去不久的奈拉。我為此感到興奮，也感受到了射精的愉悅。於是，我能夠在死者的父母面前感到悲傷，由衷地難過，甚至流下了眼淚，也能在離開村子時覺得神清氣爽。我發現自己還很自在地向載著我前往遠方村子的司機抱怨這裡每天都很熱。

在下一個村子，和下下一個村子，我都重複著相同的行為。雖然沒有再遇到奈拉那樣的少女，但也繼續拯救生命，褻瀆生命，我的情感不停變幻，教人眼花撩亂。色彩不再從我的視野裡褪去。日常生活裡的空虛，往往在情慾高漲時消失。反過來說，怎樣的人生才不算是空虛呢？所謂的生，終歸都要結束。善惡不過是總有一天會消失的人類自己訂定的標準，就算發生了第二次世界大戰那樣的慘劇，日子最終還是會繼續下去，沒有什麼值得一提。我這麼認為。況且讓明知世界的悲劇卻無所作為的人批評我的道德觀，簡直是可笑至極。人類是種希望自己是好人的種族，世界則由漠然的邪惡所建立。我曾想過，我這種人要是沒出生就好了。我的祖先一直守護著終究會變成我這種怪物的無用血統。所以，血統不分貴賤，重要的是每個祖先經歷過的人生，而他們的人生最後也都結束了，結果還是回到虛無。不過，這些話也只是我對他人的喃喃自語，真正的內心世界甚至沒有想過這些事。我對於在各地拯救窮人的生命感到滿足，也對於殘忍地凌辱當地的女人感到滿足。百般折磨斯塔夫羅金的虛無，對我來說卻是人生的前提，而不是煩惱來源。就這一點來看，也許佛教早已錯綜地與我融合。

我關心的是神存在與否。神如果存在，我的生存方式將被全盤否定。但是，如果奈拉的存在是某人快樂的感應器，那即便神存在，我的存在也將得到肯定。我偶爾會面帶微笑望著向神祈禱的人們。例如在運動競賽上，向神祈求的運動員。一直以來無視於孩童餓死的神，怎麼可能會在乎選手的輸贏。坐視沒有任何罪過的孩童死於自然災害和疾病的神，沒有權利指責我。至少在這世界上，以人類理性範圍內的邏輯來說，神也和我一樣不是好人。問題在於死後，但就算有人向我們提倡神的真理，要只擁有人類有限大腦的我們在現世就感受到，根本是不可能的事，況且就算神在死後懲罰我，那也不過是因為我與神的力量懸殊。如果祂仗著力量懲罰我，我也無法反抗，但我大概會用輕蔑的眼神看著以力服人的神吧。誰也無法揣測神的真意，這句話根本是自圓其說。那依據神無法揣測的真意，我也有可能得到肯定。

那件事發生在我在印尼設立新醫院的時候——在為營養失調而有生命危險的少女注射點滴後，她母親向我表達了感謝時。我正要喝下裝在透明玻璃杯裡的透明開水，拿起了玻璃杯。但是，我手指的皮膚卻感到一陣古怪，於是放下了玻璃杯。

我打量起杯子。玻璃杯果然有些混濁，但還算透明，開水也是透明的。我再次拿起玻璃杯，但覺得拿著玻璃杯的觸感和以前不一樣。當我注意到時，剛才的母親已經不見了。我環顧自己所在的病房。病房內擺著的病床、醫療器具、椅子和牆壁等，全都和以前有些不同。我在那股奇異感中拿著杯子，讓裡頭的水流過喉嚨，感受到了水的微溫，依稀還有鐵鏽味。我再把玻璃杯放在桌上。玻璃杯與桌子碰撞時的確發出了清脆的聲響。但是，每樣事物都變得不流暢。

世界不再平順流暢。當我觸摸東西，會有摸到的感覺，當我讓物體移動，物體也會移動。但是，每樣東西都很僵硬。彷彿我在強行改變世界原有的樣貌，改變物體存在此處的樣子。也是在這時候，我再度覺得自己遭到了摒棄。一種我與世界格格不入的感覺。

我來到戶外，微熱的風搖曳著熱帶樹林，拍打著臉頰。沙塵漫天飛舞。但是，所有事物都顯得冷漠生疏，好像是因為我正看著，才不得已出現在我的面前，然後我發現自己的體溫驟然降低。從那之後，這種感覺就頻繁地出現。當我走在未鋪修的泥土路上時，在我看顧瀕死老人時，在我侵犯了女人之後，這種感覺便隨機又粗魯地降臨在我身上。這樣不時的變化，卻沒有讓我感到孤獨。孤獨對我來說是理所當然的，我從未為此煩惱。如果這就是被世界摒棄的人會看見的景色，那並不至於讓人無法忍受。我並非生來就是這種人。感受著低下的體溫、與周遭景物疏離時，我經常在想，面對奈拉的心臟時，我的大腦有所顧慮而特意抹除了色彩，但我自己卻跨越了，讓視野恢復了繽紛。我是憑自己的意志，選擇變成現在這樣。

回到日本，我為從事色情行業的女人們贖身，建立了後宮。我把父親在日本各地經營的醫院交給別人管理，只負責收錢。暗想藉由扮演冒牌的神，也許能夠引出真正的神。神會對我這種人放任不管嗎？我需要神。居然活在沒有神的世界裡，我的傲慢不容許這種蠢事發生。我半帶戲謔地扮演著神，但神沒有出現，信徒卻增加了。我內心的空洞似乎能魅惑人心。被世間萬物唾棄的我，卻吸引了他人前來。人類也是這世界的一部分，所以這就像是世界的一部分被拉扯開來，往我靠攏。我被一切摒除在外，既不感到悲傷也不感到空虛，只感受著快樂，一直活到了現在。說不定連空虛也拋棄了我。

但就在這時，出現了一個問題——我體內的能量在消退。

無論作惡還是行善，都需要能量。若沒有劇烈的情感起伏，就很難積極地去做這兩件事。曾經思考人類究竟能墮落到什麼地步的我，覺得自己就像洩了氣的皮球。今後我的慾望只會愈來愈淡薄，然後慢慢地凋萎而死吧。這就是人類能夠到達的極限，我將不時感覺到這世界變得不再流暢，一邊感受著低下的體溫，一步步地邁向虛無。我恍惚地這樣認為，但事實卻並非如此。

那是我再一次前往亞洲其他地方的時候發生的事，地點在印度。

我帶著少數信徒，前往貧困地區給予醫療援助。我對那個國家的貧富差距產生了濃厚的興趣。在足以稱作億萬富翁的有錢人身旁，失去了一條手臂的少年正在行乞。是父母砍下了他的一隻胳膊，以便在乞討時搏取同情。能量逐漸消退之下，我好奇著要是自己拯救了那些瘦弱孩童的性命，會有什麼情感出現在我身上。然而，拯救了生命時的滿足感變得稀薄，事後侵犯女人的滿足感也降低了。在毒辣烈日的照射下，我的體溫卻仍不斷下降。不論是形同破布的小屋，還是汽車揚起的沙塵，都顯得有些僵硬。我走在遠離市中心的馬路上，無預警地產生了性衝動。我也不明白為什麼。眼前明明沒有任何能夠刺激我的事物。

我發現自己正前方滾來一顆髒兮兮的球。那顆球在四下的景色中出奇地突兀，有著莫名強烈的存在感。球的前方有一對母女。少女正搖搖晃晃地站在牆上，年輕的母親則看也不看少女一眼，在當地開始普及的公共電話亭裡講電話。看她們的打扮，可以知道是富裕人家。少女站在高牆上的姿勢極度缺乏平衡。我喉嚨發乾，心跳亂了節奏。球接著滾向了少女下方。要不了多久，她就會發現那顆球吧。

我猜少女會掉下來。被我踢去的球引開注意力，少女將會掉下來。從那個高度掉下來必死無疑。說不上來為什麼，我就是很肯定。球筆直地滾在怎麼看也不像經過鋪修的道路上，劃出了美麗的線條，像要引領我往前邁進。球行進時劃下的那條誘使少女墜落的直線，彷彿從周遭的景象中浮了起來。但是，我並不是有意那麼做的。我的腳沒有經過我的意識，就靜靜地踢了那顆球。隨後我才發現這件事。意識遲緩的大腦動作——我想是能量減退之後，變得遲鈍的大腦為了指引方向，才驅使我這麼做吧。直線繼續往少女腳下延伸。少女注意到了球。她會掉下來，我心想。球愈來愈近。還沒嗎？還要一段距離嗎？球在我的意志無法掌控的地方滾動著，已經沒有人能阻止它的轉動。球滾到了少女的正下方。可能是為了吸引完全不理會自己的母親的注意力，少女朝著球一躍而下。我倒吸口氣。當少女嬌小的身軀撞擊在石頭地面上時，她的身影忽然變作女人的姿態倒映在我眼中。想到她整副身軀都因為衝擊而劇烈搖晃，就激起了我強烈的性慾。

她的母親失聲尖叫，衝上前去。但是在我眼中，她們的外表已不再是人類，而是在劇烈撞擊下逐漸失去生命的基本粒子集合體，和奔上前去的基本粒子集合體，以及我這個基本粒子集合體。我失去了人類的概念。慾望急速萎靡，好像在大腦想向我呈現的眼前影像的深處，看見了基本粒子的移動。但是，只有那顆球行進的路線、那條引發了這場基本粒子混亂的直線，顯得格外清晰分明。無善無惡也沒有欲望的我走向兩人，感覺身體冷得像冰塊，眼前有兩個精巧地模仿了人類形體的基本粒子集合體。不對，原本人類就是基本粒子的集結體了，根本沒有所謂的模仿。我讓意識停止。這種事是辦得到的。我，我的大腦，正試圖說些什麼。而我只是聽著自己的聲音。

「妳的表情真美。」

緊接著我勒住母親的脖子，才發現原來自己打算這麼做啊。我想，是因為母親與剛才慘烈地終結了生命的少女長得很相似。四下無人。這個地區的犯罪層出不窮，女人剛才那一瞬間的慘叫究竟算得了什麼呢？我發現眼前的高牆、遭人棄置的兩輛汽車，和巨大的樹木包圍了我們，阻絕了周遭所有的視線。置身在人群中，視覺上卻也遭到隔離，是全然不會被人群發現的場所。母親對我露出了疑惑的表情，不明白自己為什麼會被人掐住脖子。這也怪不得她。因為我也不明白。體溫極低，所有事物都顯得笨重僵硬。我撕開女人的衣服，將她壓倒在地，舔著她的身體，邊勒住她的脖子邊擺動腰部。想像自己在侵犯剛才那名少女，想像剛才的少女若還活著，應該也變成了這副模樣任我糟蹋。我也彷彿在眼前看見了時間。過去、本該存在的未來，與變成了這樣的未來盤根相錯。但是，我對這些並不感到興奮。我把這件事當作在盡義務。至今為止，我曾無數次感受到這種義務。還在想是什麼樣的義務時，快樂從我的身後誕生。我脫離了自己，感覺像置身在搖曳不定的認知當中。世界開始變化。窺探著世界內部的我，卻為了擁有肉身、持續看著世界表層的背後的我，為了背後的我這個基本粒子集合體而蹂躪著女人。我不知道女人是否已經死了，但繼續擺動著腰。快樂持續在身後誕生。剛才那道直線結束了任務，搖搖晃晃，變作和緩的漩渦後，很快就消失了。那些線條與漩渦，也許是在人類變得不再是人類時，人類的大腦以誤差向我們展現的某種表徵。毫不亢奮地侵犯著女人的我所看見的風景，和以往截然不同。完全沒有溫度、意義和觸感，只看到從前認知中是女人的物體上扭曲變形的臉孔。所有事物的輪廓都模糊暈開，風景與眼前的女人逐漸無法界定。不再有繪畫中所謂的遠近法，有些混濁，但仍顯得透明，最終似乎連形體也消失了。在我身後，侵犯著女人的快樂仍持續著。但是，我自身卻進入了世界表層的深處。沒有喜悅、沒有孤獨、也沒有快樂，基本粒子就只是互相結合、懸浮飄搖。這裡什麼都有，也什麼都沒有。基本粒子誕生後又消失，消失後又誕生，有的只是這種無止無盡的循環，只是構成這世界的一種系統。而我這個器官，不過是在觀望時自以為一切都有意義。望著眼前的光景，一瞬間，我感到了莫大的恐懼。像是從體內深處感到寒冷似地顫抖起來。因為自己一直以來都身處在這樣的系統中。當時感受到的寒意與風景中的寒冷，溫度恐怕是相同的。但是，那份恐懼也只出現短短一瞬間。我漸漸適應，與景色同化，在女人體內射精。雖然我什麼感覺也沒有，但至高無上的快感在我身後誕生。射精之後，原先的風景又開始展現在眼前。我變回了我，能量也再次急遽消退，導致體溫下降，甚至可能危及生命。我覺得自己知道了神的祕密。那就是為了欺騙人類，操縱單純的系統使其千變萬化。從此以後，自己將能不時以這樣的形式看見世界，再從那樣的世界讓自己變回人類，也能夠得到從前的那些快樂吧。而且，大概再也不會為此感到恐懼。而我的預感也成真了。

……我最後好奇的，就是我這種人究竟會有什麼下場。如果神真的存在，祂會讓我最後擁有什麼結局？毀滅的結局最適合我。但是，什麼事也沒有發生在我身上。數十年過去了，我的身體出現異狀。是癌症。發現的時候，我對這麼平凡的結果感到有些吃驚。在這世上活了那麼久的我得了癌症。侵犯了那麼多女人，有時還殺了她們的我最後得了癌症。這種懲罰合理嗎？我很想問問神。真的這樣就夠了嗎？世界的秩序只靠這樣就能維持嗎？在感受到癌症帶來的病痛之前，我手上就已經握有了結自己性命的藥劑。對活著毫無執著的我來說，罹癌算不上是不幸。毀滅的結局最適合我。我是這麼認為。我躺在床上倦怠地抱著女人，一邊打盹，一邊恍惚地思考。癌症將平凡地惡化，我也將平凡地迎接死亡。雖然死期就要到了，但我最後的結局必須是毀滅。就算這世上沒有神，我的傲慢，也讓我在最後想與神對峙。神存不存在都無所謂了，只要由我創造出神就好。除了超越我的存在，我已經對什麼都不感興趣。由我創造神就好了。只要動點手腳，事態的演變自然就能夠實現我的毀滅。也就是說——

「為什麼要對我說這些？」

澤渡忽然陷入沉默，楢崎悶聲問道。雖然在這種怪物面前令他害怕，卻還是不由得問出口。

「你很像他。」

「誰？」

「我的助手。」

澤渡懶洋洋地低聲說，好像對自己主動說出的一切已經失去了興趣。

「我的助手隱約察覺到了我和奈拉的關係。他是個生性純樸又熱心的男人，無能到了可笑的地步。當年，他讓我覺得有點心煩。明明什麼都辦不到，也沒有公開指責我的勇氣，卻常常一臉欲言又止。」

「……什麼意思？」

「當立花涼子看上你而不是偵探的時候，我看了你檔案上的照片，覺得有點意思……那樣善良的助手，最後也沉溺在女人堆裡。接下來這層樓將會陷入火海。」

「……啊？」

「……你還不明白嗎？」

澤渡無精打采地說，像是連說明都嫌麻煩。

「這一連串事件都是我為了毀滅而一手策劃的。我沒有任何立場，也沒有任何主張。完全是出自一己之私，為了用毀滅來點綴我最後的結局。」

「怎麼會……」

「就只是這樣。之後不關我的事。」

楢崎茫然地望著澤渡。進入這個房間之前，他已經聽說了外面的狀況。電視上甚至報導有兩架自衛隊飛機不知去向。

「……全部都是你策劃的嗎？」

「沒錯。」

「現在有多少人都——」

「他們作夢也沒想到除了日本，我還慫恿了自衛隊攻擊中國吧。自衛隊裡有些思想偏激的隊員，我於是花了點時間煽動他們。我只是想激怒政府罷了。我沒有任何政治上的主張，政治和我無關，這一切只是為了讓他們對我展開毫不留情的攻擊……機動隊應該很快就要衝進來了。他們八成會利用下水道進入這棟大樓，再從底下開個大洞吧。」

澤渡懶洋洋地靠在椅子上。

「被機動隊破門而入，然後在熊熊火海中自我了結，這樣的結局最適合我。既然不能讓松尾陪在我身邊，就讓當時的助手待在這裡吧。在他因為女人墮落之後。我說話的對象是不存在的神，並不是你，只是把你當成裝飾品擺在這裡而已。你的命運就和這些火焰一樣，不過是我意興闌珊的演出……這一切都已經被拍下來了。」

楢崎無法動彈。

「現在，影片正寄給占據了ＪＢＡ的篠原他們的電腦……他們還以為我是要下達最後的指令。」

澤渡背後的家具開始冒出白煙。

「曾一度被世界捨棄的他們，又將被我拋棄……這好像有點意思。」

「你簡直……」

「……不可饒恕嗎？對貪圖著我的女人們的你來說？」

澤渡無法理解似地望著楢崎。楢崎無言以對。火舌竄起，澤渡站起身。

「……現在這裡的信徒全都睡著了，我以儀式為名讓他們吃了藥……被世界拋棄，又被我拋棄的人們會變成什麼樣子呢？如果要成為邪惡的種子，給點刺激似乎不錯，但這已經不關我的事了。他們持有的武器全都經過改造，並沒有殺傷力……不過這也不關我的事。想讓他們活下來的話，就去做吧。隨你高興。我對這件事已經不感興趣了……你走吧。」

澤渡身後的火勢變大，噴出白煙。楢崎開口道。

「我……」

「沒聽見嗎？」

澤渡喃喃自語般，像在驅趕蟲子。

「你也該明白我根本不在乎你的死活了吧。」

回神之際，楢崎已經走到門外。許許多多的事物崩塌瓦解。沒有瓦解的，就是自己曾想相信這種男人的事實，內心難過得連自己也感到吃驚的事實，以及沉溺在這種男人提供的女人堆中而失去了立花的事實。楢崎本想衝下樓梯，卻又突然停下腳步。該怎麼做才好？該怎麼做？自己這樣悲慘的人，此刻還有什麼該做的事嗎？楢崎杵在原地動彈不得。

澤渡站在火海裡。

火焰的色彩淡淡地映在白衣上。面對白煙和熱氣，澤渡絲毫不為所動，從口袋裡掏出手槍，似乎覺得這個流程很麻煩。也許是期待著有更多火焰包圍自己，看起來對火勢的蔓延太慢有些不滿。澤渡定睛看著手槍，將擊鐵往後扳，露出忽然想到了什麼的表情後，把槍口對準自己的性器。

澤渡的手指搭在扳機上。

但是，他沒有繼續動作，面無表情地注視著自己的性器一帶和槍口。

忽然間他舉起手槍，朝著自己的太陽穴扣下扳機。隨著清亮槍聲響起，澤渡倒在地上。背後的房門打開，峰野走了出來。走向拿著手槍倒臥在火焰中的澤渡。澤渡的手沒有瞄準，子彈僅是掠過頭部，沒有貫穿。雖然造成了致命的大腦損傷，但沒有當場斃命，得再幾秒鐘才會斷氣。峰野在澤渡身旁蹲下，拉起澤渡的手臂，扶起他倒地的身體。

「……你一定在想我怎麼還在吧？」

峰野細聲呢喃。澤渡納悶地仰望峰野。

「我一直在偷聽，雖然大概只聽到了一半。你現在很痛嗎？但是這點疼痛，達不到你所要求的毀滅吧？」

峰野露出微笑，低頭俯視澤渡，然後吻了他。

澤渡有些訝異地仰頭看著峰野。身後竄出了團團火球。

「我覺得被一切唾棄的你有點可憐……可是，怎麼辦呢？」

峰野依然面帶微笑。

「如果你這些計畫，其實全是神一手造成的呢？」

房內的家具在火舌吞噬下頹倒崩毀。

「如果這是神的意志，我再繼續這麼做可能不對吧……那麼……」

峰野再一次親吻澤渡，久久沒有移開。澤渡沒有反應。峰野不知道澤渡是什麼時候斷了氣，但他睜著雙眼，彷彿茫茫然張望著這世界，一動也不動了。

「……峰野小姐。」

楢崎跑了回來。他也不明白自己為什麼要回來，但聽到槍聲的瞬間，又再次爬上樓梯進來這裡。火焰與濃煙變得更具攻擊性。澤渡已經死了，而峰野還在。

「太危險了，快走吧。」

楢崎拉起魂不守舍的峰野的手臂。

「為什麼？」

峰野喃喃問道。

「為什麼非得活下去不可？有活下去的必要嗎？」

楢崎無法回答，卻感到生氣。是對這世界的憤怒，和對卑微的自己的憤怒。

楢崎拉起峰野的手，一句話也答不出來。澤渡的身體在他們身後被火焰吞沒。那團火焰沒有出現任何特別的跡象，和旁邊的地板與椅子一樣迸出了火花。

27

對方不是高原。握著手機的立花察覺到了。

不光聲音不一樣，從對方背後傳來的氛圍感覺也有異樣。

握著手機的手指出了汗，計程車窗外的風景不斷變化。事後回想起來，立花真不禁懷疑自己怎麼有辦法在情急之下說出那種話。

「高原在哪裡？……以『R』之名。」

某個不是高原的人正拿著高原的手機。對方很可能是與「R」有關的人，或是假裝與「R」有關的其他人，也有可能是警方的人。此外雖然聲音很陌生所以可能性很低，但也可能是教團的人。像在下賭注般，立花剎那間脫口而出。

五十多歲的男人握著手機陷入了沉思。與「R」有關的人真的存在嗎？如果對方與「R」有關，告訴她地點才是上策吧。他在短短的時間內列出所有可能性，從中取捨選擇。五十多歲的男人回想起了高原當時的表情，他看起來還沒有徹底下定決心，說不定打了退堂鼓。那麼，就需要有同伴推他一把。

但是，五十多歲的男人至今經歷過各種危險，也無法撇除對方或許與「R」完全無關的可能性。不過，他無視自己想到的這種可能，揚起了淺笑，覺得自己正置身在某種巨大的洪流中。既然如此，就順著這道洪流吧。他的腦海中掠過了澤渡的身影。

男人第一次見到澤渡時才二十來歲，剛被分派到公安部不久，正在調查行跡可疑的新興宗教團體。當時澤渡帶著部分信徒，以「慈善事業」的名義前往菲律賓，他則以監視人員的身分跨海追了過去。當澤渡在首都馬尼拉心不在焉地閒晃時，他也尾隨跟蹤。但是突然間，澤渡改變了方向往自己走來。因為自己是日本人嗎？男人慌了手腳。但就算自己是日本人，對方也不可能發現自己在跟蹤。因為澤渡一次也沒有回過頭來看這邊。

在擠滿了當地人的露天市場裡，澤渡不疾不徐地直直走向他。現在逃跑太危險了。男人繃緊全身等待。說不定他只是要問路而已。說不定只是因為看到了同樣是日本人的自己。男人心中還抱著這種期待。

澤渡走到男人面前，面露不解地盯著他，然後突然伸手從下方一把捏住男人的下巴。男人覺得自己的身體像是浮到了半空中。超越了驚愕，男人嚇得吐不出半個字。

「……時間真多呢。」

澤渡說道。男人一頭霧水。

「居然跟到這種地方來。」

男人這時才驚覺形跡敗露。會被殺嗎?聽說這傢伙周遭至今有好幾個人都不明不白地死了。

但是澤渡沒有動作,只是直直望著男人。時間長得讓男人的呼吸幾乎要停止。

「嗯嗯……原來如此。」

澤渡嘀咕著。

「你會變成怪物吧。」

說完,澤渡背過男人繼續前進,像是已經遺忘了男人的存在。男人感受著還在撲通狂跳的心臟,呼吸急促,癱坐在地無法動彈。自己的一切全被看穿了。汗水涔涔淌下。成為教主的男人都是那樣子嗎?還是只有那個男人?男人胡思亂想起來。他覺得自己的野心和黑暗的情感全被看穿了,甚至是自己內心深處、深信任何人也拯救不了的泥沼。他感覺到那個教主的什麼確實觸碰到了自己的內在。

從沒有人那般深入過自己的內在。

也從沒有人不為他的內在感到錯愕。

五十多歲的男人的腦海中,浮現出了澤渡當年的背影。眼中沒有行人,逕自從容離去的背影。不知道為什麼,他從未想過要超越澤渡。

「……非常抱歉,高原大人將這支手機交給我保管。」

五十多歲的男人這麼說。電話另一頭的人回答：

「高原在哪裡？」

男人不被對方發現地嘆了口氣。反應不該是這樣吧？五十多歲的男人心想。既然假裝自己是與「R」有關的人，想問出高原的下落，首先就該質問我是誰才對。質問為什麼手機這麼重要的聯絡手段會落在別人手中。你是什麼人，這問題分明很重要。這聲音是立花涼子嗎？五十多歲的男人猜想。不過，她沒有表現出慌張，反而剎那間自稱是「R」的人，這份直覺與膽識值得嘉獎。

「……根據手機上的GPS……他在西森町鬧區的鐘塔底下。」

五十多歲的男人據實以告，臉上泛著笑意。雖然不知道會導致怎樣的結果，但他就想試著這麼做。

「是嗎？那我立即過去。」

電話掛斷了。這樣不對吧？五十多歲的男人再次這麼想。掛得太快了，而且也忘了打聽情況。五十多歲的男人帶著笑容，深深陷進沙發裡。他將手機放在桌上，伸手拿起了喝到一半的紅茶。

「誰打來的？」

三十多歲的男人問道，但五十多歲的男人沒有答腔。

「就快到十點的引爆時間了。」

幽暗的房間裡。三十多歲的男人說著站起身。

「我去一趟現場。要是那傢伙畏縮了，就威脅他說出號碼。」

「……他不會透露半個字的。」

五十多歲的男人低聲說，邊喝著紅茶。平常總是喝得無滋無味，現在卻像沒那回事般出神地啜飲著。

「但我還是非去不可。畢竟……他看到了我們的臉。」

五十多歲的男人打量起準備動身的三十多歲的男人。

「你知道艾希曼嗎？」

「……知道得不多。」

時鐘的指針確切地走動著。

「希特勒政權下，他是參與了屠殺數百萬猶太人的『高官』……人人都說他是個冷血的男人，但聽說他偶爾會從懷中拿出小瓶的酒來喝……連艾希曼都需要喝酒才能執行那麼殘忍的行動，你卻……」

五十多歲的男人將杯子放在桌上。

「什麼都不需要吧。」

三十多歲的男人聽得不明就裡，只是輕輕低下頭，就要離開房間。

「我決定退休。」

聽到五十多歲的男人這麼說，他忍不住回頭。

「今後就交給你了，育兒武士。」

*

楢崎與峰野下樓搭了電梯。

之前他就覺得這大樓的構造很奇怪。澤渡所在的二十一樓與底下的樓層只能以樓梯相通。這樣的設計可能使得火勢只會維持在二十一樓，不會往下蔓延。如果真是這樣，就表示澤渡當初把教團遷到這棟大樓時，就已經設想了這樣的結局。

出了電梯，走進大廳。打開門後，楢崎大吃一驚。正如澤渡所說，無數信徒都倒在大廳裡頭。

大廳中央有個形似巨壺的容器，倒地的信徒們身旁掉著無數玻璃杯。大概是儀式的一種，此外還有燃燒過東西的痕跡。

「……他們都還活著。可是，為什麼？」

楢崎說，峰野沒有應聲。

楢崎認為這大概是教主為了不讓他們妨礙自己自殺，不讓他們妨礙自己最後的結局。但是，大可以殺了他們。不，說起來只要禁止信徒進入二十一樓，就算不管他們，理應也不會受到阻撓。那麼這是為什麼？

「是為了救這些信徒嗎……？」

「怎麼可能。」

峰野總算低聲說了。

「我猜是情緒太過亢奮的信徒讓他感到不快。」

「就算明明是他自己造成的？」

「你到底聽到了什麼啊？」

現在還一無所知的信徒們倒在眼前，怎麼也想不到自己會被下藥迷暈。楢崎與峰野低頭看著他們。

「對那個人來說，一切都無關緊要吧。連自殺的時候都好像覺得很麻煩……因為他們太吵了，也沒有用處了，所以就讓他們睡著。如果有毒藥，搞不好就會下毒。我覺得他就是這種人。」

楢崎撿起掉在地上的槍。看起來是真槍，但要是真如澤渡所言，全都經過了改造，沒有殺傷力的話……楢崎尋思著。

「但從結果來看，這真是太諷刺了。」

楢崎接著說。

「一個國家大陣仗地出動機動隊包圍了教團，結果對方持有的槍枝就跟玩具槍沒兩樣……在國家看來簡直是惡夢一場。」

她瞥見了地上的擴音器。

「用擴音器通知機動隊吧，說他們所有人都睡著了……為免機動隊員失控，也讓一台電視攝影機跟著進來。難保不會有蠢蛋高喊著為了國家而激動得失去理智。」

就在峰野身後，銅鋑嫘縈的女人倒在地上。她曾搶走峰野的隨身碟，但峰野沒有發現是她。眼前倒著無數可以拯救的生命，楢崎心想。他也看見了橫倒在地動也不動的小牧。想到小牧的軀體，性的渴望又席捲了自己，他連忙甩開。現場不見立花涼子，但楢崎猜她肯定順利逃到其他地方了。以後的事以後再想吧。總之，必須先救他們。即便這麼做無法拯救他們的心靈。峰野對撿起擴音器的楢崎說：

「他們所有人都想和教主一起赴死。要是知道了教主真正的想法，他們八成也活不下去，就算這樣你還是要救他們嗎？……為什麼？」

毫不知情的信徒們昏倒在地，全都帶著孩子般的睡臉。那大概是他們各自在傷痕累累的孩提時代的表情，只有在夢中才感到安全的表情。此刻澤渡在頂樓熊熊燃燒著。

「……我不知道。」

楢崎坦白回答。現在他要做的事，恐怕不是他們大多數人想要的。

但松尾會這麼做，楢崎認為。如果是松尾，就算要強迫他們，就算被罵多管閒事，肯定還是會讓想死的他們繼續留在這世上。待在這裡的楢崎還不知道松尾已經去世，但他早有心理準備。松尾就算死了，也好像一直都還活著。楢崎聽從了自己心中松尾的指示，認為這是自己現在的任務。

楢崎拿起擴音器。外頭橫亙著「現實」，必須平息他們的怒火。他按捺著緊張到變得急促的呼吸，走向窗邊。

28

「……這怎麼可能。」

緊盯著電腦螢幕的篠原好不容易才吐出這句話。

他的臉色慘白，非比尋常。這個時間，教主應該要下達最後一道指令了。如果要他殺光所有人質，他就照做；如果要他衝向機動隊，他也會照做。自己八成會飄飄然地舉起衝鋒槍瘋狂掃射吧。然後機動隊再朝他開槍，他會渾身浴血地倒在地上，想著教主大人，滿懷幸福吧。但是，這一切都是為了自我毀滅？這場恐怖攻擊？不，話說回來，那個人真的是教主大人嗎？對著自己的腦袋開槍的那個人？是教主大人沒錯。就是教主大人沒錯。篠原感覺自己就快大叫出聲。如果不叫出聲音，就會發瘋。周遭的成員站在遠處看著自己。人質們也是。怎麼了？不對。自己已經在大叫了。意識中斷，腦海裡持續播放著教主倒下的畫面。站在其他地方的成員們也一臉吃驚地看著這邊。什麼都還不知道的成員們。耳機從雙耳滑落，自己還大叫不止。教主大人、教主大人，啊啊，不對——篠原想著，流下了眼淚。

沒錯，那就是教主大人。那才是自己仰慕的教主大人。

策劃恐怖攻擊的時候，教主說要讓高原擬定計畫，他說高原這方面的能力很出色。雖然高原受到某種威脅打算暗中進行計畫，但時機一到，自己就要搶走主導權。比起從零開始，這樣做更快。教主大人說得沒錯。在電視上該說的話，也是教主告訴他的。負責武器的吉岡知道所有計畫，卻突然心生恐懼，說什麼想要退出。即使自己忍不住動手殺了他，教主大人知道以後，連眉頭也沒有皺一下。教主大人對一切都毫不執著。沒錯，這才是教主大人。像那樣把信徒當成是腳邊碎石的人才是教主大人。自己就是被教主大人那副模樣吸引，才加入了教團。教主大人與老愛鑽牛角尖的自己截然不同。他是被教主大人的強大吸引。自己在這世上渴望得到的強大。

一直以來，自己做什麼都高不成低不就。明明很優秀，卻先是在考試上名落孫山，接著找工作也不順利。要是不能進入適合自己的公司，做不了多久也是無可奈何。有些人沒有能力，只是因為八面玲瓏就能形成小團體，那些人老是在妨礙自己。但是，自己沒有打倒那些人，反倒不斷屈服，也失去了自尊心。他在社會上本該是有頭有臉的人物，但回過神時，卻已經哪間公司都進不了了。知名的企業、高尚的頭銜，什麼都好，他想要自己能夠認同的東西，卻始終無法擁有。歲月如梭，漸漸地，他感覺到自己內在的核心部分開始扭曲。這種社會最好瓦解，但他什麼也辦不到，也不想犯下隨機殺人這種小家子氣的罪行。他待在房裡閉門不出，詛咒著這世界。

然後，他感覺到有什麼在呼喚自己。就在他靜靜地待在昏暗房間裡的時候，黑暗中似乎有什麼在邀請自己。如今回想起來，那正是預兆。那個存在連結著教主大人。

不愧是教主大人，竟以這種方式背叛我們。沒錯，那樣子恣意而為才像教主大人。不，教主大人甚至不覺得自己背叛了我們吧。即便向他哭訴，恐怕教主大人也只會納悶地望著我，然後咕噥道：「啊啊，是啊，我是背叛了你們。」

眼淚不斷滑出篠原的眼眶。引導了自己，卻也是自己的雙手永遠無法觸及的存在。可是，可是，這該怎麼辦？被教主大人拋棄了，現在該怎麼辦？意識斷斷續續，有什麼在逐步瓦解。意識漸漸飄遠，眼看要暈過去了——但是，篠原用盡力氣搥打自己的雙腿。為了保持意識清醒，他突然像瘋子般反射性地這麼做。現在成員們都在自己面前，還有人質。自己尚未失去意識。可是，快撐不住了。要崩潰了。怎麼辦，該怎麼辦——

變得狹隘的視野中，有個男人向他走近。從出乎意料的方向走近。是誰？是同伴。是那個被色慾沖昏頭、在這種情況下還想襲擊女人的蠢蛋。自己張開了嘴巴想說點什麼。

「換人來當。」

自己在說什麼？

「換人來當教主大人吧。我什麼都沒有了。就在這一秒，什麼都沒了。不行，我撐不下去了，我要崩潰了。換人來當吧。給我找個替代品來。」

「我看到了。」

眼前的男人說，面如死灰。

「我偷看到了。教主大人已經死了……請您冷靜下來。」

被發現了！篠原在封閉的思考中想著。既然被他發現，就不能讓他活著。衝鋒槍躍入眼簾，篠原撲了上去。先開槍殺了這傢伙吧。只有這個辦法了。現在他的腦袋還糊裡糊塗，但只能這麼做了。槍殺在場的所有人以後，自己再自盡，只有這個方法了。只剩這條路可走。不對，先別自殺，殺了他們之後，再去和機動隊對決，把那幫傢伙也殺光。

篠原把衝鋒槍對準男人，準備扣下扳機。

「……替代品？」

「沒錯，替代品。」

自己還在說什麼鬼話？

「……這世上才沒有什麼替代品。」

當篠原回過神，他已經朝著人質的方向大吼：

「你們全都一個個站在我前面！我要開槍殺了你們！」

成員們的表情不變。還不知情的他們以為這是教主下達的指示。

「千萬不可！請住手。」

一個男人站在篠原與人質之間。映在模糊視野中的，又是剛才那個男人。

「讓開。」

「我不要。」

「為什麼？為什麼要阻止我？」

「因為……」

男人嘟嘟噥噥地說：

「因為這裡頭有我母親。」

篠原愕然地看著男人，再掃視他身後嚇得魂飛魄散的人質們。

「你說什麼蠢話。」

「真的有，這些女人很像我母親。不，是說不定能變得像我母親一樣。」

篠原覺得莫名其妙。

「你在胡說什麼？你這個好色的傢伙！我知道你的過去喔。一直反覆犯些小罪，明明是被社會唾棄才加入了教團，還敢說是因為待在這裡能解放自己。我從以前就很討厭像你這樣的人加入教團。你不過是個人渣。快點閃開，再不閃開，我就先從你開槍！」

「我不會閃開。」

男人瑟瑟發抖，直視著篠原的衝鋒槍，無力地垂著應該要張開的雙手。

「為什麼？為什麼要袒護他們？」

「因為我喜歡這個世界。」

「喜歡這個世界？被這世界唾棄的你？因為好色而感到痛苦的你？」

「沒錯。」

男人的雙眼滑下了淚水。

「我被這社會唾棄，女人也一直用鄙視的眼神看著我，但我還是非常喜歡女人。」

男人繼續哭著。

「我很好色，滿腦子都是性，雖然為此感到痛苦，可是，我喜歡這樣的自己。這些人質也會做愛。就是做愛，你明白嗎？我非常喜歡性愛方面的事。雖然為此感到痛苦，但我也喜歡這份痛苦。就算不能做愛，人也會自慰吧？我是變態，這點我很清楚。可是，我非常喜歡世界的這個部分。我不想殺了她們。剛才撥的引爆號碼是錯的。我每次一生氣就會失去理智，想做些不好的事情。好像記憶中斷了一樣，想做一些壞事。所以我後來打從心底鬆了口氣，覺得號碼是錯的，真是太好了。」

篠原失了神地望著哭泣的男人。

「這個教團就要垮了，我又會被放逐到社會裡，可能會回到一個人自慰的生活。說不定偶爾能去風化場所，但也說不定一直都在自慰，然後就這樣結束了一生。可是，這樣也沒關係。因為性非常美好……我還是不想殺人。因為殺人，就否定了我最愛的性。否定了我在這世上唯一相信的性。雖然我為此一直感到痛苦，但那卻會否定掉曾是我存在的根本的性。我不能讓你殺了這些女人，也不能讓你殺死這些能讓女人變成那樣的男人。不論是同性戀還是什麼，性都非常美好。我——」

男人走向篠原。

「我在教團裡學到了這些。就算覺得性非常醜陋又教人痛苦，性本身還是非常美好的。就算為性所苦，總有一天，會在某個時候發現性其實非常美好。教團裡的女性並沒有拒絕我，她們接受了被社會唾棄的我。這是第一次，在這世上有人接受了我。是她們讓我明白了這些事……沒錯吧？」

篠原根本沒聽進去，還在喃喃說著換人來當。

「讓開，我要開槍了。」

篠原舉起衝鋒槍，但男人不顧一切地撲了上來，從倒地的篠原手中奪走衝鋒槍。人質們發出慘叫。不知該如何是好的成員們決定先保護篠原，打算捉住男人。但是，男人舉起了搶來的衝鋒槍。

「……別動！我知道你們的槍都被改造過了，大概只有這把是真槍。」

男人淚流滿面，舉著衝鋒槍，全身不停發抖。

「可是、可是……別再刺激我了。不要再靠近我。要是再靠近我，我也不知道自己會做出什麼事來。這是真槍，這把衝鋒槍是真的……你們去看影片吧。篠原先生剛才看的、教主大人傳來的影片。我偷看到了。因為篠原先生對我發脾氣，我為了洩恨就躲起來偷看。」

成員們六神無主，目光全投向一台電腦。就是篠原剛才在看的那台。單看篠原的樣子，所有人都隱約明白發生了某些突發狀況。

「所有人都看完以後……我們就在電視機前面……一起投降吧。然後——」

男人突然暈了過去。篠原在懷中握住了攻擊高原的那把手槍，也待在能搶到衝鋒槍的位置，卻無法動彈。一名成員正走向電腦，其他人也緊跟在後。

29

無數隻腳經過眼前。高原仍舊坐在鬧區的路邊。

搞不好會下雨。他同時想著無關緊要的小事。距離晚上十點還有三十分鐘。自己的意識想遠離這件事。大概是對這世界還有留戀吧。

點燃了數不清第幾支的香菸。在來來往往的雙腳當中，有一雙腳停了下來，就停在自己身旁。高原不禁仰起頭，看見了立花涼子。他的心跳加快。涼子？為什麼？街道的霓虹燈光灑在立花頭上，望著高原的雙眼帶著些水光。

「……終於找到你了。」

立花輕聲說。找到你了。不知為何，這句話在高原心裡停留了很久。

「……妳怎麼知道我在這裡？」

「一切都結束了。」

立花幾近自言自語地說。行人在四周穿梭行走。搭計程車來到這裡的路上，她不時被困在車陣裡，但透過汽車收音機和智慧型手機了解了現況。澤渡死了，教團大樓也已經打開大門。媒體反覆報導著他們持有的武器並不具有殺傷力，襲擊電視台的成員也投降了。而飛往中國的自衛隊飛機也在與中國軍機交戰之前，就被日本派出的自衛隊飛機打下。亦即日本士兵擊落了日本士兵。但也聽說兩架軍機的飛行員早在半空中逃脫，目前生死未卜。

立花一一仔細地告訴高原。高原看起來魂不守舍，模樣不太對勁。好像除了澤渡的死，其他什麼也沒聽見。

「……所以都結束了。你……不對，你和我接下來還有事情得做。」

立花小聲說。但同時又想，我想說的明明不是這些。

「去自首吧。然後為他們作證，解釋教主是怎麼操控他們的心智，他們大部分都是無辜的……因為在教團內部還保有理智的，就只有我們兩個人而已。要想辦法減輕他們的罪刑……」

「不對。」

「咦？」

「……還沒有結束。」

高原緩緩起身，看著立花，覺得她很美，又無謂地想，如果髮型稍微換一下會更好。自己不能再碰觸她了。對這世界的所有留戀，似乎都在她身上。

「他們的恐怖攻擊也許結束了，但我們的恐怖攻擊還沒有。」

「invocation」。立花腦海中蹦出了高原手記裡出現的單字。

「你冷靜下來聽我說，我看過你的手記了。」

但是，高原沒有反應，顯得精神渙散。

「羅塞西爾教的武裝組織『YG』已經瓦解了，在歐盟的空中轟炸下滅亡了。首腦尼各爾也死了，一切都結束了。你經歷過的惡夢已經結束了。」

「……這我知道。」

聞言，立花大吃一驚。

「我知道老師已經死了。但是，他的餘黨還活著。」

「……什麼意思？」

「他們聯絡了我，要我在日本發動恐怖攻擊。」

立花想了又想，還是覺得很奇怪。

「……你有沒有想過可能被騙了？」

「啊？」

「一開始，可能真的是他的餘黨和你接觸，要求你發動恐怖攻擊。可是，他們已經滅亡了。就算要你進行恐怖攻擊，應該也沒有一開始像要賭上他們的聲譽那麼認真。如果要在日本發動恐怖攻擊，可能只是為了弔唁你口中的老師。而且……你是用日語和他們交涉的吧？」

「……妳怎麼知道？」

「回想一下，你是從什麼時候開始用日語和他們交談？單看你的手記，他們之中沒有人會說日語啊。你有可能是被騙了，可能中途對象就換了。被澤渡，或是希望發生這起恐怖攻擊的其他組織。」

「不可能。」

高原喃喃反駁。

「我昨天才和他們接觸過，就在醫院——」

立花打斷了他。

「你在說什麼？在收容你的醫院嗎？那裡有警察吧？他們要怎麼在那裡和你接觸？你清醒一點，醫院裡都是警察，他們要怎麼做才能接近你？……莫非……」

立花靈機一動。

「對方是不是兩個人？一個是中年男子，另一個比較年輕？」

「妳怎麼知道？」

「他們是公安警察。我待在外面的時候，得到了公安警察正對教團採取行動的消息。我親眼看到了他們。」

立花捉住高原的肩膀。

「聽我說，你現在的精神狀況並不正常。如果是平常的你，應該馬上就會發現這種事。但是，你——」

「就算真的是這樣。」

高原定睛凝視立花，不知為何態度幾近懇求。

「就算事情真的像妳說的，一切都瓦解了，『YG』也不再有那種力量，我從中途開始，就被澤渡和公安警察兩方人馬欺騙，**但妳敢保證，這絕對不是羅塞西爾的、不是『R』的意志在作祟嗎？」**

「……咦？」

「如果，我是說如果，如果神真的存在呢？如果那個神就是羅塞西爾，為了取代自己已經滅亡的組織而選上了我呢？」

「你在說什麼？」

立花哭了出來，搖晃著高原的肩膀。

「神怎麼可能做這種要求？」

「是妳不知道，他們——」

「高原！」

「我會說服妳……這裡不方便，換個地方吧。」

說服？立花感到震驚。明明是我要說服他才對，但他卻說要說服我。

高原戰戰兢兢地邁開腳步。行人逐漸減少，他們來到一處停車場。冷清的停車場裡一輛車也沒有。

「聽好了，『YG』——」

「別再說那些話了。」

立花立即打斷，什麼也不想再聽，從口袋中掏出了手槍。

「……妳做什麼？」

「至少我還知道你在想什麼。你想保住我的性命。反正他們一定是拿我的性命威脅，要你發動恐怖攻擊吧？既然如此——」

立花舉起手槍抵著自己的太陽穴。

「我死了就好了。」

「喂！」

「別動！因為……」

立花用手槍抵著自己的太陽穴，淚水撲簌簌滾下。

「你打算在發動恐怖攻擊後就自我了結吧？你不在的世界對我來說，根本沒有意義。與其活在那種世界，我寧可去死。我從以前就一直這麼想。所以，就算你為了保護我而發動恐怖攻擊後再尋死，我還是會跟著你一起死，一切都沒有意義。」

「別說蠢話了。」

「說蠢話的人是你才對吧？」

高原無法移動分毫。她不是一個會嚇唬別人的女人，激動起來可能真的會開槍。

「你聽我說。你為什麼會受到『R』的吸引？其中的媒介的確是恐懼沒錯。可是，再往更深的地方挖挖看……你是受到了消滅饑餓的教義吸引吧？想到了過去的自己而自發受到教義的吸引吧？不知道是你的意識還是潛意識，總之那部分渴望受到教義洗腦對吧？……但不光是這樣，還有一點。就是你看不起別人。」

立花繼續說著。

「你是想否定自己眼看就要荒廢的人生吧？其實你內心深處渴望在發動恐怖攻擊以後能夠早點離開人世吧？」

「也許吧。」

高原說。早在許久之前，自己也察覺到了。

「可是，究竟要怎麼做才能尊敬這世上的人？要是照妳說的去向警方自首，這樣一來，我就什麼都不能做了，只能屈服於過去，被自己至今鄙視的人們痛罵，度日如年地過著乏味的人生，我——」

「我就知道！」

立花大叫。

「所以，就算不是全部，你內心也有一部分渴望著事情變成現在這樣吧？發動恐怖攻擊，像個笨蛋一樣妄想成為傳說。可是，真正的強大才不是這樣。就算有再多不滿，覺得自己的人生很痛苦，也應該要活到最後一秒鐘，這才是真正的堅強吧？」

立花的眼淚不停流下。

「我終於明白松尾先生說的話了。他說，人生不該拿來比較。每個人的每一條路，都不該和他人做比較，而是要努力地活到最後。參考別人的人生沒有關係，受別人影響也沒有關係，但是，不可以過度比較。拜託你，認真聽我說，和別人比較根本無濟於事。重要的是，要走在出現在自己眼前的人生這條道路上，和他人比較根本沒有意義。所有人的人生都擁有同等的價值。無論是怎樣的人生，關鍵都在於怎麼活下去。每個人的人生都是獨立的。活著，就是把人生中專屬於你的時間活到最後一秒鐘。不論怎樣的人生，就算過得不如意，也要活到最後一刻，這不是很令人敬佩嗎？比起安逸的人生，有愈多波折、愈掙扎著想要改善，努力活下去的樣子，更讓人動容吧？所以拜託你了，別做傻事，去向警方自首吧。自首之後，一起努力減輕成員們的罪責吧？被世人嘲笑又怎麼樣，這種事根本不重要。就算偶爾遇到痛苦的事，也要抬頭挺胸走完自己的人生。告訴所有人，『我這一生就是這樣走過來的，你有意見嗎！』」

「可是，『R』……」

「笨蛋！」

立花揮拳搥向高原的胸口，又環抱住他的腦袋。除此之外她也不知道該怎麼辦了。

「現在可能還沒辦法，但我一定會解除你的洗腦。我和神，對你來說哪邊更重要？」

高原恍惚地望著立花，有什麼在他心中慢慢崩塌。某種始料未及的事物開始在他的內部孳生。但是，高原在視野的遠方一角，瞥見了一個男人。心跳開始加速。

「……那個男人來了。」

「……咦？」

「別看。」

高原的慌張透過身體傳達給了立花。

「我姑且相信妳說的話。坦白說我現在還半信半疑，但我相信妳。我決定相信妳。」

高原感覺到立花的體溫在自己身上擴散開來。

「我會讓自己相信，他們和『R』沒有關係。但是，如果對方是公安警察，要如妳所願減輕成員的罪責，恐怕有困難。所以……我們也得有一張王牌。」

「……你要做什麼？」

「妳快離開這裡，幫我拍下那個男人。妳有智慧型手機吧？」

「可是——」

「幫我把公安偵查員和恐怖分子接觸的畫面拍下來，他們就沒辦法再狡辯了。」

「高原——」

「這麼做都是為了其他成員，不是嗎？」

「可是，如果——」

「別擔心。我會適度敷衍他，說我會執行指令，再把他趕走。放心吧。」

立花放開高原，老老實實地離開，也沒忘了假裝沒有發現到男人的出現，在最近的轉角轉了彎。為了成員們，立花想著。但是，其實我……聽話地打開智慧型手機，立花心想。

其實我……說不定做不做這件事都無所謂。也許只要照著自己的心意去做就好了。所以，也許我這麼說就好了。其實，只要這麼說——

「一起逃走吧。」

哪怕世人或成員唾罵他們。兩個人一起亡命天涯，永遠相依為命。雖然不像我的作風，但其實我很想這麼做。

然而，立花打開了智慧型手機，開始錄影。個性認真也得有個限度。等這件事一結束，我就告訴高原，一起逃走吧。自己內心似乎有什麼正緩緩潰堤。我才不想坐牢。一個搞不好，說不定再也出不來。把這段影片交給芳姨吧。雖然很自私，但我不想再束縛自己了。

果然……立花久違地感受到了高原的體溫，在再次滑落的淚水中想著。我果然還是喜歡他。

立花望著智慧型手機的螢幕。是那個男人。公安搭檔中，年輕的那個。

三十多歲的男人感到不耐煩。

就在下令實施全天候宵禁時，教團投降了。結果那幫傢伙的武器中，就只有叫篠原的男人拿的是真槍。對手幾乎全部都持仿造槍，機動隊卻重裝出擊，國家的面子瀕臨掃地。兩架自衛隊飛機的失控，也讓恐懼開始在國民之間蔓延。不是對恐怖分子，而是對政府的恐懼，對今後將往右派傾斜的恐懼。電視上甚至談論起了貧困議題，還指名道姓地點出各個國家和企業，嚴加批判，造成的影響已經擴及全世界。情況可說糟到了極點。

但是，還有一個可能。只要高原這男人引爆炸彈，一切都會好轉。就可以告訴人民，教團只是假裝投降，實際上卻展開了破壞行動。他們還沒有滅亡，而是轉往暗中繼續活動。只要創造出虛構的敵人，我們就又能圖利。政府奮勇抗敵，支持率將會止跌回升，公安警察的權限也會增加。

但是，如果那傢伙退縮了，也不把號碼告訴自己的話。

三十多歲的男人走到高原面前。是錯覺嗎？他的表情看起來有些不同。是錯覺嗎？

「……你還記得時間嗎？」

三十多歲的男人靜靜問道。高原頷首。

「……真的嗎？」

三十多歲的男人又問，看了眼時間。

「剩下兩分鐘了。」

三十多歲的男人沒有忽略掠過高原臉上的動搖。這傢伙果然還沒有做好覺悟。在約好的整點過來是對的。

「動手吧。有兩分鐘的誤差也沒關係。」

「不。」

高原的聲色中透露出慌張。就算想掩飾，男人也聽得出來。

「我要守時。」

「難不成你需要心理建設？」
「怎麼可能。」
「把號碼告訴我，我替你動手吧。」
高原與三十多歲的男人對視。
兩人年紀相同，但這件事只有三十多歲的男人知道。
高原慢吞吞地從口袋裡拿出手機，將拇指放在號碼鍵上。時間繼續流逝。高原再次端詳起三十多歲的男人的臉。
「……我就不再耍些小伎倆了。感覺在你面前，全部都會被看穿。」
高原接著說。
「你跟『R』沒有關係，其實是公安警察，對吧？」
三十多歲的男人與高原的眼神對視，同樣沒有別開視線。
「那我也不耍小伎倆了。沒錯，我是公安警察。」
「我看到了你們的長相。不管按不按號碼，我都難逃一死，對嗎？」
「沒錯。」
三十多歲的男人凝視著高原。當他們在他面前露臉時，就沒打算讓他活著。事到如今，不能讓警察逮捕這傢伙。警察中有些人非常看不慣公安警察，所以不能讓他洩露出他們這次的行動。
「就算我現在逃跑，」

高原深深吸了一口氣說。

「你們也會動員國家的所有單位追捕我，是不是？」

「沒錯。」

時間過了十點。高原又說了。

「我想拜託你。」

高原的聲音誠懇得近乎沒有防備，幾乎是他從前不曾有過的。

「能不能放我一馬？」

三十多歲的男人默不作聲，緊盯著高原。

「我現在已經不在乎政治和宗教了，我不會說出你們的事情。我……」

高原說，用自己也想像不到的稚嫩嗓音。

「我想活下去。」

三十多歲的男人掏出手槍扣下了扳機。頭部中槍的高原倒在了地上。

高原眼中的影像，就是三十多歲的男人以迅雷不及掩耳的速度掏出手槍，快得不給自己多說半句話的時間，就在他眼前扣下了扳機。快動啊。他下意識心想，身體卻沒有動作。原來這種時候，身體並不會動嗎？在求饒的衝動湧上心頭的瞬間，頭部就感受到了一陣熾熱，影像定在三十多歲的男人舉起手槍開槍的畫面上。在身體緩緩倒地的感覺中，眼中的光景卻在那幅畫面上定格。我還有意識嗎？這麼想的時候，可以感覺到眼皮慢慢闔上。與睡著截然不同，是一種自己的意識遭人強行截斷的感覺。某道黑影竄過定格不動的影像前方。這是他最後感受到的事。

隔著手機螢幕，看見三十多歲的男人無預警地掏出手槍時，立花完全搞不清楚發生了什麼事。她知道自己剎那間失聲叫了出來，與此同時，高原的身體已經倒地。

騙人。立花心想。這一定是騙人的。因為，高原明明說了不用擔心。不，可是，這怎麼可能。一定有哪裡搞錯了，高原竟然中槍。這種事怎麼可能。

她以為自己會放聲尖叫。但是那一瞬間，立花發現自己硬生生壓下了悲鳴。智慧型手機從手中滑落。

自己在做什麼？大叫出聲不就好了嗎？尖叫之後跑向高原，讓那個男人也對自己開槍就好了啊。可是，為什麼自己要躲在這裡，還強忍住叫聲？為什麼？這麼思考時，她明白了，自己是在擔心這段影片。如果現在自己死了，這段影片就會被奪走，高原將白白犧牲。就算拿出身上的手槍對男人開槍，沒有開過槍的自己也不可能擊中對方，一定會被殺死，影片也會被沒收。所以，現在最好忍住叫聲，躲在這裡。淚水溢出了眼眶。為什麼自己會這麼冷靜地分析現況？這種時候也這麼一板一眼？**妳很像妳母親**。我就像母親一樣，認真到了苦悶的地步嗎？強忍住對高原死亡的悲傷，一切行動都是為了成員們嗎？今後想在成員們面前展現悲劇女主角的姿態嗎？要求他們對自己心懷感恩？我不要。不對，高原死了。不，並沒有，他不可能死。**妳很像妳母親**。我才不像。高原也還活著。我、我——

立花發現自己在大聲尖叫。聽到尖叫的瞬間，內心有什麼迅速地往下墜落，感覺像是得到了解放。淚水不停掉下來。這樣就好了。我要在這裡和高原一起死。在對方動手之前試著開槍吧。三十多歲的男人朝這裡走來。我要死在這裡了。但是，沒關係。已經無所謂了。我要和高原

——剎那間，三十多歲的男人忽然停下動作。似乎是聽到了什麼動靜。是尖叫聲。自己以外的另一道尖叫聲。三十多歲的男人身後，有人目擊了現場，失聲大叫。

三十多歲的男人一溜煙逃走了。立花一個箭步衝向高原。

淚水再度滾出眼眶。立花摀住自己的嘴巴。是頭。她不停哭著。頭部中槍了。那傢伙偏偏……瞄準了高原的頭部。

「我……」

高原吐出聲音。但是他已經失去了意識，恐怕也沒有察覺到自己在說話。

「……我的罪過……是什麼？」

罪過？立花不明白。什麼罪過？高原哪有什麼罪過。怎麼可能有罪。

「你才沒有罪。」

立花抱住高原，淚如雨下地說。

「你沒有任何罪過，怎麼可能有。你只不過是因為小時候受過傷害，一直笨拙地活著而已，根本沒有什麼罪。」

但是，高原已經一動也不動了。立花還是只能繼續說下去。

「高原。」

立花哭著想說話，卻發不出聲音，句子說到一半就斷了。

「一起、逃——」

*

三十多歲的男人坐進車子裡，離開現場。

緩慢地轉動方向盤，內心想著目擊者的事。那女人是誰？而且背後的路人也目擊到了。不過……男人揚起笑容。那些人彈彈指頭就能解決。她們不可能知道自己是誰。這個轄區的警察分局也會有法子施壓，不成問題。

發現袖子沾到了血，他咂咂嘴。這件衣服才剛送洗過。如果送洗太多次會傷了衣服的質料。

他發現自己忘了一些事。對了，我應該要同情那個叫高原的男人。畢竟這是正常人類該有的反應。

真可憐。三十多歲的男人突然要自己這麼想。他也是國家體制下的犧牲者。我也不想這麼做。這是偉大的犧牲，實在無可奈何，是他運氣不好。男人開始在腦海中一一列出這種時候理應要想的事。

只要有了理由，人類什麼事都做得出來。尤其是擅長製造理由的人、、、、、、、、、。三十多歲的男人感覺這麼做讓自己的內心慢慢安定下來。不過，他的內心原本就沒有絲毫波濤起伏。因為他是能夠瞬間為自己的行為找到「理由」的人，只是覺得有點麻煩而已。為什麼不是別人，非得我出面不可？還弄髒了袖子？那傢伙實在該自殺死一死才對，這樣就用不著我特意動手了。

男人直接回家。他住的公寓相當高級，但卻是公家宿舍。雖然只要付少許房租，但男人對要付房租這件事很不滿意。

一打開玄關大門，妻子便上前迎接。她平常會為他接過公事包，今天卻只是激動地看著他。

「……怎麼了？」

「站起來了。」

「咦？」

「小海站起來了！」

三十多歲的男人連忙衝進房間。兒子海斗正站著。用蹣跚不穩的兩隻腳站在原地。

「小海！」

男人大喊。這次不是演戲。畢竟這是世界上最動人的場面之一。

「居然站起來了……好厲害喔……」

男人的妻子笑盈盈地注視著開心地抱著孩子的丈夫。就在剛才，她也發現丈夫的西裝袖口沾到了血跡。但是，她完全不為所動。因為她根本不在乎丈夫在外面對誰做了什麼。只要自己的家庭幸福美滿，最重要的是，旁人認為他們很幸福，這樣就夠了。如果自己的丈夫隸屬暴力集團，她可能就會在意血跡。但是，丈夫為國家工作。聽命於國家的丈夫不論在工作上做了什麼，都是正確的。她就是會這麼想的女人。

高原那已經變作粉末狀的細小血漬，以及開了槍的人身上會沾染的煙硝味，都沾到了兒子海斗身上。

洗完澡，三十多歲的男人開始用智慧型手機發推特。他的暱稱是「育兒武士」。

「今天要向大家報告一件重要的消息！天天天哪，小海竟然站起來了！」

男人煩惱著留言最後要加上什麼表情符號。要選號啕大哭的，還是歡欣鼓舞的？明明在選表情符號，男人卻是面無表情。他選了號啕大哭的表情符號，發出文章。追蹤者們陸續留言回覆。三十多歲的男人嘴角勾起了淡淡的微笑。他的幸福若不一一向旁人炫耀，就無法得到滿足。

但是大家的回應有些奇怪。大多都為了某則新聞在瞎起鬨。

『太棒了！我也想起了我孩子那時候，忍不住跟著掉眼淚呢。這世間明明發生了那麼可怕的事，但讓我們繼續用力感受幸福吧！』

上頭貼了一張照片。自己站在高原屍體前的照片。

『恭喜！小海太厲害了！我家步夢也很開心喔。現在社會上正為了這則新聞吵得沸沸揚揚。看你好像不知道，我就告訴你吧。就是開槍射殺了恐怖分子的男人！好恐怖喔！看看Youtube吧，電視上也開始播了！超震撼的喔！』

影片拍下了所有過程。拿著手槍開槍的自己被清楚拍到了臉部，他們當時的對話也全被錄了下來。

30

大批成員聚集在松尾家。

他們各自在屋外的庭院或屋內的起居間裡有說有笑。雖然警方曾一度衝進屋裡逮捕了許多人，但那些人當然很快就被釋放了。現在又開始了松尾在世時，每月第二個星期六舉辦的例行集會。

芳子擺脫人群，悄悄走向大門。門口有個戴著帽子、穿著藍色運動外套的人。是立花。

「……對不起，勞煩您走來這裡。」

立花道了歉。他們在加入澤渡的教團時曾欺騙松尾，所以不能進入屋內。

「沒關係……妳當初一定不知道那是詐騙吧，是在不知情的情況下才協助他們的……對不對？」

這是事實。但立花無法點頭認同芳子說的話。因為她覺得自己有責任，曾待在高原身邊所產生的責任。芳子也很明白立花的心思。

「所以妳不用放在心上，我也會告訴大家。進來吧。」

「不了，我……」

立花直視芳子的眼眸。

「我要去向警方自首。」

受到一連串事件的影響，如今報導的熱度依然居高不下。

教團大樓的地下室發現了一具屍體，正是吉岡，但據說因為死亡時間已久，無法確定詳細的死因。在電視台中槍的那名保全保住了一命。而高原他們設置的炸彈，靠著曾協助高原裝設的數名信徒提供的證言，已經確定了位置，悉數拆除。至於真正能夠引爆炸彈的手機號碼是幾號，信徒誰也不知道，在回收了裝在炸彈上的手機以後才查明。總之，一般民眾毫髮無傷。身亡的反而是自殺的教主（事後在火場找到了手槍，但疑似之前只裝了一發子彈），對主要成員高原開槍的是公安的偵查員，同時也查出那名公安警察在背地裡動了不少手腳。難怪整個社會因為這些報導吵得不可開交。現在被關押在拘留所裡的教團信徒們要怎麼定罪，也受到了社會大眾的矚目。因為沒有人知道只是守在大樓裡的信徒們犯了什麼罪，他們只是持有仿造槍枝，在機動隊包圍了大樓、試圖闖進去時，他們也只是嚴正拒絕而已。而占領電視台的另一派人馬，可以想見只有對保全開槍的篠原會獲判重刑，其他同行的成員則多半無法處以檢察官期望的重罪。畢竟先挑起事端的是警方，而且他們也都自首了。由於必須把他們塑造成窮凶惡極的壞人，司法單位如今全都急得像熱鍋上的螞蟻。

因為那段公安偵查員與高原對話的影片，現在社會大眾對國家的不信任感正持續擴大。大眾也紛紛揣測錄影的人是不是先前假扮成人質、搭上救護車逃出大樓的女人。司法單位當然也因此非常關注散播影片的立花。若向警方自首，她有可能會集國家的怒火於一身。

「我必須出面為他們作證。」

望著這麼說的立花，芳子熱淚盈眶。這孩子真的太老實了。這種生存方式很痛苦吧。

「這樣啊，這就是妳的生存方式吧。」

「是的。」

「可以抱妳一下嗎？」

芳子緊緊擁抱立花。好溫暖，立花心想。眼淚不禁湧了上來。

「我們所有人都站在妳這一邊，這個社會也是。不管發生什麼事，我們都會保護妳，交給我們吧。」

立花點點頭，在芳子嬌小的懷裡擦了擦眼淚。這時楢崎發現了遠處的芳子與立花。

「高原的情況怎麼樣……？」

芳子問，立花搖了搖頭。

「可能再也不會恢復意識了，但是……」

「嗯。」

「誰也不能保證，也許會有奇蹟。」

「可是，妳不用那麼努力也沒關係。」

芳子說，筆直地望進立花的眼裡。

「因為妳本來就沒有犯任何罪，我們也會支持妳。出來之後，再來這裡吧。」

「好的。」

「我陪妳去自首吧。」
「沒關係，我一個人去就好。」
芳子留意到了楢崎，來回看向兩人，又抱了立花一下後才離開。
立花在更早之前就看見楢崎了。溫暖的風從屋子的方向穿過大門迎面拂來。
「呃，我……」楢崎咕噥著開口：
「對妳說了很過分的話。」
「沒關係。」
立花微笑。
「別擔心，我沒有放在心上。」
兩人間瀰漫著沉默。他們都很明白，彼此再也不可能在一起了。
「妳接下來打算做什麼？」
「向警方自首。」
「是嗎？妳果然……立花小姐，我……」
楢崎努力在變小的聲音中注入力量。
「我很高興能遇見妳。」
立花凝視著楢崎，想到自己也曾考慮過和他在一起。
「謝謝你，我也很高興。」
「保重。」

「你也是。」

芳子遠遠地觀望著兩人，輕嘆了一口氣。

「出現了這麼多男人跟女人，」芳子忍不住嘀咕：

「竟然連一對也沒湊成。」

走著走著，芳子心中突然掠過不安。因為她又想起了拍完最後的影片後，松尾說過的話。這件事時時令芳子感到不安。因為松尾說了非常不可思議的話。

只有殺了澤渡，才能阻止這起悲劇。但是澤渡一死，許多信徒也會跟著自我了斷。

不過，有一個方法能使這些事情不以悲劇作結。但那種假設，是以高原死亡為前提。

結果，高原保住了性命。澤渡雖然死了，但還沒有半個人自殺。並非一切都照著預言在發展。但是，芳子不禁心想，如果這世上真有某種祕密，如果真的隱藏著宿命般駭人的祕密……。

松尾說了，他與高原見面的時候，記憶曾有過短暫的中斷。當時，正太郎觸碰到了這世界的什麼呢？芳子不知道。如果世界那宿命般的祕密就存在於我們的根本當中，還在我們的腳底下持續運作的話……。

但是，芳子故意甩了甩頭，那樣又何妨呢。就算真是那樣，我們再從中穿過去就好了。

芳子望著遠方，擠出淺淺的微笑。如果是正太郎，鐵定會這麼說吧。

離開大門，立花試著攔輛計程車。

向警方自首需要勇氣。立花也猜不到自己的罪名會是什麼，但自己的證言對司法單位來說顯然會是大麻煩。

一定會受到各式各樣的攻擊吧。報章媒體也可能會不斷報導自己的負面新聞。始終沒有計程車經過。換個地方可能比較好。正跨出步伐時，她看見了峰野。手上拿著購物袋，似乎是買完東西剛回來。

「立花……小姐……咦？妳不進屋裡嗎？」

「我現在要去警局。」

「……是嗎？」

峰野垂下臉，心想必須說幾句話才行。時間一分一秒流逝，無數字句浮現在腦海裡，但她決定說真心話。

「……我們，無法和好呢。」

「的確。」

兩人輕輕笑了起來。很訝異彼此居然還笑得出來。

「放心吧，我沒有那麼悲慘。」

立花說，並不是在逞強。

「如果高原一直不醒來，我會偶爾劈腿，然後遇到不錯的對象就把他甩掉。」

聞言，峰野忍不住笑了。

「那很好啊。那如果我遇不到不錯的對象，就再去把高原搶過來。」

計程車駛過，立花舉手攔了下來。

「立花小姐，」

上車之前，峰野叫住她：

「我雖然討厭妳……但也很羨慕妳。」

「是嗎？」

立花坐進計程車。

「我可能也是吧……我想變得像妳一樣。」

成員都在芳子身邊集合。她的聲音還和以前一樣響亮，不需要麥克風。起居間中央擺著松尾的照片。

「感謝各位今天前來。」

今天也是松尾四十九天的忌日。雖然會因各教派而異，但佛教中都相信死後第四十九天，靈魂會正式離開這個世界，決定來世的去向，所以有著集結親屬舉辦法事的習俗。

「其實本來要由吉田先生唸經，但他因為感冒發不出聲音來，所以我們請了其他和尚代勞。大家快點罵罵吉田先生吧。」

現場響起了對吉田的噓聲。吉田想反駁卻發不出聲音，眾人見狀跟著哈哈大笑。

「我們一起繼承松尾正太郎的思想吧。在松尾的思想中，關於和平的論調確實可能只是理想。但是，如果只會說那些理論不過是空想，現實沒有那麼簡單，藉此沉浸在自以為正視現實的快感中，這種事誰都做得到。一旦拋棄理想，人類只會退步。重要的是如何一邊主張理想，一邊在現實中朝著和平奮鬥、努力。讓我們以自己是追求和平的日本人為榮吧。繼承松尾正太郎的意志，但不盲目追隨，而要加上自己的想法。」

芳子用力地吸一口氣。

「我們要肯定這個世界。就算不肯定整個世界，也要肯定這世界上的某些事物。就像松尾很好色，非常喜歡下流的事情那樣。這個世界上，確實有著美好的一面。即便是無法做愛的人，也會吃飯吧？會在吃東西的時候覺得很美味吧？」

芳子又說：

「在我以前很窮、還待在花街的時候，曾經在下雪時走在街頭。肚子餓得咕嚕咕嚕叫，發現了一個在暗巷裡賣蒸地瓜的小販，看了看錢包，雖然遲疑，但還是掏錢買了。咬了一口之後，我不禁心想，真是太好吃了。然後發現自己的眼淚就這麼掉了下來。即使是我這種人，食物也能帶給我幸福，這世界的某個部分對我是如此溫柔……品嘗不出味道的人，也可以去感受其他事物吧？比如欣賞美麗的風景。如果看不見美景，那就傾聽優美的聲音；如果聽不見聲音，就去感受溫暖；如果連溫暖也感受不到——芳子腦海中浮現出高原現在的模樣——還可以作夢。只要活著，不論再微小，都能在這世上找到值得肯定的事。為了讓所有人都能肯定這世上的某些事物，為了增加更多值得人們肯定的事物，讓我們一起努力吧。不要想著非得做個大善人不可，舉手之勞做點好事就夠了。譬如全日本每個人都捐一百圓的話，就有一百二十億圓，這可是一筆足以推動世界的鉅款。像這樣在日常生活中行善，一點小事也沒關係。讓我們帶著關懷，促使世界往好的方向更進一步吧。」

忽然間響起了掌聲。聽起來卻不像是因為芳子的一席話，反而更像是為了人類本身的存在鼓掌。像在鼓勵著不完美又不安定，卻也咬牙努力活著的人類。正太郎。掌聲之中，芳子望著松尾的照片在內心輕聲呼喚。我現在還不能去你身邊，還有很多事非做不可。我必須幫助眼前這些人，也得幫助現在被關在拘留所裡的教團信徒。就算他們嫌我多管閒事，我也要活得像你一樣。都活到這把年紀了，芳子卻覺得內心在發熱。

人生真是不可思議。芳子綻開了笑容。沒有小孩的我，最後居然有這麼多孩子圍繞在身邊。

「各位，我們是人類。雖然不安定，但我們都是人類。各位——」

掌聲持續著，還響起了歡呼。

「讓我們一起活下去吧！」

＊　＊

直到剛才還下著的雨突然停了。

楢崎還不習慣這裡的氣候，隨時隨地都得帶把傘。但當地人八成毫不在乎，會任雨淋濕自己吧。就好像在說雨也是大自然的一部分，碰到身體也是很自然的現象。

聽說非洲很少下雨。但現在是雨季，往往會下起這種驟雨。

松尾在遺言中提過，希望成立海外團隊。每個團隊都會分到松尾的資金，從事各自決定的活動。楢崎一行人決定從業者手中買下非洲的雛妓，讓她們恢復自由之身，再興建一座設施，讓她們可以一起生活。這座設施也兼作學校，就蓋在一棵大樹附近。立花此刻正在與司法單位對抗，峰野則和芳子一同在大宅裡生活。

他知道當地居民尚未接納他們，擔憂的聲浪從未平息。居民很擔心蓋了這座設施以後，會有武裝組織跑來擄人。雖然請求當地的警方和軍方協助，對方卻藉機索賄，所以未必能夠信任。他們的活動還沒步上軌道。

視野一望無際。爬上略高的山丘，楢崎坐在碎石子上，感覺自己從很遠很遠的地方來到了這裡。今後想做什麼，自己也還不清楚。每當閉上雙眼，教團裡那些女人的身體就浮現在眼前。什麼問題都沒有解決。但是，他已經決定，就算什麼都沒有解決，也要繼續前進。

他現在晒得很黑。

「你在做什麼？」

一名少女叫住了楢崎。學校已經放學，她大概是跟在剛才還在辦公室的楢崎身後來的吧。是三個月前納為保護對象的十三歲少女。起初一個字都不肯說，後來慢慢地開始開口了。除了女性，只和日本男性交談，似乎是還對同膚色的男人感到恐懼。

「我在看遠方。」

楢崎用英語回答。非洲很多國家都設英語為通用語，這個國家也是以英語主要語言，只不過口音很重。楢崎開始學英語。雖然很受不了始終沒有多大長進的自己，但學習新的語言，也讓他有一種彷彿脫胎換骨的感覺。

因為語言是一個人的根本。

「你看起來很傷心。」

聽少女這麼說，楢崎苦笑著。可不能讓小女孩為他操心。於是他擠出了笑容。

「我只是想到了一些從前的事。」

「從前的事？」

「嗯。」

楢崎點點頭。

「那是在遙遠國家的事了。」

每個人都在前進，而自己也在前進。不同於戀愛、也不同於友情的某種情感，聯繫起他們。

少女往前奔跑，中途停下來呼喚楢崎。楢崎站起來，發現少女要走的路泥濘濕滑，有點危險，於是叫住她。

「那邊不好走。」

少女轉過身來。遼闊無垠的大地上，陽光灑落在少女身上。

「沒關係。」

少女好像微微笑了。如果真的笑了，就是認識她之後第一次見她笑。

楢崎跑向她，心想她說得沒錯。就算路上有些泥濘，還是可以走。

「等等我。」

楢崎追上前去。太陽西沉了些。

「那就一起走吧，一起走就不用擔心。」

楢崎朝少女伸出手，少女輕輕地握住了。

每日新聞「靖國」採訪組，《靖國戰後祕史》，每日新聞社，2007年。
神社本廳編著，《靖國神社》，PHP研究所，2012年。
島薗進，《國家神道與日本人》，岩波書店，2010年。
日暮吉延，《東京審判》，講談社，2008年。
吉見義明，《從軍慰安婦》，岩波書店，1995年。
吉見義明，《日本軍的慰安婦制度是什麼？》，岩波書店，2010年。
半藤一利，《珍珠港那天》，文藝春秋，2003年。
大岡昇平，《俘虜記》，新潮社，1967年。

*

所羅門・休斯著，松本剛史譯，《反恐有限公司》，河出書房新社，2008年。
P・W・辛格著，山崎淳譯，《戰爭承包公司》，日本放送出版協會，2004年。
廣瀨隆，《美國的巨大軍需產業》，集英社，2001年。
保羅・高力著，中谷和男譯，《最底層的十億人》，日經BP社，2008年。
丹碧莎・莫尤著，小濱裕久監譯，《非洲在援助下不會成長》，東洋經濟新報社，2010年。
范達娜・席娃著，浦本昌紀監譯，竹內誠也、金井塚務譯，《糧食恐怖主義》，明石書店，2006年。
尚・齊格勒著，Mayumi Takao譯，《為什麼全世界有一半人都在餓肚子？》，合同出版，2003年。
伊勢崎賢治，《國際貢獻的謊言》，筑摩書房，2010年。
白戶圭一，《實地探訪 資源大陸非洲》，朝日新聞出版，2012年。

已出版中文著作

鈴木俊隆，《禪者的初心》，橡樹林，2015年。
福岡伸一，《生命是最精彩的推理小說：一個生物學家眼中的奇妙世界》，究竟，2011年。
勞倫斯・克勞斯著，蔡承志譯，《無中生有的宇宙：科學家探索宇宙誕生與未來的故事》，商周，2013年。

網站

VICE Japan : The Cannibal Warlords of Liberia, Prostitutes of God, http://www.youtube.com/user/VICEjpch (URL cited 2014-9-20)

主要參考文獻

中村元，《吠陀的思想》（中村元選集〔決定版〕8），春秋社，1989年。
中村元譯，《佛陀之言——經集》，岩波書店，1984年。
中村元，《法華經》（現代語譯 大乘佛典2），東京書籍，2003年。
中村元，《般若經典》（現代語譯 大乘佛典1），東京書籍，2003年。
中村元，《密教經典與其他》（現代語譯 大乘佛典6），東京書籍，2004年。
中村元，《釋尊的生涯》，平凡社，2003年。
約翰．希克著，間瀨啟允譯，《增訂版 宗教多元主義》，法藏館，2008年。
凱倫．L．金著，山形孝夫、新免貢譯，《抹大拉的瑪利亞的福音書》，河出書房新社，2006年。
魯道夫．卡西爾等編著，藤井留美等譯，《原典 猶大福音書》，日經National Geographic社，2006年。

*

傑拉德．M．艾德曼著，冬樹純子譯，《大腦比天空還寬闊嗎？》，草思社，2006年。
前野隆司，《大腦為何創造了「心」》，筑摩書房，2010年。
下條信輔，《「意識」是什麼？》，講談社，1999年。
《野間宏之會會報》第15期，藤原書店，2008年。
福岡伸一，《生命與記憶的悖論》，文藝春秋，2012年。

*

佐藤勝彥，《讓你看了不想睡的宇宙奧妙》，寶島社，2008年。
佐藤勝彥，《宇宙論入門》，岩波書店，2008年。
村山齊，《宇宙真的只有一個嗎？》，講談社，2011年。
都筑卓司，《新裝版 測不準原理》，講談社，2002年。
森田邦久，《量子力學的哲學》，講談社，2011年。
肖恩．卡爾羅著，谷本真幸譯，《希格斯玻色子》，講談社，2013年。

*

高橋哲哉，《靖國問題》，筑摩書房，2005年。
大江志乃夫，《靖國神社》，岩波書店，1984年。
上坂冬子，《為不知戰爭的人所寫的靖國問題》，文藝春秋，2006年。

初次刊載
《昴》二〇一二年五月號～二〇一三年六月號
《昴》二〇一三年八月號～二〇一四年九月號

後記

這部小說是我的第十五本著作。

在文藝雜誌《昴》上連載了大約兩年半的時間，出版單行本時酌以增刪，最終完成了此書。

這本書除了從整體探討世界與人類，也試圖書寫每個人心理的至深深處。

寫出這樣的小說，一直是我的目標之一。這本書是此時此刻，我的全部。

成為作家已過十二載，各位也有各自度過的十二年。希望今後也能在讀者的陪伴下增長年歲。

讓我們一起活下去吧。

二〇一四年一〇月二〇日　中村文則

作者簡歷

中村文則　Fuminori Nakamura

　1977年生於愛知縣，畢業於福島大學。2002年以小說〈槍〉獲得新潮社新人獎，從而躋身文壇。2004年以《遮光》獲得野間文藝新人獎，2005年以〈泥土裡的孩子〉獲得芥川獎，2010年又以《掏摸》奪得大江健三郎獎。已出版中文作品有《泥土裡的孩子》（台灣東販出版）、《掏摸》、《槍》、《王國》、《邪惡規則》（以上皆為台灣商務出版）。

　其中《掏摸》英譯本榮獲美國《華爾街日報》所選2012年十大最佳小說，《邪惡規則》英譯本同樣榮獲《華爾街日報》所選2013年十大最佳推理懸疑類作品。此外2014年更榮獲美國文學獎「大衛·古迪斯獎（David Goodis Award）」，表彰其對黑色小說（Noir Fiction）的貢獻，成為首位獲獎的日本作家。

官方網站　http://www.nakamurafuminori.jp

本書內容與現實中的人物、團體毫無關係。

教團X

2016年11月1日初版第一刷發行

作　　者　中村文則
譯　　者　許金玉
編　　輯　林宜柔
美術編輯　鄭佳容
特約編輯　WJ
發 行 人　齋木祥行
發 行 所　台灣東販股份有限公司
＜地址＞台北市南京東路4段130號2F-1
＜電話＞(02)2577-8878
＜傳真＞(02)2577-8896
＜網址＞http://www.tohan.com.tw
郵撥帳號　1405049-4
法律顧問　蕭雄淋律師
總 經 銷　聯合發行股份有限公司
＜電話＞(02)2917-8022

國家圖書館出版品預行編目資料

教團X / 中村文則著；許金玉譯. -- 初版. -- 臺北市：臺灣東販, 2016.11
480面；14.7×21公分
ISBN 978-986-475-172-3(平裝)

861.57　　105018374